KB268973

Forever My Love

내 사랑 영원히

내 사랑 영원히

리사 클레이파스 | 나채성 옮김

큰나무

나 채 성
이화여자대학교 졸업. 역서로
『바이올렛』, 『내가 사랑한 악당』, 『당신 품에 안겨』,
『거부할 수 없는 유혹』, 『다이아몬드 슬리퍼』, 『꿈이 시작되는 곳』,
『운명보다 깊은 사랑』, 『에메랄드 백조』, 『라이언의 딸』 외 다수

내 사랑 영원히

초판 인쇄 / 2001년 8월 10일
초판 발행 / 2001년 8월 20일

지은이 / 리사 클레이파스
옮긴이 / 나채성
펴낸이 / 한익수
펴낸곳 / 도서출판 큰나무

등록 / 1993년 11월 30일(제5-396호)
주소 / 120-837 서울시 서대문구 충정로 3가 3-95 2층
전화 / 02) 365-1845 · 1846   팩스 / 02) 365-1847
e-mail / btreepub@chollian.net
홈페이지 / www.bigtreepub.co.kr

값 8,500원

ISBN 89-7891-120-X 03840

“리사 클레이파스의 소설은
독자들의 가슴에
사랑의 승리를 전해줄 것이다.”

— *Romantic Times*

사랑은 감정의 숨바꼭질이며 인생의 보물찾기란 말이 떠오른다.

과학과 문명이 발달한 21세기에도 사랑의 방정식은 여전히 밝혀지지 않았기에 영원한 인간의 화두로서 우리네 인생을 좌지우지하고 있다. 도대체 사랑이 뭐길래?

리사 클레이파스의 작품 <내 사랑 영원히>도 이 질문의 연장선상에 존재한다. 어두운 과거를 지닌 미라 저멩은 사랑을 피하려 애쓰나 그게 어디 마음대로 되는 일인가? 사랑은 집요하게 그녀를 몰아댄다. 사랑은 끝없이 그녀를 가슴 아프게 하며 동시에 가슴 뛰게 만든다.

리사 클레이파스의 장점은 주인공의 감정을 절절히 느끼게 해준다는 데 있다. 역자도 미라와 함께 가슴 아파하며 울고 웃다가 번역하는 것도 잊고 정신없이 결말까지 읽어나갔다. 그녀의 모든 것을 감싸주는 아름다운 남자 알렉, 끝내 사랑하고 마는 두 주인공. 책장을 덮으며 또 한 번 감정의 카타르시스를 느꼈다.

광고 카피에 나오는 말이 저절로 떠오른다.
"아, 사랑이 하고 싶다."

　언제나 가슴 따뜻한 로맨스를 전해주는 리사 클레이파스. 올 여름, 그녀와 함께 이열치열(?)의 여름을 보내보심은 어떨지?

나채성

　P.S. 로잘리와 랜드의 사랑 이야기도 있다고 한다. 랜드, 넌 내 이상형이야. 내가 콕 찍었어.

1

　그녀의 원래 이름은 미레이유 저멩이다. 하지만 색빌 장원에서 그 이름을 아는 사람은 없었다. 아마 영국 전체에서 그 이름을 아는 사람은 없을 것이다. 미레이유 저멩으로서의 인생에서 도망치기 위해 고향을 떠나온 그녀였다. 프랑스에서는 미레이유였다 해도, 이곳에서 그녀는 미라였다. 그녀는 예전보다 지금의 새 이름이 훨씬 더 좋았다.

　탑방 창턱에 팔꿈치를 기댄 그녀는 산들바람을 맞으며 눈 아래 풍경을 감상했다. 색빌 경의 사냥파티에 초대받은 부잣집 마나님들과 나리들이 한껏 모양을 내고 속속 도착하는 중이었다. 미라는 늘 귀족들의 겉치레를 경멸스러워했다. 색빌 경의 보호를 받게 된 후론 좀더 예의를 차리게 되긴 했지만, 오래된 신념이나 태도들이 쉽게 바뀔 리 없었다. 그녀는 저들과 전혀 다른 세상, 귀족 계급의 정중한 허례허식을 코웃음치는 그런 세상에서 자라났다.

　또 한 대의 마차가 정문을 통과하여 1킬로미터 이상의 가로수길을 달려왔다. 진한 청색과 검정색이 어우러진 마차. 하인들에게 들었던 바로는, 그 색채는 포크너 가의 표시였다. 우아한 두 마리 밤색 말들이 현관 앞에 멈춰서자 미라는 조금 더 창 밖으로 몸을 내밀었다. 그녀의 커피색 눈동자가 마차 밖으로 나서는 스태퍼드 공작, 알렉산더 포크너에게 고정되었다.

예상보다 훨씬 젊고 잘생긴 남자였다. 구릿빛 피부에 길지 않은 검은 머리. 코트깃을 바로잡고 마차 앞쪽으로 걸어가는 그의 태도에 오만함이 배어 있었다. 생동감과 건강함도 느껴졌다. 최근 유행하는 바이런 같은 낭만적인 창백함으로 인해 대개의 젊은이들이 희망 없는 갈망에 사로잡힌 것처럼 일부러 우울하고 나태해 보이려 노력하는데 반해 이 남자는 그런 유행에 신경 쓰지 않는 듯했다.

미라는 두 손으로 턱을 받친 채 그 남자를 지켜보았다. 그가 무심하게 말의 목덜미를 쓰다듬어주다가 마부의 한마디에 씨익 웃으며 하얀 이를 드러냈다. 사촌의 죽음 때문에 지독히 괴로워한다던 사람이 바로 이 남자일까? 하지만 그는 최근에 누군가와 사별한 사람처럼 보이지 않았다. 길지 않은 인생에서 그녀도 죽음과 그 뒤에 남겨진 그림자를 가끔 본 적이 있지만, 그들은 지금의 포크너 경 같지는 않았었다.

곱슬곱슬한 가발과 제복을 갖춰 입은 색빌의 하인 두 명이 현관문을 활짝 열고 포크너에게 절을 올렸다. 그 귀족이 저택 안으로 사라진 후, 여러 대의 마차들이 도착하여 비슷한 환영인사를 받았다. 하지만 이제 미라는 구경에 흥미를 잃고, 계속 그 검은 머리의 젊은 남자를 생각했다.

알렉이 서재로 들어서자 색빌은 술 한 잔과 상냥한 미소로 그를 맞아들였다. 색빌은 항상 유쾌하고 호의적인 표정을 짓고 있었다……. 왜 아니겠는가? 아내와 그의 이름을 따를 후계자가 없는 것만 빼면, 그는 모든 걸 두루 갖추었다. 많은 친구들과 경제적인 안정, 뭇 사람들의 존경.

색빌의 주요 관심사는 정치와 사냥, 두 가지였다. 편의상 그 관심사는 계절별로 분리되었는데, 봄이면 런던으로 가서 의회에 참석하고 가을이면 색빌 영지로 돌아와 사냥을 즐겼다. 둘 중 정치적인 능력이 보다 탁월했다. 어느 한쪽 편을 들지 않으면서도 결과적으로는 항상 승리한 쪽에 서 있있다. 한편으로 그는 조롱 당하는 것을 대단히 두려워했다. 자신의 이미지와 평판이 다른 무엇보다 가장 우선이었고, 그 집착 때문에 가끔씩 짜증스런 곤경에 처하기도 했다.

색빌의 아버지대 이전 족보는 정확히 알 수 없었다. 그의 아버지가 그리 감탄스럽지 않은 가문의 역사를 숨기기 위해 저명한 혈통을 돈으로 사들였다. 대단히 강한 자존심 탓인지 자신은 친구들을 놀리는 경우가 종종 있으면서도 다른 사람의 농담은 절대 기분 좋게 받아들이지 못했다.

그가 연애하지 못하는 이유도 그 자존심 탓으로 알려졌다. 그의 높은 기준치에 어울릴 만한 신부감이 없기 때문에 결혼하지 못한다는 소문이 떠돌았다.

"일찌감치 도착했군, 포크너."

알렉에게 브랜디잔을 건네주고 마호가니 책상 끄트머리에 걸터앉으며 색빌이 입을 열었다.

"사냥이 하고파서 못 견디겠던가?"

"런던이 지루해서죠."

알렉은 색빌의 조상 흉상에 팔을 걸치며 고급 브랜디를 한 모금 삼켰다.

"차 한 잔과 동정이 항상 지겹긴 하지만, 지난 몇 달 간은 더 죽을 맛이었습니다."

"아…… 그렇군. 그래도 견뎌내야지. 자네를 위로하고 싶어하고, 또 자네만큼 큰 상실감을 느끼는 사람들이니……."

"저만큼 상심한 사람은 없습니다."

알렉이 무뚝뚝하게 가로막았다.

"비록 그런 척하는 게 유행이긴 하지만요."

그의 얼굴에는 아무런 표정도 드러나지 않았지만, 눈동자 속에는 냉소가 깃들어 있었다.

"홀트는 호인이었어. 사실 지난 9월에 같이 모였던 사람들이 그의 기억으로 인해 심란해 할까봐 이번 사냥파티를 취소할까도 생각했었다네."

"걱정 마십시오. 우리의 저명하신 손님들에게 술을 권하고……."

알렉이 다시 한 모금 브랜디를 들이켰다.

"음악, 춤까지 곁들여주면…… 금세 잊어버릴 겁니다."

"포크너."

색빌의 주름진 얼굴이 걱정스레 찌푸려졌다.

"그런 식으로 말하지 말게. 자네가 원래도 여리고 부드러운 사람은 아니었지만 지금처럼 너무 냉담하게 변하는 것도 바람직하지 않네."

"그럼 저더러 어쩌라는 겁니까? 술잔에 코를 박고 울기라도 할까요?"

"자네더러 어쩌라고 하진 않겠네. 자넨 청개구리 성향이 있으니까. 하지만 벌써 여섯 달이나 지났어. 자네의 냉담함을 홀트의 죽음 때문이라고 생각했던 친구들조차 이제 곧 떠나버릴 거라구. 아, 물론 몇몇 추종자들은 남겠지. 자네의 돈과 자비를 바라는 자들……. 하지만 진짜 친구들이 등돌리기 시작하면 되돌리기 힘든 법이야."

알렉은 말없이 그를 응시하다가 다음 순간 미소지었다.

"당신답지 않군요, 색빌. 인사도 하기 전에 훈계라니요."

"자네한테 꼭 필요하기 때문이야."

"당신은 항상 가치 있는 친구죠."

알렉은 흉상의 대리석 눈썹 위를 손가락으로 톡톡 두드렸다.

"그럼, 좀더 훈계를 들어보기로 하죠. 냉소를 치료할 방법이 뭡니까?

바보 같은 웃음, 위선과 가식 너머의 이면까지 꿰뚫어보는 방법이 뭡니까? 내 눈에 보이는 건 죄다 그런 것들뿐이던데.”

“환경을 바꿔보면 어떻겠나? 이탈리아나 프랑스에…….”

“그 방법은 이미 시도해봤습니다. 똑같은 얼굴, 똑같은 그림, 똑같은 음식…… 똑같이 지겹더군요.”

“새 종마라도 한 마리 구하면…….”

“말은 지금도 많습니다.”

“가족에게서 위안을 찾아보면 어떨까?”

알렉이 피식 웃으며 고개 저었다.

“그놈의 친척들 하나하나가 똑같이 지긋지긋합니다.”

“그럼 여자를 찾아보게.”

“여자도…….”

“돈 주고 사는 여자 말고 진짜 여자 말이야. 최소한 몇 달 간은 곁에 둘 수 있는 여자. 같이 있기 편하고, 자네가 어떤 술을 좋아하는지, 크러뱃은 어떤 식으로 묶는지 아는 그런 여자. 그게 얼마나 좋은 느낌인지 아나? 내가 진심으로 추천해주고 싶은 방법은 그거라네.”

“매우 열성적이시군요……. 그게 당신에 대한 소문과 관련이 있는 겁니까? 이 집에 정부를 데리고 있다는 게 사실입니까?”

색빌이 환하게 미소지으며 인정했다.

“내가 만난 중에서 가장 특별한 여자야. 따뜻하고 정열적이고……공허한 인생을 천국으로 만들어주지.”

“맙소사.”

알렉은 한쪽 입꼬리를 뒤틀며 그를 바라보았다.

“그 여자를 이곳에 데리고 있으면서 다른 일까지 어떻게 감당하시는 겁니까?”

“사냥파티 말인가?”

색빌이 손을 내저었다.

"그녀는 대부분의 시간을 조용히 보낸다네. 사람이 많은 곳을 싫어하거든……."

"한 가지 일만 좋아하는 모양이군요. 아마 그 한 가지에 솜씨가 뛰어나리라 믿습니다."

알렉이 한탄스레 미소지었다.

"그 여자, 여동생이 있습니까?"

"없을걸. 그녀 같은 여자는 단 하나뿐이고…… 난 공유할 생각이 없다네, 포크너."

그렇게 친근한 대화를 계속하며 그들은 서재를 나서 객실이 있는 이층으로 올라갔다. 전에도 그들은 여러 가지 주제에 대해 토론하곤 했었다. 스물여덟의 알렉과 그보다 스무 살 이상이나 나이가 많은 색빌과의 나이차에도 불구하고 그들에겐 공통점이 많았다. 둘 다 학창시절에 작위와 재산을 물려받아 어린 나이에 너무 많은 권력을 부여받음으로 인해 수많은 문제에 봉착해야 했다.

알렉은 가문과 토지와 소작인들에 대한 책임을 소년기부터 짊어지게 된 것이 늘 원망스러웠다. 아버지의 죽음으로 하룻밤 사이에 어른이 되었으므로 또래 친구들이 즐기는 유희와 경솔함을 누려볼 권리를 박탈당했다. 그런 웃음과 우정의 공백을 메워준 사람이 바로 사촌 홀트였다. 무모하고 자유분방한 성격이었던 홀트가 불건전한 모험들로 그를 끌어내 이따금씩 책임감과 일의 단조로움에서 해방감을 안겨주었다. 알렉의 방에 불쑥 여자들을 밀어넣기도 하고, 한밤중에 해괴망측한 술집으로 와달라는 연락을 보내기도 했다. 일주일에 한 번씩 사랑에 빠졌다가 여자들의 변덕에 비통해하며 알렉을 술집으로 끌어들이던 홀트. 언제나 장난스럽고 원기가 왕성했던 사촌이었다.

"너한텐 내가 있어야 돼."

가끔 홀트가 그렇게 말했었다.

"다른 사람들은 널 너무 심각하게 만들거든."

홀트가 죽은 지금, 알렉은 그 말이 진실임을 뼈저리게 깨달아야 했다.

색빌이 방을 알려주고 다른 손님들에게 떠난 뒤, 알렉은 정처없이 장원을 돌아다녔다. 색빌 장원은 안락하고 매혹적이었다. 각방마다 벽난로와 그림들, 책들, 푹신푹신한 의자와 풍성한 커튼이 드리워진 침대들이 자리잡았다. 색빌의 사냥파티에서는 몇몇 호사스런 침대들이 다른 침대보다 더 자주 애용되었다. 여러모로 방종할 수 있는 기회이기 때문이었다.

장원의 외부는 튼튼한 요새 같으면서도 구석구석으로 시선이 쏠릴 만큼 그림 같았다. 돌담과 지붕 꼭대기는 총안이 들쭉날쭉 튀어나와 성채와 같은 풍모를 자랑했다. 그 중에서도 가장 눈에 띄는 것은 네모나게 솟아 있는 탑들이었다. 그곳은 마치 동화 속 공주님이 갇혀 있을 것만 같은 곳이었다.

알렉의 방은 그 네모난 탑들 중 하나의 입구와 가까웠다. 그는 다시 복도로 돌아와 좁은 계단 옆 벽에 기대서서 저 탑이 무슨 용도일까 생각해 보았다. 하인들이 사용하는 다락방일까? 아니면 창고로 쓰이는 골방일까? 문득 계단에서 들리는 가벼운 발소리가 그의 생각을 중단시켰다.

미라는 부엌으로 내려가는 중이었다. 요리사와 하인들이 손님맞이 준비를 하느라 바쁠 터이니 조금이나마 도와줄 생각이었다. 색빌 경이 알면 화를 내겠지만, 어차피 그런 일을 전혀 안 해본 것도 아니었고 쓸모 있는 사람이 되고 싶기도 했다.

문득 그녀는 인기척을 느끼고 밑에서 두 번째 계단에 불쑥 멈춰 섰다. 키가 큰 남자였다. 단번에 그 검은 머리카락을 알아차리며 그녀는 노골적인 호기심으로 그를 바라보았다. 검은 속눈썹 아래 수정 같은 연한 회색의 눈동자가 자리잡았고, 강하게 뻗어나갔다가 살짝 휘어진 눈썹은 검은 벨벳 같았다. 그 효과는 가히 충격적이었다, 구릿빛 얼굴

에 박힌 눈부신 은색 눈동자라니……. 그 눈이 그녀의 비밀을 캐낼 것
처럼 가늘어졌고, 커다란 입술은 냉소적인 재치를 드러내며 한쪽으로
기울어졌다. 그녀는 본능적으로 뒷걸음질치고 싶어졌다. 멀리서도 감
지할 수 있었던 육체적 힘이 가까이에서는 더 위압적이었다. 몸매의
선 또한 완벽했다. 바지 속에 감싸인 탱탱한 허벅지, 푸른 코트와 줄쳐
진 조끼를 걸친 날렵한 상체, 그리고 넓은 어깨까지 모든 게 완벽했다.
　"안녕."
　알렉의 눈동자가 그녀를 빨아들일 것처럼 짙어졌다. 그녀가 두 손을
치맛자락 사이에서 비트는 것을 알아차리며 그가 나지막이 한마디 덧
붙였다.
　"나 때문에 놀랐소?"
　"오, 아니에요."
　미라는 긴 속눈썹을 내리깔고 대답한 다음 과감하게 미소지어 보였
다. 그 눈동자의 웃음기가 알렉을 매료시켰다.
　"포크너 경이시죠?"
　그가 고개를 끄덕이고는 잠시 복도를 둘러보았다. 지금쯤 그녀의 주
의 깊은 샤프롱이 나타날 때가 되었으리라는 예상에서였다. 이런 여자
가 오랫동안 혼자 방치될 리 없었다. 그의 생각을 정확히 짐작하며 미
라의 미소가 사그라들었다.
　"전 아래층으로 가던……."
　계단 위에 서 있다는 걸 잊은 채 그녀가 무의식적으로 한 발을 내딛
었다. 앞으로 휘청 몸이 기울어지면서 그녀의 두 손이 당황스레 흔들
거렸다. 알렉이 반사적으로 손을 뻗어 그녀의 떨어지는 몸을 지탱하고
강한 두 팔로 안아주었다.
　미라는 한순간 멍하니 그를 올려다보았다. 심장이 목구멍으로 튀어
나올 듯 쿵쾅거렸다. 이 남자에게서 뭐라 설명할 수 없는 향취가 풍겨
났다. 남성용 스킨, 깨끗한 리넨, 베이 럼(머리향수)의 흐릿한 향기가

뒤섞였다.

“어머나, 이를 어째.”

그녀가 그의 코트깃에 대고 웅얼거렸다.

“누구나 실수할 때가…….”

“당신이 붙잡아주지 않으셨으면…….”

“바닥이 대단히…….”

“… 뭐라고 감사의 말씀을 드려야 할지…….”

가까이서 들여다본 그의 회색 눈동자는 황홀하리만큼 아름다웠다. 다음 순간 그들은 말없이 서로를 마주보았다. 그는 여전히 그녀를 꼭 끌어안고 있었다. 그의 몸이 너무 가까웠다. 미라가 그를 의식하는 것처럼 이 남자도 그녀를 또렷하게 의식하는 듯했다. 하지만 이런 남자는 그녀가 넘보지 못할 존재였다. 영원히.

“이제…… 놔주세요.”

그녀가 마지못한 듯이 중얼거렸지만 그의 팔은 풀어지지 않았다.

“혼자 설 수 있겠소?”

그가 부드럽게 물었다.

“네, 그럴 것 같아요.”

“조심해야지, 다칠 뻔했잖소.”

그녀의 몸이 너무나 보드랍게 안겨 있어 그는 놓아주고 싶지 않았다. 그의 뇌리에 수십 가지 질문들이 스쳐지났다. 이 여자는 대체 누굴까, 왜 전엔 본 적이 없었을까……, 이 여자가 왜 이렇게 불안하게 자신을 쳐다보는 걸까, 지금 키스해 버리면 어떤 반응을 보일까……. 너무도 유혹적인 여자였다! 비밀로 가득 찬 듯한 갈색 눈동자의 그녀는 그의 품에서 날아가고 싶어하는 새 같았다.

“이름이 뭐요?”

그의 고개가 살짝 아래쪽으로 움직였다.

“나리.”

그녀가 화들짝 몸을 잡아뺐다.

알렉은 하는 수 없이 손을 풀어내며 얼굴을 붉히고 선 그녀에게 미소지었다.

"미안하오. 둘 다 실수한 것 같군. 평소의 난 좀더 예의 바른 사람인데 말이오."

"저도 평소엔 이런 실수 안 해요."

"그렇겠지."

"고맙습니다, 절 붙잡아주셔서. 이제 그만 가봐야겠어요……."

"잠깐."

그가 충동적으로 그녀의 팔을 붙잡으려다 손을 떨궜다.

"이름이 뭐요? 색빌 경의 손님으로 왔소?"

미라는 이 자리에서 도망치고 싶었다. 이 남자가 그녀의 정체를 알았을 때 어떤 반응이 나타날지 뻔히 알고 있었다. 하지만 그녀의 자존심이 도피를 허락지 않았다.

"제 이름은 미라예요. 색빌의 손님이긴 한데, 다른 손님들과 달라요. 전 여기서 살아요, 이 탑방에서요."

처음에 알렉은 자신의 귀를 의심했다. 그럼 이 여자가 색빌의 정부란 말인가? 그의 은색 눈동자가 싸늘해지며 그녀의 머리부터 발끝까지 훑어보았다. 잘 다듬어진 머리와 아름다운 차림새, 균형잡힌 몸매와 뽀얀 살결까지.

"좀 전에 색빌과 당신에 대한 얘길 했었소."

그의 목소리가 현저하게 차가워졌다.

"난 좀더 나이 든 여자를 상상했었소."

"착각하셨군요."

"내가 크게 착각한 것 같소."

"전 가봐야겠어요."

그녀가 복도 쪽으로 방향을 틀었다.

"궁금하군."

그의 시선이 그녀의 목선과 봉긋한 젖가슴으로 흘렀다. 방금 전까지 따뜻했던 눈길이 이젠 거만하기 짝이 없었다.

"전엔 어떤 여자였소?"

"전이라뇨?"

그녀가 조심스레 되물었다.

"색빌의 정부가 되기 전 말이오. 멋진 옷과 근사한 방 하나에 자신을 팔고 싶어하는 마을 처녀였던가? 아니면 색빌을 결혼으로 꼬여들이려다가 이 정도밖에 성공하지 못한 상인의 딸이었을까……."

"둘 다 아니에요."

미라는 경멸스런 미소로 그의 말을 가로막았다. 포크너도 여느 귀족들과 다를 바 없는 모양이었다. 다른 사람을 제멋대로 판단하고, 하층민을 업신여기고……. 자신이 뭐든 잘났다고 확신하는 그런 인간.

"이만 실례하겠습니다, 나리. 더 이상 나리의 곁에 머물러 나리의 고결하신 존재를 더럽히지 않겠습니다."

그녀는 그의 매서운 시선을 뒤로하고 그 자리에서 떠나갔다.

그날 밤 알렉은 매력적이고 사교적인 모습으로 색빌 경의 60명 남짓한 손님들과 진수성찬을 나누었다. 하지만 속으로는 여전히 장밋빛 드레스의 소녀를 생각하고 있었다. 생각하면 할수록 불쾌해졌다. 어떻게 자기 나이의 두 배도 넘는 사내의 정부 노릇을 할 수 있단 말인가? 색빌에게 일말의 감정이라도 있는 걸까, 아니면 전적으로 경제적인 원조 차원일까? 틀림없이 돈 때문이리라. 보디스와 소맷자락에 구슬이 달린 그 고급스런 옷만 봐도 알 수 있지 않은가. 그래, 다른 여자들과 똑같이 돈에 팔린 여자이리라.

식사를 즐기려 애를 썼지만 그는 맛도 모른 채 음식을 씹어 넘겼다. 구운 닭고기 요리는 텁텁했고 보르도 와인으로 요리한 강에서 갓 잡아올린 송어, 볶은 거위고기와 소스 뿌린 야채는 떨떠름했다. 그의 왼쪽에는 런던에서 제일 헤픈 여자인 레이디 클라라 엘즈미어가 앉았고, 오른쪽에는 수다스럽고 약간 모자란 레이디 캐롤라인 램이 자리잡았다. 오로지 내일의 사냥만이 기다려질 뿐이었다. 사냥이란 인생을 간단하게 만들어주는 활동이었다……. 약탈자와 먹이, 추적과 승리만 생각하면 그만이었다. 들판에서는 색빌과 그의 정부처럼 하찮고 짜증스런 문제를 잊을 수 있다.

색빌 영지에서의 사냥은 쉽지 않은 모험이었다. 수시로 불쑥불쑥 솟아난 울타리를 뛰어넘어야 하기 때문에 매우 위험했지만, 동시에 그만큼 흥분을 돋궜다. 말들이 피로에 지쳐 쓰러지지 않도록 바꿔 탈 말들을 두세 마리 더 준비해야 했다. 알렉도 세 마리를 가져왔는데, 그 중에서 서브린이라는 이름의 밤색 말을 제일 좋아했다. 사냥을 시작하기 전에 그 변덕스럽고 활기 넘치는 짐승에게 시동을 걸어줄 필요가 있었다.

동튼 지 한 시간쯤 되었을 때, 알렉은 서브린을 타고 숲으로 나섰다. 나중에 모자와 빨간 코트 등의 사냥 복식을 갖춰 입어야 할 테지만, 지금은 하얀 셔츠와 가죽 바지, 승마화 차림이었다. 선선한 아침 공기가 옷자락에 매달리며 그의 젖은 머리카락을 쓸어넘겼다. 혈기왕성한 말이 평소보다 더 조바심을 냈으므로 그는 자유롭게 풀어주기로 결심했다.

"알았다, 알았어. 마음껏 달려봐."

말 옆구리를 두드려주자마자 녀석이 쏜살같이 달리기 시작했다. 신선한 공기가 알렉의 폐부를 가득 채우자 환희의 감각이 살아났다. 이 몇 분 간만큼은 철저하게 살아 있는 느낌이었다. 생각할 필요 없이 오직 근육의 움직임과 반사작용에만 힘을 기울였다. 말과 한몸이 되어 바람처럼 가뿐하게 울타리를 뛰어넘었다. 달그락 땅에 떨어지는 말발굽소리에 이어 미친 질주가 계속되었다. 다른 울타리를 또 하나 뛰어넘었다. 균형을 잡기도 전에 또 다른 울타리가 그들의 정면으로 솟아올랐다. 멈추기엔 너무 늦었고 뛰어넘을 정도로 빠르진 못했다. 다음 순간 말의 앞발이 높은 가로대에 걸려버렸다.

미라는 헝겊가방을 흔들며 느긋하게 숲길을 걷고 있었다. 약재와 연고로 쓸 허브, 풀뿌리들을 캐는 것이 매일 아침의 일과였다. 원래는 연한 푸른색이었는데 하도 빨아댄 나머지 이제는 정체를 알 수 없는 회색이 된 편안하고 낡은 옷차림이었다. 치맛자락도 발목과 무릎 사이 지점에서 잘려나가 정숙한 여자에게 허용된 이상의 다리를 보여주고 있었다. 긴치마보다 편해서 이런 차림을 했지만 누구에게라도 이런 꼴을 들키고 싶지 않았기에 그녀는 신중하게 돌아다녔다.

그때 멀리서 말발굽소리가 들리는가 싶더니 갑자기 그 소리가 끊겼다. 그녀는 한참을 망설였다. 이렇게 꼴사나운 모습으로 다가갔다가는 조롱 당하기 십상이었다. 하지만 누군가 다쳤을 가능성도 무시할 수 없었다. 조심스레 몇 분을 걸어가자 주인 잃은 말 한 마리가 발견되었다. 눈을 번들거리며 옆구리를 떨면서 콧잔등과 목의 혈관들을 펄떡이고 있었다. 그녀가 부드럽게 속삭이며 말에게 접근해갔다.

"가엾어라……. 괜찮아, 어디 다쳤니?"

그녀는 조심조심 고삐를 잡아 나뭇가지에 감아놓고 나서 그 말이 튀어나왔던 곳으로 움직여갔다.

알렉은 꺼칠한 나무둥치에 기대앉아 잇사이로 가쁜 숨을 토해냈다. 한 팔이 이상한 각도로 뒤틀려 있었다. 부러졌거나 어긋난 게 틀림없었다. 무지막지한 거인이 자신의 팔을 뒤쪽으로 비틀어대는 것 같았다. 눈앞으로 별들이 왔다갔다했고 이대로 죽는 걸까 싶을 정도로 고통스러웠다. 정신을 놓지 않으려 부러진 울타리에 시선을 고정시켰다. 그러다가 어렴풋이 다가오는 형체 하나를 알아차렸다. 그 여자…… 미라였다. 그는 그녀에게 왜 여기 있는지, 어떻게 여기 왔는지 묻지 않았다.

“가서…… 사람을 불러와…….”

그의 이마에 땀이 송글송글 맺혔다.

“당신 팔이…….”

“빠진 것 같소. 맞춰야겠어……. 제기랄, 어서 가!”

더 이상 고통을 참기가 힘들었다. 뱃속 깊은 곳에서부터 두려움이 치밀었다. 전에 울부짖는 남자들을 본 적이 있었는데, 이제야 그들의 심정을 이해할 것 같았다.

미라는 그에게 다가들면서 재빠르게 상태를 살펴보았다.

“제가 도와드릴게요. 저한테 약간의 치료기술이…….”

“사람을 불러오라구.”

“손가락 움직일 수 있어요?”

그녀가 고집스레 물었다. 알렉은 나무에 머리를 기대고서 흐릿한 눈으로 그녀를 바라보았다.

“나한테…… 어제 일로…… 복수하려는 거라면 꿈도 꾸지 마시오. 난 아직 당신 하나쯤…….”

그가 초점을 맞추려 몇 번이나 눈을 깜박였다.

“알아요.”

성질 고약한 야수 같은 이 남자한테 쓸데없이 동정심이 일어났다.

“하지만 난 어제 일 신경 안 써요. 어깨만 아픈 거예요? 내가 한 번 살펴보고…….”

그녀가 더 가까이 다가들었다.

질끈 눈을 감은 그의 얼굴은 창백했다. 이마에 젖은 머리가 달라붙었고 턱도 앙 다물어져 있었다. 검은 속눈썹이 올라가며 그의 눈동자가 나타났다. 그 시선이 그녀를 불안하게 만들었다. 약한 상태임에도 그의 말대로 그녀 하나쯤은 쉽게 해치울 것 같았다. 이대로 남겨두고 장원으로 돌아가는 게 가장 현명한 일이리라……. 이 남자는 그녀가 무슨 해를 끼칠 걸로 생각하는 모양이지만, 그녀 또한 똑같은 불안감을 느낄 수밖에 없었다.

하지만 그를 도와줄 만한 사람이 달리 없었다. 이 지역 의사는 무능한 술꾼 돌팔이였다. 알렉 포크너에게 일말의 동정을 느끼는 이유는 알 수 없었지만, 불필요하게 그의 고통을 연장시키고 싶진 않았다. 그녀는 무릎을 꿇고 내려앉으며 그의 다친 어깨를 더듬어보았다.

"아, 어떻게 된 건지 알겠어요. 심하지 않네요…… 부러지진 않았어요."

알렉의 온전한 손이 그녀의 손목으로 날아가 우악스럽게 움켜잡았다.

"건드리지 마……."

그녀는 단호하게 그의 어깨와 팔뚝을 잡았다.

"내가 해볼게요."

"안 돼……."

"가만히 있어요. 내가 방법을 안다니까요."

"빌어먹을, 만지지 말라고……."

팔이 빙글 돌아가는 걸 느끼며 알렉의 목소리가 정지되었다. 그녀의 손이 근육과 뼈와 신경조직을 잘 아는 것처럼 움직였다. 움찔하면서 그의 손가락이 허공에 펼쳐지는 순간, 어깨가 탁 제자리로 찾아들어갔다. 조금 전까지의 고통과 토할 것 같던 역겨움이 빠르게 잦아들었다. 그의 눈이 서서히 열려 검은 빛에 가까운 회색 눈동자를 드러냈다. 그는 경이롭게 입술을 벌린 채 눈앞의 얼굴을 응시했다. 처음에는 무감각했다……. 그 후에는 따끔따끔한 감각이 팔에 느껴졌다. 그와 함께 안도감어린 떨림이 그의 몸으로 번져나갔다.

"긴장 풀어요."

미라는 그의 셔츠깃 속으로 손을 넣어 어깨의 뭉친 부분을 찾아냈다.

"아직 움직이면 아플 거예요."

그녀의 손가락이 맥빠진 신경조직을 찾아 놀라우리만큼 자신 있게 주물러갔다. 그 작은 손에 그런 힘이 숨어 있을 줄은 짐작도 못했었다. 알렉은 한숨을 내쉬며 눈을 감고 그녀의 등에 손을 갖다댔다.

"어떻게 한 거요?"

그가 나른하게 중얼거렸다.

"이런 방면엔 아는 게 좀 있어요."

미라는 열심히 그의 어깨를 주물렀다. 그의 살결이 잘 단련된 근육 위로 매끄럽게 펼쳐져 있었고 가슴에는 고급 모피 같은 털들이 복슬거렸다.

'사자 발톱에서 가시를 빼준 생쥐 심정을 알 것 같아.'

그녀는 순간의 동정심 때문에 지혜를 잊어버렸노라고 맘속으로 중얼거렸다.

"재능이라기보다는 필요에 의해서였죠. 하지만…….."

"색빌 경이 당신한테 여러 재능이 있다고 하더군. 그땐 치료기술을 얘기한 게 아니었지만."

그녀의 손가락이 떨어져나가려 했다. 즉시 그가 그녀의 허리를 감아쥐며 달래듯이 속삭였다.

"아니…… 그만두지 마시오."

"내 도움을 필요로 하는 사람치고 대단히 거만하시군요."

"내가 온전한 몸뚱이로 일어서게 되면 그때 감사를 표하겠소."

알렉의 눈은 여전히 나른하게 감겨 있었다. 그녀의 허리를 안고 있는 게 이상스레 자연스런 느낌이었다. 그녀의 따뜻한 숨결이 뺨에 와 닿으며 땋아내린 머리카락이 이따금씩 가슴 위를 스쳤다. 이 여잔 왜 이렇게 좋은 느낌인 걸까? 이 손길은 왜 이렇게 마법적인 걸까? 이 여자한테 손대지 말아야 한다는 걸 알면서도 왜 이렇게 갖고 싶은 걸까? 이 여자는 색빌의 정부였다. 다른 남자의 소유……. 자신의 여자가 아니었다.

"당신 억양이…… 외국인 같은…….."

"프랑스에서 자랐기 때문이에요."

개인적인 대화가 두렵거나 혹은 거슬리는 것처럼, 그녀가 또다시 손을 떼어내려 했다.

"이젠 괜찮아졌을 거예요."

알렉이 눈을 떴다.

"아직 아니오. 목이 뻐근해."

"여기요?"

그녀의 손가락이 어깨 위로 움직여갔다.

"아니, 그 뒤쪽……. 맞아, 거기."

알렉의 몸이 행복하다고 외쳐댔다, 가르릉대는 고양이처럼.

"숲속에서 그런 식으로 달리다니 다쳐도 싸요. 팔다리가 여기 저기 널려 있었대도 놀랍지 않았을 거예요."

"당신이 중요 부분들을 모아주기만 하면 되오."

"머리를 멋으로 달고 다니시나 보죠? 그런 식으로 생각 없이……."

"이제 팔은 괜찮아졌소."

알렉이 그녀의 빈정거림을 가로막았다.

"두통도 어떻게 좀 해주겠나?"

미라가 나지막이 웃음을 터트렸다.

"전 마녀가 아니에요, 포크너 경. 지팡이로 두통아 사라져라 하는 마법 따윈 없다구요."

"하지만 당신 손은 마법 같다오."

갑자기 그녀의 손동작이 멈췄다. 그의 손가락이 그녀의 머리채를 감아 가까이 끌어당겼다.

"놔주세요."

그녀의 태도가 뻣뻣하고 차가워졌다. 그는 그녀의 머리를 놓지 않은 채 끌어당기는 것만 그만두었다. 그녀를 안은 느낌이 너무나 감미롭고 유혹적이었다. 그녀에게 키스하는 게 가장 자연스런 일인 것 같았다. 왜 이러는 걸까? 이 여자에게 키스할 수는 없었다, 그런데 놓아줄 수도 없었다. 그 여성적안 체취가 강력한 최음제처럼 그를 발정난 수소로 만들어버렸다. 이 여자를 차지해버리든지, 아니면 이 욕망을 제거할 만한 방법을 찾아보아야 했다.

"우선 선수금을 받는 쪽인가보군."

미라의 눈이 휘둥그레졌다. 다음 순간 그의 뺨에 따귀가 날아들었다. 그의 고개가 홱 옆으로 돌아갔다가 다시 그녀에게 돌아왔다.

"감사를 표하는 방법이 매우 형편없으시군요, 나리."

그녀가 벌떡 일어나서 뒤로 물러났다.

알렉은 쓸쓸하게 미소지으며 그녀를 바라보았다. 그녀의 아름다운 얼굴이 붉게 물들었고, 눈동자도 번들거렸다. 색빌과 관계를 가질 때도 이런 모습일까?

"당신한테 감사할 일이 없었으면 더 좋았을 거요."

그가 코웃음쳤다.

"잠시 자비를 보였다고 해서 당신의 본모습이나 당신에 대한 내 의견이 바뀌진 않소."

그녀는 어이없이 그를 노려보다가 빙글 돌아서서 달려나갔다. 날씬한 다리를 사랑스럽게 보여주면서.

색빌은 알렉에게 무슨 일인가 있었음을 알아차렸으면서도 예의상 물어보지 않았다. 다행히 색빌의 사냥개들이 공격적으로 추적을 계속했으므로 그다지 대화가 필요치도 않았다. 알렉의 어깨는 약간의 통증만 느껴질 뿐이었다. 하지만 어깨가 따끔거릴 때마다 셔츠 안으로 미끄러지던 미라의 손길을 생각지 않을 수 없었다. 또한 그녀에 대한 생각이 그의 정신을 한없이 다그쳐댔다.

오늘은 여자들이 사냥에 따라나서지 않았다. 여성용 모자 깃털이나 나풀거리는 리본들에 신경 쓰지 않고 사냥할 수 있는 건 행운이었다. 아무리 솜씨 좋은 여자라 해도 여자가 끼어 있으면 남자들은 지속적으로 그녀의 안전에 주의하느라 사냥의 즐거움을 만끽할 수 없었다.

장원에 남은 레이디들은 마차 드라이브에 나서거나 이웃 영지를 방문했다. 잡담과 카드게임을 즐기거나, 좀더 생기 넘치는 그룹은 그 자리에 없는 사람들을 도마에 올려 씹어대기도 했다. 조용히 책이나 시에 대해서 얘기하는 사람, 또 거의 드물게 정치 얘기를 나누는 여자들도 있었다. 몇몇은 패션에 대해서, 다른 사람들은 연애담이나 모험담을 재잘거렸다. 이제 90명 정도로 늘어난 사냥파티의 일원들은 저녁식사 때 다시 만나게 될 것이었다. 그 후에는 춤을 추고 노래하거나 악기를 연주하고, 체스와 카드게임을 즐길 것이었다. 삼 주일 동안 거의 그런 식으로 되풀이하다가, 남자들이 사냥에 지치고 여자들이 지루하다고 느껴질 때쯤 새로운 파티를 찾아 각자 흩어질 것이다.

미라는 철저하게 귀족들과 분리된 채 장원의 하인들과 어울렸다. 요리사와 가정부뿐 아니라 하녀들이나 마구간 하인들과도 이미 친분이 쌓여 있었다. 그들 모두 2년 전 그녀가 색빌 장원에 오게 된 과정을 알고 있었고, 색빌의 정부가 된 진짜 이유를 알고 있는 듯 그녀에게 친절하게 대해주었다.

반면에 사냥파티의 손님들과 그들의 하인들은 그다지 친절하지 않았다. 색빌 경이 그녀에 대해서 떠벌렸을 터이니 그녀의 위치를 모두 알고 있을 것이었다. 색빌은 그녀가 대중 앞에 나서지 않는 것을 오히려 신비스럽게 만들어 여자들의 호기심과 남자들의 부러움을 불러일으켰다. 그것이 거래의 일부였으므로 미라는 색빌의 허풍에 그리 신경 쓰지 않았다. 그녀를 데리고 있는 즐거움 중에 그녀의 존재가 불러일으키는 이미지도 포함되어 있었다.

혼자 있을 때가 많았으므로 그녀는 서재의 책들을 왕성하게 읽어대고, 향긋한 목욕과 몸단장에 마음껏 시간을 들였다. 색빌의 고집에 따라 아름다운 옷들도 골라 입을 수 있었다. 요즘 유행하는 연자주, 회색, 노랑, 분홍 등의 파스텔톤 색상에 안주하지 않고 자신의 취향에 맞는 생생한 색채를 선택했다. 화려한 빨강이나 광택나는 파랑, 에메랄드 초록, 보라색, 심지어 그녀의 짙은 눈동자와 이국적인 외모를 돋보이게 해주는 검은색 드레스까지 맞추곤 했다. 혼자서 산책하거나 말을 타는 시간도 많았다. 때로는 색빌과 같이 승마하면서 프랑스에서의 에피소드로 웃음을 자아내기도 했다.

식사도 거의 탑방에서 혼자 했다. 탑방은 가끔 구름에 떠 있는 기분이 들 정도로 상쾌한 그녀만의 공간이었다. 지난 2년 간 그녀는 행복하게 지내왔다. 색빌의 여자라는 낙인 때문에 자존심이 상한 적은 없었다. 그런데 이젠…….

아마 그 동안 너무 약해져버린 모양이었다. 한 곳에서 오랫동안 행복해할 만한 타입이 아닌지도 몰랐다. 그녀는 항상 어딘가에 안주하고 싶었다. 그녀의 인생이 끊임없이 변하고 움직였으며 어디에도 뿌리내린 적이 없었으니까. 그리고 이제 가장 오랜 기간 동안 안정되게 한 곳에 머물렀다. 한 장소와 그곳 사람들을 서서히 알아가는 경험이 새롭고 즐거웠다. 항상 보호받으며 먹고 자는 습관을 만들어가는 것도 평화로웠다. 물론 완벽하게 행복하진 않았다. 때때로 외로움을 부인할 수는 없었다. 그리고 오늘 알렉 포크너에게 경멸을 당한 후에는 이상하게 혼란스러워졌다. 하지만 안전에 그 정도 대가는 따르지 않을까? 거만한 남자의 한마디에 색빌의 정부로 지내는 안전함을 희생시킬 수는 없지 않을까? 그녀의 행동이 포크너에게 그리도 증오 받을 만한 짓이었을까?

미라는 심란하게 아래층 음악실로 향했다. 다행히 텅 비어 있었으므로 문을 굳게 닫고 피아노 앞에 앉았다. 지난 2년 간 간단한 멜로디 정도를 연주할 만큼 강습을 받았다. 무심히 건반 위로 손가락을 옮기면서 나지막이 노래부르기 시작했다. 프랑스에서 배운 노래로, 평소에는 첫 건반을 누르자마자 그녀의 기분을 북돋아 주는 곡이었다. 그런데 오늘은 그 효과를 발휘하지 못했다.

"재밌군요."

문득 낯선 여자의 목소리가 방 안에 울려퍼졌다. 미라는 화들짝 문 쪽으로 고개를 돌렸다. 연한 금발 머리와 우윳빛 살결의 스물다섯에서 서른 살 사이쯤으로 보이는 아름다운 여자가 서 있었다. 그녀에게 잘 어울리는 세련되고 화려한 옷차림이었다.

"당신이 색빌의 작은 보물인가 보군요. 내 남편이 밤낮으로 색빌에게 당신 얘기를 들어야 했답니다."

"죄송해요."

미라가 의자에서 일어나 도망치듯 몇 걸음 움직였다. 하지만 그 여자가 점령하고 있는 문만이 유일하게 나가는 길이었다.

"아무도 없는 줄 알고……."

금발의 여자가 부드럽게 웃어젖혔다.

"우연히 지나다가 연주소리를 들었어요. 난 레이디 엘즈미어예요. 색빌이 당신한테 왜 그리도 흠뻑 빠졌는지 이해할 만하군요."

상냥한 말과는 대조적으로 레이디 엘즈미어의 눈은 차가웠다.

"이만 나가보겠습니다."

미라는 시선을 피한 채 문으로 주춤주춤 다가갔다.

"왜요?"

클라라 엘즈미어가 조롱 섞인 미소로 미라의 움직임을 지켜보며 다시 웃어젖혔다.

"나하고 얘기하는 게 불쾌한가요? 아님 색빌과의 관계 때문에 당황스러운가요? 그럴 리는 없을 텐데……. 색빌을 붙잡다니 아주 운이 좋군요. 그를 어떻게 낚아챘죠? 머리를 많이 굴렸겠죠?"

미라는 여자의 웃음소리를 뒤로한 채 문 밖으로 달려나갔다. 두 뺨이 뜨겁게 달아올랐다. 레이디 엘즈미어의 목소리에 조롱기가 가득했다. 그런 말쯤에 상처 입지 말아야 하는데……. 순간적으로 포크너의 잘생기고 냉소적인 얼굴이 뇌리에 스쳐지났다. 그녀의 눈에서 찔끔 눈물이 터져나왔다.

　

“사냥을 즐긴 소감이 어떤가?”
색빌이 알렉의 등을 두드리며 말했다.
“차라리 말 쓰러뜨리기 대회라 해야 맞을 겁니다.”
“아직도 스탬퍼드 일을 생각하는 건가? 그냥 공격적인 승마 탓이려니…….”
“공격적인 거하고 무책임한 거하곤 전혀 다릅니다. 그자는 수시로 말을 갈아치웠어요.”
“그래도 좀더 점잖게 말할 수 있잖나…….”
“그자는 자기 말에게 점잖았던가요? 지쳐 쓰러지도록 내몰았다구요!”
“잊어버리게, 친구. 사냥할 때마다 사고는 있는 법이잖나.”
알렉이 한숨을 내쉬었다.
“압니다.”
“자네 오늘 유달리 조용하더군.”
색빌이 달래듯이 미소지었다.
“피곤해서 그런가? 정말 힘든 하루였어, 그렇지?”
“맞습니다.”
알렉은 시무룩하게 빨간 코트를 벗어내고는 계단으로 올라갔다. 무슨 이유에선지 색빌이 계속 주절거리며 그의 옆으로 따라붙었다.
“이번 주말쯤 여우떼를 잡을 수 있을 거야. 하지만 버클리가 사냥개를 몰고 도착하면 훨씬 재미있어질 거네. 그의 사냥개들은 이 나라에서 최고잖나.”
“버클리도 오기로 했습니까?”

“셋째 주에.”

고약한 기분에도 불구하고 알렉은 호기심이 일었다. 버클리 백작과 그의 아내 로잘리는 자신의 스태퍼드셔 영지에서 멀지 않은 워릭에 살고 있었다. 백작의 재치와 그 아내의 매력 덕분에 인기 좋은 한 쌍으로서, 그들이 색빌 장원의 분위기를 한결 돋궈줄 것이다.

“레이디 버클리는 아주 이상적인 아내죠. 아름답고 매력적이고, 무엇보다도 레이디 중의 레이디예요.”

미라를 떠올리며 그의 인상이 찌푸려졌다.

“우리 모두 그 여자가 좀 덜 충실하게 굴면 고마울 걸세.”

색빌이 낄낄거렸다.

“당신이야 이 색빌 장원 밖으로 눈 돌릴 필요가 없잖습니까.”

“맞아, 맞아. 나한텐 미라만 있으면 되네.”

처음으로 알렉은 이 늙은 친구의 올챙이배와 성글어진 빨간 머리를 알아차렸다. 육체적으로 최상의 상태라 말할 수 없었고, 더 이상 젊은 이의 활력도 풍기지 않았다. 정부에게 관대하고 자비로울 것은 틀림없겠지만, 침대에서 여자를 만족시켜줄 수 있을까? 그런 생각의 흐름이 역겨우면서도, 알렉은 조용히 질문들을 되뇌어보지 않을 수 없었다. 색빌의 피부에는 노년을 알리는 주름이 잡혀 있었고, 그의 몸도 예전의 강인함을 잃어버렸다. 미라가 더 젊은 남자를 원하지는 않을까? 여자를 즐겁게 해줄 만한, 정열과 열정이 살아 있는 그런 남자를 더 좋아하지 않을까?

알렉의 머리 속에 하나의 영상이 떠올랐다. 그녀의 날씬한 나신이 그의 몸과 엉켜붙어, 그 입술로 그를 찾아헤매며 허벅지를 열어 엉덩이를 들썩이는 모습. 짙은 갈색 머리채를 그의 몸에 비단처럼 감고서 달콤한 목소리로 그의 귓가에 속삭여대는 모습. 그 동안 그는 계속해서 그녀의 몸 속으로……

“빌어먹을.”

사타구니에 모이는 열기를 쫓으려 안간힘쓰며 그가 짜증스레 중얼
거렸다. 그 여자가 그에게 마술을 걸어놓은 듯했다. 물론 그는 끝까지
저항할 생각이었다. 하지만 삼 주일이나 여기 머물러야 하는데, 그 여
자가 옆에 있다는 걸 알면서 과연 참아낼 수 있을까?

"뭐라고 했나?"

색빌이 물었다.

"아…… 아닙니다."

방 앞에 도착하자 알렉이 친구에게 억지미소를 지어보였다.

"그럼 저녁 식사 때……."

"그때 보자구."

색빌이 쾌활하게 대꾸하며 탑방이 있는 계단 쪽으로 움직여갔다. 미
라를 찾아가는 것이다.

"나도 늦지 않도록 노력하겠네."

늙은 사내가 은밀하게 속삭이며 찡긋 윙크해보였다.

알렉은 침실에 들어서자마자 침대에 털썩 드러누웠다. 두 손을 머리
뒤로 깍지 끼고 시계를 노려보았다. 똑딱똑딱, 15분이 지났을 때 욕설
이 튀어나왔다. 마침내 한 시간이 지난 후에야 색빌의 질질 끄는 발소
리가 들려왔다.

한 시간. 둘이서 한 시간이나 노닥거렸다.

지금쯤 색빌의 정부가 어떤 모습을 하고 있을까? 이불 속에 헝클어
진 채 누워 있겠지? 사내에게 애무를 받은 피부는 장밋빛이 되었을 테
고, 머리채는 베개 위에 풀어헤쳐져 있으리라. 만족스러워할까, 아니면
아쉬운 갈망에 차 있을까? 관계를 가진 후에 안겨 있고 싶어했을까?
알렉은 그녀를 품에 안았던 그날 아침을 생각했다. 수줍은 듯 떨던 여
자……. 다시 그 여자를 안고 싶었다.

그날 밤 미라는 상급 하인들의 식탁에서 같이 저녁을 먹었다. 귀빈

들이 모인 중앙 식당보다 좀더 정다운 분위기였음에도, 그들 나름대로의 적당한 에티켓과 규칙이 있었다. 요리사, 집사장, 시종, 하인들이 서열에 따라 앉았고 가정부인 다니엘 부인이 가장 상석을 차지했다. 미라는 다니엘 부인의 왼쪽에 앉아 시끌벅적한 다른 하인들의 식당 쪽 문을 흘깃 바라보았다. 색빌 경의 손님들 대부분이 각자 하인을 대동해 왔지만, 색빌의 하인들 중 누구도 그들의 침입을 달가워하지 않았다.

"버릇없는 작자들이에요."

다니엘 부인이 한심하다는 듯이 파란 눈을 위쪽으로 들어올렸다. 건강하고 호의적인 표정의 통통한 여자였다.

"저들과 같이 식사하지 않으니 다행이지 뭐예요."

"맞아요."

객실 담당 하인 조제프가 투덜거렸다.

"그 중에서도 베드퍼드 경의 하인이 제일 건방져요. 버르장머리가 없어요."

모두들 웃으면서 뜨거운 요리들을 각자 나눠갔다. 구운 쇠고기, 닭고기와 소시지, 감자, 동그란 그릇에 담긴 푸딩, 두텁게 썬 빵이 즐비했다. 미라가 물 탄 와인을 마시려 했을 때 하인 하나가 고개를 돌리며 격하게 기침을 해댔다. 오랫동안 감기로 고생하고 있는 서른다섯 살의 펄리였다.

"펄리, 아직도 기침이 안 떨어졌어요?"

술잔을 내려놓으며 미라가 걱정스레 쳐다보았다.

"머위약이 효과가 없던가요?"

"당신이 만들어준 것 중에서 제일 먹을 만하긴 하더군요."

펄리는 격한 기침을 참으려 냅킨으로 입을 틀어막았다.

"걱정 마세요. 떨어질 때 되면 떨어지겠죠."

"좀더 강하게 만들 걸 그랬군요. 맛은 괜찮았는지 몰라도 효과는 별로였나봐요."

"그래도 의사보다 당신한테 찾아가는 게 나아요, 미라."

다니엘 부인이 한마디하자, 다른 사람들이 웅성웅성 동의했다. 그들 중에서 어떤 식으로든 미라의 치료약을 받지 않았던 사람은 하나도 없었다. 벌에 쏘이거나 열병이 나는 것에 상관없이 정체불명의 물약을 주면서 피를 뽑자고 달려드는 돌팔이 의사보다는 그녀의 처방전이 훨씬 인기 있었다. 그 방면의 타고난 재능과 동정심도 미라가 이 작은 그룹에 쉽사리 받아들여진 이유 중 한 가지였다. 원래 주인 나리의 정부는 그들에게 경멸의 대상밖에 되지 못했다.

"이따가 칼라민트 차를 만들어 드릴게요, 펄리. 그건 아마 효과가 있을 거예요."

그는 기침을 참느라 얼굴이 새빨개진 채 감사의 뜻으로 고개를 끄덕여보였다.

"9월 감기라서 그래."

색빌 경의 시종 퍼시가 입을 열었다. 머리가 희끗희끗한 노인으로 미라에게 특별히 공손하고 친절한 사람이었다. 아마도 색빌과의 진짜 관계를 알기 때문인 듯했다. 전적으로 그 일에 찬성하는 것은 아닐 테지만, 지체 높은 레이디에게 하는 식으로 그녀를 대접해 주었다.

"겨울이 시작된다는 신호야."

"또 겨울이로군요."

컴핏 부인이 음울하게 말을 받았다.

"끔찍해요. 지난 봄은 지지리도 늦게 왔잖아요, 여름은 또 얼마나 짧았는지."

"저한테도 벌써 세 번째 겨울이에요."

미라가 중얼거리며 천천히 빵을 내려놓았다. 색빌 장원에서 벌써 세 번의 겨울을 맞게 되었다. 어느 날 아침 일어났을 때 스물다섯, 아니 서른이 되어 있으면 어쩌지? 앞으로의 계절들은 전보다 더 빨리 지나가겠지? 그녀는 주위의 낯익은 얼굴들을 둘러보았다. 그리곤 갑작스레 밀려드는 외로움에 당혹스러워졌다. 남들은 모두 자기 인생에 만족하는 것 같은데, 왜 나만 불행한 걸까? 아무래도 약을 조제해서 먹어야 할까봐, 그녀가 힘없이 생각했다. 가방 속에 있는 허브들……. 나륵풀, 고수풀 등의 약초들이 그녀의 이 이름 모를 질병에도 과연 효과가 있을까?

2

심란한 꿈에 시달린 알렉이 잠에서 깨어났을 때는 아직 이른 아침 시간이었다. 크림색 바지와 흰 셔츠, 초콜릿색 코트를 걸쳐 입은 후 아래층 식당으로 내려갔다. 어젯밤의 식당 분위기와는 대조적으로 사람이 많지 않았다. 파머스턴 경, 브리지워터 백작, 존 웨이드, 벤팅크 향사(기사보다 낮은 직급의 작위)가 커피잔이나 술잔을 들고 있을 뿐이었다. 숙취에 젖은 조용한 얼굴들 사이로, 색빌이 버터 바른 귀리케이크를 우적우적 씹고 있었다. 알렉이 몇몇의 인사말을 귓전으로 흘리며 같이 승마 나갈 사람은 없느냐고 물어보았다.

"승마?"

색빌이 입가의 딸기조림 얼룩을 냅킨으로 닦아내며 반문했다.

"몇 시간 후면 사냥 나갈 텐데?"

"아침 공기가 상쾌하니……."

알렉의 말이 계속되기 전에 색빌이 얼른 가로챘다.

"포크너, 난 아침 공기에 관심이 없네. 여기 남아서 자네의 상쾌한 승마나 기원하겠네.”

“고맙군요.”

알렉은 피식 웃으며 한 모금 마신 커피잔을 테이블에 내려놓았다. 구름 한 점 없는 아침 하늘이 화창한 날씨를 기약하고 있었다. 어제 아침 숲에 모였던 안개조차 흔적을 감췄다. 알렉은 어제와 똑같은 방향으로 서브린을 몰아나갔다, 물론 엄격하게 조절하면서. 밤새 뒤척여 생겼던 몸의 긴장감이 서서히 풀어지기 시작했다. 하지만 맑은 햇살과 조용한 분위기를 즐기면서도 마음의 평화는 좀처럼 찾아들지 않았다. 마침내 자신이 미라를 찾고 있음을 인정해야 했다. 바보 같다고 스스로를 욕하면서도 어쩔 수 없이 계속 그녀의 흔적을 찾아보았다.

그녀의 모습을 발견하는 순간 알렉은 숨을 죽였다. 그녀가 쓰러진 나무둥치에 걸터앉아 있었다. 작은 요정처럼, 현실의 사람이라고는 도무지 믿기지 않을 정도로 아름다웠다. 절레절레 머리를 흔들며 그는 자신의 마음과 투쟁을 벌였다. 그녀를 탐내지 말아야 할 이유는 많고도 많았다. 무릇 신사란 친구의 소유를 꾀어내거나 건드리지 않는 법이었다.

문득 미라가 읽던 책에서 시선을 들어올렸다. 그의 존재를 알아차리자마자 재빨리 맨발을 낡은 치맛자락 안으로 쏘옥 숨겼다. 하지만 이미 그의 회색 눈동자가 그 종아리를 훔쳐보고 난 후였다. 그들이 말없이 서로를 바라보았다. 숲속의 바스락거림과 말 울음소리만이 정적을 메워주었다.

그녀에겐 묘하게 정숙하고 우아한 분위기가 담겨 있었다. 귀족적이다 싶을 만큼. 그러면서도 서민적인 면모도 강하게 공존했다. 귀족으로서의 병약한 섬세함이 아니라 인고의 세월을 견뎌 피어난 꽃과 같았다. 사랑스런 시골소녀처럼 보이면서도, 그 눈동자에는 나이답지 않은 경륜이 깃들었다.

풍성한 속눈썹에 감싸인 눈망울이 신비롭고 또한 헤아리기 힘들었다. 저 깊은 눈으로 어떤 것들을 보았던 것일까.

"아침마다 이 길로 승마하실 건가요?"

그녀가 낮은 목소리로 물었다.

"매력적인 길이잖소. 그렇소, 이 길로 다닐 생각이오."

"그럼 제가 다른 길을 찾아봐야겠군요."

미라가 탁 소리나게 책을 덮었다.

알렉이 그 책표지를 훑어보고 나서 그녀의 얼굴로 시선을 돌렸다.

"제인 오스틴의 <노생거 사원>이라……. 놀랍군."

"왜요?"

"난 <엇갈린 애정>이나 <거지 소녀와 후원자> 같은 책인 줄 알았소."

그건 미라의 심기를 건드리려는 말이었다. 하지만 그 눈동자의 장난기를 보고 나서 그녀가 마지못해 웃음지었다.

"최근에 <오늘날의 예법>을 읽으라는 충고를 받긴 했어요."

알렉이 씨익 웃었다.

"이유를 모르겠군."

"다 읽고 나서 당신한테도 빌려드릴까요?"

"아…… 친절한 말씀이오. 하지만 나의 예법을 바꾸기에는 너무 늦은 감이……."

"슬픈 일이군요."

"맞았소."

알렉의 시선에서 차가움이 다소 사라졌다.

"책 읽는 걸 좋아하나?"

"닥치는 대로 읽는 편이에요. 하지만 제인 오스틴 작품을 제일 좋아해요."

"왜?"

미라의 표정이 문득 회상에 잠겨들었다. 프랑스의 작은 마을 앙주에

서의 여름날……. 그녀의 나이 열다섯 살 때, 로잘리 벨류가 그녀에게
영어를 가르쳐 주었다. 시와 신문, 다니엘 디포와 애디슨의 소설을 읽
으면서 함께 웃었던 그때. 로잘리가 그녀의 초보적이던 읽기 쓰기 능
력을 두 배로 늘려주었다. 미라도 그녀에게 감사하기 위해 또 배우기
위해 그 가르침을 열성적으로 받아들였다. 5년 전, 그녀가 미레이유 서
멩이었을 때, 인생을 사랑하고 또 오빠를 헌신적으로 사랑하던 소녀였
을 때, 그 오빠가 자신과 로잘리와 랜드 버클리를 배신할 줄 몰랐을
때…….
　"프랑스에 있을 때 그녀의 작품을 처음 읽었어요."
　마침내 그녀의 입이 열렸다.
　"영국인이 어떤 사람들인지 알게 해줬죠."
　"피상적인 자들이라고? 물질주의자, 쾌락주의자들이라고 알려주던
가?"
　그가 모종의 덫을 놓는 듯했다. 어떤 대답을 들으려는 건지 알 수
없었지만, 그녀는 신중하게 단어를 골라 대답했다.
　"그녀의 작품이 현실적이기보다 풍자에 가깝다는 걸 여기 와서야
깨달았어요. 하지만 영국인에 대한 묘사는 가끔 정확하더군요. 영국인
은 아주 이상해요. 이해하기가 힘들고 솔직하지가 않아요."
　"프랑스인은 솔직한가?"
　"내가 아는 사람들은 그래요."
　"프랑스에서 어떤 사람들과 어울렸지?"
　"그건 이미 알고 계실 텐데요."
　그녀가 그의 눈을 똑바로 마주보았다.
　"전 귀족 출신이 아니에요. 당신과 전혀 다른 환경에서 자랐어요."
　"그런데도 시골뜨기답지 않은 자존심을 지니고 있군."
　미라가 까르르 웃음을 터트렸다.
　"시골뜨기요? 속물처럼 말씀하시는군요."

알렉의 표정이 한순간 멍해졌다. 버릇없는 여자 같으니! 어느 누구도 그의 면전에서 감히 그를 비난한 적이 없었다. 특히나 이런 지위의 여자들은. 그런데 이 여자는 심술궂게 눈을 반짝이며 그를 조롱하고 있었다.

"왜 그렇게 놀란 표정이세요?"

그녀가 순진하게 물었다.

"시골뜨기한테는 자존심도 없는 줄 아셨나요?"

그의 잘생긴 얼굴이 점점 찌푸려졌다.

"있긴 하겠지."

"제 생각에는 우리 시골뜨기들이 당신네보다 더 자존심을 지닐 자격이 있어요."

경박하게 미소지으며, 그를 자극하는 것이 못 견디게 즐거운 것처럼 그녀가 다시 덧붙였다.

"끝없는 파티에 다니는 것보다 가족을 부양하려 애쓰는 게 더 가치 있어요. 작은 여우 한 마리를 쫓는 것보다 식탁의 음식을 찾아 사냥을 나서는 게 훨씬 가치 있고요."

"타락한 부자들과 고결한 가난뱅이들을 두루두루 경험한 모양이군."

알렉이 중얼거렸다.

"하지만 당신이 어느 쪽 집단을 더 선호하는지는 분명하오."

그의 화살이 날카롭게 정곡에 박혀들었다. 미라의 즐거움이 한순간에 달아나 버렸다. 아, 알렉 포크너 같은 남자와 승부를 겨루지 말았어야 했는데. 제정신이었을까, 이 남자를 놀려보려 하다니? 그녀의 고개가 푹 밑으로 떨궈졌다.

"전 당신과 같이 있는 것도 선호하지 않아요. 제가 갈까요, 아니면 당신이 움직이실래요?"

그 말이 끝나기도 전에 알렉이 서브린의 방향을 틀었다.

"앞으로 우리의 대화를 재개할 날이 있길 바라오."

그가 우아하게 말 옆구리를 걷어차며 달려나갔다.

다음날 미라는 다른 쪽 숲길을 택하여 걸어갔다. 하지만 말발굽소리와 나른한 남자 목소리가 들렸을 때에도 그다지 놀랍지 않았다.

"여기 사람들이 형편없이 먹여주던가? 그래서 풀뿌리라도 캐서 영양보충을 하려는 거요?"

미라는 묘하게 생긴 뿌리를 손에 들고 뺨에 흙을 묻힌 채로 돌아보았다. 마치 흙장난하는 개구쟁이 같았다. 하지만 낡은 옷가지 위의 봉긋한 가슴선이나 치맛자락 밑의 종아리가 성숙한 여자임을 알려주었다. 하나로 땋아내린 머리채에서 빠져나온 머리카락들이 남자의 손길을 유혹하는 듯했다.

"당신이 날 따라왔다는 의심이 들기 시작하는군요."

"작은 숲이잖소."

알렉은 그녀의 뺨 얼룩을 닦아주고 싶은 충동을 억누르며 가볍게 말에서 내려섰다.

"당신과 마주치지 않는 게 더 어려울 거라오."

알렉이 다가서자 미라는 서둘러 시선을 돌려버렸다. 이 남자의 매력은 볼 때마다 더욱 새로워졌다. 그를 좋아하지 않는데도 그가 미치는 영향력에서 벗어날 수가 없었다. 어쩌면 5년 전의 그 영국 신사를 상기시켜 주기 때문인지도 몰랐다. 알렉이 랜드 버클리처럼 신사적이거나 친절하지 않은데도 불구하고…….

"그게 뭐요?"

"색빌 경에게 드릴 거예요."

무심결에 말해버린 후에야 그녀는 자신의 실수를 깨달았다. 혀를 깨물고 싶은 심정으로 그 뿌리를 꼭 움켜쥐었다.

"그게 뭔데?"

알렉의 목소리가 날카로워졌다.

“별 거 아니에요.”

“전에 그런 걸 본 적이 있소. 맨드레이크 아니오?”

“절 괴롭히려고 여기 오셨어요?”

미라는 짜증스런 태도로 그의 관심을 분산시키려 노력했다.

“그냥…… 건강에 좋은 거라구요. 다른 사람들이 너무 미신에 빠져 있기 때문에 나밖에 캐낼 사람이 없을 뿐이에요.”

“왜? 그걸 캐면 불행이 온다던가?”

“그렇다더군요. 그러니 당신도 어서 저리 가세요.”

알렉의 목소리에 웃음기가 배어났다.

“내가 알기론, 집시들이 그걸 ‘두 다리 달린 남성초’라고 하더군. 그걸 파내면 당신 평판에 흠이 생길걸.”

“나한테 걱정할 필요가 없는 게 한 가지 있다면 그건 내 평판이에요. 지금쯤 벌써 무너졌을…….”

“‘풍비박산 났다’라는 표현이 정확할 거요.”

“당신 평판도 온전하진 않을 텐데요.”

그녀가 따끔하게 쏘아붙였다.

“평판 나쁜 건 우리 집안 내력이라오.”

알렉이 기울어진 나무둥치에 기대어 태평스레 다리를 꼬았다.

“그게 없으면 포크너 가의 일원이라 할 수가 없지. 모두들 괴상한 성격들을 지녔다오, 내 어머니까지도.”

그의 어머니 줄리아나 포크너는 특히 더 괴상했다. 집 떠나는 아들에게 한두 가지 스캔들 속에 그의 이름이 끼어 있길 바란다고 말했을 정도였으니까.

“네 사촌이 죽은 후로 넌 너무 조용했어. 난 내 아들들을 원기왕성한 말썽꾸러기로 키워왔다. 맥없이 키우지 않았어. 이제 와서 그런 아들을 두고 싶지도 않다.”

매서운 말솜씨에 현명하고 적극적인 어머니, 그의 생각에 심성이 부드러울 듯은 했지만 결코 확신할 수는 없는 그런 분이었다.

"대가족이세요?"

고수풀의 잔가지를 만지작거리며 미라가 흘깃 그를 곁눈질했다.

"대…… 가족이오. 대단히 괴팍하고."

미라의 웃음소리가 숲속에 울려퍼졌다. 얌전한 척 호호거리는 다른 여자들과 달리 자연스럽고 자유로운 웃음이었다.

"어떤 식으로 괴팍한가요?"

"하나로 집어낼 수 없을 정도로 다양한 결점들을 지녔소."

"그럼 당신의 결점은 뭐예요?"

그녀의 커피색 눈동자가 솔직하게 대답하라고 요구했다.

알렉이 살짝 미소지으며 나무에서 몸을 떼어내 말 쪽으로 걸어갔다. 미라가 조용히 대답을 기다리는 동안, 그는 유연하게 안장 위에 올라앉았다. 그의 갈가마귀 같은 머리카락에 햇살이 사랑스럽게 빛을 비췄다.

"난 말이오, 어떤 일이건 허락을 구하지 않는다오."

"아…… 그런 성격이 문제를 일으키나요?"

"당신에 관해서는 그럴 것 같소."

그리고는 당황한 미라가 작별인사를 건네기도 전에 말을 달려 사라져갔다.

넷째 날 아침 미라는 무의식적으로 그가 나타나길 기다리고 있었다. 방을 나서기 전에는 몇 분이나 거울 앞에서 망설이기까지 했다. 단순하게 땋는 것 말고 머리를 좀더 세련되게 묶어보고 싶었다. 하지만 다음 순간 그런 생각을 하는 자신에게 욕을 퍼부어 주었다.

'너 웃기는구나. 싫어하는 남자한테 매력적으로 보이고 싶을 만큼 네 허영심이 그렇게 큰지 몰랐어. 게다가 오늘은 그 남자가 오지 않을지도 모른다구!'

그렇게 이를 갈면서 평소대로 머리를 땋아내리고는 쿵쿵거리며 숲으로 향했었다.

날이 갈수록 날씨가 차가워졌다. 오래지 않아 산책을 나서지 못하게 될 터이므로 마음껏 아침 공기를 즐겨볼 작정이었다. 멋들어진 정원과 잔디밭들을 둘러싼 그 숲은 울창하면서도 신비스러워 미라의 환상을 자극하기에 충분했다. 양치류와 노란 솔잎들이 땅 위에 깔리고 이끼와 밝은 꽃잎들의 향내가 대지의 내음과 섞여났다. 장대한 나무들이 우거져 몇몇 장소에만 얼룩덜룩한 햇살이 내려앉았다. 미라는 기분 좋은 한숨을 내쉬며 커다란 바위에 무릎을 감싸고 앉았다.

알렉은 그녀를 다시 만나고픈 충동에 져버린 자신이 한탄스러웠다. 이 여자의 마력을 떨쳐버릴 방법이 있어야 했다. 처음 만났을 때부터 이 여자 생각에 잠을 설쳐대더니, 또 즐길 수 있는 여자들과 이 여자를 비교해보며 이 여자만 갖고 싶다는 결론에 이르고 말았다. 이 여자에 대한 욕망이 일시적으로 끝날 것 같지 않은 불길한 예감까지도 생겨났다. 작은 묘목에 고삐를 감아놓고 나서 천천히 미라의 앞으로 걸어갔다. 그녀가 숲속 어딘가로 시선을 고정시킨 채 입을 열었다.

"어제 여우를 잡지 못하셨다면서요?"

"거의 잡을 뻔했소."

"다른 분들이 여우를 굴에서 끌어내자고 했는데 당신이 반대하셨다고 들었어요."

"그렇소."

나무에 어깨를 기대고 그가 빗물 같은 회색 눈동자로 그녀를 바라보았다. 그녀의 뺨에 살짝 홍조가 번졌다.

"숨어 들어간 여우까지 끌어내는 건 스포츠 정신에 어긋나오."

"당신 성격으로 볼 때, 대단히 예외적인 자비를 보이셨군요."

"나에 대한 당신의 판단으로 보건대, 그 여우한테 동정심이 쏠린 듯하군."

그의 입술이 피식 뒤틀렸다.

"오늘은 책 안 가져왔소?"

"네."

"요상한 뿌리나 꽃도 없는 거요?"

그의 농담에 미라가 키득대며 웃었다.

"없어요."

"그런 지식을 어디서 배웠소?"

"원래부터 치료법에 관심이 많았어요. 프랑스에 있을 때 여러 곳을 다니면서 민간요법을 익혔죠."

그녀가 눈을 반짝이며 한마디 덧붙였다.

"전 기억력이 좋답니다. 한 번 보거나 들은 건 쉽게 잊지 않아요."

"그럼 그 놀라운 기억력 어딘가에 당신 출생지에 대한 정보도 들어 있겠군."

알렉은 그녀의 의미심장한 어조를 무시했다.

"당신 집은 어디요, 색빌 장원 말고?"

그 질문을 하면서조차 그는 대답을 듣지 못하게 될 줄 알고 있었다.

"어디나 다 집이에요. 아무 데도 아닐 수도 있구요. 전 소속이 없어요."

그의 질문을 교묘하게 피해가는 것이 특별히 즐거운 것처럼 그녀의 표정이 진지하면서도 장난스러웠다. 그는 그녀의 그런 애매함이 짜증스러웠다. 이 여자에 대해 알고 싶은데, 그녀의 본색을 알아야겠는데, 어떻게 대답을 짜내야 할지 알 수 없었다.

"대가를 지불하는 사람한테 속해 있잖소."

알렉이 차갑게 대꾸했다.

"그렇던가요?"

그녀가 침착하게 되물었다.

"그럼 색빌에게 속해 있는 건가요?"

"충실한 정도에 따라 달라지겠지."

"전 충실한 편이에요……. 그러니 그분 소유일 수도 있겠군요. 왜 그렇게 인상쓰세요? 당신이 원하던 대답이 이거 아니었나요? 물론 당신도 그런 미덕을 잘 이해하실 거예요. 사냥개와 다른 동료들이 피를 부르짖는데도 여우를 잡지 못하게 하셨던 분인 데다가, 친구의 여자를 유혹하려 들지 않으시는 분이니……. 제 생각엔 그 여자를 원하시는 것 같은데도요."

알렉의 입술이 일직선으로 굳어졌다.

"난 당신을 원치 않소. 내 무릎에 엎어놓고 볼기짝을 때려주고 싶긴 하지만."

"그럼 왜 주저하시나요?"

먼저 자제력을 잃는 사람이 지는 게임이었다. 알렉은 나지막이 욕설을 중얼거리며 그녀를 바라보았다. 그녀가 애교 있는 미소를 던졌다, 촛불을 켜놓고 뻥 터지길 기다리는 아이처럼. 갑자기 그가 씨익 웃으며 가슴 앞으로 팔짱을 꼈다.

"당신이 아직껏 색빌을 졸도시키지 못했다니 놀랍소."

"색빌 경은 저와의 대화를 아주 즐거워하세요."

"그럼 내가 그를 과소평가한 모양이군."

미라가 무릎 속에 얼굴을 파묻고서 키득거렸다. 알렉의 낮은 웃음소리가 감미롭게 귓전으로 떨어졌다.

"저도 당신을 과소평가했던 것 같아요, 나리."

그녀가 고개를 들어올렸다.

"어떻게?"

"지금까진 당신을 그저 독선적인 성질의 거드름쟁이라고 생각했거든요."

"지금은?"

"거드름쟁이는 아니에요."

그는 감정을 숨기는 능력이 매우 탁월했다. 그의 표정에 아무것도 드러나지 않았다. 침묵이 길어지는 동안 미라는 너무 위험하게 나아간 것은 아닐까 불안해졌다. 어쩌면 화가 나 있는 건지도 모른다. 예측할 수 없는데다 급하기까지 한 성격인 것 같은데……. 하여튼 이 남자가 일부러 자기 인내심을 시험하는 사람에게 익숙지 않다는 것만은 분명했다.

"하지만 독선적이긴 하다 이건가?"

드디어 그가 물었다.

"아닌가요? 당신은 쉽사리 판단을 내려버려요. 그 후에는 바꾸고 싶어하질 않구요."

그리고 또 사랑하는 사람을 위해서라면 망설임없이…… 목숨까지 내걸고 맞서 싸울 만한 남자였다.

"그건 위험스런 단점이에요. 제 생각에…… 언젠가 아주 중요한 걸 놓칠 수도 있을 테니까요, 당신 판단에 적합치 않다는 이유만으로요."

"왜 그런 말을 하지?"

너무 연약한 부분을 건드리고 만 모양이었다. 그의 표정에 경계심과 분노가 드러났으므로 그녀는 재빨리 후퇴해야 했다.

"모르겠어요. 그냥……."

"누군가 그 비슷한 말을 한 적이 있었소."

"누가요?"

"내 사촌."

"결투에서…… 돌아가셨다는 그분요?"

입 다물고 있을 걸 그랬다고 후회할 정도로, 그의 수정 같은 눈동자에 포악함이 나타났다.

"그건 결투가 아니었소. 내가 그를 뒷골목에서 찾아냈소, 맞아 죽어 있었지."

알렉은 그 끔찍한 기억에 사로잡혀 눈을 감았다. 그의 분신과도 같왔던 홀트. 어린 시절부터 그들은 서로를 궁지에서 빼내주었고, 형제보다도 더 서로를 믿었다. 홀트가 알렉보다 더 인기가 좋았었다. 말할 때 빈정거리지도 않고, 더 태평스럽고, 사람들에게 더 부드러웠다. 가장 격한 분노를 터트릴 때조차 알렉을 웃게 만들 수 있었던 유일한 인물이 바로 홀트였다……. 그는 인생의 아이러니와 인간의 나약한 본성을 꿰뚫어보고, 그런 결점까지도 사랑할 줄 알았다. 알렉과는 서로를 위해 죽을 수도 있는 그런 사이였다. 포크너의 일원이었기 때문에, 또 서로를 이해했기 때문에 그들의 유대감은 끈끈하고도 두터웠었다.

홀트가 약속한 술집에 나타나지 않은 그날 밤, 알렉이 그를 찾아나섰다. 친구들을 불러모아 어두운 거리거리, 으슥한 골목골목을 뒤지고 다녔다. 그를 가장 먼저 발견한 사람은 알렉이었다. 짓이겨진 채 바닥에 널브러진 그 모습이라니…….

'홀트!'

알렉은 멍투성이에 피범벅이 된 사촌을 부둥켜안았다. 홀트의 몸은 이미 싸늘하게 식어 있었다. 그 순간부터 알렉은 미친 사람으로 돌변하여 다른 친구들이 시체에서 억지로 떼어낼 때에도 몸부림치며 저항했었다. 그때의 친구들 중 몇몇은 수개월이 지난 지금까지도 그의 눈을 똑바로 쳐다보지 못했다. 그 후로 몇 개월 동안 알렉은 세상 전체를 증오하며 살았다, 특히나 자기 자신을. 이런 일이 생길 줄 알았더라면, 홀트를 도울 수 있었더라면……. 하지만 현실을 직시하여 계속 살아가야 한다는 걸 깨달은 후에도 해답 없는 질문들이 계속 그를 괴롭혔다. 누가 홀트를 죽였을까, 도대체 왜? 왜 돈이나 귀중품을 가져가지 않았을까? 그의 소지품들은 모두 그대로였다. 항상 목에 걸고 다니던 포크너 가의 황금 메달까지도 그대로였다. 그 익명의 암살자가 바란 건 오직 홀트의 죽음뿐이었다.

문득 색빌의 정부에게 걷잡을 수 없이 끌리는 이유가 확연해졌다. 홀트처럼 그를 웃게 만들었기 때문에, 두려움 없이 그를 놀리고, 겁 없이 그의 분노를 시험하기 때문에. 홀트가 무덤 속에서 얼마나 웃어댈까. 마침내 완벽한 여자를 찾아냈는데, 저항할 수 없는 천사의 얼굴을 찾아냈는데…… . 그 여자가 이미 다른 남자의 소유라니.

"난 가보겠소."

그가 불쑥 내뱉고는 악마에게 쫓기기라도 하듯이 말을 달려나갔다.

'저 사람한테 중간이란 없어.'

그녀가 조용히 한 가지 판단을 덧붙였다.

응접실에 손님들이 가득 들어차고 커피와 홍차, 향수 향기가 뒤섞여 풍겨났다. 밤 11시, 사냥과 사교적인 방문을 끝낸 남녀들이 모두 다시 모여 풍성한 저녁 식사를 끝낸 참이었다. 알렉은 눈을 아프게 할 정도로 화려한 이곳보다 차라리 자신의 방으로 돌아가고픈 심정이었다. 천장과 카펫에 끝도 없는 진홍색과 황금빛이 늘어지고 창에는 4미터쯤 되는 빨간 커튼들이 주렁주렁 매달렸다. 천장의 정교한 그림과 조각들 속에서 천사들이 날뛰어댔다. 그야말로 호화로움의 극치를 보여주었다.

모두들 느긋하게 여흥을 즐기려 자리잡는 동안, 알렉은 클라라 엘즈미어가 옆자리에 앉는 걸 알아차리며 움찔했다. 도덕관념이라곤 찾아볼 수 없는 여자, 육체적 쾌락에 굶주린 여자였다. 그녀는 자기 자신 외에 그 어떤 다른 사람도 신경 쓰지 않았다. 그녀가 단 한 명 신경 쓰는 사람이 있다면 자기 남편일 테지만, 그는 언제나 아내의 비난받아 마땅한 행실에 무관심한 듯했다. 언젠가 엘즈미어 경이 아내를 휘어잡아 매질을 하거나 가죽끈으로 단단히 묶어놓길 바라는 게 대다수 사람들의 생각이었다. 그 여잔 아마도 이 방 안의 남자들 중 절반 이상과 잠을 잤을 것이었다. 절대로 만만한 위업이 아니었다. 한탄스러운 점은 알렉도 그 중 하나라는 사실이었다.

2년 전 클라라와 하룻밤을 보낸 것은 실수 중에서도 큰 실수였다.

마음이란 게 없는 아름다운 여자……. 남자를 이용하고 또 이용당하고 싶어 안달이 난 방종한 여자. 그녀는 풍만한 육체밖에 남자에게 내줄 것이 없었다. 진짜 감정을 지닌 진짜 여자와 어찌 비교조차 할 수 있겠는가.

"지금까지의 사냥 즐거우셨어요?"

레이디 엘즈미어가 비단결 같은 목소리로 물어왔다.

"당신은 어떻소?"

알렉이 반문했다.

그녀가 가볍게 웃었다.

"사냥에서 매우 성공적인 성과를 거두셨다고 들었답니다, 포크너 경."

"성공적일지는 모르지만…… 별로 만족스럽진 않소."

그의 회색 눈동자가 이제 막 연주를 시작한 스루스버리 백작부인에게로 향했다.

"신기하네요."

클라라의 빨간 입술이 매혹적으로 휘어졌다.

"나도 똑같은 느낌인데."

그녀의 목소리가 은밀하게 낮아졌다.

"하지만 절대 잊지 못할 만족 한 가지가 있지요, 알렉……. 당신은 대단히 만족스러웠어요. 우리가 함께 했던 밤 기억나요? 다시 그럴 수 있어요, 오늘밤에라도. 당신이 나에게 해줬던 것 모두 기억이 나요. 당신을 볼 때마다 그 기억이……."

"그런 기억이 한두 번은 아닐 텐데 나와 다른 사람을 혼동하는 것 아니오?"

"그럴 리 있겠어요? 당신을 결코 잊을 수 없는 걸요, 알렉."

그녀가 관능적인 몸짓으로 자리에서 일어났다.

"잠시 실례를……. 금방 돌아올게요."

클라라가 사라지고 나자, 알렉의 왼쪽에 앉아 있던 색빌 경이 그의 어깨를 툭 건드렸다.

"레이디 엘즈미어가 벌써 자러 가는 건가?"

"불행히도 아닌 듯합니다……. 그런 경우라 해도 나와 함께는 아닐 겁니다."

"여자를 찾아보라고 충고하긴 했네만, 저런 타입을 말한 건 아니었어."

"제가 바라는 타입은 정확히 알고 있습니다."

알렉이 시큰둥하게 대꾸했다.

그때쯤 오스발드스톤 향사가 방금 끝난 연주에 열없이 박수치며 제안했다.

"이번엔 나의 아내에게 한 곡 청해 듣기로 합시다!"

알렉이 속으로 신음을 삼키며 몸을 웅크렸다.

부엌에서 나서던 미라는 응접실의 형편없는 노랫가락에 피식 미소 지었다. 걸음을 늦추고 닫혀진 문에다 귀를 대보았다. 여기 모인 사람들이 영국에서 가장 돈 많고 우아한 귀족들인지는 몰라도 재능은 별로 없는 듯했다. 바이런의 시구를 노래하는 여자의 목소리가 갈대처럼 흔들거렸다.

"가엾은 어린양이…… 여기서 뭐하는 걸까?"

빙글 돌아서자 레이디 엘즈미어가 미라의 바로 뒤에 서 있었다. 미라의 얼굴에서 즉시 미소가 사라졌다. 잠깐 응접실 안의 노랫가락을 듣고 나서 레이디 엘즈미어가 다시 입을 열었다.

"그리 감동적인 공연은 아니죠? 하지만 당신만큼 재능 있는 사람이 많진 않답니다."

"레이디, 전 이만……."

"왜 여기서 듣고 있었어요? 우리와 같이 저 안에서 들었어야죠."

"아니에요, 전······."

미라의 말이 끝나기도 전에 갈퀴 같은 손이 그녀의 손목을 움켜잡았다.

"아야······ 이게 무슨 짓이에요?"

문 안쪽에서 낮은 박수소리가 울려나왔다.

"들어가요, 내가 안내해 줄게요."

레이디 엘즈미어의 눈동자가 심술궂게 반짝거렸다.

"싫어요!"

미라는 공포스레 소리치며 손을 잡아빼려 했다. 하지만 레이디 엘즈미어의 손 힘은 상상외로 강했다.

"이 손, 놓으세요!"

레이디 엘즈미어는 양쪽 벽에 쾅 부딪혀 사람들의 시선을 끌어모을 정도로 문을 활짝 열어젖혔다. 문으로 향하는 얼굴들을 보자마자 미라의 몸이 떨리기 시작했다. 이렇게 많은 얼굴, 이렇게 많은 눈은 본 적이 없었다. 그 눈들이 모두 그녀에게 쏠려 있었다.

"들어가요."

레이디 엘즈미어가 그녀를 안으로 잡아끌었다. 사람들 사이로 번져가는 웅성거림에 미라는 숨이 턱턱 막혔다. 다음 순간 모든 소리가 사라졌고, 그 정적은 웅성임보다 훨씬 끔찍했다.

레이디 엘즈미어가 상냥하게 미소지으며 소리를 높였다.

"색빌 경, 우리와 아직 인사를 나누지 못한 손님이 한 분 있군요. 버림받은 고아처럼 밖에서 듣고 있었답니다. 당신이 이 파티에 초대하고 싶어하실 것 같아 제가 모셔왔어요."

색빌 경이 천천히 일어났다. 캐롤라인 램과 몇몇 다른 여자들이 손으로 입을 가린 채 웃어댔다.

여자들의 웃음소리가 미라의 눈앞에 들이닥쳤던 안개를 걷어냈다. 그녀의 갈색 눈동자가 천천히 방 안을 둘러보았다. 그들의 얼굴에서 경멸과 호기심과 조롱을 보았다. 뱃속 깊은 곳에서 차가운 분노가 올라오기 시작했다. 수치심을 쫓아버릴 정도로 차가운 분노. 색빌 경은 다소 짜증스런 표정이었다. 자존심을 극도로 중요시하는 남자이니 당연하리라. 그 옆에 알렉 포크너가 앉아 있었다. 무표정한 얼굴로 입을 꾹 다물고 있었다. 그의 눈을 바라보면서, 미라는 묘하게도 번개를 맞은 듯한 느낌이었다. 도움을 청하기만 하면 저 사람이 나서줄 것 같은 느낌. 하지만 미라는 그의 도움을 청하지 않았다. 다른 누구의 도움도 청하지 않을 것이다.

"우리의 새로운 손님에게 노래 한 곡 청해도 될까요?"

레이디 엘즈미어가 색빌 경에게 물었다.

방 안이 쥐죽은 듯 조용해졌다. 미라는 색빌 경의 생각에 잠긴 모습을 조용히 지켜보았다. 가끔 그녀의 피아노 연주를 들은 적이 있으니 그녀의 솜씨를 모를 리는 없었다. 다만 어떤 식으로 이 상황을 풀어가야 자신에게 유리해질까 계산하는 것이리라. 한참 후에 그가 고개를 끄덕였다.

"나의 손님들을 위해 한 곡 불러주겠느냐, 미라?"

미라는 창백한 얼굴로 고개를 숙였다.

"기꺼이 따르겠습니다……. 레이디 엘즈미어가 제 손을 놓아주시는 즉시요."

사람들 속에서 쿡쿡 웃음소리가 터졌고, 레이디 엘즈미어는 재빨리 손을 풀어내며 어색한 미소를 지었다.

알렉이 벌떡 자리에서 일어나 색빌의 귀에 대고 거칠게 속삭였다.

"그만두십시오. 저 여인의 감정은 생각지 않으시는 겁니까? 이런 식으로 전시할 소유물이 아니잖습니까!"

색빌이 불쾌한 표정으로 그를 돌아보았다.

"내 여자에 대해서 자네가 이래라저래라하는 건가? 진정 그녀의 감정을 생각한다면, 이만 자리에 앉으시게."

알렉은 팽팽하게 몸을 굳힌 채 천천히 앉았다. 긴장된 침묵 속에서 미라가 사르락사르락 치맛자락을 스치며 피아노로 다가갔다. 모든 사람의 시선을 받으며 꼿꼿하고 우아하게 걸어갔다. 그녀는 오늘 단순한 디자인의 검은 벨벳 드레스를 입고 있었다. 소매는 봉긋하게 솟아 슬래시를 가미했으며 보디스에 작은 단추들이 줄줄이 이어졌다. 그녀의 봉긋한 가슴선과 목선이 검은색 드레스와 대조적으로 눈부시게 강조되었다. 리본으로 묶어 뒤로 늘어뜨린 머리모양이 너무나 어리고 연약해 보였다. 전혀 색빌의 정부처럼 보이지 않았다.

미라가 다른 사람의 도움 없이 차분하게 피아노 의자에 자리잡았다. 그리곤 오만하게 방 안을 둘러보며 살짝 미소지었다.

알렉은 냉소적으로 입술을 뒤틀며 생각했다. 여기 있는 대부분 여자들의 도덕수준은 저급하다. 충실함이나 정숙함을 내던지고 일상적으로 간통을 저질러왔다. 미라를 창녀로 부른다면, 다른 여자들 또한 창녀로 불러야 마땅했다. 보다 긴 세월 동안 드러나지 않게 그 짓을 한 것만 다를 뿐이었다.

'저 여자 대신 핑계를 대주는 거냐?'

내면의 목소리가 물어오자, 그는 험악하게 턱을 굳혔다.

미라는 속눈썹을 내리깐 채로 잠시 마음을 가다듬었다. 그런 다음 손을 건반 위에 올려 프랑스 발라드곡을 연주하기 시작했다. 구슬픈 멜로디를 낮은 목소리로 불러나갔다. 떨림이 적으면서도 청아한 목소리였다. 그 노랫말에 적나라한 감정 묘사가 담겨 있었다. 알렉은 가느다란 눈으로 그녀를 지켜보았다. 적절한 선곡이 아니었다. 이 상황을 우아하고 가볍게 끝낼 만한 곡은 아니었다. 하지만 속물스런 관객들을 불편하게 만들 요량으로 그녀가 일부러 선택한 듯했다. 그리고 그녀의 시도는 정확히 성공을 거두었다.

그녀가 공연을 끝내고 일어나 사람들을 바라보았다. 캐롤라인 램과 다른 여자들이 부채와 손수건으로 입을 가린 채 속닥거리고 있었다.

더 이상 키득대지는 않았다. 색빌 경이 일어나 미소지으며 그녀에게 다가갔다. 그녀의 차가운 손을 입술에 들어올리며 기분 좋게 입을 열었다.

"이곳의 모든 남자들이 날 부러워하겠구나. 잘 했다……. 진작 이런 자리를 마련할 걸 그랬어. 정말 잘 했다."

그녀가 고개를 끄덕이며 손을 잡아뺐다. 그리고 문 쪽으로 걸어가다가 갑자기 레이디 엘즈미어의 앞에 멈춰 서서 공손한 척 조롱을 담아 깊이 절을 올렸다.

"저의 공연이 즐거우셨기를 바랍니다, 레이디."

클라라 엘즈미어가 싸늘하게 고개를 까닥였다.

미라는 침착하게 방을 나섰다. 문이 닫히는 순간 흥분한 목소리들이 시작되는 걸 알 수 있었다.

무릎이 심하게 후들거렸다. 계단을 오르기까지 한참의 시간이 걸렸다. 시련이 끝나고 긴장이 지나간 지금, 철저하게 몸과 마음 모두 지쳐 버렸다. 레이디 엘즈미어가 왜 사람들 앞에서 자신을 학대하고 싶어했을까? 잔인했다, 그런 식으로 사람을 놀리려 하다니 너무나 잔인했다. 오로지 침대로 기어들어가 다시는 빠져나오고 싶지 않은 심정으로 터벅터벅 걸음을 옮겨갔다. 탑계단에 도착했을 때 뒤에서 들리는 발자국 소리에 그녀가 빙글 돌아섰다.

"색빌 경……."

"축하하오."

색빌 경이 아니라 알렉이었다. 그가 몇 걸음 떨어진 곳에 멈춰 서서 벽에 기대섰다. 그늘에 가려져 그의 표정은 보이지 않았다.

"대단히 인상적이었소."

"강습을 받았어요."

그녀가 어깨를 으쓱이며 중얼거렸다.

"연주에 대해서 말한 게 아니오."

“그럼 무슨 말씀인지 모르겠군요.”

날카롭게 대꾸하면서 그녀는 지끈거리는 이마로 떨리는 손을 들어 올렸다. 이 남자와의 말싸움은 이제 지긋지긋했다. 끝도 없이 자신을 방어하는 일도 지긋지긋했다. 그녀의 안에서 무언가가 우지끈 부러져 버렸다, 이 남자 때문에……. 다른 누구도 아닌 이 남자만은 그녀에게 상처 입힐 힘이 있었다.

“당신의 용기를 칭찬한 거요. 그 기개가…….”

“동물원 원숭이 같은 기분이었어요.”

그녀가 거칠게 가로막았다.

“당신네들 죄다 경멸스러워요. 당신네들 누구도 날 판단할 자격이 없어요. 말해봐요, 내가 색빌 경의 침대에 들어간다는 이유만으로 감정도 없는 사람이어야 하나요? 내가 왜 심술궂은 여자 하나 때문에 사람들 앞에 끌려나가 창피를 당해야 하죠? 내가 언제 몸뿐만 아니라 마음과 영혼까지 팔아버렸던가요?”

그녀가 이글거리는 눈으로 주먹을 불끈 쥔 채 그에게 다가들었다.

“당신은 왜 여기 왔죠? 왜 날 따라왔어요? 칭찬하러 온 건 아니겠죠. 어디 하고 싶은 말을 다 해봐요……. 마음껏 비웃어보라구요! 당신이 무슨 말을 한다 해도 난 신경 안 써요. 당신이나…….”

그의 가슴을 주먹으로 쿵쿵 내리쳤다.

“다른 누가 말한대도 난 신경 안 쓴다구요!”

다음 순간 그녀는 그의 품에 안겨 있었다. 그녀의 몸이 걷잡을 수 없이 부들거렸다. 그녀는 본능적으로 그 강인한 힘에 위로를 찾으며 그의 옷깃에 얼굴을 들이댔다.

알렉이 그녀를 끌어안은 채 계단에 내려앉았다.

“이래서 당신을 따라온 거요.”

그가 중얼거렸다.

그녀는 눈을 질끈 감고서 그의 달래는 목소리를 들었다. 믿을 수 없을 만큼 부드럽고 다정한 속삭임이었다.

"장난치지 말아요."

갑자기 다정한 이방인으로 변해버린 이 남자를 믿을 수가 없었다.

"그런 게 아니오."

"이럴 필요 없어요……."

"필요 없다는 거 알아……. 그냥 잠깐만이라도 입 다물고 안겨 있으란 말이오."

이번엔 그녀도 그의 명령에 순종했다. 그의 체온이 그녀의 살갗을 뚫고 뼛속까지 스며들어와 떨림을 진정시켜주었다. 그의 힘은 더 이상 경쟁의 대상이 아니라…… 그녀의 보호막과 방패막이가 되어 주었다. 남성적인 체취와 고급스런 천냄새, 흐릿한 베이 럼 향기……. 그녀는 깊이 그 향기를 들이켰다. 다시 이럴 기회도 없을 테니 기억에 남겨두고 싶었다……. 이렇게 안전하고 보호받는 느낌은 처음이었다.

"모두가 날 비웃었어요."

그녀가 중얼거렸다.

"아니오, 당신이 그들을 두려워했다면 그랬겠지만……."

"두려웠어요."

"하지만 아무도 그걸 알아채지 못했소, 나조차도."

"할 수만 있었으면 도망쳤을 거예요."

"이젠 괜찮소…… 괜찮아."

한숨을 토해내며 그녀가 그의 어깨에 머리를 기댔다. 머리 밑에서 그의 넓은 가슴이 규칙적으로 들썩였다. 얼마나 오랜 시간이 지났는지 알 수 없었다. 점점 그녀는 세상에서 가장 달콤한 꿈속으로 빠져들었다. 그의 입술이 이마에 닿아 등줄기로 전율을 흘려보냈다. 그의 손이 그녀의 목덜미를 감아 고개를 들어올렸다.

미라는 이 꿈에서 깨어나지 않으려고 계속 눈을 감고 있었다. 지금 이 순간만은 온 세상이 안전했다. 기분 좋은 향기와 따뜻한 체온, 어둠이 그녀의 세상을 가득 채웠다. 마약보다도 더 강력한 쾌감이 그녀의 몸으로 스며들었다. 이 남자에게 굴복하고 싶은 욕망, 그의 손길에 대한 갈망, 그의 입술에 대한 열망이 그녀를 무기력하게 만들었다. 그의 뜨거운 숨결이 목덜미에 닿았다……. 그의 입술이 그녀의 살갗을 스치며 나른하게 목덜미에서 움직였다. 그의 혀가 민감한 부분에 와서 찰싹거렸다.

"미라……."

그의 입술이 굶주린 듯 그녀의 살갗 위로 헤매다녔다.

"당신을 갖고 싶어……. 당신이 상상도 못했을 그런 기쁨을 주고 싶소."

그녀의 눈이 파르르 열렸다.

"색빌 경과 약속했는 걸요."

"약속 따윈 상관없소. 그는 나만큼 당신을 원하지 않아. 색빌에게 만족한다는 말은 마시오, 나한테 이런 반응을 보이면서. 당신은 침실에서 기쁘게 해줄 만한 남자를 원해, 당신의 욕망을 채워줄 수 있는 남자, 강하고 젊은……."

"색빌 경한테 만족해요."

그녀가 그의 손아귀에서 풀려나려 몸을 비틀었다.

"아닐걸. 지금의 당신을 보라구…… 내가 키스조차 안 했는데도 헐떡이고 있잖소. 내가 욕구불만의 여자를 알아보지도 못하는 줄 아오?"

미라의 몽롱한 뇌리에 겨울 돌풍 같은 분노가 들이닥쳤다. 따귀를 때리려 손을 들어올렸지만, 그의 커다란 손이 손목을 움켜잡았다.

"거짓말하지 말라구."

알렉이 조용히 속삭였다. 미라는 굴욕감에 휩싸여 자신을 진정시키려 안간힘썼다.

"난 거짓말 안 해요. 이 손, 놓으세요."

"날 바라보고 솔직하게 날 원치 않는다고 말해보시오……."

"놔주세요."

그녀가 격하게 숨을 들이키며 가로막았다.

"당신은 이기적인 난봉꾼이에요. 건달, 불한당, 형편없는……."

알렉이 다가오는 발소리를 듣지 못했더라면 그 신랄한 욕설이 몇 분 간 지속되었을 것이다.

"조용. 누가 오고 있소."

그가 그녀의 입을 틀어막고는 자신의 방으로 끌고 갔다. 미라가 그의 손을 뿌리치려 몸부림치는 동안 이미 그의 방문이 닫혀버렸다.

"그만 좀 하고 들어봐."

그가 그녀의 귀에 거칠게 내뱉었다. 그때 방 앞을 지나는 발소리가 들렸다. 그 묵직한 발소리가 탑계단 쪽으로 향하는 걸 알아차리며 그녀의 눈이 휘둥그레졌다.

"색빌이야."

알렉이 험악하게 중얼거렸다.

"여기 들어오지 말았어야 했어요! 나더러 뭐하고 있었는지 물어볼 거라구요."

"걱정 마시오, 홍미로운 제안을 검토중이었다고 말하면 돼."

그녀가 다시 몸을 빼내려 애쓰자, 놀랍게도 그의 두 팔이 허리를 감싸안았다.

"색빌 경한테 들키기 전에 나가야 돼요!"

"우선 내 질문에 대답부터 하시오. 어쩌다가 색빌의 정부가 됐지? 색빌의 육체적인 매력에 끌린 건 아니었을 테고. 그렇다면 왜, 어떻게……."

"싫어요!"

위압적인 회색 눈동자를 노려본 후에, 그녀가 애써 부드러운 어조로 말을 이었다.

"지금은…… 얘기할 시간 없어요."

"시간은 얼마든지 있소. 난 다른 데 갈 계획이 없다오."

"오, 그만 좀 하세요!"

그녀가 필사적으로 그의 가슴을 밀어냈다.

"어서 빨리 애인에게 안기고 싶은가? 이런, 이런……. 이렇게 당신을 흥분시켜놨으니 색빌이 나한테 고마워해야겠는걸."

"역겨운 인간!"

"시간이 계속 흐르고 있소. 대답할 때까지는 이 방에서 나가지 못할 거라오."

그녀가 문을 노려보며 씹어뱉었다.

"좋아요, 이것만 말해드리죠. 난 2년 간 여기서 살았어요. 열여덟 살 때부터. 프랑스를 떠나 영국에 왔을 때 그분을 만났어요."

"혼자였나?"

"그래요, 혼자. 돈도 없고 일자리도 없었죠. 길에서 굶어죽을 판이었어요. 지독한 감기에 걸려서 일자리고 음식이고 찾아다닐 상태가 아니었죠. 짐수레 건초더미에서 잠을 잤는데 정신을 잃었던가봐요. 깨어보니 이 집에 와 있더군요. 색빌 경은 아주 인정이 많은 분이에요. 건강이 회복될 때까지 날 먹이고 입히고 보살펴 주셨어요."

그녀가 입을 다물어버리자 알렉은 검은 눈썹을 들어올렸다.

"그래서 그 보답으로 그의 침대에 들어갔나?"

"그분을 좋아하게 됐어요."

"그의 돈과 이 집에서의 생활이 좋아졌겠지."

"그래요, 이제 더 궁금한 거 없겠죠?"

"아니, 왜 프랑스를 떠나왔소?"

미라가 험악한 욕설들을 중얼거리고 나서 잔뜩 찌푸린 얼굴로 그를 노려보았다.

"지금 날 보내주지 않으면, 당신 포도주에 설사약을 뿌려놓고 요강을 훔쳐가버릴 거예요."

알렉이 쿡쿡 웃음을 참으며 마지못해 팔을 풀어냈다.

"그렇게 매력적으로 부탁하니 거절할 수가 없구려."

살짝 고개 숙이며 아주아주 정중하게 문을 열어주었다. 미라가 분연히 밖으로 종종걸음친 후 알렉은 다시 문을 닫았다.

"맙소사. 총, 칼, 주먹, 카드게임으로 위협받아본 적은 있어도 설사약은…… 처음이야."

그가 고개 젖혀 웃어댔다.

미라는 색빌 경이 기다리고 있는 자신의 방으로 상냥하게 미소지으며 들어섰다.

"오셨어요, 나리?"

"어디 갔었어?"

필요한 경우 그녀는 설득력 있는 거짓말쟁이가 될 수도 있었다.

"부엌에서 다니엘 부인과 얘기했어요. 오래 기다리셨나요?"

"아니, 별로."

색빌은 그녀의 눈을 제대로 보지 못했다.

"아까 일로 네가 심란해할까봐…… 왔어. 잘 견뎌내긴 했지만, 그래도 확인해봐야 할 것 같아서……."

마치 죄를 지은 소년 같은 모습이었다. 미라는 스르르 미소지었다. 그 당시 상황이 어쩔 수 없었을 뿐, 색빌은 일부러 사람에게 상처 입히는 그런 사람이 아니었다. 이 남자가 아니었으면, 그녀는 벌써 2년 전에 세상을 하직했을 것이었다. 그 은혜를 어찌 잊을 수 있겠는가.

"솔직히 당황스럽긴 했어요."

그녀가 조심스럽게 대답했다.

"그 상황을 우아하게 끝낼 방법이 없더라구. 그래서 빌어먹을, 피아노 솜씨가 좋으니까 한 번 해 보라고 하자 생각했어. 그리고 넌 아주 잘해냈어……. 훌륭하게 해냈어!"

“다 잊어버렸는 걸요. 다만 다시는 그런 일이 없었으면 좋겠어요.”

“그럼, 그럼!”

색빌이 안도하며 손수건을 꺼내 젖은 이마를 닦았다.

“네가 현명하게 행동해주니 다행이다. 성질난 여자와 같이 있는 건 참을 수가 없거든.”

“알아요.”

그녀가 흐릿하게 미소지었다. 그리고는 화장대로 돌아서서 돌돌 말린 천을 꺼내들었다.

“맨드레이크를 하나 더 찾아냈어요. 한 번에 조금씩만 드세요…….”

“이제 용법 정도는 알아.”

그가 열성적으로 그 천을 받아 주머니에 챙겨넣었다.

“효과가 있는 것 같아, 진짜로.”

“그랬으면 좋겠어요.”

“이 얘기 아무한테도 안 했겠지?”

그의 푸른 눈동자가 걱정스레 가늘어졌다. 그녀가 풀뿌리를 건네줄 때마다 늘 확인하는 질문이었다.

순간적으로 미라의 뇌리에 며칠 전 말실수했던 게 떠올랐다. 하지만 알렉 포크너가 기억하진 못할 거야, 그렇겠지?

“네……. 안심하세요, 나리.”

“월터.”

알렉이 도자기 욕조에 앉아 옆면을 손가락으로 두드리며 입을 열었다.

“허브나 약초에 대해서 아는 것 좀 있나?”

알렉의 젖은 머리가 미끈한 물개가죽처럼 반짝거리고 속눈썹에는 물방울이 매달려 있었다.

지난 5년 간 시종을 맡아온 월터가 방정리를 하다가 멈춰 섰다. 그는 신사 중의 신사였다. 열심히 일하고, 예의 바르고, 신중하고, 입이 무거우면서도 가끔씩 담백한 재치를 발하기도 했다. 44세의 나이로, 필요할 때 조언을 제공할 만큼의 연륜을 지녔으면서도 알렉처럼 활동적인 주인을 섬기기에 충분할 만큼 젊었다.

"나리, 정원 일에 대해선 말똥과 흙덩이를 구분하는 정도밖에 모릅니다."

"제기랄."

알렉이 생각에 잠긴 표정으로 한숨을 내쉬었다.

"수건 주게."

월터가 커다란 수건을 내밀며 다시 말했다.

"하지만 여기저기서 주워들은 지식도 있어요……. 한 번 물어나 보시겠습니까?"

"그럴까?"

알렉이 허리춤에 네모난 수건을 두르고 다른 수건을 손에 쥔 채 욕조 밖으로 걸어나왔다.

"혹시 맨드레이크 뿌리가 어떤 용도에 쓰이는지 아나?"

갑자기 월터가 시뻘개진 얼굴로 숨넘어가는 소리를 터트렸다. 피치 못한 경우가 아닌 한 좀처럼 웃거나 미소짓지 않는데 자부심을 갖고 있던 시종이었으므로, 알렉은 웃음을 삼키려 애쓰는 시종을 물끄러미 쳐다보았다. 월터가 마침내 침착을 되찾으며 자세를 바로잡았다.

"누가 나리에게 그걸 써보라고 권하던가요?"

입꼬리를 뒤틀며 그가 물었다.

"아니, 며칠 전에 그런 약초 이름을 들었거든. 그런데 뭔지 모르겠더라구. 그렇게 중대한 지식에 대해서는 미처 교육을 받지 못했어."

"장담컨대, 나리한텐 전혀 필요 없는 물건입니다. 나리는 맨드레이크를 복용할 이유가 전혀 없으십니다."

"능글맞게 웃지만 말고, 빨리 대답해봐!"

“흔히, 어떤 이유를 지닌 남자들에게 쓰이는데…… 생식 기관과 관련이 있습니다. 생식 능력을 향상시킬 수 있고…….”

맙소사, 색빌이 미라에게 임신을 시키려는 모양이다.

“더 흔하게는…… 성불구를 치료하고자 하는 남자들이 복용합니다.”

알렉의 얼굴 근육이 모조리 경직되었다.

“한 가지…… 짚고 넘어가자구.”

잠시 후 그가 간신히 입을 열었다.

“여기서 ‘성불구’라는 표현이…… 일반적으로 널리 사용되는 그런 뜻인가?”

월터가 간단하게 고개를 끄덕여보인 다음, 하던 일로 되돌아갔다.

“고맙네.”

알렉은 생각에 잠긴 채 머리의 물기를 말려나갔다. 대체 미라가 무슨 게임을 벌이는 거지? 남자끼리의 대화를 즐기던 그 색빌이 진짜 성불구일 수 있을까? 아니면 미라가 그들 사이를 이간질하려는 것일까?

3

그 후로 며칠 간 미라는 최대한 알렉을 피해다녔다. 아침에 산책을 나서지도 않았고, 부엌이나 조용한 정원 혹은 비어 있는 응접실을 찾아다니며, 너무 쉽게 자신을 뒤흔들어놓는 그 남자와 거리를 두려 노력했다. 하지만 불행히도 생각만큼은 그에게서 멀어지지 않았다.

알렉 포크너를 사랑하지 않기란 어려웠다. 그건 부인할 수 없는 진실이었다. 그 남자가 그녀의 마음을 끌어당겼다……. 그의 뒤틀린 유머감각이나 성마름조차도 거슬리지 않았다. 성마른 성질을 지녔다 해도 한편으로는 부드러울 수 있는 남자였다. 그런 남자가 자신에게 욕망을 느낀다는 게 흥분되면서도 놀라웠다. 그의 행동으로 보건대 그녀를 원하고 싶지 않은데도 어쩔 수 없이 끌리는 듯했다. 어차피 그런 건 마음먹은 대로 되는 일이 아니었다.

탑계단을 오를 때마다 그녀는 그의 품에 안겼던 순간을 떠올리며 그 사람도 그걸 기억할까 궁금해했다. 도무지 그에 대한 생각이 떨어지지 않자, 이젠 거꾸로 그에 대한 정보를 끌어모으기 시작했다. 심지어 색빌 경에게 물어보기까지 했다.

"포크너를 어떻게 만났냐고?"

그녀가 차 한 잔을 따라 비스킷과 함께 건네주자 색빌이 되물었다. 벽난로가 타오르는 작은 응접실에서 색빌은 사냥을 즐긴 후 발그레해진 얼굴로 기분 좋게 발을 뻗고 앉아 있었다. 그는 운동을 끝낸 후 이렇게 브랜디 탄 홍차를 마시며 느긋하게 잡담하는 시간을 좋아했다.

"7년쯤 전, 사냥모임에서 만났는데……. 사실 내가 한 번 꺾어 보고 싶은 그런 청년이었어. 혼자 있을 때는 조용하고 예의 바른데 얼마 전에 죽은 홀트란 사촌과 어울릴 때마다 대단히 자유분방한 망나니로 변해버리더군."

"왜 그렇게 달라지는 걸까요?"

미라는 태연스레 물어보았다.

"홀트가 계속 충동질했거든……."

색빌이 웃으면서 고개를 흔들었다.

"둘이 비슷한 점이 많았어. 홀트가 자유로운 반쪽이고 알렉은 신중한 반쪽이다, 뭐 그런 농담도 있었어. 같이 있으면 완벽한 하나가 되는 거지."

"나리는 포크너 경 쪽을 더 좋아하셨나요?"

"처음엔 둘 다 싫어했어. 홀트는 사냥보다 여자 꽁무니 쫓아다니는 데 더 관심이 많았지. 알렉과는 사냥 첫날, 2연발식 웨스틀리 리처즈하고 조 망통 중에서 어떤 게 더 효과적이냐는 말다툼으로 시작했어. 결국 어떤 총이 새를 더 많이 잡나 내기를 벌였지."

미라는 보다 젊은 알렉이 색빌과 다투는 장면을 상상하며 미소지었다.

"누가 이겼어요?"

"사냥 끝내고 계산해보니까 둘이 똑같더라구. 그때부터 서로 호감을 갖게 됐지. 그 뒤에 포크너가 재능 있는 건축가라는 것도 알았고……."

이 장원의 일부를 재건축할 때 포크너가 설계해줬어."

미라는 새로 알게 된 사실을 황홀하게 받아들였다. 건축이라니…….
상상력이 풍부한 사람인가봐. 그의 취향은 고전적인 팔라디오 쪽일까
아니면 그림 같은 고딕 쪽일까? 그녀가 세세한 부분까지 다시 질문하
자, 색빌은 이상한 표정으로 쳐다보며 애매하게 얼버무렸다. 그제서야
미라는 자신의 관심이 너무 노골적이었음을 알아차리곤 움찔해야 했
었다. 게다가 평범한 대화에서조차 자신이 그의 이름을 자주 언급한다
는 사실도 이내 깨닫게 되었다.

컴핏 부인과 리치, 테시와 함께 부엌에서 차를 마시고 있을 때였다.

"이번 손님들이 이제까지 온 중에서 제일 지저분해요."

리치가 투덜거렸다.

"오늘 아침만 해도 어떤 남자가 날 꼬시려 들지 뭐예요!"

"어떻게?"

열일곱 살 소녀 테시가 당장 호기심을 나타냈다.

"내가 쟁반을 들고 걸어가는데 날 위아래로 쭉 훑어보더니……. 글
쎄 엉덩이를 꼬집는 거야, 그 후에도 복도까지 따라오더라구!"

"어머나, 세상에!"

"이번 주만 벌써 세 번째야."

컴핏 부인이 체념적으로 고개를 흔들었다.

"진짜 이번엔 여자를 밝히는 사내들이 너무 많이 왔어."

"리치."

미라가 지나치게 태연스런 어조로 입을 열었다.

"오늘 아침의 그 남자, 어떻게 생겼던가요?"

"그건 왜 물으시는데요?"

그 하녀가 버터 바른 핫케이크 반쪽을 집어 맛있게 먹었다.

"음, 그냥……. 어떤 사람을 조심해야 할지 알고 싶어서요. 혹시 젊
고 키 크고 잘생긴 편이던가요? 검은 머리는 아닌가요?"

"아뇨, 그런 남자면 제가 왜 불평하겠어요? 아니에요……. 늙은 염소처럼 생겨가지고 내 아버지뻘은 되겠던 걸요."

"미라, 누구 짚이는 사람 있어요?"

컴핏 부인이 부드럽게 물었다.

"어머……."

미라는 새빨개진 얼굴로 방금 따른 홍차를 들이키려다가 입술을 데일 뻔했다.

"음…… 포크너 경이 좀 응큼해보이지 않던가요? 그 사람 조심해요, 리치. 테시도! 안전한 남자가 아니에요. 내가……."

"당신이 점찍어 놓은 거면 그냥 그렇다고 말하세요."

리치가 핫케이크를 또 하나 집어들며 관대하게 대꾸했다.

"아니에요, 절대 그런 뜻이 아니에요!"

"전에도 그 이름을 여러 번 말했잖아요, 미라."

컴핏 부인이 은근하게 미소지었다.

"아니에요, 내가 언제!"

미라는 찻잔을 내려놓으며 격렬하게 그 비난을 부인했다.

"그런 적 없어요……."

세 여자의 표정을 살피면서 그녀의 목소리가 점점 작아졌다.

"… 내가 그랬던가요?"

"그랬어요."

리치와 테시가 동시에 수긍했다.

"그 사람한테 반했군요. 그 공작한테 마음이……."

"쓸데없는 소리 말아요!"

미라가 성마르게 쏘아붙였다.

"누가 그런 비열한한테 관심 있댔어요? 심심하면 다른 사람들 연애사나 들쑤셔보라구요. 하지만 난 내버려둬요."

두 하녀의 놀란 표정을 알아차리고는 그녀가 입을 틀어막았다.

"오, 미안해요……. 웬 신경질이람. 내가 한 말 그냥 잊어버려요."
관자놀이를 매만지며 눈을 감았다.
"이놈의 두통 때문에……."
"너희들."
컴핏 부인이 차분하게 입을 열었다.
"무도회장 바닥을 닦아야 하잖니. 어서 가봐."
마지막 남은 핫케이크를 주머니에 쑤셔넣은 다음 리치와 테시가 미라에게 너그러운 시선을 던지고 낄낄거리며 달려나갔다.
"자, 얘기 좀 해야겠군요, 미라."
"얘기 안 할래요."
미라는 힘없이 고개를 숙였다.
"내 애길 들으면 날 아주 형편없는 여자로 생각하실 거예요."
컴핏 부인이 따뜻하게 웃음지었다.
"포크너 경과 관련이 있다는 건 알겠어요. 당신처럼 젊은 여자가 잘생긴 남자한테 눈길 주는 거야 이상할 것도 없죠……. 2년 전의 어린 소녀가 아니잖아요, 미라……. 여자한텐 남자가 있어야 돼요. 그 남자하고 잤어요? 그런 거예요?"
미라가 고개를 발딱 쳐들었다.
"어떻게 그런 말을 할 수 있어요? 내가 색빌 경의 여자라는 걸 알면서……."
컴핏 부인의 표정이 책망하듯 변했다.
"이젠 깨달을 때도 됐잖아요, 미라. 하인들은 가족보다도 더 아는 게 많다구요, 더 영리하구요. 퍼시가 지난 2년 간의 일을 모르는 것 같아요? 다니엘 부인이 모르는 것 같아요? 나는 또 모르는 것 같아요? 아닌 척 그만하고 솔직해지란 말이에요, 미라."
"뭘요?"
미라는 필사적으로 진실을 숨기려 되물었다.

“색빌 경이 당신 방에 드나든다고 해서 우리가 속을 줄 알아요? 좋은 분이긴 하지만, 문제가 있잖아요. 그런 문제는 끝까지 숨겨지지가 않는다구요. 두 사람 행동이 다 연기라는 게 빤히 보이는 걸요.”

“그걸 왜 연기라고…….”

“이불만 해도 그래요. 매번 그거 할 때마다 이불에 흔적이 남잖아요, 그걸 모르면 당신이 너무 순진한 거죠. 다니엘 부인이 당신하고 나리의 방에서 이불을 걷어오잖아요. 그런데 두 개 다 얼룩 하나 없이 깨끗했어요……. 당신들이 그걸 서서 하든지 바닥에서 한다면 모르지만…….”

“오, 제발요!”

미라는 두 손으로 귀를 막아버렸다.

“더 이상 말하지 말아요!”

컴핏 부인이 만족스레 고개를 끄덕였다.

“내가 생각했던 대로군요. 자, 이제 나머지 얘길 해봐요. 당신의 그 공작님 때문에 속상한 거예요?”

미라가 두 손에 이마를 기대고서 한숨지었다.

“그 사람은 내 공작님이 아니에요. 말할 것도 없어요. 그 사람은 날 싫어해요.”

“맙소사, 세상의 어떤 남자도 당신을 싫어할 순 없어요.”

“내 말이 맞다니까요. 처음엔 나 또한 그를 싫어하는 줄 알았어요. 그런데 계속 그 사람 생각만 나고, 온갖 잡생각들이……. 아, 너무 창피스러워요. 그 사람이 웃어줄 때면 이상한 느낌이 들어요. 몸이 막 떨리고, 끔찍한 병에 걸린 것 같아요! 하지만 그 사람하고 잠을 자진 않았어요. 그 사람도 그러고 싶어하지 않는 것 같아요! 하지만…….”

그녀의 목소리가 은밀하게 낮아졌다.

“그 사람이 날 안아준 적은 있었어요. 그땐 다른 생각이 하나도 안 나더라구요. 그런데도 그 사람 옆에만 있으면 꼭 그 사람이 화낼 말만해버려요…….”

그녀가 한숨을 푹 내쉬며 애처로운 독백으로 끝을 맺었다.

“아무래도 내가 그 사람을 좋아하나봐요.”

“그런 건 누구든지 한 번쯤 경험하는 일이에요, 미라.”

“그래 봤자 무슨 소용이겠어요. 난 색빌 경한테 묶여 있는 걸요. 포크너 경은 날 친구의 정부로 생각한다구요.”

“그럼 묶인 걸 풀어버려요! 여기선 미래가 없잖아요. 당신도 자기 인생을 살아가야죠. 진짜 애인이 되든가, 좋은 남자의 아내가 되든가. 당신이 색빌의 여자인 척 남아 있으면 어떤 남자를 만날 수 있겠냐구요. 당신이 떠나면 나로선 아주아주 슬프겠지만…… 어차피 언젠가 떠나야 하는 걸요.”

“알아요.”

미라가 음울하게 중얼거렸다.

“그래도 떠나기가 쉽지 않아요.”

다시 박차고 나갈 힘이 있을까? 조만간 떠나긴 떠나야 했다. 색빌 경이 영원히 그녀를 데리고 있어 주진 않을 것이다.

“그럼 혼자 떠나지 말고.”

컴핏 부인의 눈동자에 애정과 연민이 담겼다.

“공작님 가실 때 같이 데려가 달라고 해봐요.”

남자들은 꿩과 메추라기를 사냥하기 위해 들판으로 나섰다. 알렉이 모자를 벗어 산들바람을 맞으며 이마의 땀을 닦아냈다. 갑자기 이런 사냥놀이가 죄다 짜증스러워졌다. 왠지 스릴감이 느껴지질 않았다. 자꾸만 한 가지 분통 터지는 일로 마음이 흘러가는 이 답답한 상황을 어떻게든 끝낼 방법이 있어야 했다. 워낙 오랫동안 고민하는 타입이 아니었으므로 그는 결정을 내려야 한다는 결론에 도달했다. 여자 때문에 이렇게 허우적댈 이유가 무엇이란 말인가.

하지만 미라에 대해서 어떤 결정을 내려야 할까? 가능한 선택 방안들을 하나씩 하나씩 검토해 보았다. 그 여자를 훔쳐서 런던에 있는 집으로 데려갈까? 아니면 솔직하게 색빌 경한테 달라고 말해볼까? 일단 그 여자를 가져버린 다음 포크너 영지에 데려다놓을까? 어쩌면 오랫동안 해외에 머물러야 할지도 모른다. 하여튼 색빌 경과의 우정을 희생시키는 한이 있더라도 그 여자를 차지하고 싶었다. 미라에 대한 집착이 사그러들기까지 얼마의 시간이 걸릴지는 알 수 없었지만 그때까지 욕구불만에 빠져 시달리진 않을 것이다. 미라가 색빌과 행복해하는 척이라도 했다면 신사답게 물러섰을지도 몰랐다. 하지만 그 여자는 행복하지 않았다. 그렇지 않고서야 그렇게 그의 품에 매달렸을 리 없다. 아침에 만났을 때마다 그렇게 열성적으로 재잘거렸을 리도 없었다. 그 여자는 행복하지 않았다……. 그 눈동자에서 그걸 볼 수 있었다.

"포크너, 어디 딴 세상에서 헤매십니까?"

혈기왕성한 스물네 살의 젊은이 킵 산본이 술병을 들고 지나치게 조심스런 걸음걸이로 다가왔다. 오늘 처음 사격에 나서는 것이었으므로 총에 대한 두려움을 술로 잊으려는 모양이었다. 맨정신이 되려면 족히 일주일은 걸리겠다고 생각하며 알렉이 가느다란 눈으로 쳐다보았다.

"장전을 해야죠."

산본은 탄환이 들어찬 장전기와 화약병을 집어들었다.

"산본, 색빌 경이 한 말……."

"색빌 경요? 아…… 그분 말은 항상 새겨 들어야죠……."

"색빌 경이 긴장될 때 브랜디 한 잔과 샌드위치를 먹으라고 하긴 했지만…… 내 주위에 있을 땐 샌드위치만 먹고 술병은 닫아두었으면 좋겠네."

"걱정 마세요."

"내가 걱정하는 건 자네 목표물이야."

"걱정 말라니까요. 아무것도……."

산본의 시선이 머리 위 새떼에게 날아갔다.

"잠깐."

그 순간 알렉은 그의 화약병이 땅에 있지 않다는 걸 알아차렸다.

"쏘지 마, 멍청아! 화약병……."

그 술 취한 친구에게 달려가려는 순간 펑하고 터지는 소리가 들렸다. 화약병이 폭발했다. 알렉이 바닥에 풀썩 쓰러졌다. 그의 몸 속으로 번개가 지나가고 충격 받은 귀가 윙윙거렸다. 그는 땅에 쭉 뻗은 채 뺨에 닿는 차가운 흙과 다른 사람들의 외침소리를 어렴풋이 알아차렸다. 그의 검은 속눈썹이 미약하게 파득거렸다.

"산본?"

귀가 너무 윙윙거려서 대답을 들을 수 없었다. 다음 순간 뿌연 구름이 그에게 덤벼들었다.

미라는 파란 응접실 소파에 앉아 책을 읽고 있었다. 사냥과 외출에서 돌아오는 남녀의 발소리들이 문 밖으로 지나쳐갔다. 그녀는 그 소음에 신경 쓰지 않았다. 어차피 모두들 옷을 갈아입기 위해 서둘러 방으로 찾아들어갈 테니 응접실에 들를 사람은 없었다. 한 시간이 지나도록 조용히 책만 읽었다. 째랑째랑 식기 부딪히는 소리가 식사 시간임을 알려주었을 때에야 책을 덮고 일어나 쭈욱 기지개를 켰다.

응접실 문이 빼꼼하게 열리며 하녀용 하얀 모자가 나타났다.

"테시?"

미라의 목소리가 들리자, 그 작은 모자가 완전하게 방 안으로 들어왔다.

"아, 여기 계셨군요!"

"뭐 도와줄 일 있어?"

"알려드릴 게 있어서요……. 다들 그 얘기하느라 난리들이에요. 그걸 듣고 제가 얼른 달려왔어요."

"무슨 얘기?"

"오늘 들판에서 폭발사고가 났었대요. 남자 한 명이 다쳤는데……."

"의사는 불렀대?"

미라가 눈살을 찌푸리며 물었다.

"또 가엾은 사람에게서 피 한 바가지가 뽑혀나가겠군."

"그건 모르겠어요……. 중요한 건요, 리치가 이 말을 전하라고 했는데요, 다친 분이 당신의 공작님 같대요."

미라의 손에서 책이 떨어졌다. 미라는 질식할 듯한 신음을 흘리며 테시의 옆을 지나쳐 계단으로 달려갔다. 난간을 붙잡고서 발이 계단에 스치지도 않을 정도로 줄달음쳤다.

"정말 괜찮으시겠습니까?"

알렉이 끄응 신음하며 침대에 털썩 드러눕자 월터가 입을 열었다.

"괜찮아, 피곤할 뿐이야. 간신히 탈출했다구."

"폭발사고에서요?"

"아니, 클라라 엘즈미어한테서. 집 안에 들어서자마자 그 여자가 찰싹 들러붙어서 날 치료해 주겠다잖아. 치료는 무슨 놈의 치료겠어."

"틀림없이 나리를 잠자게 놔두진 않았겠지요. 얼마나 있다 깨워드릴까요?"

"한 시간."

알렉이 머리 뒤에 손을 끼워넣고 눈을 감았다.

"조용히 쉬어야겠어, 생각할 것도 있고. 아래층에는 푸들처럼 깽깽거리는 사람들뿐이니……. 휴, 지독한 하루였어. 산본이 괜찮을지 모르겠군."

"의사가 지금 치료중입니다. 그 정도 화상쯤이야 심각한 것도 아니죠. 나리가 다치지 않으셔서 천만다행이에요. 산본 같은 멍청한 술꾼은 자기보다 남들한테 더 위험스럽거든요.”

시종이 의심스런 표정으로 그를 살펴보았다.

“정말 씻지도 않고 주무실 겁니까?”

“목욕이고 뭐고, 우선 잠부터 자야겠어. 지금은 죽어도 못 일어나.”

월터가 나가고 난 후, 그 방에서 움직이는 것이라곤 유리창에서 파닥이는 나방의 그림자뿐이었다. 은은한 램프 불빛이 진통제 같은 효과를 발휘했다. 알렉은 이내 노곤한 잠으로 빠져들어갔다.

미라가 숨을 헐떡이며 알렉의 방 앞에 도착했다. 문을 열기가 겁이 났다. 정말로 알렉이 다쳤는지 확인하기가 두려웠다. 화약병은 작은 포탄만큼이나 위력적이었다. 가끔씩 병뚜껑에 살짝 긁힌 것쯤으로도 발이나 손 하나가 날아가버리곤 했다.

제발 심각한 상처가 아니어야 할 텐데. 그렇게 기도문을 외우며 부들부들 문을 노크했다. 대답이 없었다. 조심스레 문고리를 돌려 안을 들여다보았다. 침대 위에 뻗어 있는 형체를 확인하면서 입술을 질끈 깨물었다. 상처 입은 알렉을 보는 게 이 정도로 가슴 아플 줄은 몰랐었다.

“포크너 경?”

그녀가 스르르 방 안으로 미끄러져 침대 쪽으로 달려갔다. 잠든 그의 모습이 깨어 있을 때보다 더 젊어보였다. 평소의 굳게 다문 입술선이 사라지고, 빈정거림의 흔적도 없이, 광대뼈 위로 속눈썹이 고요하게 내려앉았다. 톡 쏘는 화약냄새와 그의 살갗에 묻은 검은 얼룩을 알아차렸다. 핏자국이나 붕대는 보이지 않았다. 내상을 입은 걸까? 결코 약하지 않은 그녀였음에도 눈물이 터져나오려 했다. 고통스레 그를 응시하면서 침대 끝 쪽에 엉덩이를 걸쳐 앉았다. 흐릿한 불빛이라 그의 안색이 정상적인지 판단할 수 없었다. 만약 이 남자한테 피를 뽑아냈으면 그놈의 술주정뱅이 의사를 죽여버리고 말겠어! 험악하게 마음속으로 되뇌이며 그의 맥을 짚어보기 위해 손을 뻗었다.

그 손길에 알렉이 꿈틀거리며 졸음 섞인 소리를 중얼거렸다. 천천히 그의 눈이 열리다가 그의 어깨가 바짝 긴장되었다.

"미라?"

그녀는 그의 이마에 손을 올려 열을 재보았다.

"사고를 당하셨다면서요. 그런데 왜 간호하는 사람 하나 없는 거예요?"

그녀의 가을 낙엽 같은 눈동자에 근심이 가득 서렸고, 이마의 머리를 쓸어넘기는 손길은 너무나도 부드러웠다. 알렉은 꿈인지 생시인지 분간이 되질 않았다.

"내가? 누가 그런 소릴?"

"얼마나 다치셨어요?"

몽롱한 상태이긴 했지만, 이 여자의 간호와 애무를 받기 위해서라면 수십 가지 상처가 나도 상관없겠노라고 그는 생각했다. 다만 간호 받을 만한 찰과상 하나 없다는 게 슬픈 일이었다.

그는 아주 조심스럽게 손을 움직여 이불 위에 닿아 있는 그녀의 머리카락을 만져보았다.

"포크너 경? 많이 아프세요?"

그의 얼굴을 응시한 채로 그녀가 대답을 재촉했다.

"음…… 맞아, 아프오."

"어디가요?"

"정확히 어딘지는…….."

"의사가 다녀갔나요?"

"아니."

"그럼 아직 희망이 있어요."

알렉이 살짝 미소지었다.

"그의 실력이 못 미더운 모양이군."

"그 남자의 치료는 범죄에 가까워요……. 절대 그 남자가 손대지 못하게 하세요, 아시겠어요?”

“그럼 내 상처가 곪아터지지 않도록 당신이 치료해 줘야겠소.”

그가 손을 움직여 셔츠 단추를 풀려 했다. 첫번째 단추를 더듬거리다가 정확한 타이밍에 끄응 신음하며 손을 떨궜다.

“어머나, 가만 계세요.”

미라의 심장이 덜커덩거렸다. 이 남자를 안고 위로해 줄 수만 있다면, 이 눈썹에 입을 맞추고 헝클어진 머리를 쓸어줄 수만 있다면 어떤 대가라도 치르고 싶은 심정이었다. 그녀가 재빠르게 그의 셔츠 단추를 풀어 옆으로 활짝 벌렸다.

그녀의 눈앞에 나타난 풍경은 공포스레 예상했던 그런 모습이 아니었다. 총알구멍도 없고, 베인 상처도…… 화상의 흔적도 없었다……. 아니, 흙 한 점 묻어 있지 않았다! 뱃가죽에 빨래판 같은 근육이 잡히고 가슴에 복실복실 까만 털들이 나 있을 뿐이었다. 부상자들을 치료하는 중에 여러 남자의 맨가슴을 보았었지만, 이렇게 잘 발달된 가슴은 기억나지 않았다. 이보다 더 건강한 가슴도 본 적이 없었다! 그녀가 얼굴을 들어 그의 눈을 들여다보았다. 조롱 섞인 웃음이 감지되었다.

“어떻게 이럴 수가!”

그녀가 성난 주먹으로 그 탄탄한 가슴을 때리기 시작했다.

“비열한 인간! 사기꾼! 다치지도 않았으면서…….”

나른한 고양이가 튕겨오르는 것처럼, 알렉이 그녀의 주먹을 붙잡고 빙글 돌아 그녀의 몸 위로 올라탔다. 그녀는 여자가 입에 담을 수 없는 신랄한 용어들로 그의 신체 부분부분에 저주를 퍼부어댔다. 그들 둘 다 숨이 막힐 지경까지 그 저주가 계속되었다. 그녀는 분노로, 그는 웃음으로.

알렉이 그녀의 두 손을 머리 위로 고정시켜 격렬한 발버둥을 진정시키려 노력했다, 숨가쁘게 웃어대면서…….

“어쩔 수가 없었소. 미라, 잠깐만……. 진짜 내가 다치길 바라는 건 아니잖소."

그녀가 손을 뒤흔들어 그의 뺨을 후려갈기려 했다.

"내가 얼마나…… 악랄한 포주 같은 인간, 구더기 같은……."

그녀가 그의 성격과 조상님들까지 들먹이며 비난해대는 동안, 그의 목에 걸린 금목걸이가 그녀의 가슴에 닿았다. 숨을 들이쉴 때마다 젖가슴 계곡에 자리잡은 그 메달이 낙인처럼 그의 체온을 전했다. 하지만 미라는 그의 손을 뿌리치려 안간힘쓰느라 거기에 신경 쓸 겨를이 없었다. 매섭디 매섭게 그의 눈을 노려보았다. 이런 식으로 놀림받은 적이 언제였던가, 이런 식으로 발버둥쳤던 적이 언제였던가. 갑자기 웃음이 터지려 했다. 그 순간을 그가 놓칠 리 없었다.

"됐어, 이제 웃었으니까……."

"안 웃었어요!"

미라는 신랄하게 반박하며 또 다른 웃음을 참으려 한껏 인상을 찌푸렸다. 하지만 어깨까지 들썩이기 시작하자 더 이상 노력하는 게 쓸모 없어졌다.

"난 당신이 죽어가는 줄 알았다구요! 당신 연기력이 이렇게 뛰어난 줄은 몰랐어요!"

"우리 포크너들은 아픈 척하길 잘해……. 수업에서 빠져나갈 유일한 방법이었거든."

"아주 끔찍한 학생이었겠죠, 틀림없이."

"그렇다고 할 수 있지."

알렉이 씨익 웃었다.

"하지만 어머니는 날 아주 예뻐하셨지."

그녀는 포기한 채 고개를 흔들며 웃어댔다.

"못 말릴 사람이군요."

그녀의 표정이 걱정으로 부드러워졌다.

"정말…… 다치지 않은 거예요? 어떻게 된 거예요? 옷도 시커멓고 화약 냄새가…….”

“산본의 화약병이 터졌는데, 우연히 내가 그 근처에 있었소. 그 녀석, 조금 화상을 입긴 했어도 괜찮다더군.”

“내가 가 봐야겠어요. 도와줄 게 있을지도 몰라요.”

그녀가 침대에서 빠져나가려 하자 알렉은 더 단단히 그녀를 붙잡았다.

“그 녀석보다 나한테 당신이 더 필요하오.”

“당신한테 필요한 건 휴식이에요……. 비누하고 물도 아주 많이 필요할 테구요.”

그녀가 짜증스레 손목을 잡아뺐다.

“이젠 놔줘도 돼요. 다시 안 때릴게요.”

“그걸 내가 어떻게 믿겠소?”

그녀의 손목은 여전히 잡혀 있었다. 그녀가 불편하게 몸을 꿈틀거리며, 처음으로 그의 몸 밑에 무기력하게 깔려 있음을 의식했다.

“포크너 경…….”

“알렉.”

짙어지는 회색 눈동자로 그녀를 내려다보며, 그의 표정이 점점 진지해져갔다.

“그렇게 부를 순 없어요.”

“그 전에는 안 놔줄 거요.”

“항상 이렇게 강압적인 수단을 쓰시나요?”

“당신한테는 이 방법이 가장 효과적인 것 같소.”

“알렉.”

그녀가 순종적으로 중얼거리고 다시 손을 빼내려 했다……. 하지만 그의 침대에서 놓여나지 못했다. 그들의 몸이 부끄러울 만한 자세로 엉켜 있었다. 그의 가슴과 그녀의 젖가슴이 맞닿았고, 그의 탱탱한 허벅지 하나가 그녀의 다리 사이에 끼어 있었다. 땀, 말가죽, 화약, 게다가 그의 원초적인 냄새가 그녀의 뱃속을 진동시켰다.

"알렉, 제발요……."

그녀가 고개를 외면하며 중얼거렸다. 그녀의 손목이 그의 한 손으로 모아지고, 그의 다른 손은 그녀의 턱을 잡아 돌렸다. 그녀는 온몸으로 번져가는 기대감을 무시하려 애쓰며 눈을 감았다.

"이러지 마세요."

"내가 왜 당신을 놔주지 않는지 알아, 미라?"

그의 깊은 저음이 그녀의 귀를 간지럽혔다. 귀 뒤쪽에 그의 입술이 닿자 그녀의 숨이 한순간 멎어버렸다……. 온몸으로 그의 입술 감촉이 전해졌다.

"당신이 내 여자니까 그래."

알렉이 그녀의 관자놀이와 눈꺼풀 위로 입술을 스쳤다.

"당신은 내 옆에 있어야 할 여자야. 색빌보다 나한테 더 어울려. 당신한텐 날 잡아끄는, 저항할 수 없는 뭔가가 있어. 그게 뭔지는 나도 모르겠어……. 하지만 당신도 그걸 느끼고 있어. 당신이 얼마나 저항하든 우리가 결국 함께일 수밖에 없다는 걸 나만큼이나 잘 알고 있을 거야."

그의 엄지손가락이 풀잎처럼 가볍게 그녀의 아랫입술을 매만지고, 서서히 에로틱하게 쓰다듬었다. 그녀의 입 안에 침이 고이면서 무의식적으로 꿀꺽 목으로 넘어갔다. 알렉의 은빛 눈동자가 그걸 알아차렸고 살짝 입술이 들려올랐다. 천천히 그의 손가락이 그녀의 턱을 거쳐 목으로 부드럽게 흘러내려갔다. 손끝으로 그녀의 목에 원을 그려가며 눈을 들여다보았다. 그녀의 숨결이 빨라지고 가슴이 들먹일 때까지 강렬하게.

"나 같은 여자가 특이해서 그럴 거예요……. 그래서…… 날 갖고 싶어하는 거예요."

"나도 그렇게 생각했어, 처음엔."

"내가 당신 친구의 정부라서 그런 거라구요."
일부러 그의 성미를 자극시켜보려 시도했다.
"금지된 걸 갖는 게 흥분되니까."
그의 입술이 나른하게 그녀의 입술에 닿았다. 미라는 당혹감과 공포심으로 긴장한 채 꼼짝하지 않았다. 알렉은 서둘 것 없이 그녀의 윗입술을 빨아보고 나서 아랫입술로 옮겨갔다. 그녀를 한평생이라도 안을 수 있는 것처럼 끈기 있게 그녀의 몸에 불길을 당겼다. 그녀가 신음하며 몸을 빼내려 했다. 하지만 그의 무게가 꼼짝할 여지를 주지 않았다. 불가능했다……, 이렇게 이 남자를 원하는데 저항한다는 건. 그녀는 이제 그 뜨겁고 나른한 키스에 굴복하여 그의 입술을 받아들였다.
그가 그녀의 손을 풀어놓고, 대신 머리를 감아쥐었다. 그녀의 입술이 나긋나긋하게 그의 맛과 체온을 찾으며 매달려왔다. 그의 혀가 깃털처럼 찰싹거리자 그녀는 부르르 떨며 소심하게 답해주었다. 욕망이 현기증나는 격류처럼 그녀의 몸 속으로 굽이쳐갔다. 무의식적으로 그의 목을 껴안아 더 가까이 잡아당겼다. 이렇게 강력한 갈망이 존재하리라고는, 갈증이나 굶주림보다 더 다급하고 미칠 듯한 느낌이 있으리라고는 상상조차 해본 적이 없었다.
입술을 떼어내고 알렉이 그녀를 내려다보았다.
"난 유혹에 무너지는 타입이 아니라오."
그녀의 입술 끝에 키스하며 그가 속삭였다.
"그런데 당신한테는, 당신한테는……."
그가 다시 키스로 그녀의 신음을 빨아들였다. 커다란 손으로 그녀의 젖가슴을 감싸 그 젖꼭지가 단단하게 굳어질 때까지 어루만졌다. 미라의 몸은 이제 불길에 휩싸여 그의 능란한 손길을 자발적으로 맞아들였다. 방의 어둠이 그녀의 주위로 모여드는 듯했다. 그 어둠으로 깊이깊이 빠져들어갔다……. 차가운 어둠이 아니라, 짜릿한 감각들이 살아 숨쉬는 뜨거운 어둠이었다. 그의 입술이 목덜미로 움직이는 동안 그의 머리 속에 손을 밀어넣으며 고개를 젖혔다. 오직 한 가지, 이대로 멈추면 죽어버릴 것 같다는 생각뿐이었다.

"알렉……."

그의 넓은 어깨를 애무하며 그녀가 속삭였다. 그의 근육이 멈칫하는 게 느껴졌다.

"맙소사, 내가 뭐하는 거지?"

갑자기 그녀의 목덜미에서 입술이 떨어져나갔다. 그가 정신을 차리려는 것처럼 고개를 흔들어대며 깊이 심호흡했다.

"지금은 안 돼. 시간이 없어……. 빌어먹을, 급하게 끝내긴 싫어."

미라는 당혹스레 눈을 깜박이며 생전 처음 겪어보는 욕구불만에 몸서리쳤다. 서서히 정신을 되찾아가면서, 그제야 자신이 이 남자에게 허락한 행동…… 부추기기까지 했던 짓을 깨달았다. 맙소사, 얼마나 방종했단 말인가. 이 남자한테 무슨 위험스런 마력이 있는 걸까?

"어떻게 내가……. 오, 세상에."

그녀는 허둥지둥 그를 밀어내고 침대에서 빠져나왔다. 쿵쾅거리는 심장을 진정시키려 가슴에 손을 올렸다. 알렉이 옆으로 돌아누워 그녀를 바라보았다. 그의 길다란 몸매는 일광욕을 즐기는 표범처럼 쭉 뻗어 있었다.

"겁먹은 얼굴이군."

그의 입술에 만족스런 미소가 서렸지만, 눈동자에는 아직껏 정열적인 기운이 남아 있었다.

"색빌과는 이렇게 안 해봤었나?"

"겁먹지 않았어요. 그냥…… 역겨워요."

그녀가 분연하게 말을 이었다.

"다시는 당신을 보고 싶지 않아요!"

그녀가 문으로 달려가 문고리를 잡았을 때 그의 목소리가 멈춰 세웠다.

“미라.”

“왜요?”

그녀가 뻣뻣하게 물었다.

“필요할 때 찾아와줘서 고맙소. 이젠 한결 기분이 나아졌소.”

그에게 악독한 시선을 쏘아보낸 다음 정신없이 방에서 뛰쳐나갔다. 문을 세게 닫아버리고 싶었지만 다른 사람의 관심을 끌어서는 안 되었다.

아침 햇살이 공기를 덥혀주려 애를 쓰고 있었음에도 이젠 날씨가 몸으로 느껴질 만큼 싸늘해졌다. 건조한 바람이 일으키는 흙먼지를 맞으며 미라는 긴 소매 재킷을 바짝 여몄다. 눈에 띄지도 않고 흙이 묻어도 표시나지 않을 만한 짙은색 드레스와 굽 낮은 신발 차림이었다.

마을까지 가는 길은 잘 닦여 있었다. 소떼가 드문드문 초록 풀잎을 우물거리며 길을 지나쳐갔고 그 길 위에 가끔씩 젖소의 우유가 얼룩을 만들었다. 그녀는 나지막이 콧노래를 부르며 길을 걸어가다가, 어느 때인가 문득 말발굽소리를 알아차리고는 손으로 햇살을 가리며 뒤돌아보았다. 하얀 말과 그 위에 탄 사람이 가까워지자 그녀의 입이 떡 벌어졌다. 알렉이 하얀 종마의 속력을 늦추며 느긋한 미소를 보냈다.

“어떻게…… 여긴 웬일이세요?”

멍하니 그를 응시하면서 미라가 물었다. 회색 바지와 검푸른 코트, 부드럽게 주름 잡힌 셔츠와 낮게 패인 조끼 차림의 그는 아무리 무심한 여자라도 졸도시킬 만큼 근사했다. 절대 관심보이지 않겠다고 다짐하며 그녀는 서둘러 시선을 피하고는 걸음을 재촉했다.

“색빌 장원에 모종의 음모가 진행중이라오.”

알렉이 입을 열었다.

“그래요?”

그녀가 냉담하게 대꾸했다.

"당신의 스케줄과 행방을 나에게 알려주려는 음모인 듯하오. 오늘 아침 두 명의 하녀들이 내 방 앞에서 그리 작지 않은 소리로 당신 스케줄을 떠들어댔소. 그건 분명히……."

"빌어먹을!"

그녀의 얼굴이 확 붉어졌다.

"리치하고 테시……. 가만두지 않겠어!"

"별 피해는 없었소. 오히려 나에게 매우 유익한 정보였지."

"내가 병든 부부를 찾아가는 거란 말도 하던가요? 성가신 사람까지 데려갈 수 없는 곳이라는 것도 얘기하던가요?"

"아니…… 그냥 마을까지 혼자 걸어가는 게 안됐다고만 하더군."

"난 걷는 게 좋아요! 먼 길도 아니고 벌써 거의 다 왔다구요."

"남은 길은 내가 태워주겠소."

알렉이 내민 손을 그녀는 완강하게 모른 척했다.

"흠, 당신이 그렇게 걷고 싶다면야……."

하얀 말이 그녀의 옆에서 보조를 맞췄다.

"오늘은 사냥 안 나가세요?"

미라가 쌀쌀맞게 물었다.

"어제의 상처도 있고 해서 하루 쉬기로 했소."

"상처라구요!"

그녀가 코웃음치다가, 옆쪽에서 일어난 흙먼지에 에취 재채기를 해댔다.

"당신 상처는 아마 상상력이 가장 뛰어난 사람 눈에만 보일 거예요."

"그래도 끔찍하게 아팠소."

"그런 말 안 믿어요."

"사실이라오. 어젯밤 당신이 날 버려둔 후에, 몇 시간이고 아파했다오."

미라의 얼굴이 새빨개졌다. 더 이상 바람의 찬 기운이 느껴지지 않았다.

"자존심이 상하셨나보군요."

그녀가 이를 갈다가, 다시 한 번 입으로 손을 올리며 재채기했다.

"그렇긴 하오. 내 침대에서 그다지도 벗어나고 싶어 안달인 여자를 본 적이 없거든. 먼지 때문에 거슬리나?"

"그래요!"

그녀가 두 손으로 얼굴을 가리며 다시 재채기했다.

"당신 말이 계속 걸어차잖아요."

"달리 방법이 없……."

"당신이 돌아서 가버리면 돼요!"

"당신도 함께 간다면야."

"당신이 이 세상 마지막 남자라 해도……."

그녀가 먼지를 막으려 코와 입을 가렸다.

"오, 제발 그만 좀 해요! 좋아요. 항복할게요. 하지만 이겼다고 너무 잘난 척하지 말아요."

알렉은 흐릿한 미소로 만족감을 표하며 그녀에게 손을 내밀었다. 그녀의 양손을 잡아 쉽사리 자신의 앞으로 끌어올렸다. 그녀의 다리가 말 옆구리에서 대롱거렸다. 반사적으로 미라는 떨어지지 않으려고 그의 코트 깃을 움켜잡았고 알렉은 팔로 단단하게 그녀를 감싸안았다. 미라는 앞쪽으로 휙 고개를 돌리며 다른 잡을 만한 것을 찾아보았다. 그러다 우연하게 그의 탱탱한 허벅지를 만지게 되자, 너무 놀라 말에서 떨어질 뻔했다.

"꿈틀대지 마시오."

낮은 저음이 그녀의 귓가에 들려왔다.

"내가 잡아주겠소."

그의 강한 팔이 그녀의 허리를 감싸안았다. 하지만 그건 그녀의 당

황스런 상태에 별로 도움이 되지 않았다. 그냥 내려서 걷겠다고 말할
까 생각했지만, 벌써 하얀 말이 앞으로 출발하여 그의 가슴에 등을 부
대고 말았다.

"당신…… 늘 타고 다니던 말은 어딨어요?"

간신히 입을 열었다. 그리 영리한 화제는 아니었지만, 어쩔 도리가
없었다.

"서브린? 오늘은 마구간에서 평화로이 쉬고 있소. 이 녀석은 레퀴엠
(진혼곡)이오."

"레퀴엠요? 무시무시한 이름이네요."

"마음에 안 드는 사람을 들이받는 경향이 있거든. 가끔씩 거칠어진
다오, 그러니 딱 어울리는 이름이지."

"그런 말에다 날 태운 거예요?"

미라의 눈이 휘둥그레졌다.

"걱정할 거 없소. 지금은 아주 안전하니까. 내가 설마 당신의 어여
쁜 목을 위태롭게 할 것 같은가?"

그녀는 관자놀이에 닿는 그의 숨결에 바르르 몸을 떨었다. 그러자
그의 두 팔이 더 보호적으로 그녀를 감싸안았다.

"추워?"

"조금요."

그녀는 용감하게 거짓말을 했다.

"9월이라 바람이 차갑잖아요……. 사냥하기엔 안성맞춤인 날씨예
요. 사냥 나가지 않은 거 후회하실 걸요."

"하루쯤 내가 없어도 사냥에 아무 지장이 없소."

"저도 그래요."

그녀가 의미심장하게 대꾸하자 뒤에서 웃음소리기 들려왔다.

"그래도 말 타고 가는 게 더 편하긴 하지?"

"그래요."

　그녀가 마지못해 인정하며 그에게로 등을 기댔다. 이 남자의 목소리는 애무하는 듯했고, 그의 팔도 너무 따뜻해 저항하기 힘들었다. 타버릴 게 뻔한 불 가까이로 날아드는 나방 같았다. 이젠 도망칠 방법이 없었다……. 오히려 그 미력에 매료돼버려 후회할 마음조차 없어졌다.

　"첫번째 보이는 오두막이 목적지예요."

　잠시 후에 그녀가 입을 열었다.

　"다니엘 부인, 장원의 가정부인데요……. 그녀의 아들과 며느리가 열감기에 걸렸어요."

　"항상 치료법에 관심이 많았다고 했던가?"

　"그래요, 특히나 프랑스에 있을 때요. 우리…… 내가 가는 데마다, 치료법들을 배울 기회가 있었어요. 어디나 전통적인 민간요법이 있더라구요."

　"우리? 프랑스에 있을 때 누구하고 같이 다녔나?"

　"아뇨."

　그녀의 대답은 빨랐다. 너무 빨랐다.

　"말이 잘못 나왔어요."

　"당신 가족은 어떻게 됐소?"

　"아무도 없어요."

　"어렸을 땐 누가 보살펴줬소?"

　"이럴려고 따라오셨어요? 꼬치꼬치 캐물으려고 따라오셨나요?"

　미라가 성내며 다그쳤다.

　"왜 그렇게 방어적이오? 내가 너무 캐물었다 이건가? 그럼 더 이상 묻지 않겠소, 한마디도. 비밀스럽게 있고 싶으면 마음대로 하시오."

　뜻밖의 반격에 그녀는 잠시 할말을 잃었다. 너무 놀라서 예상외의 반응까지 보이고 말았다. 기욤에 대해서 말해버린 것이다.

　"오빠가 날 키워줬어요. 오빠하고 같이 프랑스를 돌아다녔죠."

　알렉의 계속되는 침묵에, 그녀는 그 이상까지 말해버렸다.

"오빠 사람을 아주 쉽게 사귀었어요……. 하지만 늘 위험스런 타입들이었죠, 싸움질하는 그런……. 그래서 내가 상처 다루는 법을 알게 됐던 거예요. 가끔씩 직감적으로 치료방법이 생각나요."

"내 어깨를 맞춰준 것처럼?"

"그래요. 그 정도로 쉽지 않을 때도 있죠. 하지만 사람들을 도와줄 수 있다는 게…… 쓸모 있는, 필요한 존재 같은……."

"쓸모 있는? 필요한?"

"아니에요."

그녀는 그와 함께 있을 때마다 실언을 해버리는 자신에게 공포스러워하며 고개를 흔들었다.

"신경 쓰지 마세요. 그냥 헛소리였어요."

"색빌한테 필요한 존재잖소? 그걸로는 충분치 않은가보지?"

"물론 충분해요."

"어떻게 그럴 수 있나?"

그의 어조에 야만적인 기운이 스며들었다.

"그는 당신을 진심으로 원하지 않아. 당신을 즐길지는 모르지, 당신의 그 매력적인 육체가 주는 즐거움을 받아들일지도 몰라. 하지만 당신한테 시를 읊어댈 때라던가, 내가 그놈의 입을 틀어막아주고 싶을 정도로 둘 관계를 떠버릴 때조차도, 그 말에 정열이 묻어나질 않아. 그냥 자랑하는 거라구. 왜지?"

그녀는 갈등에 휩싸였다. 이 남자가 점점 진실에 접근해가고 있는데 그를 어떻게 계속 속일 수 있을까. 그에게 거짓말과 회피를 꿰뚫어보는 능력이 있는 걸까?

"그 사람이 원하지도 않는데 내가 여기 남아 있다고 생각하는 거예요? 내가 왜 그러겠어요?"

미라는 질문으로 그의 질문을 되받아쳤다.

"그 이유는 나도 모르오. 하지만 사람들이 생각하는 그런 이유가 아닌 것만은 틀림없지. 색빌한테 정열적인 말을 들어본 적 있소?”

“그럼요, 항상 들어요.”

“색빌이 꿈에서도 당신을 봤다고 말한 적 있나? 당신 생각을 할 때마다 머리 속이 멍해진다는 말은? 당신 미소를 볼 때마다 몇 시간이나 달려온 사람처럼 숨이 가빠진다는 말은……. 당신을 만날 때까지 살아도 산 게 아니었고, 당신을 놓쳐버릴까 두려워 미칠 지경이라는 말은? 당신한테 필요한 건 바로 그런 거요. 진짜 정열보다 그의 미지근한 정열이 더 좋다는 말은 하지 마, 내가 그 차이를…….”

“다 왔어요.”

미라는 허둥지둥 그의 말을 잘랐다. 지금처럼 동요된 상태로 환자를 보살필 수 있을지 의심스럽긴 했지만.

“사람들 앞에서 말조심하세요……. 그리고 제발, 제발 더 이상 이런 얘기를 하지 말아주세요. 당신이 알지 못하는 일들도 많다구요.”

알렉이 먼저 말에서 내려 그녀의 허리를 감아쥔 다음 허공으로 들어올렸다.

“그럼 내가 알 수 있도록 설명해주시오……. 하루 빨리.”

그녀는 말없이 시선을 외면했다. 그가 그녀의 몸을 내려 끌어안았다. 그녀의 두 손이 반항하듯이 그의 넓은 가슴 위에서 흔들거렸다.

“하루 빨리.”

그는 그녀를 놓아주지 않았다. 그녀가 불안하게 고개를 들어 살짝 끄덕일 때까지.

다니엘 가족의 집은 고풍스런 오두막이었다. 커다란 느릅나무 울타리에 둘러싸였고, 꽥꽥대는 거위 울음소리가 뒤쪽에서 들려왔다. 작은 오두막 문이 벌컥 열리자 미라가 서둘러 알렉의 몸을 밀어냈다. 곱슬곱슬한 갈색 머리와 장밋빛 뺨을 지닌 두 소녀가 까르르대며 달려나왔다.

“다니엘 부인의 쌍둥이 손녀예요. 메리와 키티……. 그런데 누가 누군지…… 아, 알겠다. 수줍어하는 쪽이 키티예요, 내 말이 맞지?"

미라가 둘 중 뒤쪽에 서 있는 소녀에게 활짝 웃어보였다. 그리고는 웅크려 앉아 가방끈을 풀어낸 다음 자신만만하게 종이 꾸러미 하나를 꺼내들었다.

"이번엔 아몬드 과자야."

메리에게 꾸러미를 건넸다.

"자, 내가 안에 들어가 있는 동안 둘이 똑같이 나눠먹어야 돼……. 그리고 이 신사분한테 이 멋진 말에 대해서 물어봐도 돼. 너무 귀찮게 굴진 말고."

그녀가 흘깃 알렉의 얼굴을 쳐다보며 가방을 들고 일어섰다.

"오래 걸리진 않을 거예요."

"오래 걸려도 기다리겠소."

알렉이 대답했다. 미라는 조심스런 미소를 보낸 후 오두막으로 들어 갔다.

라헬 다니엘도 남편이 걸렸던 열감기에 시달리는 중이었다. 열이 나는 것뿐 아니라, 코도 막히고 목도 잠겼다……. 감기가 과정을 밟아 제풀에 떨어질 때까지 달리 도와줄 방법이 없을 듯했다. 미라는 말린 까치밥나무 열매를 꺼내 화롯가로 돌아섰다.

"부부가 둘 다 병에 걸려버렸으니 큰일이네요……. 농사일을 도와 줄 사람은 있어요?"

"친구들이 도와주고 있어요."

라헬은 손수건으로 입을 막으며 심하게 쿨럭거렸다.

"오래 가면 안 되는데."

"푹 쉬어야 돼요."

"쉴 시간이 없는 걸요."

"알아요."

미라가 동정적으로 한숨을 내쉬었다. 그러면서 우묵한 냄비에 브랜디를 약간 따르고, 살살 데워서 그 안에 까치밥나무 열매 몇 줌을 첨가했다.

"냄새가 좋진 않네요."

라헬의 어린애 같은 투정에 미라는 살며시 웃었다.

"다 끓고 나면 훨씬 고약하답니다. 하지만 억지로라도 먹어야 돼요. 아픈 목에는 이게 특효약이거든요. 아참, 이 말 들으면 기분이 더 나아질 거예요. 다니엘 부인이 며칠 간 손녀들을 데리고 있겠대요. 그럼 쉴 시간이 좀 생기지 않겠어요?"

"어머나, 감사해라!"

라헬의 표정이 한결 밝아졌다.

"그렇지 않아도 아이들까지 감기에 걸릴까봐 걱정이었는데."

"이따가 데려갈 사람이 올 거예요."

미라는 까치밥나무 열매를 푹푹 끓인 후 몇 가지 허브를 더 넣고는 쿵쿵 냄새를 맡아보았다. 그리곤 라헬에게 체념적인 미소를 던졌다.

"약 잘 드세요. 그럼 난 이만 가볼게요."

"고마워요, 미라 양."

라헬이 시럽으로 가득한 냄비를 처량하게 쳐다보았다.

오두막 문을 닫았을 때 미라의 눈에 보인 풍경은 놀랍기 그지없었다. 메리와 키티가 평소답지 않게 얌전한 태도로 나란히 울타리에 앉아 알렉을 쳐다보고 있었다. 그들이 생기발랄한 목소리로 질문을 던졌다가 무슨 우스운 대답을 들었는지 발을 흔들어대며 낄낄거렸다. 미소지으며 가까이 다가가자 미라는 알렉이 목탄과 과자를 쌌던 종이를 이용해 그림을 그리는 중이라는 걸 알아차렸다. 초상화 모델이라는 새로운 경험에 홀려 두 소녀들이 그렇게 얌전했던 모양이었다.

"화가이신 줄은 몰랐네요."

미라가 나지막이 말했다. 알렉은 흘깃 그녀를 쳐다보고 나서 입술을 실룩거렸다.

“화가는 아니오. 그냥 목탄과 종이를 다루는 데 재주가 좀 있을 뿐이오.”

그가 목탄을 내던지고 완성된 그림을 쌍둥이에게 건네주었다.

“최고로 매력적인 모델들이었어.”

그가 하나씩 하나씩 쌍둥이를 땅으로 내려주었다. 알렉의 우람한 어깨에 달라붙은 그 조막만한 손들이 묘한 대비를 이루었다. 알렉에 비하면 너무나 연약하고 무기력한 아이들. 그런데도 그를 신뢰하는 듯했다. 알렉도 그들에게 아주 부드러웠다.

미라는 메리에게 다가가서 슬쩍 스케치를 살펴보았다. 몇 개의 선만으로 메리의 장난기와 키티의 수줍음을 제대로 포착해놓았다. 통통한 다리를 대롱거리며 울타리에 나란히 앉은 요정들이었다.

“솜씨가 좋으시네요.”

그녀가 알렉에게 시선을 들어올렸다.

“여러 가지 재능이 있으신가봐요.”

그는 입술을 잡아당겨 조롱하듯이 씨익 웃었다.

“칭찬해줘서 기쁘오. 하지만 나의 최고 재능을 당신이 모른다는 게 안타깝소……. 아직은 말이오.”

4

사냥파티의 마지막 며칠 간은 가장 성대하고도 거창하게 치러졌다. 토요일 밤에는 저녁 식탁에 삼백 명 이상이 자리잡았다. 샹들리에와 촛불들의 화려한 빛을 받으며, 상다리가 휘어질 정도로 맛난 음식과 정교한 식기들이 테이블을 장식했다. 수정 그릇마다 설탕에 절인 과일들이 빼곡이 들어찼고, 설탕덩이로 만든 조각들이 구석구석을 장식했다. 그 음식을 준비하는 데 50명 이상의 주방 하인이, 식사 시중을 드는 데 한 군단 이상의 하인들이 동원되었다. 물보다 와인이 더 넘쳐났으며 구운 고기와 상큼한 소스의 향, 경쾌한 대화소리들이 따뜻한 바람결에 실려 날아다녔다. 4가지 수프와 다양한 생선 요리, 햄과 고기와 40가지 곁요리들이 담긴 접시들을 필두로 식사가 시작되었다.

방 온도가 벽난로와 불빛들, 사람의 체온으로 후끈후끈 달아올랐다. 시원한 바람이 불어들도록 창과 문들을 활짝활짝 열어놓았지만, 그럼에도 숨막힐 듯한 분위기를 달래주지는 못했다. 음악과 대화와 쨍그랑거리는 식기소리들이 밤공기를 타고 날아올라, 그 소리를 피하려 애쓰는 미라의 귀에까지 들려왔다. 그녀는 텅 빈 복도를 걸어가다가 열린 창가에서 뜰을 내다보았다. 식당의 거대한 유리문들이 호화로운 만찬 풍경을 고스란히 드러내고 있었다. 미라는 갑작스레 외로워졌다. '버림받은 고아'라던 레이디 엘즈미어의 말이 지금 딱 맞아떨어지는 느낌이었다.

자기연민 따위는 가장 쓸모 없는 감정이야! 그렇게 자신을 나무라면서도 허리춤에 두 팔을 감고 계속 창 밖을 내다보았다.

혹시나 흑옥처럼 반짝이는 검은 머리가 보이지 않을까? 아름다운 여자 옆에 앉아 세련된 농담에 미소지으며, 저녁 식사 후 어떤 여자와 춤을 출까 고민하는 중은 아닐는지…….

어제 함께 레퀴엠을 타고 돌아왔을 때, 그녀는 장원에 도착하기 전에 내려서 남은 길을 혼자 걸어가겠노라고 했었다. 알렉은 피식 미소만 지어보이고 말을 달려갔었다. 마치 작별키스를 해주려나 조마조마해하는 그녀의 마음을 아는 것처럼. 하지만 키스도 없고 애무도 없었다. 짜증스럽게도 잘난척하는 그 미소뿐이었다! 미라는 그의 키스를 견딜 필요가 없어서 다행이라고…… 아주 다행이라고 자신에게 말해주려 노력했다.

그 남자의 행동은 참으로 변덕스러웠다. 그녀를 원한다 어쩌구 음흉스런 말들을 던져놓고 나서 어떻게 다음 순간에는 완전히 무시해버릴 수 있는 걸까? 그녀를 꼭 끌어안고 달콤한 말들을 속삭여주다가 그 다음엔 색빌과의 관계를 냉소적으로 조롱하기도 했다. 이제부터는 그 남자의 어떤 말에도 허둥대거나 당황하지 않으리라. 침착하고 초연하게 남아 있으리라, 차가울 정도로……. 그 남자한테 전혀 관심없다는 걸 똑똑히 보여줄 거야!

그런 생각만으로도 한결 기분이 좋아지기 시작했다. 문득 그녀의 시선이 한곳에 고정되면서 배시시 얼굴 가득 웃음이 번졌다. 어젯밤 장원에 도착한 이후로 여러 말썽을 일으켰던 메리와 키티가 응접실의 발

코니 난간 기둥 사이사이에 얼굴을 묻은 채 뜰 건너편을 열심히 쳐다
보는 중이었다. 저녁 식사 때부터 어디 갔었나 궁금했었는데…….
　미라가 응접실 쪽으로 천천히 걸어갔다.
　'저 애들도 파티를 보고 싶었던 거야…… 나처럼!'
　조용히 발코니로 다가가서 아이들 뒤에 무릎 꿇고 작은 어깨들을
하나씩 부여잡았다.
　"너희 할머니가 걱정하고 계셔."
　동그란 얼굴 두 개가 매력적인 미소를 담아 돌아보았다.
　"미라 양!"
　메리가 조그맣게 속삭였다.
　"궁금했어요. 레이디들이 너무너무 예쁘고……."
　"그래, 진짜 예쁘구나."
　미라가 상냥하게 코를 찡그리며 동의했다.
　"불꽃놀이하고 무도회 시작하는 것까지 봐도 돼요?"
　키티가 소심하게 물어왔다.
　"안 될 거야 없겠지. 잠깐 정도는 괜찮을 거야. 아직 늦은 시간은 아
니니까. 나도 보고 싶은걸."
　세 사람은 발코니에 함께 앉았다. 두 소녀들이 미라의 양쪽 치맛자
락 위로 자리잡았다. 오늘밤 다른 사람을 만날 일이 없었으므로, 치마
가 구겨질까봐 신경 쓸 필요는 없었다. 평화로운 기분이었다. 나중에
내 아이를 낳아서 안으면 이런 느낌일까? 작은 몸뚱이들의 몽실몽실
하고 뽀송뽀송한 냄새도 기분 좋았다. 미라는 말없이 아이들을 부둥켜
안고서 난간 너머를 지켜보았다.
　식사가 끝난 후, 그 거대한 집단이 불꽃놀이를 감상하기 위해 뜰로
몰려나왔다. 곧이어 장엄한 쇼가 연출되었다. 색색의 폭죽들이 하늘에
금빛, 빨강, 은색, 초록의 꽃들을 화려하게 수놓았다. 불꽃이 터질 때마
다 환호와 박수갈채들이 뒤를 이었다. 미라와 쌍둥이도 발코니에 숨어

그 아름다운 하늘을 올려다보았다.

"저기 별들에 소원을 빌어봐."

미라가 흥분한 아이들에게 속삭였다.

"내 별이 떨어졌어요!"

메리가 울상을 지었다.

"다른 별을 찾아보면 되잖아."

"미라 양은 뭘 빌 거예요?"

"난 '무엇'이 아니라 '누구'를 빌어볼 거야."

미라가 키득대며 대답했다.

"소리가 천둥치는 것 같아요."

엄청난 굉음과 화려한 색채에 즐겁기도 하고 불안하기도 한 듯 키티가 미라의 무릎 위로 기어올랐다.

"키티, 애기처럼 굴지 마."

메리가 야단쳤다.

"난 애기 아니야. 니가 애기지……."

"저기 좀 봐."

미라가 색색의 구름을 가리키며 쌍둥이의 관심을 분산시키자, 아이들은 그녀의 의도대로 목을 길게 빼며 쳐다보았다.

알렉은 멍하니 불꽃놀이를 바라보고 있었다. 생각이 딴 세상에 가 있는 사람 같았다. 일찍 결혼했다 금세 미망인이 되어 자유의 즐거움을 만끽하고 있는 레이디 앨리스 하트리는 남자들의 시선에 익숙해진 터라 자신에게 영 관심을 보이지 않는 알렉에게 사뭇 불쾌해졌다. 관능적인 몸매, 돌돌 말린 금발머리, 푸른 눈동자는 그녀가 눈독 들인 어떤 남자의 시선이라도 끌어들일 수 있었다. 그런데 왜, 포크너는 나에게 무관심한 걸까?

"어머나, 불꽃이 여기까지 튈 것 같아요!"

그녀가 새된 소리를 내며, 무기력한 여자인 양 그의 팔뚝을 부여잡았다.

알렉은 아무 말 없이 흘깃 그녀를 쳐다보았다가 다시 하늘로 시선을 돌렸다. 일주일 전쯤이라면 앨리스 하트리 같은 골빈 여자의 연극이 아마도 흥미를 끌었으리라. 그녀의 침대로 찾아들어갈 만큼 흥미가 생겼을 수도 있었다. 하지만 정력 넘치는 남자답지 않게 욕망이 전혀 일어나지 않았다. 지금쯤 이 파티에 참석한 여자들 절반과 희롱하며 즐겼어야 마땅할 텐데. 이 여자들 또한 그런 즐거움을 찾아 여기 온 것일 텐데. 대부분의 남자들도 침실을 옮겨다니며 그 레이디들의 솜씨를 기억했다가 나중에 자랑스레 의견을 교환하곤 했다. 하지만 지금까지 알렉은 자신에게 금지된 한 여자에게만 흥미가 일어날 뿐이었다. 미라, 순진하면서도 닳아빠진 미라…… . 아름다우면서도 고문 같은 미라, 이렇다 할 가문도 없는 미라.

그 여자를 잊을 것이다. 다른 여자들과 다를 게 하나도 없지 않은가. 눈, 코, 입, 유방 두 개, 손가락 발가락 열 개씩 달린 여자…… . 그러니 그 여자만을 원할 이유가 없다. 그 여잔 대단히 골치 아팠다. 비천한 가문 출신이면서도 오만 가지를 다 아는 척하는 여자였다. 아마 색빌처럼 아버지뻘 되는 사내를 좋아하는 취향이리라, 늙은이가 몸 위에서 헐떡이는 동안 가만히 누워 있는 것에만 만족하는 여자. 그 여자에게 그쪽 방면 기술을 가르치려면 엄청난 시간과 노력을 들여야 할 것이다. 그런데 도대체 왜 그런 여자한테 끌린단 말인가!

그럼에도 불구하고 빌어먹을, 그녀가 갖고 싶어 미칠 지경이었다.

마지막 불꽃이 하늘로 날아오르는 동안, 레이디 하트리는 계속 알렉의 팔을 잡고서 우둔한 감탄사를 연발해댔다. 귀찮은 모기새끼처럼 그 여자를 털어내고 싶었지만, 어떻게 그럴 수 있겠는가.

강한 은빛이 머리 위에서 폭발했을 때, 알렉은 왠지 모를 예감에 주위를 둘러보았다. 우글우글한 머리들 너머 작은 발코니 쪽으로 시선이 쏠렸다. 진홍색 드레스와 가느다란 팔, 깔끔하게 단장한 검은 머리를 보았다. 미라가 발코니에 앉아 있었다. 잘못 본 것이 아니라면, 가정부 다니엘의 손녀 쌍둥이들과 같이 하늘을 쳐다보는 듯했다. 그녀는 그를 보지 못했고, 다른 사람들도 그녀를 보지 못했다. 알렉은 미소지으며 다시 하늘을 쳐다보았다. 다른 시선들이 그녀에게 쏠리지 않도록.

마침내 쇼가 끝나자, 알렉은 그럴 듯하게 두려운 척 연기하는 앨리스 하트리를 내려다보았다.

"정말 놀랍죠? 소리가 너무 커서……."

"그렇소."

알렉이 한 손을 들어올려 눈 사이의 미간을 문질렀다.

"그 소리 때문에 어제 사냥중에 생겼던 두통이 다시 도져버렸소."

"어머나, 가엾어라."

레이디 하트리의 얼굴이 금세 실망감으로 어두워졌다.

"약을 먹고 좀 쉬어야 할 것……."

"제가 같이 가서 찬 물수건이라도 만들어 드릴게요……."

"아니, 아니오……."

알렉이 서둘러 가로막았다.

"친절한 말씀이지만, 무도회에서 당신을 떼어낼 수야 없지요. 나 혼자 가겠소. 오늘밤이 끝나기 전에 다행히도 두통이 가라앉으면 당신에게 왈츠 한 곡을 청하러 내려오겠소."

"부디 그렇게 되길 바랄게요."

"이해해줘 고맙소, 레이디 하트리. 그럼 나중에 봅시다."

그가 정중하게 인사하며 걸어나갔다.

그 뒷모습을 응시하며 앨리스 하트리가 한숨지었다.

"앨리스."

클라라 엘즈미어가 그녀의 옆으로 다가들었다.

"고기가 잡히지 않는 건 미끼가 잘못됐기 때문이랍니다."

"다른 낚시줄에 걸려 있는 걸 수도 있죠. 틀림없이 그 이유예요."

"정말 그렇게 생각해요?"

클라라가 고개를 갸우뚱하며 생각에 잠겼다.

"그래도 걱정 말아요. 그런 남자는 오랫동안 머물지 않거든요. 다른 기회가 또 생길 거예요."

"음악소리 들리지? 왈츠야, 근사한 춤곡이란다."

미라가 아이들에게 속삭였다.

"왈츠 춰본 적 있어요?"

메리가 미라의 무릎에 뺨을 기댄 채 꿈꾸듯이 무도회장을 바라보았다. 미라도 빙글빙글 도는 드레스와 눈부신 보석들의 조화를 지켜보았다.

"그래, 이런 무도회는 아니었지만……. 그래도 춰보긴 했어."

"이 무도회에서는 왜 안 춰요?"

쌍둥이가 기대감어린 시선을 던졌다. 미라는 대답할 말을 찾지 못하며 망설였다. 이 아이들에게 이 사회에는 결코 뛰어넘을 수 없는 경계선이 있다는 걸…… 현실이 될 수 없는 꿈이 있다는 걸 어떻게 설명할 수 있을까.

"음, 그건…… 내 옷이 저 사람들 옷만큼 예쁘지 않아서야."

그 이유가 아이들에겐 꽤나 납득할 만하게 들린 모양이었다. 아이들이 고개를 끄덕이고 있을 때, 갑자기 부드러운 남자 목소리가 끼어들었다.

"매력적인 옷인데 왜 그러오? 약간 구겨지긴 했지만."

세 여자가 동시에 고개를 돌려 응접실 입구에 서 있는 알렉을 쳐다보았다. 미라는 자신의 헝클어진 모습을 의식하며 비틀비틀 일어섰다. 그녀와 대조적으로, 알렉의 예복 차림은 그야말로 눈부셨다. 검은 코트와 하얀 바지, 하얀 셔츠, 그의 검은 머리와 살결을 돋보이게 하는 빳빳한 크러뱃. 흠잡을 데 하나 없었다. 그런 알렉이 미소지어 보이자,

그녀의 심장은 제 역할을 잃어버렸다.

"나리."

두 아이를 옆으로 내려놓으며 더듬더듬 입을 열었다.

"어떻게…… 여기…… 제가 있는 걸……."

"언뜻 보이더군."

"저 아저씨가 아까 빌고 싶었던 '누구'인가 보죠?"

키티가 조그만 소리로 물었다.

"뭐라고?"

알렉의 질문에 미라의 얼굴이 새빨갛게 달아올랐다.

"아니에요! 키티, 메리, 이제 잠잘 시간이야. 가자, 내가 데려다줄게."

"아니, 아직은 안 되오. 당신과 춤 한 곡 추려고 나의 명예와 평판을 무릅쓰고 거짓말까지……."

"그런 게 처음도 아니잖아요."

날카롭고 차갑게 말하려 했지만, 그녀의 의도와는 달리 왠지 목소리가 숨가쁘게 들렸다. 알렉이 웃음을 터트렸다.

"한 곡만. 이번 왈츠 한 곡만 춥시다."

"그래요!"

메리와 키티가 소리쳤다.

"우리도 보고 싶어요!"

"그…… 그건 안 돼."

미라는 고개 숙이고 알렉의 곁을 지나치려 했다. 그가 그녀의 손목을 잡아 끌어당겼다.

"한 곡만."

엄지손가락으로 그녀의 손가락 관절을 어루만지며 그의 목소리가 더 나지막해졌다.

"딱 한 곡이오."

그녀는 그의 얼굴을 감히 쳐다보지도 못한 채 동그란 발코니 중앙
으로 끌려나갔다. 밤하늘에 부드러운 음악소리가 울려퍼졌다. 메리와
키티는 구석으로 물러나 눈을 반짝이며 지켜보았다. 알렉이 그들에게
미소지어 보인 다음 미라에게 시선을 고정시켰다. 진홍빛 드레스가 그
녀의 날씬한 상체에 찰싹 달라붙었다가 엉덩이에서 활짝 펼쳐졌다. 유
선형의 목선이 낮게 패여 뽀얀 젖가슴을 감질나게 드러내 보였다. 또
한 곱슬거리는 앞머리가 그녀의 얼굴을 감싸 갈색 눈동자를 강조해주
었다.
"그렇게 멀리 서서는 춤추기가 힘드오. 카드릴을 추는 게 아니잖소."
알렉이 속삭였다.
"알아요."
미라는 마지못해하며 아주 어색하게 한 걸음 다가섰다.
"왜 그렇게 뻣뻣하지? 나한테 처음 안기는 것도 아니면서."
"이건 달라요. 이런 건 편치가 않다구요. 그냥 그만둬요."
"겁쟁이."
"음악소리도 잘 안 들리고……."
"당신이 입 다물면 들릴 거요."
이윽고 미라가 그의 어깨와 손에 한 손씩 내려놓았다. 알렉이 천천
히 그녀의 허리를 감아안으며 다른 손을 등에 펼쳤다. 춤을 추는 동안
미라는 그의 넓은 가슴만 쳐다보았다. 남자의 리드를 따라가는 것이
예상 외로 편안했다. 등에 닿은 손이 그녀를 안내해주기도 했지만, 말
하지 않아도 서로를 이해하는 것처럼 그들의 몸이 정확하게 어울려 움
직여갔다.
알렉의 숨결로 인해 그녀의 앞머리가 흔들거렸다. 그는 그 이마에
입술을 부비고 싶은 충동에 사로잡혔다……. 하지만 쌍둥이들이 보고
있다는 걸 기억해야 했다. 미라가 아이들을 보지 못하도록 빙글 돌려
놓은 후에 그가 입모양으로 무슨 말인가 전하며 찡긋 윙크했다. 아이

들이 두 손으로 웃음을 틀어막으며 종종걸음쳐갔다. 미라가 당황스레 알렉의 얼굴을 쳐다보았다.

"아이들이 가버렸어요……. 뭐라고 말한 거예요?"

"그 말 들으면 나하고 춤추지 않겠다고 할걸."

"이제 당신이 이 집 안에 파괴적인 폭풍을 풀어놓은 거라구요. 난 아무 책임 없어요. 그 애들이 무슨 짓을 저지르든 다 당신 잘못이에요."

그는 씨익 웃음으로 대답을 대신했다.

"그리고 당신도 어서 다른 사람들에게 가서야 해요."

"나한테 명령하는 걸 좋아하는 것 같소."

"필요하니까요."

"무정한 사람이군……. 저곳에서 몇 시간이나 공허한 대화와 형식적인 춤에 시달리란 말인가?"

"당신이 속할 곳은 저기예요."

"그럼 당신은?"

"당연히 위층 침실이죠."

그의 번득이는 눈빛을 보고 나서 그녀가 재빨리 덧붙였다.

"나 혼자서요."

"하지만 소속된 곳에서 잠시 피해 있을 자격도 있는 거라오……. 그래서 우리가 여기 있는 거요."

"당신이 뭘 피하겠어요? 당신 같은 남자가……."

"나름대로의 문제가 있소."

알렉이 덤덤하게 가로막았다.

"아주 사소한 문제들이겠죠. 지루해서 그러나요? 그건 핑곗거리가 안 돼요. 그 세상에 얼마나 할 일들이 가득한데 지루할 수 있겠어요."

"외로움이라면?"

"외로움은…… 해결하기가 좀 힘들죠."

그녀가 생각에 잠겼다.

"하지만 그건 당신 문제가 아닐 거예요. 당신 옆에 있고자 하는 사람이 얼마나 많은데, 당신 친구가 되려는 사람, 당신 여자가……."

"내 여자?"

그가 재빨리 되물었다.

"당신은 어떻소? 당신도 내 여자가 되고 싶은가? 지난 2주 간 내가 알고 싶었던 게 그거라오."

그녀는 그를 쳐다보며 무슨 게임을 벌이는 걸까 의심스러워했다. 이 남자에게 자신은 너무 빤히 들여다보일 것이다. 조심하지 않으면 그녀 자신조차 인정하고 싶지 않은 사실이 드러날 것 같았다.

그들의 허벅지가 맞부딪혔다. 서로를 부둥켜안은 채 그들의 스텝이 느려져갔다. 그들의 손바닥이 찰싹 달라붙어 서로의 맥박이 뒤엉켰다. 또다시 그를 또렷하게 의식하며 그녀는 약해졌다. 시간이 흐르는 것도 알지 못했다. 그들의 손가락이 하나씩 하나씩 엮였다. 그녀는 아무 말도 못한 채 까맣게 짙어진 눈동자로 그를 올려다보았다……. 그리고 이 남자에 대한 사랑을 깨달아갔다. 그것이 흥분되면서도 두려웠다. 그의 입술선은 평소보다 더 부드러웠고, 거친 얼굴선이 별들과 달빛으로 인해 도드라졌다. 꿈속에서 걸어나온 사람처럼, 은빛과 그림자로 어우러진 그 얼굴이 서서히 내려와 그녀의 뺨에 입을 맞췄다.

그녀의 몸이 부르르 떨렸다. 혈관 속으로 흥분이 치달아가며 신경조직들을 일깨웠다. 그의 입술이 광대뼈로 흘러가는 동안에도 그녀는 얼굴을 돌리지 못했다. 알렉이 고개를 들어 살짝 눈살을 찌푸렸다. 각기 다른 충동 사이에서 갈등하는 것처럼. 그녀의 보드라운 입술을 응시하며 그가 나지막이 욕설을 중얼거렸다. 그리곤 뜨겁게 그녀의 입술을 찾아왔다. 자신에게 굴복하라고, 입술을 열어달라고 다그쳤다. 미라는 그 마법 같은 키스에 살포시 입술을 열어 굴복했다. 그의 목을 끌어안아 그 머리결 속으로 손가락을 밀어넣었다.

그에게 정신없이 매달려 그의 입술을 맞아들이며 헤매다니는 그의 두 손에 몸을 들이밀었다. 그의 무릎 하나가 그녀의 다리 사이로 파고들고, 두 손으로 그녀의 엉덩이를 감싸 위쪽으로 들어올렸다. 그의 단단한 허벅지가 다리 사이의 부드러운 곳에 닿아, 점점 높아져만 가는 그녀의 욕구불만을 다소 달래주었다……. 하지만 충분치가 않았다. 전혀 충분치 않았다. 한숨을 내쉬며 더 그에게 가까워지려고 몸부림쳤다. 그의 향기가 콧속으로 밀려들었다……. 아, 그녀는 이 남자에게 취해버렸다. 이 밤과 몸 속으로 철철 넘쳐흐르는 달콤함에 취해버렸다.

알렉은 미라의 날렵한 몸을 애무해갔다. 그녀의 정열이 그의 혈관 속 피를 폭발하게 했다. 그녀의 열렬한 반응은 바로 그를 원한다는 뜻이었다. 그의 사타구니가 고통스럽게 부풀어올랐다. 자제력을 찾으려 안간힘쓰며 그의 손이 미약하게 떨렸다……. 그의 손가락이 드레스의 목선 밑으로 파고들어 젖꼭지를 살짝 스쳤다. 그리고는 그 보드라운 젖꼭지가 단단하게 뭉쳐질 때까지 계속해서 어루만졌다. 미라가 몸서리치며 신음을 흘렸고 알렉은 뇌리에 스쳐가는 생각들을 말로 표현해보고 싶었다…….

'비단처럼 매끄러워, 아름다워, 다른 어떤 여자보다도 당신이 필요해.'

하지만 그 말을 할 정도로 오랫동안 입술을 떼어낼 수가 없었다. 그저 탐욕스레 그녀의 입술을 빨아들여 에로틱하게 혀를 찾아나갈 뿐이었다.

불길이 점점 높이, 점점 뜨겁게 타올랐다. 마침내 알렉이 신음하며 몸을 떼어내자, 미라는 몽롱하게 눈을 깜박였다. 알렉이 돌아서서 발코니 난간으로 다가갔다. 거칠게 숨을 토해내며 난간을 움켜잡고 신선한 밤공기에 얼굴을 들어올렸다. 그는 욕망이 진정될 때까지 공기를 깊이 들이쉬었다 토해내기를 반복했다.

미라는 후들거리는 다리에 힘을 가하며 조심조심 그의 옆으로 다가갔다. 무슨 말인가 하려 입을 여는 순간, 갑자기 그가 가느다란 회색 눈동자로 그녀를 돌아보았다.

"다른 데로 갑시다."

그녀의 눈이 휘둥그레졌다. 이 남자가 무얼 요구하고 있는 걸까? 어쩌면 둘 다 정확히 모르는 것 같기도 했다.

"어디로요?"

미라의 목소리는 거의 들리지 않게 낮았다.

"어디든 상관 있을까?"

"아뇨."

그의 눈동자에 눈부신 불길이 일어났다.

"내가 색빌을 버리고 같이 가자고 한다면 당신……."

"네."

황홀하게 서로를 마주본 채로 몇 분이 흘렀다. 알렉이 그녀의 작은 얼굴에 단호하게 키스했다.

"갑시다."

그녀의 손을 붙잡아 복도 쪽으로 끌어당겼다.

"당신 마음이 변하기 전에 떠나자구, 지금 당장."

미라는 쿵쾅거리는 가슴으로 그를 따라갔다. 이 남자와 함께 가는 게 옳은 일이었다. 그들의 길이 얼마나 어긋나든 결과는 똑같으리라. 그들에겐 서로가 필요했다. 함께 있는 게 좋았다. 서로에게 잘 어울렸다. 그녀가 그의 손을 힘껏 부여잡고 복도로 발을 내딛었을 때…… 재앙이 닥쳤다.

윌리엄 색빌이 그곳에 서 있었다.

"포크너."

그가 기분 좋게 미소지으며 입을 열었다.

"자넬 찾던 참이었네……."

알렉의 뒤에 선 형체를 알아차리자마자 그의 목소리가 잦아들며 눈동자가 점점 놀라움으로 동그래졌다.

"미라, 방에 있을 줄 알았는데."

"불…… 불꽃놀이를 보러 발코니에 나와 있었어요."

그녀의 손이 알렉의 느슨해진 손아귀에서 빠져나갔다. 그 미약한 움직임을 감지하며 색빌의 발그레한 안색이 사뭇 창백해졌다. 그리곤 읽어낼 수 없는 표정으로 알렉에게 시선을 돌렸다.

"자네가 아프다길래, 두통이 났다고……."

"이젠 괜찮아졌습니다."

알렉이 그의 눈을 똑바로 마주보았다.

세 사람 모두 입을 다물었다. 긴장이 커져가는 동안 미라의 표정도 시시각각 변해갔다. 어떻게든 침묵을 깨뜨리지 않으면 미쳐버릴 것 같았다.

"우연히 여기서 만났어요……. 이제 막 나오는 참이었죠."

더 이상 말을 잇지 못했다. 빌어먹을, 알렉은 도전적인 자세로 서 있을 뿐 끔찍이도 조용했다. 반면에 색빌은 너무나 상처받고 절망적인 표정이었다. 색빌이 태연스러움을 가장하며 미라에게 한 손을 내밀었다.

"이리 와, 미라."

그녀의 곁에서 알렉의 몸이 굳어졌다.

아, 이런 일이 생기지 않았으면 좋으련만. 그녀는 한 남자에 대한 욕망과 다른 남자와의 약속 사이에서 처절한 갈등을 겪었다. 알렉의 곁에 남아 있고 싶었다……. 하지만 색빌을 배신하지 않겠다고 했던 약속, 자신의 생명을 구해준 사람에게 한 약속을 지켜야만 했다. 알렉은 그녀에게 시선을 돌리지도 않은 채 그녀의 다음 행동을 기다리고 있었다.

'당신을 저버리고 다른 사람을 선택하는 게 아니에요.'

그렇게 부르짖고 싶었다.

'이건 내 마음이 아니에요.'

그녀는 뻣뻣하게 색빌의 손을 잡았고 그의 옆으로 끌려갔다. 색빌이 소유권을 주장하듯이 그녀의 어깨에 한 팔을 둘렀다.

"즐거운 시간이었기를 바란다."

그가 온화하게 말했다.

알렉의 턱이 굳어졌다. 이 상황을 모르는 척하기로, 친구와 자기 여자 사이의 명백한 끌림을 모르는 척하기로 한 것이 색빌의 선택이었다.

미라는 감히 알렉의 얼굴을 쳐다보지 못했다.

"이젠 방으로 돌아가거라. 가서 기다리고 있어……. 나도 금방 올라갈게."

노골적인 의미를 담은 말이었다. 그리곤 알렉에게 경고하듯이 색빌이 단호하게 입을 맞췄다. 그 축축하고 차가운 입술이 닿아오자, 미라는 무의식적으로 그를 밀어내려 했다. 하지만 이내 두 손을 옆으로 떨구고서 그의 키스를 반항 없이 견뎌냈다. 이 정도는 해줘야 한다, 열심히 머리 속으로 중얼거렸다. 내가 한 약속을 지키기 위해서 이 자리를 참아내야만 한다!

알렉은 돌처럼 굳은 얼굴과 얼음처럼 차가워진 눈으로 그들을 지켜보았다. 그의 안에서 무언가가 죽어 없어지고 다른 무언가가 격하게 불타올랐다.

마침내 색빌이 고개를 들어 그녀에게 미소지었다. 미라는 억지웃음을 지어보이며 입을 닦아버리고 싶은 충동을 억눌렀다. 색빌과 알렉의 키스는 얼음과 불의 차이만큼이나 확연했다.

색빌이 만족스레 속삭였다.

"미라, 이따 위층으로 올라갈게."

그녀는 신경질적으로 고개를 끄덕인 다음 알렉을 바라보았다.

"포크너 경, 전 이만 실례하겠습니다."

그는 역겹다는 듯이 입술을 뒤틀었을 뿐 대답하지 않았다. 미라는 마음속으로 고통을 삭이며 계단 쪽으로 걸어갔다. 달리지 않는 것만으로도 온몸의 의지력을 동원해야 했다.

"아주 특별한 여자야."

색빌이 한마디 했다.

"당신에겐 그렇겠죠. 하지만 나한테는 약간 소심해 보이는군요."

알렉이 유하게 대꾸했다. 색빌이 그 경멸적인 어조에 속아넘어갔을까? 아마도 아닐 것이다.

알렉의 이성이 서서히 제자리를 잡아나갔다. 몇 분 전엔 분명 미쳐버렸던 모양이었다. 여자 하나 때문에 우정을 깨뜨리려 하다니.

어떻게 친구에게서 애인을 훔쳐내려 할 수 있었을까? 지금부터는 그 여자를 피하기 위해, 그 여자를 생각하지 않기 위해 최선을 다하리라.

"맞아, 자넨 항상 야성적인 여자들을 좋아했었지?"

색빌이 애써 웃음을 터트렸다. 두 남자는 오늘밤 아무 일도 없었던 척하기로 결정했다. 겉으로는 예전과 달라지는 게 전혀 없을 것이다. 하지만 마음속으로는 그들의 관계가 영원히 달라졌음을 둘 다 잘 알고 있었다.

"얘기 좀 하자."

"네."

방문을 열며 미라가 조용히 대답했다. 색빌이 심각한 표정으로 걸어들어왔다.

"오늘밤 일……."

"아무 일 없었어요."

미라가 닫힌 문에 등을 기대고서 비참하게 그를 쳐다보았다.

"죄송해요, 정말 죄송해요. 어떻게 된 건지 저도 모르겠어요. 절대로……."

"진작부터 알고 있었어, 네가 이걸 끝내고 싶어할 날이 오리라는 걸. 넌 건강하고 젊은 여자야. 사실 네가 이렇게 오래 남아 있었던 게 오히려 놀랍단다."

"전 끝내고 싶지 않아요. 제가 너무 오랫동안 부담을 드렸나요?"

미라의 눈앞이 뿌옇게 흐려졌다.

"그럼 그렇다고 말씀하시지 그랬어요."

"난 네가 원하는 만큼 여기 두고 싶었다."

색빌이 뒷짐을 지며 한숨 쉬었다.

"그 동안 나한테 참 잘해줬어. 내 자존심을 지킬 수 있게 해준 거, 고맙다."

"2년 간 저도 만족스럽게 살았어요……."

"하지만 앞으로는 그렇게 되지 않을 거야."

미라는 움찔하며 그 말이 사실이라는 걸 깨달았다.

"난 우리 관계를 서로 필요할 때 의지가 돼주는 친구로 생각해왔다."

"나리는 제 생명의 은인이에요. 그 은혜를 갚을 길이 없는 걸요."

미라가 속삭였다.

"이미 갚았어. 하지만 더 이상 네가 날 도울 수는 없을 것 같구나. 너한테도 여기 있는 게 도움되지 않을 테고……."

색빌이 짧게 웃었다.

"네가 말한 적은 없지만, 난 2년 전 너의 몸과 마음이 지쳐 있었던 걸 알고 있었다. 그래서 널 이리 데려와 도와주려고 노력했다, 너한테 세련된 교육도 시켜주고……."

"전 예전과 다른 사람이 됐어요, 나리께서 도와주신 덕분에……."

"그래, 그땐 어린 소녀였지. 하지만 이젠 여자가 됐어. 운명 대신 여기서 찾아낸 안전함에 매달리고 싶은 거냐? 그런 거냐?"

"제가 아는 건 나리께서 절 보내고 싶어하신단 거예요."

"사냥파티가 끝난 후, 약간의 돈과 추천서를 준비해줄게. 다만 한 가지 더 부탁할 게 있다."

"말씀하세요."

그녀의 얼굴이 비참하게 일그러졌다.

"손님들이 계시는 동안에는 이 게임을 계속하기로 하자. 그들에게 내가 믿게끔 만들고 싶은 대로 믿게 해주어라. 내 명판이 거기 달렸어. 이게 내 자존심을 지킬 수 있는 유일한 방법이야. 날 위해서, 그 동안 내가 해준 일의 보답으로라도, 일주일만 더 참아다오."

"포크너 경은……."

"그에게도 믿게 만들어야 한다. 난 그의 우정을 소중히 생각해. 사실을 안다면 그가 예전만큼 날 존중하지 않을 거야."

그녀가 당황스레 고개를 흔들었다.

"그렇게 얄팍한 사람이 아닌 걸요."

"네가 포크너 같은 남자에 대해 무얼 알겠느냐."

그의 푸른 눈을 바라보면서, 미라는 불현듯 그가 왜 알렉 포크너에게 그들의 관계를 규정해두고 싶어하는지 알 것 같았다. 포크너의 존중을 받기 위해서라는 이유도 있겠지만, 또한 포크너가 원하는 걸 소유했다는 생각에 기분 좋은 것이다. 알렉에 대한 감정 속에 경쟁심리도 들어 있었던 것이다.

"말씀하신 대로 할게요."

미라는 깨달은 바를 드러내지 않고 조용히 대답했다. 어차피 알렉이 그녀를 더 이상 원할 리도 없었다. 그러니 일주일 더 색빌의 정부인 척한다 한들 무슨 상관있겠는가.

"고맙다."

색빌이 방을 떠나기 전 그녀의 표정을 알아차렸다.

"날 동정하지 말아라. 모든 일에는 그만한 보상이 있는 법이야. 너도 언젠가 그 점을 깨닫게 될 거다.”

　미라의 마음대로 할 수만 있었다면, 일주일 내내 알렉 포크너의 눈에 띄지 않기 위해 필사적으로 도망다녔을 것이다. 하지만 색빌 경은 마지막 한 주를 좀더 특별하게 장식하려는 듯 사람들 앞에, 특히 알렉 포크너 앞에 그녀와의 친밀한 장면을 자주 드러내 보였다. 정원으로 같이 산책을 나가거나 화랑을 거닐기도 하고, 모두의 눈에 띌 만한 응접실에서 그녀와 단 둘이 차를 마시기도 했다. 일주일이 끝나갈 때쯤 서재로 청하여 자신의 의자 팔걸이에 걸터앉도록 한 적도 있었다. 그것 또한 알렉 포크너에게 보이기 위한 장면이었다.

　알렉은 며칠에 걸쳐 미라와 색빌의 친밀한 장면을 여러 번 목격하면서 그 여자에 대한 짐작이 다 틀렸던 걸까 의심스러워지기 시작했다. 그 동안 보았던 순진함들이 모두 거짓이었을까? 그 여자가 그를 갖고 놀았던 것이고 이제 색빌과 같이 그의 어리석음을 조롱하고 있는 것일까? 분노와 욕망이 미친 듯이 뒤섞여 그녀를 볼 때마다 현기증이 일어날 지경이었다.

　밤늦게 술을 마시고 탑계단 근처를 지나다가 우연히 그녀와 마주쳤을 때, 그들은 둘 다 당황스럽게 멈춰 섰다. 복도엔 그들뿐이었다. 그의 표정은 무표정했고, 그녀의 표정은 불안했다. 갑자기 그가 그녀의 어깨를 움켜잡아 번쩍 들어올리고는 노려보았다.

　“무슨 속셈이야?”

　그녀의 어깨로 아프게 손가락을 파 넣으며 그가 다그쳤다.

　“다시는 당신을 보고 싶지 않아, 알겠어? 더 이상 색빌하고 시시덕거릴 필요 없어. 나한테 보여주려고 그렇게 둘이서 더듬거릴 필요도 없다구. 나도 이젠 다 알았어. 색빌한테 전해, 난잡한 여자 따위한테 전혀 관심 없다구…….”

　그녀가 그의 정강이를 걷어찬 것으로 그의 열변이 중단되었다.

"아야! 빌어먹을!"

알렉이 다리를 문지르며 줄줄이 욕설을 퍼부었다.

"당신은…… 눈먼 바보……. 야만인이에요!"

미라도 지지 않고 되받아쳤다.

"다시는 건드리지 말아요. 당신이 날 어떻게 생각하든 눈곱만큼도 신경 안 써요. 하지만 힘없는 여자한테 완력을 쓰지 말란 말이에요!"

"파이단만큼 힘이 없단 거겠지."

알렉이 험악하게 그녀를 노려보았다.

미라는 위엄 있게 몸을 곧추세웠다.

"당신은 파이단보다 훨씬 지독해요."

그리고는 당당한 걸음걸이로 탑계단을 올라갔다. 파이단(비단뱀)이 대체 뭘까 궁금해하면서.

벌써 몇 시간째 미라는 무릎을 두 팔로 끌어안은 채 정원 돌벤치에 앉아 있었다. 한숨을 내쉬며 평화로운 주위 풍경을 둘러보았다. 전나무와 가문비나무, 작은 폭포와 시내로 구성된 아름다운 장소. 시내 위로 작은 다리가 걸쳐져 있고 그 너머로 덩굴 덮인 탑이 솟아올랐다. 이곳을 떠난 뒤 이 평화롭고 아름다운 풍경을 얼마나 그리워하게 될까.

떨어지는 물소리를 들으며 무심히 탑을 응시하면서, 런던에서의 새로운 생활을 생각해 보았다. 전에 런던의 지저분한 동부에서 살아본 적이 있었다. 아침마다 천 개의 벽난로를 태우는 것 같았던 거무튀튀한 하늘, 쓰레기와 오물로 가득 찬 거리. 위협적으로 그녀를 바라보던 남자들, 지칠 대로 지쳐보이던 여자들, 전혀 아이들 같지 않던 아이들. 아이들이라기보다 뼈만 남은 짐승들 같았었다. 그 짐승 같은 모습에 절망스러워했음에도, 그녀 또한 무기력한 짐승 중 하나로 전락하기까지 오래 걸리지 않았다. 자신을 알아보지 못할 정도로 그 미로에 침몰

되었다. 그녀는 그곳에서 살아남기에 너무 연약했고 쉽게 죽기에는 너무 강했다. 그래서 삶과 죽음을 운명에 맡기기로 하고 짐수레 뒤로 기어들었던 것이었다.

"어떻게 그곳으로 돌아갈 수 있을까?"

그녀의 몸으로 공포스런 떨림이 지나갔다. 이번엔 돈과 추천서도 있었고 굳이 런던 동부에서 살지 않아도 될 것이다. 그럼에도 런던에 대한 두려움에 몸서리가 쳐졌다.

근처에서 사뿐사뿐한 발소리가 들려왔다. 울타리로 가려져 있었기 때문에 그녀는 들키지 않기 위해 미동 없이 앉아 있기만 했다. 두 여자가 느긋하게 산책을 즐기며 재잘거렸다.

"… 클라라의 시도가 계속 실패하는 것 같죠?"

"그래요, 포크너가 그녀를 원치 않는 건 분명해요. 조금만 눈을 낮추면……."

"절대 안 그럴 걸요. 두고 봐요, 진짜 갖고 싶은 남자가 등장할 때까지 시간을 때우는 중이니까."

"그게 누군데요?"

"어머, 몰라요? 랜드 버클리한테 항상 눈독 들이고 있었잖아요, 그 남자가 내일 도착한다구요."

"로잘리도 같이 오겠군요."

"그렇겠죠. 버클리 백작이 항상 우산처럼 그 여자를 챙겨가지고 다니니까."

"그래요, 다른 여자가 접근할 때마다 보란 듯이 아내를 내보이곤 하죠!"

"아내하고 자주 동행하는 게 구식인 줄도 모르는 걸까요?"

두 여자가 키득거렸다.

"구식이든 아니든, 틀림없이 이번에도 로잘리를 데려올 거예요. 클라라가 과연 어떻게 할지……."

그들의 웃음소리가 멀어지는 동안, 미라는 대리석 동상처럼 얼어붙었다.

"랜드 버클리…… 로잘리."

색빌이 그들과 친분 있는 줄은 몰랐는데, 그런 말을 들은 적도 없었는데. 그들이 사냥파티에 참석할 거라니 믿어지지가 않았다. 그들에 대한 생각만으로도 뱃속에서 경련이 일어났다. 꿈틀거리는 배를 움켜쥐고서 그녀는 눈앞에 펼쳐지게 될 끔찍한 장면을 상상했다.

그녀를 보자마자 로잘리의 사랑스런 얼굴이 공포와 증오심으로 창백해질 것이다.

"미레이유, 영원히 널 보고 싶지 않았어. 배신자, 거짓말쟁이…….
넌 날 속였어, 내 우정을 이용해서 날 파멸시키려 했어!"

"그럴려던 게 아니었어요. 용서해 주세요."

"혐오스러워. 넌 용서받을 자격이 없어. 너 때문에 우리가 얼마나 고통받았는지 알아?"

랜드 버클리에게 시선을 돌려도 차가운 비난만 쏟아질 것이다.

"넌 충실하지도 못한데다 겁쟁이였다. 거기 남아서 네가 한 짓의 결과를 감당했어야 했어. 그런데도 넌 도망쳐 버렸어."

"무서웠어요……. 전 몰랐어요……."

갑자기 숨이 턱턱 막히는 느낌에 드레스의 목선을 잡아당겼다.

"도망쳐야 돼…… 오늘밤."

미라는 두 손으로 얼굴을 가리며 울기 시작했다. 어서 계획을 세워야 했지만 생각할 수가 없었다. 과거에서 도망치려 했던 자신의 어리석음에 고개를 떨군 채 격하게 흐느껴 울었다. 5년 전의 악몽이 바로 어제 일처럼 생생하게 밀려들었다.

세프턴 경은 거나하게 마신 와인 덕분에 상당히 유쾌한 기분이었고 입까지 헤퍼진 듯했다. 평소답지 않게 알렉으로선 관심도 없는 사교계 소문들을 읊어대는 중이었다. 하지만 이렇게 지루한 대화를 이어가는 것이 파티에 참석한 자의 형벌이었다. 저녁 식사가 시작되기 몇 분 전 그들이 천천히 식당으로 향해갔다.

"폐하께서 곧 하노버로 가신다는 소문 들었소? 이달 말쯤 출발한다더군."

"나랏일 때문인가요?"

"아니……. 거기서 몇몇 신교도 왕녀들을 살피실 거라오. 다시 결혼하시려나보오."

"그렇군요."

알렉이 냉소적으로 중얼거렸다. 조지 4세는 캐롤라인 왕비의 죽음을 그리 애도하지 않았다. 뚱뚱하고 악의적이고 헤프다는 그들간의 공통점에도 불구하고, 작년에 죽은 왕비를 금세 잊어버리고 이제 생기발랄한 소녀들에게 관심을 돌리려는 모양이었다.

"이미 아내가 있는데도 결혼할 수 있을까요?"

"피츠허버트 부인 말이오? 그들이 법적으로 결혼했다는 증거는 없잖소, 헤어진 지 벌써 9년이나 지났고…….."

"헤어지긴 했어도 이혼한 건 아니지요."

"진짜로 그들이 결혼했다고 생각하시오?"

피츠허버트 부인과 안면이 있는 알렉으로서는 그 소문상의 결혼을 믿었다. 마리아 피츠허버트는 충성스럽고 명예로운 여자였다. 왕이 그녀를 심하게 다루었을 때조차 험담을 늘어놓은 적이 없었다. 왕에게 눈물로 애원했더라면 아마 그의 애정을 유지할 수 있었을 것이다. 그녀가 왕의 허영기를 받아주었더라면, 자신을 밀어낸 것에 대한 분노를 표시했더라면, 지금까지 왕의 오른팔로 남았을 수도 있었다. 하지만 그녀의 자존심이 그걸 허락지 않았다.

"내 생각이야 무슨 상관이겠소?"

그의 냉담한 어조에 맥이 빠지는 듯, 세프턴 경이 다른 대화 상대를 찾아 주위를 둘러보았다.

"저기 밴팅크 향사 부부가 오는군. 가서 인사해야겠소."

"그러시지요."

알렉은 열성적으로 달아나는 세프턴을 지켜보았다. 자신의 옆에서 누군가 달아나고 싶어한다는 게 우습기도 하고 당황스럽기도 했다.

'저런 놈들은 견딜 수가 없어.'

그는 비틀린 즐거움을 느꼈다. 다음 순간 그의 즐거움이 연기처럼 사라졌다. 이전의 동정심과 인내심은 다 어디로 갔단 말인가? 왜 저들에게 아무 관심이 느껴지지 않는 걸까?

그는 창턱에 기대어 어두운 하늘을 내다보았다.

모든 것이 홀트와 함께 죽어버렸다. 예전의 관심사들, 예전의 즐거움들이 모두 없어졌다. 더 이상 관심 있는 일들이 없었다. 그나마 위로될 만한 일, 행복할 기회를 잡았다고 생각했는데…… 그것마저도 환상에 불과했다.

"빌어먹을."

문득 멀리서 움직이는 작은 형체가 그의 심란한 생각을 중단시켰다. 여자 하나가 낡은 탑으로 연결된 다리 위를 달리고 있었다. 너무 멀어서 얼굴까지 보이진 않았지만 분명 미라였다. 땋아내린 검은 머리와 사파이어색 드레스. 그 단정한 몸매를 그가 알아채지 못할 리 없었다.

뭐하는 거지? 그가 고개를 내밀어 그녀를 지켜보았다. 다급하게 달려가다가 풀썩 쓰러지고는 다시 재빨리 일어나 탑 쪽으로 계속 달렸다. 누군가에게 쫓기는 듯한 모습이었다. 또 무슨 게임을 벌이는 걸까? 아니면 진짜로 위험에 처한 것일까? 나지막이 욕설을 중얼거리며 알렉은 식당으로 밀려드는 사람들 쪽으로 시선을 돌렸다.

'나완 상관없는 여자야. 도움이 필요하면 색빌한테나 부탁하라고 해.'

그가 험악하게 뇌까렸다.

“포크너 경, 누굴 기다리시나요?”

여자의 목소리가 들려왔다. 스루스버리 백작 부부가 유쾌한 표정으로 그의 앞에 서 있었다. 알렉은 엷은 미소로 대답했다.

“그렇습니다.”

“우리와 함께 가셔도…….”

“친절하신 제안 고맙지만, 좀더 기다려보겠습니다.”

그 부부가 떠나간 뒤, 알렉은 성마르게 창턱을 두들겨대며 다시 창 밖을 내다보았다. 미라의 모습은 사라졌다. 다른 사람의 흔적도 전혀 없었다.

“빌어먹을. 저기 안 나갈 거야……. 제 정신이면 절대 저기 안 나가.”

5

탑 구석에 몸을 말고서 미라는 눈을 감았다. 평생 목적지나 피난처도 없이 달리기만 했었다, 다른 방법을 알지 못하기 때문에 쉴새없이 도망쳐왔었다. 그런데 이젠 너무 지쳐버렸다. 절망스레 생각을 정리하려 애써보았음에도 결정할 힘이 남아 있지 않았다.

알렉은 결국 그녀를 찾으러 나올 수밖에 없었다. 그 여자에 대한 집착은 이성을 넘어서는 유혹이었다. 그녀의 모습은 흡사 굴 속으로 피해들어간 여우를 연상시켰다. 누군가 혹은 무언가를 두려워하는 듯했다. 그녀를 품에 안아 보호해주고 싶어하는 자신에게 실컷 조롱을 퍼부어 주면서, 그가 차갑고 무관심한 표정으로 다가갔다.

"아, 당신이었군. 저녁 식사 전에 밀회라도 있으신가?"

그녀의 조용한 흐느낌이 멎었다.

"가세요."

그녀의 목소리가 떨려나왔다.

알렉은 그녀의 맞은편 벤치에 다리를 쭉 뻗고 앉았다. 미라가 손수건으로 코를 쿵 풀고 나서 무릎 위에 이마를 기댔다.

"무슨 일이오?"

"아무 일 아니에요."

그녀는 그를 쳐다보지 않았다.

"제기랄, 당신과 애기할 기분 아니라구요! 제발 가세요! 당신이 여기 왜 왔는지는 모르지만……."

"아마 주체할 수 없는 나의 호기심 때문이겠지. 아니면 선한 사마리아인 역할을 하고 싶어서거나."

"사마리아인? 당신이요? 웃기지 마세요. 당신처럼 그런 역할에 어울리지 않는 사람도 드물어요. 마음 내킬 땐 친절하게 굴 수도 있겠죠. 하지만 그런 경우는 흔하지 않잖아요. 또 당신이 날 도와주고 싶어한다 해도 내가 싫어요……. 뭔가 돌려받고 싶어할 테니까. 당신 친절은 항상 보상을 바라는……."

"진정하시오."

그가 항복한다는 듯 두 손을 올렸다.

"공격받으려고 여기 온 게 아니오. 날씨나 살피러 나왔을 뿐이오. 먹구름이 낀 것 같았거든."

"난 아무 말도 안 할 거예요. 어차피 당신이 이해할 리도 없어요!"

"나도 때때로 어려움에 처해보았소. 곤경에서 빠져나오는 데에는 일가견이 있지……."

"애기 안 할 거예요."

"왜? 나한테 너무 충격을 줄까봐 걱정인가?"

묘하게도 그의 조롱 섞인 목소리가 한 번 말해볼까 하는 생각을 불러일으켰다. 그녀가 천천히 고개를 들어올렸다. 그의 커다란 그림자가 흡사 어둠 속의 악마 같았다. 그래, 이런 남자가 무슨 일에 충격을 받겠는가. 알렉에 대해서 아는 게 한 가지 있다면, 그건 쉽게 충격받지 않는 타입이란 거였다. 그녀가 만나본 중에서 가장 냉소적인 사람이 바로 이 남자였다.

"당신은 이해할 수 있을지도 모르겠군요. 살아오면서 불유쾌한 일들을 당해봤을 테니까……."

"그리고 그 대부분을 즐겼다오."

그가 덧붙였다.

"내 얘길 들어보겠다는 동기가 의심스럽군요. 심심해서 그래요? 저녁 식사 전에 나의 지저분한 과거사로 기분전환이나 해보고 싶은가요?"

"솔직히, 그렇소……. 그럴 생각이오. 이미 당신이 처한 곤경의 종류를 몇 가지 짐작하고 있소. 그저 당신의 입장을 들어보고 싶을 뿐이라고나 할까."

"날 심판할 정도로 고상하신 분이라 이건가요?"

"당신을 심판하려는 게 아니라."

그가 비꼬듯이 되받았다.

"당신도 지적했다시피 난 그럴 자격이 없는 사람이잖소, 다만 고해성사를 들어주겠다고 제안할 뿐이오."

조심스레 그를 쳐다보면서 미라는 고백하기로, 너무 위험하지 않을 정도로 약간만 말하기로 마음먹었다. 어차피 손해날 것도 별로 없었다.

"오늘밤…… 난 떠나야 돼요."

그의 반응을 기다려보았지만 아무 대꾸도 듣지 못했다.

"떠나야 한다구요, 영원히. 랜드 버클리와 그 아내가 내일 여기 도착한대요."

"버클리."

알렉은 무표정하게 그녀의 얼굴을 응시했다.

"그를 만난 적이 있다는 뜻이겠지?"

"그래요, 프랑스에서 만났어요."

영국에서 가장 부유하고 잘생긴 남자 중 한 명이 미라와 어떤 관계였을까 생각해 보았다. 곧이어 그 명백한 해답에 알렉은 불쾌해졌다.

"그의 애인이었나?"

그가 날카롭게 물었다.

그녀는 그의 퉁명스런 질문에 어이없어하느라 그 목소리아래 깔린 질투심을 알아차리지 못했다.

"아니에요. 당신이 어떻게 생각하든, 그런 건 아니에요……."

그녀의 말꼬리가 흐려지다가 이내 잦아들었다.

"계속해 보시오."

알렉은 초조하게 허벅지를 손가락으로 두들겨댔다.

"버클리에 대해 말해보시오."

"그분은 내가 영국에 있는 줄 몰라요. 그분을 만났을 때 내 이름은, 내 이름은 미레이유 저멩이었어요."

"미레이유."

그가 음미하듯 조용히 되뇌었다.

"매력적인 이름이군. 왜 바꿨지?"

"미레이유는 자기가 저지른 잘못도 모르는 어린애였으니까요. 수치심도 모르는 어린애."

"미라는 안다는 거요?"

"그래요."

그녀가 다시 얼굴을 가리고 흐느끼기 시작했다. 일이 분 정도 그 울음소리를 들으면서 알렉은 그녀를 끌어안지 않기 위해 엄청난 노력을 기울여야 했다. 그래서 혼란스런 질문들에 신경을 집중시키기로 했다. 도대체 이 여자는 어떤 인생을 살아온 것일까? 어떤 경험들이 뒤섞여 있길래 이렇게 모순적인 여자가 되었을까? 그녀에겐 여인으로서의 강인함과 아이로서의 연약함이 공존해 있었다. 그로 인해 그는 날뛰어대는 욕망과 극단적인 보호본능 사이에서 끊임없이 갈등해야 했다. 지금이 순간 그녀가 친구의 정부가 아닌 다른 여자일 수만 있다면 한재산을 바쳐도 아깝지 않았다. 왜 다른 남자의 손이 닿지 않은 귀족의 딸일 수 없단 말인가? 먼 친척뻘이라도 괜찮았다. 아니, 일개 장사꾼의 딸만 됐더라도 아무런 의심이나 장애물 없이 이 여자에게 구애할 수 있었을 텐데.

마침내 미라의 눈물이 잦아들었다. 그녀는 그의 소용돌이치는 생각들을 알지 못한 채 무겁게 한숨을 내쉬며 마음을 다잡았다.

"버클리한테 상처받았나?"

알렉이 무시무시한 목소리로 물었다.

미라는 눈물을 닦아내며 고개 저었다.

"그 반대예요. 내가 그분과 그분이 사랑하는 여자에게 상처를 입혔어요. 로잘리한테 상처 입힌 사람을 그분은 절대 용서하지도 잊지도 않을 거예요."

"무슨 짓을 한 거요?"

"우선은 기욤에 대해서 아셔야 해요. 오빠가 이 일과 깊이 관련 있거든요. 처음 오빠를 봤을 때 난 열두 살이었어요. 엄마가 돌아가신 직후에, 엄마는……."

미라는 불쑥 입을 다물었다. 그에게 이 말만은 할 수 없었다. 엄마에 대한 비밀을 털어놓을 순 없었다. 그는 이해하지 못할 것이다. 길고 긴 스펙트럼의 정 반대편 존재처럼 이 남자와 그녀의 인생은 너무나 달랐다. 알렉 포크너는 부와 명예를 지닌 가문에서 태어나 호화로움, 예의범절과 평판이 중요한 세상에서 살아왔다. 가장 좋은 교육을 받고, 값비싼 옷을 입고, 혈통 좋은 종마만 타고, 가장 고급스런 술과 음식만을 먹고, 영국에서 가장 영향력 있는 사람들과 어울렸을 것이다. 그런 사람이 그녀의 엄마가 창녀였다는 걸 알게 되면 얼마나 혐오스러워 하겠는가. 그 말을 들은 후에는 그녀마저도 더럽게 여길 것이다. 더 이상 그녀에게 일말의 매력도 느끼지 않을 테고…… 그녀의 몸에 손조차 대지 않으려 할 것이다.

"미라."

알렉이 시큰둥하게 입을 열었다.

"괜스레 부끄러운 척 마시오. 솔직히 말해서, 당신 배경에 대한 나의 평가는 그다지 높지 않소. 당신 엄마에 대해서 뭘 말하려던 거요?"

"아무것도 아니에요."

"당신 엄마가 무슨……."

"아니라니까요!"

그녀가 매섭게 쏘아붙였다.

알렉은 짜증스런 한숨을 내쉬었다.

"좋아, 관두자구……. 기욤 얘기나 해보시오."

"엄마가 돌아가신 후에 오빠가 날 보살펴줬어요. 나한텐 오빠뿐이었죠. 오빠는 이런 저런 일을 해 돈을 벌었고, 나중엔 나도 일했어요. 하지만 그 정도 돈으로는 먹고살기가 힘들었어요. 그래서…… 더 많은 돈을 벌려고 나쁜 짓까지 했어요. 훔치고 사람들한테 거짓말해 속이고……."

그녀는 쉽사리 친구를 사귀는 편이었고, 기욤은 그런 성격을 아주 좋아했다. 상대방이 그녀를 좋아할수록 이용해먹기가 더 쉬웠으니까.

"난 그런 짓 하기 싫었어요. 사람들한테 상처주기 싫었어요……. 하지만 배고픈 건 더 끔찍했어요. 당신은 아마 이해 못 하실 거예요."

알렉은 예리한 시선으로 쳐다보기만 했다.

"배고픔 때문이 아니었더라도 오빠가 좋아하는 일이면 뭐든지 하고 싶었어요. 이 세상에서 나한테 신경 써 주는 단 한 사람이었으니까요. 오빠 날 사랑했어요. 오빠가 없으면 난 외톨이가 됐을 거예요. 혼자 남겨지는 게 무서웠어요. 하지만 열다섯 살 때, 내가 파리의 한 호텔에서 객실 하녀로 일했을 때 모든 게 달라졌어요. 기욤은 몇 주일씩이나 날 버려뒀죠."

어린 소녀 혼자 파리에, 그것도 호텔에 남겨졌다. 온갖 위험에 노출

되었으리라. 살아남기 위해 몸부림쳐야 했으리라……

"그 호텔에서 랜드 버클리를 처음 만났어요. 여자분과 함께였어요. 결혼한 사이는 아니었지만 서로를 아주 좋아하는 것 같았어요. 그 여자가 로잘리였어요. 그녀의 몸이 많이 아팠기 때문에 내가 보살펴 드렸어요. 그분들이 시골로 옮겨갔을 때도 따라가게 됐죠. 그 해 여름을 같이 보내면서 로잘리와 난 아주 친해졌어요. 하지만…… 로잘리에 대해서 내가 모르는 것들도 많았어요. 그 당시 영국에서 일어난 논쟁이나, 그녀가 보 브럼멜의 사생아일 거라는 소문도요."

알렉이 생각에 잠겨 고개를 끄덕였다.

"그 스캔들은 나도 기억나오…… 대단한 뉴스거리였지. 그 후에 버클리 가문에서 무마시키긴 했지만, 레이디 로잘리의 과거가 복잡한 것만은 분명해."

"그래요, 기윰이 그걸 알고 우리가 머물던 성으로 찾아왔어요. 오빤 영국과 프랑스를 넘나드는 나쁜 조직에 빠져 있었죠. 그 조직과 오빠가 무슨 짓을 계획했는지는 모르겠어요. 하지만 어쩌다가 기윰이 나에 대한 그분들의 애정과 신뢰를 이용하는 걸 알게 됐어요. 난 아무 말도 안 했어요, 단지 오빠가 나쁜 짓 하지 않기만 바랐어요. 내 평생에 처음으로 행복한 시간이어서 그 행복을 놓치고 싶지 않았어요. 버클리 경과 로잘리가 영국으로 데려가겠다고 했는데, 나도 따라가고 싶었는데……."

"기윰이 끼어들었나?"

미라가 천천히 고개를 끄덕였다.

"기윰 때문에 다 틀어졌어요. 오빠가 로잘리의 납치를 꾸몄어요. 그녀는 브럼멜의 딸을 차지하려는 누군가에게 팔려갔죠. 그 일을 가능하게 만든 게 바로 나였어요. 나에게 베풀어준 우정 때문에 그들의 인생이 망가질 뻔했어요."

그녀는 따끔거리는 눈을 살짝 문질렀다.

"기욤이 한 짓을 알았을 때 난 겁쟁이처럼 도망쳤어요. 버클리 경이 날 죽일까봐 무서웠어요. 어떻게인지는 모르지만 버클리 경이 로잘리를 구출해냈어요. 나중에 문제가 잘 풀렸다는 것도 알았죠. 하지만 난 다시 그분들한테 다가가는 게 부끄럽고 죄스러웠어요. 그들과 같이 있는 동안 많은 걸 배웠거든요……. 내가 얼마나 많은 사람들에게 상처 입혔는지, 기욤을 도와서 얼마나 나쁜 짓을 많이 했는지 알게 됐어요. 그래서 기욤과 헤어져 이곳으로 건너왔어요. 오빠가 날 따라왔지만 난 계속 피해다녔어요."

"그 이유 때문에 이렇게 심란해하는 건가?"

마치 그녀의 공포와 수치심이 아무 근거 없는 것인 양 무덤덤하고 조롱 섞인 어조였다.

"나만 없었으면 그 사람들이 다치지 않았을 거예요. 로잘리도 납치 당하지 않았을 거고……."

"잠깐…… 당신이 기욤의 납치극을 도와준 건 아니었겠지?"

"그럼요, 하지만……."

"그럼 죄책감을 느낄 이유가 없소."

"하지만 도둑질도 했는 걸요."

"그 사람들이 당신의 양심가책에 신경이나 쓸 것 같은가? 프랑스 꼬마한테 당한 짓 따윈 다 잊어버렸을 거요. 당신이 쓸데없이 속 끓이고 불안해하는 지금 이 순간에도 평소처럼 인생을 살아가고 있을 거요."

"쓸데없이 속 끓이는 게 아니에요."

그녀의 마음이 서서히 편안해지기 시작했다.

"이곳에서 떠날 방법을 찾아야 해요. 그건 아주 현실적인 문제라구요."

갑자기 알렉의 표정이 엄격해졌다.

"떠나는 건 아주 간단하오. 옷 몇 벌과 속옷 몇 개, 신발 한 켤레를 가방에 집어던지고, 색빌한테 돈 좀 얻어내서 떠나면 되오. 그럼 해결

될 문제 아닌가? 아니면 다른 문제가 더 있나? 색빌한테 미련이 남아 있나? 이 호화로운 생활을 내던지기가 망설여지나?"

이 남자가 왜 갑자기 변해버렸을까? 방금 전까지만 해도 조금쯤 친절하게 굴더니 왜 갑작스레 그녀를 몰아세우는 걸까?

"왜 떠나야 하지? 버클리 부부한테 무슨 말을 들을지 겁나서 그런가?"

"그래요, 겁나요! 세상의 어느 누가 두렵지 않겠어요? 랜드 버클리 경은 기윰이 있는 곳을 알아내기 위해 내 목을 비틀 거라구요. 난, 몰라요. 몇 년 간이나 오빠 본 적도 없다구요. 하지만 버클리 경은 내 말을 믿어주지 않을 거예요."

"그럼 색빌한테 도와달라고 하시오."

미라는 분을 터트리지 않으려 아랫입술을 질끈 깨물었다. 이 남자가 자신을 조롱하는 게 틀림없었다. 색빌이 랜드 버클리처럼 막강한 사람한테 얼마나 무기력한지 잘 알면서.

"비웃지 말아요! 색빌 경이 젖은 빵조각처럼 뭉개질 거 당신도 뻔히 알잖아요! 달리 누구한테……."

그녀가 그를 쳐다보며 말을 멈췄다.

"당신이라면 버클리 경을 막아줄 수도 있겠군요. 당신 같은 사람한텐 함부로 하지 못할 테니까……. 하지만 당신은 날 도와줄 마음이 없으시겠죠?"

"생길지도 모르지, 당신이 공손하게 부탁하면."

미라는 회의적으로 그를 바라보았다.

"날 보호해주는 대가로 뭘 요구하실 건가요?"

알렉이 미소지었다.

"눈치 한 번 빠르군. 당신을 온전하게 지키는데 어느 만큼의 노력이 요구되느냐에 따라 달라지지 않을까 싶소."

"나한테 빚진 게 있으시잖아요."

미라는 재빠르게 머리를 굴렸다.

"말에서 떨어진 그날 기억나시죠? 내가 당신 팔을 맞춰준 거……."

"아, 기억나오."

그가 매끄럽게 대답했다.

"하지만 그건 빚진 게 아니오. 도와달라고 부탁한 적이 없거든."

"어머나, 은혜도 모르는……."

"함부로 말하지 말라고 충고하겠소. 내 감정을 상하게 하면 안 될 텐데. 지금은 당신에게 그럴 여유가 없소."

"당신한테 감정이 있다구요?"

그녀가 경악스러운 척 되물었다.

"오, 미안해요……. 그런 줄 몰랐어요."

"이미 경고했잖소."

그의 시선이 번득였다.

"어떤 대가를 요구해야 할까?"

그가 자리에서 일어나 천천히 미라에게 다가왔다. 그 약탈자 같은 태도에 불안해졌지만 그녀는 태연스러워 보이려 노력했다.

"진지하게 좀 생각하세요. 이건 장난칠 문제가 아니라구요."

그가 그녀의 엉덩이 양쪽에 손을 내려놓고 고개를 가까이 들이댔다. 회색 눈동자를 감싼 까만 속눈썹과 얼굴 반쪽의 어두운 윤곽이 그녀의 눈에 들어왔다. 그의 입술이 바로 코앞으로 다가들자 그녀의 맥박이 거칠게 날뛰어댔다.

"어떤 대가를 바라시나요?"

그녀가 경멸스레 다그쳤다.

"키스 한 번? 아니면 날 보호해주는 은혜에 그 이상의 보답이 필요하다고 생각하시나요? 어쩌면 당신 마음대로 날 주무르는……."

"색빌의 정부가 왜 그렇게 순진한 눈으로 날 쳐다보는 걸까? 왜 처음 키스했을 때 풋내기처럼 굴었을까?"

그가 그녀의 귀에다 대고 속삭였다.

"내 요구조건은 한 가지 질문에 대한 대답이오, 딱 한 가지."

"나에 대해선 다 말했잖아요, 다 아시잖아요……."

그녀가 불안하게 중얼거렸다.

"아니, 모든 걸 알진 못하오."

"무슨 질문이죠?"

"당신, 진짜 색빌의 정부인가?"

그녀는 화들짝 놀라 달아나려 했다. 하지만 그는 쉽사리 그녀의 허리를 감아 일으켜 세웠다.

"다시 질문해야 할 것 같군. 색빌이 당신을 여자로 만들 수 있는 남자인가? 내 생각에, 아니라는 대답인 것 같은데."

그녀의 입에서 낮은 비명이 새어나왔다.

"놔주세요."

그녀는 그의 단단한 손아귀를 풀어내려 안간힘썼다.

"사실 당신이 한 번도 남자와 자본 적이 없다는 쪽에 내기를 걸 수도 있어. 이길 확률이 낮기는 해……. 하지만 당신의 예전 행동에도 불구하고, 여러 가지 불운에도 불구하고, 당신이 경험하지 못했을 일도 몇 가지 있을 것 같아. 그렇지 않은가? 색빌이 얼마나 오랜 기간 성불구였는지도 말하는 게 좋을 거요. 그게 내가 오랫동안 궁금해하던 일들을 설명해줄 수 있어."

"그만해요!"

그녀가 소리쳤다.

"죄다 잘못 생각하신 거예요. 난 전에도 남자들하고 자봤어요, 수백 명하고……."

"거짓말. 그럼 내가 직접 확인해볼 수도 있소."

"안 돼요!"

치맛자락이 위로 올라가는 걸 느끼며 미라의 몸이 빳빳하게 굳었다.

그의 손이 너울대는 치맛자락을 거쳐 속바지를 찾아냈다.

"뭐하는 짓이에요? 당장 그만둬요!"

알렉의 손가락이 그녀의 허벅지를 감아쥐었고, 갑자기 그의 목소리에 필사적인 기색이 서렸다.

"미라……."

"말할 수 없어요, 안 된다구요!"

"색빌과 모종의 약속을 했다는 건 알고 있소. 그걸 깨기 싫어하는 것도. 하지만 난 알아야 해. 당신이 순결하지 않아도 상관없고 수백 명의 남자와 잤다 해도 상관없소. 다만 그의 여자인지 알아야겠소. 진실을 말해 보시오."

천천히 그의 손이 허벅지 안쪽을 쓰다듬었다. 얇은 천조각 사이로 불길이 스며드는 듯했다.

"정말 색빌의 정부인가?"

"알렉……."

그의 손이 더 위쪽으로 움직여, 허벅지 사이의 은밀한 부분까지 다가들었다.

"진실을 말하라구."

"그게……."

"색빌의 정부인가?"

"아……."

"그런 거요?"

갑자기 미라는 그의 품에서 축 늘어졌다. 더 이상 이 남자와 싸울 수가 없었다.

"아뇨."

안도의 신음을 흘리며 알렉은 그녀를 끌어안고 그녀의 머리에 입술을 부벼댔다. 미라는 떨리는 한숨을 토해내며 필사적으로 그에게 안겼다. 이대로 다시는 움직이고 싶지 않았다. 더 이상 이 남자에 대한 사랑을 부인할 수 없었다. 이런 식으로 누군가를 사랑해본 적이 없었다. 그의 모든 것을 사랑했다, 괴롭히고 놀려대는 방식과 그의 위로, 그의 웃음, 그의 포옹, 그의 분노, 그의 욕망…… 그의 강인함과 단점까지도 모두 사랑했다.

그의 목덜미에 얼굴을 묻은 채 그녀가 입을 열었다.

"색빌 경은 낙마사고를 당했어요. 등을 다쳐서 오랫동안 치료를 받았나봐요. 하지만 내가 여기 왔을 땐 건강한 상태였어요. 그분 친절이 아니었으면 난 죽었을 거예요. 내가 병에서 회복된 후에 그분이 날 좋아한다고, 정부로 삼고 싶다고 하셨어요. 그분이 내 생명을 구해줬는데 난 달리 드릴 게 없었어요. 그래서…… 그분이 몇 번 날 침대로 데려간 적이 있었어요. 하지만 한 번도……."

"알겠소."

"사고로 그런…… 능력을 상실하신 거예요. 하지만 아주 자존심이 센 분이라 다른 사람한테 들킬까봐 걱정하셨어요. 나더러 계속 정부인 척해 달라고 하셨죠. 난 누구한테도 말하지 않기로 약속했어요, 당신 한테도……."

"괜찮소."

알렉이 그녀의 얼굴을 들어올려 눈을 들여다보았다. 그리고 조용히 말했다.

"이젠 도망치지 마시오. 항상 그런 식으로 문제를 해결해왔던 것 같지만, 더 이상은 안 돼."

미라는 그의 품에서 빠져나가려 했다. 이 남자가 진실을 다 아는 게 아니었다. 그녀의 과거가 얼마나 복잡한지, 그녀의 인생에 어떤 장애물들이 가로막혀 있는지 알지 못했다. 해결될 수도 벗어날 수도 없는 문제들이었다. 그 문제들이 조만간 또다시 그녀에게 위협을 가할 것이다. 또다시, 남은 평생 동안……. 그러니 도망쳐야 했다. 그것만이 유일한 방법이었다.

“버클리 부부를 만나고 싶지 않아요.”

“영원히 도망다닐 순 없잖소. 일단 그들을 만나고 나면 더 이상 두렵지 않을 거요.”

그 말이 진실이기만 바랄 뿐이었다. 알렉이 이렇게 위엄 있고 확신 있게 단언하는데 어떻게 반박할 수 있겠는가? 미라는 마지못해 고개를 끄덕인 다음 눈을 감고 이마에 닿는 그의 키스를 받아들였다. 그의 입술이 따뜻하고 상쾌했다. 문득 허벅지를 감아쥐던 그 손길이 기억나자 흥분과 초조함이 동시에 밀려들었다.

“알렉?”

그녀가 조그만 목소리로 물었다.

“전에 정부를 둔 적이 있었나요?”

알렉이 그녀의 생각을 정확히 아는 것처럼 씨익 웃자, 그녀는 자신의 엉덩이를 걷어차고 싶었다. 그가 부드럽게 그녀의 목선을 어루만졌다.

“한 번에 한 가지씩 하자구. 다른 데 정착하기 전에 지금 엉킨 것부터 풀어야잖소.”

“그런 게 아니라……..”

“무슨 말인지 알고 있소.”

“사실은 별로 관심도……..”

“오랫동안 옆에 두고 싶은 여자가 없었소. 커다란 집을 장만해주고, 변덕을 다 맞춰주고, 여기저기 데리고 다니고……. 게다가 아직껏 내가 흥미를 느끼지 못한 책임감까지 감당하고 싶은 그런 여자가 없었소.”

“당신과 결혼할 여자는 하늘이 도와줘야겠군요. 당신은 한 여자에게 만족하지 못할 테니까요.”

그녀가 시무룩하게 투덜거렸다.

“아니, 결혼한 후에는 바람을 피우지 않을 거요. 내 아내에게 절대적인 충성을 요구할 생각이니, 나도 똑같이 해야 공평하지 않겠소?”

“오, 그럼요.”

“현실적인 판단이오. 아내와 정부를 동시에 유지하는 것보다 돈이 덜 들기도 하고. 하지만 아내와 정부 역할을 다 맡기려다 보니, 적당한 상대를 찾기가 더 힘든 단점도 있소.”

‘난 이런 남자와 결혼할 만한 여자가 아니야, 그건 분명해.’

미라는 슬프게 생각했다. 하지만 누군가의 정부가 될 거라면……
알렉의 여자가 되는 게 덜 끔찍할 것이다. 아니, 훨씬 좋을 것이다.

“당신의 기준치는 너무 높은 것 같아요.”

그녀가 멍하니 중얼거렸다.

“그렇긴 하지만 불가능한 것도 아니오. 이래봬도 편견은 없거든.”

그가 놀리듯이 미소지었다.

“당신의 그 성미, 불량한 과거, 나한테 인상쓰는 습관만 아니라면, 당신도 꽤 높은 점수를 받았을 거요.”

이 남자는 왜 이렇게 사람 괴롭히는 걸 좋아할까?

“내가 왜 당신과 이런 얘길 하고 있는지 모르겠군요.”

그녀가 짤막하게 대꾸했다.

“난 알겠는걸. 내가 당신의 원래 모습을 비난하지 않아서겠지. 우리가 같은 부류라서. 묘한 면으로 우린 잘 어울리거든.”

어떻게 그런 말을 할 수 있을까? 이 남자는 자신의 정체가 창녀의 딸이라는 것을 알지 못했다. 같은 부류라고? 아니, 절대 아니었다. 그들은 너무나 달랐다. 모든 면에서 정반대였다. 그녀가 반박하려 입을 벌렸지만, 그가 가로막았다.

“부인하지 마시오. 당신은 성급한 성질에다 주위 사람들의 내면을 꿰뚫어볼 줄 알아. 나도 그렇소. 당신은 대개의 사람들을 진심으로 존경하지 않소……. 나 또한 그렇소.”

“당신이 날 업신여기는 게 분명하군요, 그렇게 무례하게 내 단점을 줄줄이 나열하는 걸 보면……."
"난 지금 칭찬한 거요."
"날 모욕하면서 칭찬이라고 말하지 말아요, 칭찬을 가장한 모욕은 그만두라구요!"
"나하고 있는 게 서서히 불쾌해지는 모양이군. 그럼 떠나도 괜찮소."
그녀가 당장 그 제안대로 따르자, 알렉이 웃음을 터트렸다.

시계가 열한 시를 알렸다. 미라는 경대 앞에 턱을 괴고 앉아 거울을 쳐다보았다. 거울 속에 어스름한 주위 배경이 담겨 있었다. 여성적이고 섬세한 가구들, 장미꽃 모양 벽지, 프릴 달린 커튼들. 그녀가 상상도 하지 못했던 그런 장소였다. 두터운 수건들과 반짝이는 참나무 바닥, 상아 손잡이가 달린 빗 또한 예전의 그녀에겐 전혀 낯선 것들이었다.

로잘리와 랜드 버틀리와 같이 살았을 때 처음으로 이런 인생을 맛보았었다. 미라는 낯선 세상에서 움츠러드는 대신 적극적으로 받아들였다. 호기심과 정확한 기억력을 바탕으로 제2의 천성이 될 정도로 그 세상의 점잖은 예법들을 익혀나갔다. 충분한 시간만 주어지면 그녀는 어떤 상황에도 적응할 수 있었다. 그런 능력이 없었다면 어렸을 때 벌써 죽음을 맞이했을지도 모를 일이다. 지금까지 그녀는 배우, 객실 하녀, 귀족 여인의 비서, 정부 등등 여러 가지 역할을 거쳐왔다. 앞으로 또 어떤 역할을 맡게 될까? 아마도 시간만이 해답을 알려주리라.

그런 생각에 빠져 거울 속 자신을 들여다보았을 때, 그곳에 비친 갈색 눈동자가 다른 생각들을 흩어버렸다. 그녀의 앞에 보이는 것은 오빠의 얼굴, 오빠의 눈동자였다. 아버지가 다른데도 불구하고, 기욤과 그녀는 쌍둥이처럼 닮은꼴이었다.

미라는 눈을 감고 관자놀이를 문질렀다. 하지만 기욤의 영상이 떠나지 않았다. 가을낙엽 같은 색채의 눈동자, 사교성일 수도 교활함일 수도 유머감각일 수도 있었던 미소, 검은빛에 가까운 갈색 머리카락. 미라는 오빠가 진심으로 자신을 사랑한다고 믿었다. 그러나 몇 년 전 그와 헤어질 때…… 너무나 현명하고 모든 것을 아는 것 같았던 오빠가 자신의 탐욕에 있어서 만큼은 폭력적이고 잔인할 수 있다는 걸 알게 되었다. 돈에 대한 갈증은 이해할 수 있었다. 하지만 돈 때문에 저지른 짓은 용서할 수가 없었다. 다른 사람을 다치게 하는 것만으로도 충분히 몹쓸 짓이었다. 그런데 그들을 고의적으로 파멸시키려 한 짓은 ……. 기음 역시 랜드 버클리와 로잘리의 영원한 이별이 그 둘에게 얼마나 잔인한 일인지 알고 있었음에도 불구하고…….

"아, 오빠."

그녀는 의자에서 일어나 촛불을 껐다. 오빠를 더 이상 좋아하고 싶지 않았다. 하지만 그의 악행을 다 알면서도 핏줄이기 때문일까, 감정이란 게 쉽사리 변하질 않았다.

한참 동안 잠들 수가 없었다. 밤이 까맣게 변해갈 때까지 어둠 속을 응시하며 누워 있었다. 그러다 잠이 들었을 때는 심란한 꿈들이 이어졌다. 그녀는 로잘리와 함께 정원에 앉아 책을 읽고 있었다. 그들의 목덜미로 따뜻한 햇살이 내리비치고, 양치류와 장미꽃 내음이 허공중에 떠돌아다녔다.

"아주 총명하구나."

로잘리가 따뜻하게 말하며 긴 문장을 가리켰다.

"이것도 한 번 읽어봐."

미라는 즐겁게 책으로 다시 고개를 숙였다. 그런데 문득 신음소리와 함께 불길한 바스락소리가 들려왔다. 고개를 들었을 때 로잘리의 모습이 보이지 않았다. 정원이 고요했다, 소름 끼칠 정도로 텅 비어 있었다.

'로잘리! 어디 있어요?'

비명을 지르려 했지만 입 밖으로 소리가 나오지 않았다. 그녀는 공포에 차 비틀거리며 일어났다.

'기욤…… 기욤이 로잘리를 데려갔어!'

발이 움직이질 않았다. 필사적으로 내딛어보려 노력했다. 갑자기 커다란 손이 그녀의 어깨를 거칠게 움켜잡았다.

"로잘리는 어딨어? 어떻게 된 거야?"

으르렁대는 목소리였다. 랜드 버클리의 성난 금색 눈동자가 그녀를 응시하고 있었다. 그녀는 두려움에 떨며 아무 말도 하지 못했다. 버클리가 그녀를 내동댕이쳤고, 그녀는 연못에 가라앉는 돌처럼 아래로 아래로 허우적대며 떨어졌다. 어느 순간 높은 언덕 밑에 그녀가 서 있었다. 그 위쪽에서 버클리와 기욤이 칼을 휘두르며 결투를 벌였다. 쨍그랑 쨍그랑 금속 부딪히는 소리, 난무하는 칼날의 번득임들. 미라의 얼굴로 눈물이 펑펑 쏟아졌다. 언덕을 기어오르면서 그들에게 소리치려 애써보았다. 하지만 이번에도 소리가 나지 않았다. 한순간 기욤이 야만적인 고함소리와 함께 버클리의 가슴에 칼을 꽂았다. 버클리의 커다란 몸이 털썩 쓰러졌다.

그의 가슴에서 핏방울이 뚝뚝 떨어져 검은 비처럼 대지를 적셨다. 다음 순간 상처 입은 남자가 랜드 버클리가 아니라는 걸 알았다. 그녀는 절망적으로 그의 검은 머리를 무릎에 끌어안고 격하게 흐느끼면서 피를 지혈시켜보려 했다. 그의 은색 눈동자가 살짝 열려 조롱하듯이 미소지었다. 그런 다음 머리가 옆으로 돌아가고 몸이 축 늘어졌다. 알렉 포크너가 그녀의 품안에서 죽어가고 있는데도 그녀는 도와줄 수가 없었다. 차가운 어둠에 휩싸여 힘껏 알렉을 부둥켜안았다. 갑자기 그녀의 목소리가 돌아와 목에서 낮은 비명이 터져나왔다.

미라는 화들짝 눈을 뜨며 고개를 흔들었다. 그녀의 가슴이 격렬하게 들먹거렸고 얼굴은 온통 눈물범벅이었다. 터질 듯한 가슴을 부여잡은 채로 주위를 둘러보았다. 꿈이었다. 안도감이 서서히 찾아들기 시작했지만, 여전히 몸서리쳐지게 두려웠다.

몇 초가 지났을까, 갑자기 문에서 두세 번의 노크소리가 났다. 미라는 멍하니 문을 쳐다보았다. 다시 누군가가 문을 두드렸다. 이번엔 문으로 달려가 떨리는 손으로 열어주었다. 믿어지지 않는 일이었지만…… 알렉 포크너가 그 앞에 서 있었다. 졸립고 짜증나는 듯, 그리고 다소 걱정스러운 듯한 표정으로. 어둠 속에서 은은히 반짝이는 진회색 실크 로브 차림이었다. 이 사람이 그녀의 상태를 어떻게 알았을까? 왜 여기까지 올라와 주었을까?

그녀의 안전을 확인하며 알렉이 한숨을 내쉬었다.

"비명소리가 나는 것 같아서 무슨 일이 있는 줄 알고……. 괜찮아 보이는군. 이만 가보겠소."

미라가 와락 그의 목을 끌어안고는 정신없이 말을 쏟아냈다.

"꿈을 꿨어요. 진짜 같았어요, 끔찍했어요. 기음이 나타나서…… 그 일이 다시 일어났어요. 로잘리를 납치해갔어요……."

"이젠 괜찮아……."

알렉이 문을 닫고 부드럽게 등을 토닥여주었다.

"악몽을 꾼 거요."

"… 말할 수가 없었어요. 목소리가…… 아무한테도……."

"꿈은 그냥 꿈일 뿐이오. 현실로 나타나진……."

"진짜 같았다구요."

그녀가 울먹이며 그에게 매달렸다. 알렉이 그녀를 안아 침대로 데려갔다. 그의 몸은 크고 단단했다. 이 사람이 옆에 있으면 아무도 그녀에게 상처 입히지 못할 것 같았다. 그가 두 개의 베개를 등에 받쳐주고 그녀의 잠옷을 정돈해준 후 젖은 머리카락을 쓸어줄 때까지 그녀는 그의 옷자락을 놓지 않았다.

"고마워요. 혼자 있기 무서웠어요."

그가 큰오빠 같은 태도로 그녀에게 미소지었다.

"별말씀을. 난 여자를 침대에 눕히는 데 도가 튼 사람이라오."

그의 농담에도 그녀는 여전히 눈물이 글썽이는 눈으로 그를 바라보았다.

"와줘서 고마워요."

"이젠 나가봐야겠소."

알렉이 고갯짓으로 문을 가리켰다.

"내가 여기 있는 게 들통나면 큰일이잖소."

그녀는 그를 놓아주고 싶지 않았다.

"색빌 경 말고 여기 오는 사람은 없어요. 그리고 그는 이런 시간에 오지 않고요."

"눈 감고 그만 자라구."

알렉이 피식 미소지었다.

"어쨌든 난 나가야 하오. 어떤 면에서는 내가 놀라울 만큼 자제력 있는 사람이지만, 다른 부분에선 정신수양이 대단히 모자라거든. 서서히 그 조짐이 보이고 있소."

그는 드물게 보이는 부드러운 표정으로 그녀를 내려다보았다. 다음 순간 참을 수 없는 듯 그녀의 입술에 살짝 입을 맞췄다. 미라는 그의 목을 끌어 바짝 잡아당기며 입술을 벌렸다. 그의 몸이 굳어지는가 싶더니 이내 신음을 터트리며 뜨겁게 키스했다. 관능적으로 그녀의 입 속으로 혀를 들이밀고 또 그녀의 혀를 자신의 입으로 빨아들였다. 그녀의 몸 속 깊은 곳에서 뜨거운 불길이 일어나 몸 전체로 번져나갔다.

알렉이 마침내 그녀를 떼어내려 했을 때에도 그녀는 그의 목을 놓아주지 않았다.

"가지 마세요. 아직도 무서워요……."

"뭐가 무서운 거요?"

"혼자 남는 거요. 난 누구한테도, 어디에도 속해본 적이 없었어요. 나라는 존재가 없는 것 같아요……."

"미라……."

“말하고 싶지 않아요.”

그녀의 눈에 불길이 피어올랐다.

“날 사랑해 줘요, 날 사랑해 주세요.”

알렉의 맥박이 불안정하게 치달아갔다……. 그녀를 응시하며 숨을 죽였다. 그녀가 지금 동요된 상태라서 이런 요구를 하는 거라고 자신에게 말해보려 안간힘썼다.

“이런 상태를 이용하는 건…….”

그의 말이 끝나기도 전에 그녀의 입술이 다가왔고 손이 로브깃 사이로 스며들어 그의 단단한 등을 어루만졌다.

“이런.”

그가 떨리는 웃음을 터트렸다.

“당신한테는 자제력을 동원할 수가 없소. 난 지금 그리 고상한 기분이 아니라구. 당신이 시작한 일이니 끝까지…….”

그녀의 손이 더듬더듬 허리띠를 풀어내자, 그의 말이 중단되었다. 그의 눈에서 웃음기가 사라지며 한 손으로 그녀의 손목을 움켜잡고서 응시했다.

“당신이 요구했다는 것만 기억하시오.”

다음 순간 그가 굶주린 듯 그녀의 입술을 벌려 깊이깊이 키스했다. 그의 입술 감촉은 와인보다도 더 자극적이었다. 그의 두 손이 그녀의 잠옷 목덜미를 찾아가 단추들을 하나씩 풀어냈다. 그리곤 그녀의 잠옷을 허리까지 걷어올렸다. 그의 손이 다리부터 엉덩이까지 거슬러오자 미라의 몸이 순간 굳어졌다. 그가 잠옷을 벗겨내려 했을 때는 두 팔로 배를 움켜잡았다.

“다 벗어야 되는 거예요? 원래?”

“팔 올려.”

알렉의 목소리에 열기와 성마름이 뒤엉켰다. 하지만 잠옷이 제대로 벗겨지지 않자 답답한 한숨이 터져나왔다. 미칠 듯한 욕망이 이렇게 간단한 일조차 어색하게 만들었다. 거칠게 굴지 말라고 자신에게 경고해야만 했다. 인내심을 가져야 했다. 그의 몸은 이미 애무도 없이 그녀의 몸 속으로 파고들어갈 만반의 준비를 갖췄다……. 하지만 안 돼, 그렇게 할 순 없었다. 그가 원하는 만큼 그녀도 그를 원하게 하고 싶었다.

그가 로브를 벗고 다시 그녀를 끌어안았다. 그녀의 등을 감싸안고서 턱 밑의 민감한 부분에 입을 맞췄다.

"미라."

그의 목소리가 갈라져나왔다.

"이 정도로 누군가를 원해본 적이 없어."

"나도 그래요."

그녀가 그의 귀 뒤에 코를 부비며 벗은 몸을 열성적으로 들이밀었다. 그녀의 가슴속에는 사랑이 넘쳐흘렀다.

"당신을 처음 본 순간부터…… 지옥에 빠진 기분이었어."

"그러려던 건 아니었어요."

"다른 사내가 당신을 안았다고 생각하면 참을 수가 없었어."

"아무도 없었어요. 당신이 처음이에요……."

그의 입술이 다가들었다. 그의 손길이 닿는 곳마다 달콤하고 생생한 감각들이 스며드는 듯했다. 그가 그녀의 젖가슴을 감싸쥐고 너무나도 가볍게 쓰다듬었다. 미라는 무의식적으로 그에게 가슴을 더 들이밀었다……. 그의 엄지손가락이 단단해진 젖꼭지를 문지르며, 그의 입술은 그녀에게 가벼운 키스를 퍼부어댔다.

그의 입술이 목에서 미끄러져 젖가슴으로 흘러갔다. 그의 혀가 향긋한 육체의 맛을 음미했다. 다음 순간 그녀의 민감한 젖꼭지가 그의 입 속으로 빨려들어갔다. 미라는 쾌락의 바다에서 둥둥 떠다녔다. 그의 이름을 속삭이며 전에는 알지 못했던 감각들에 사로잡혀 꿈틀거렸다. 알렉이 고개를 들었을 때 미약한 항의까지 터져나왔다.

"천천히……."

그가 그녀의 허리와 엉덩이의 곡선을 달래듯이 어루만졌다.

"천천히……. 시간은 얼마든지 있소."

그녀가 애써 그의 어깨를 움켜쥔 손에서 힘을 풀어냈다. 그의 입술이 그녀의 가슴으로 되돌아왔고 그녀는 그의 머리에 얼굴을 파묻었다.

"알렉."

그의 혀가 벨벳 같은 감촉으로 그녀의 젖꼭지를 핥았다.

"이제부터 내가 당신을 보살필 거요. 당신이 후회하지 않게…… 당신을 행복하게……."

"그러지 마세요……. 아무 약속도 하지 마세요."

그가 그녀의 목덜미에 코를 부볐다.

"난 약속을 지키는 사람이라오."

"나에 대해서 잘 모르시잖아요……."

"그건 상관없소. 중요한 건 내가 당신을 원한다는 거…… 당신을 본 순간부터 그랬다는 거요. 당신…… 칠시 같은 머리와 갈색 눈동자와 장난스런 미소를 지닌 당신. 당신의 모든 걸 알고 싶소. 당신의 맛, 당신의 느낌……."

그의 커다란 손이 그녀의 젖가슴 계곡에 머물렀다가 배로 흘러내려 갔다. 마치 그녀의 몸이 온통 그의 소유인 것처럼, 그녀의 비밀을 모두 아는 것처럼. 허벅지 사이에 그의 손이 스치자 그녀가 놀란 숨을 들이 켰다. 그가 그곳의 털을 손가락에 감아 살짝 잡아당겼다. 충격적인 전율이 그녀의 몸을 관통했다.

미라는 두려움과 욕망과 기대감의 복잡한 소용돌이에 빠져들었다. 알렉의 손가락이 그녀의 가장 민감한 부분을 찾아 부드럽게 그곳을 어루만졌다. 그녀의 눈이 감기고 입술이 살짝 벌어졌다. 살갗에 보송보송한 땀방울이 맺히기 시작했다.

어느 순간엔가 그녀는 이 갈증을 풀어달라고 애원하고 있었다. 채워

지지 않는 굶주림에 불타오르는데도 그의 관능적인 손끝은 자신이 일
으킨 반란을 잠재워주지 않았다.
　"긴장하지 말고…… 날 받아들여, 날 받아줘……."
　그의 손가락이 그녀의 입구에서 찰싹거리다가 부드럽게 파고들었다.
너무나 빡빡했다……. 정열의 와중에서도 그가 그녀의 목덜미에 대고
미소지었다. 미라는 그 외설스런 침입에 놀라 숨을 몰아쉬며 몸을 비
틀어댔다.
　"그…… 그만해요, 알렉."
　"이젠 그만둘 수 없소. 거의 다 됐어…… 거의……."
　그가 그녀의 촉촉한 몸 속을 애무하며 손바닥으로 부드러운 살갗을
자극했다. 갑작스레 밀려드는 쾌감에 미라는 비명을 내질렀다. 허벅지
를 조이며 걷잡을 수 없이 밀어닥치는 황홀경에 숨을 헐떡였다.
　"그래, 그렇게……."
　그의 손이 그녀의 무기력한 몸에서 또다시 짜릿한 반응을 유도해냈
다. 그녀의 귀에 부드럽게 속삭여주면서 그녀의 불길이 잦아들 때까지
끌어안았다. 순간 미라는 그의 어깨에 머리를 기댄 채 늘어졌다.
　"믿을 수가 없어요."
　그의 어깨에 뺨을 부벼대며 그녀가 속삭였다.
　"행복하게 해주겠다고 했잖소."
　그녀의 긴 머리채를 두 손에 감았다.
　"이건 시작일 뿐이라오."
　"나도 당신을 행복하게 해주고 싶어요."
　수줍게 그의 가슴털을 만지작거리며 그녀가 그의 목 밑에 입술을
부볐다.
　"나도 행복해질 거요."
　그가 날렵하게 그녀의 몸 위로 올라탔다. 알렉의 목에 걸린 메달이
미라의 시선을 사로잡았다. 전에도 그걸 본 적이 있다고 생각하며 그

메달에 대해서 물어보려 했다. 하지만 금세 그의 손가락이 그녀의 몸을 헤매다니며 새로운 불길을 불러일으켰다.

"당신은 아주 작아."

그녀의 입에 대고 그가 속삭였다.

"아플 거요……. 제기랄, 그건 나도 어쩔 수 없어."

"괜찮아요. 상관없어요……. 당신이 하는 일은…… 다 좋아요."

그기 가볍게 그녀의 젖꼭지를 깨물고 입술과 혀로 애무했다. 미라는 시트를 바짝 움켜쥐었다.

"그렇게 가만 있을 필요 없어. 날 만져도 돼."

"어딜?"

"아무 데나. 나도 당신이 하는 건 뭐든지 다 좋거든."

그녀가 조심조심 그의 등으로 손을 뻗어 넓은 어깨에서 허리까지 매만졌다. 비단결처럼 매끄러우면서도 탱탱한 근육이 손에 닿았다.

"아주 단단하네요. 멋있어요……."

"그렇게 생각해주길 바랐소."

그가 심장이 떨릴 만한 미소를 지어보였다.

"그래야 당신을 유혹하기 쉬워질 테니까."

"날 유혹해요? 내가 당신을 유혹했잖아요."

그녀는 다시 조심스레 그의 등줄기를 더듬어 오목한 부분을 만져보았다.

알렉이 부르르 떨며 거친 숨을 들이켰다. 미라는 더 용기를 내어 손톱으로 살짝 긁어가며 그의 등에서 어깨까지 쓰다듬었다. 그녀의 탐험에 점점 자신감이 붙어갔다. 그의 가슴털을 흐트려보고 젖꼭지에 손가락도 스쳐보고, 단단한 배 근육에 두 손을 펼쳐보았다.

갑자기 그녀의 손길이 머뭇거렸다.

"만지면 안 되는…… 곳도 있나요?"

"아니."

그가 그녀의 질문을 정확하게 이해했다.

"여길 말하는 거라면…… 내가 이끌어주겠소."

"아뇨, 나 혼자 해볼게요……."

그녀의 두 손이 대담하게 부풀이 있는 남성으로 내려갔다. 떨리는 손으로 살짝 감아쥐었다. 알렉의 입에서 신음이 터져나왔다. 이렇게 무릎이 후들거리고 머리가 빙빙 돌아가는 쾌감은 느껴본 적이 없었다. 그의 아랫부분이 더 힘차게 고동쳐댔다. 그녀의 손바닥이 길게 쓰다듬었다가 다시 올라오며 살짝 끝부분을 건드렸다. 그리고는 고개를 들자 그의 입술이 덮쳐왔다. 그녀의 이름을 속삭이며 그가 그 부드러운 손바닥에 한 번, 두 번 몸을 들이밀었다.

무모한 감각들이 번져나갔다. 그의 관능적인 입술과 손에 느껴지는 남성적인 힘. 그녀의 다리 사이로 축축한 열기가 모여들었다. 알렉이 그녀의 머리 양옆으로 팔꿈치를 기대며 그녀의 허벅지 사이로 자신의 뜨거운 열기를 들이댔다. 그들의 벌거벗은 나신이 한몸처럼 엉켜붙었다.

"알렉……."

그가 그녀의 머리를 쓸어주며 내려다보았다.

"왜?"

"더 참지 말아요."

그의 눈이 묘하게 번득였다.

"부드럽게 할게."

미라는 다리 사이의 단단한 압력을 느끼며 주먹을 틀어쥐었다. 그가 그녀의 몸 속으로 천천히 들어왔다. 그의 커다란 몸이 작은 몸에 들어서기란 쉽지 않았다. 그녀는 비명을 지르지 않으려고 아랫입술을 깨물었다. 본능적으로 그 침입에서 벗어나려 몸을 비틀었지만, 그 움직임이 그를 더 깊이 끌어들였다. 그녀의 몸이 그를 받아들이려 안간힘쓰며 넓어지는 동안 그는 더욱 깊이 파고들었다. 알렉은 한동안 그녀의 머리에 얼굴을 묻은 채 황홀경에 빠져들었다.

"그대로 있어. 미라, 나의 아름다운 미라……."

그의 손이 결합된 부분으로 움직여 그곳을 어루만졌다.

"이제 당신은 내 거야."

그가 살짝 물러났다가 다시 깊이 밀려들었다. 천천히 그녀의 주먹이 펴져 그의 어깨를 붙잡았다. 그녀의 흐느낌이 점점 무기력한 신음으로 바뀌어가며 다리가 활짝 벌어졌다.

"편안하게…… 나하고 같이 움직이는 거야. 아……."

그들의 원초적인 리듬이 시작되었다. 미약한 고통 중에서도 묘한 환희가 그녀의 몸 속으로 찾아들었다. 마침내 그녀의 몸이 한껏 휘어지며 기절할 것 같은 황홀경에 빠져 그대로 정지했다. 알렉 또한 미칠 듯한 쾌감에 몸서리치며 정신없이 그녀의 몸 속으로 파고들었다.

그들이 나른하게 서로의 품에 안겼다. 시원한 바람이 창가의 커튼을 펄럭이며 안으로 불어들었다. 뿌옇게 안개가 펼쳐진 달콤한 밤이었다. 알렉이 그녀를 가까이 끌어당겨 그 머리 위에 코를 부볐다.

"이제 당신은 내 여자요."

그리곤 그는 달콤한 잠에 빠져들었다. 잠시 후 그녀는 조용히 눈물을 흘렸다.

6

　미라는 깊은 욕조에 앉아 머리를 뒤로 기댄 채 무심히 욕조 옆의 조가비 문양을 매만지며 피어오르는 수증기를 응시했다. 뜨거운 물이 그녀의 욱신거리는 근육들을 달래주었다. 아침에 눈을 떴을 때 알렉은 이미 떠난 후였다.

　어젯밤 그녀는 알렉의 손길아래서 되살아났었다. 예전엔 몰랐던 감각들을 알게 되었다. 사랑하는 남자와 황홀한 밤을 보내고, 그의 부드러움과 정열을 경험했으니 얼마나 큰 행운인가. 그런 경험을 하는 여자가 얼마나 되겠는가. 감히 더 이상을 바랄 수는 없었다. 그녀는 한숨을 쉬며 욕조 안으로 더 깊이 몸을 낮췄다. 알렉과 함께 했던 순간순간이 아직까지도 생생했다. 결코 잊지 못하리라…….

　밤 사이 잠깐 깨어났을 때 알렉의 따뜻한 어깨를 베개삼아 안겨 있는 자신을 발견했었다. 그의 가슴에 길게 드리워진 금목걸이에 그녀의 손이 휘감겨 있었다.

　"이게 뭐예요?"

달빛에 들어올려 날카로운 발톱과 양 날개를 활짝 펼치고 비상하는 매의 형상이 새겨진 메달을 살폈다. 새의 눈동자는 루비로, 머리 위에 각인된 상록수 나뭇가지는 에메랄드로 장식되었다.

"포크너 가의 문장이오. 조지 2세가 나의 증조부께 하사하신 선물이라오, 왕실의 매를 훈련시켜준 보답으로."

"증조부께서 매 조련사였어요?"

"그게 가문의 전통이었소. 몇 년 전에 그만두긴 했지만, 어렸을 땐 나도 매를 길러보았소. 홀트와 같이 몇 시간이고 앉아서 녀석들을 지켜봤었지……. 물론 녀석들이 묶여 있을 때. 발톱 보이지? 그걸로 먹이를 채서 죽이는 거요."

미라가 살짝 몸서리쳤다.

"상록수 가지는 왜 있는 거예요?"

"왕의 장난기가 발동했던 거요. 상록수가 원래 질기고 꿋꿋하잖소, 잘려질지언정 절대 휘어지진 않지. 조지 왕이 내 증조부를 아주 고집스런 인물로 생각했던가 보오. 그래서 메달에 상록수를 넣으라고 지시하신 걸 테고."

"당신한테도 그런 고집이 있어요."

알렉이 나지막이 웃었다.

"항상 그런 건 아니오……. 제대로 설득만 한다면 들어먹는 경우도 있소."

그가 그녀의 입술에 쪽 하니 입을 맞췄다. 그리고 다시 한 번, 더 진하게…….

아침에 깨어났을 때, 그녀의 허리에 그 목걸이가 감겨 배 위에 얌전히 메달이 놓여 있었다. 낙인처럼, 소유의 흔적처럼……. 그걸 멍하니 응시하면서 그녀는 묘한 공포심에 사로잡혔다.

아름다운 메달이긴 했지만 그걸 갖고 싶은지는 확실치 않았다. 어쩌면 영원히 다시 오지 않을 하룻밤의 명백한 증거. 그걸 볼 때마다 어

젯밤 기억이 떠오르리라. 하지만 평생토록 그를 갈망하며 매일 밤 뒤
척여야 한다 해도 그를 사랑한 걸 후회하진 않았다. 누구도 그 기억을
빼앗아가진 못할 것이다, 알렉 자신조차도 그 기억들을 망가뜨릴 수
없다. 어젯밤만은 그녀의 마음에 영원히 간직될 것이다.

욕조에서 일어나 긴 수건으로 몸을 말린 후에, 그녀는 크림빛 실크
로 장식한 초콜릿색 드레스를 갖춰입었다. 크림색 허리띠를 매고, 너
울너울 손목까지 흘러내리는 소매를 바로잡았다. 마지막으로 진주 박
힌 망으로 머리를 단장하고 나서 자신의 모습을 살펴보았다. 오늘은
다른 어느 때보다 더 몸단장에 정성을 기울였다. 버클리 부부를 만나
게 될 테니까.

다시 로잘리를 만난다는 것이 몹시도 긴장되었다. 어쩌면 5년 전 일
을 용서해 줄지도 몰라. 제발 그렇게만 된다면 얼마나 좋을까. 무심코
손가락 끝을 깨물며 침대 끝에 내려앉았다. 그들이 도착할 때 어떻게
해야 할까? 그들의 방으로 메모를 보낼까? 예고도 없이 불쑥 다가가는
건 현명하지 않았다. 아니면 버클리 경이 사냥 나간 사이를 틈타 로잘
리만 따로 만날까? 한 가지는 확실했다……. 알렉이 없는 자리에서 버
클리 경에게 접근하지 말아야 한다는 것. 랜드 버클리가 무슨 짓을 할
지 모른다. 로잘리에게 피해 입힌 사람을 그가 절대 용서할 리 없을
테니까…….

영국의 어떤 사냥개도, 심지어 왕실 사육장의 개들조차도 버클리의
사냥개와 겨룰 수 없었다. 버클리의 사냥개들은 놀라운 속력과 불굴의
집념을 지닌 영국 최고의 개들이었다.

버클리 백작의 사전에 중간이란 존재하지 않았다. 전적으로 몰두하
든지 아니면 전적으로 무관심하든지 둘 중 하나였다. 짐승들을 다룰
때도 그런 성격이 발휘되었다. 그는 개들의 사육 과정을 수시로 보고
받으며 꼼꼼하게 확인했다. 새끼 여우 사냥을 나서기 전에 개들의 피

를 빼는 식의 전통적인 관습은 무시해버렸고 오로지 신중하고 실용적
으로만 교육시켰다. 일단은 강아지 때부터 자주 걷게 만들었다. 백작
의 소작인들에게도 그 짐승들을 끌고 다니라는 임무가 수시로 부과되
었다. 민첩성과 끈기, 신체적인 탁월성을 지닌 순수한 혈통만을 교배
시켜 강하고 끈기 있게 훈련시키는 것이었다. 이번 사냥을 위해 그 사
냥개들은 이미 하루 전에 색빌의 사육장에 도착한 상태였다.

비클리 부부는 아마 오전중에 도착할 것이다. 그래야 휴식을 취한
다음 저녁 무도회에 참석할 수 있기 때문이었다. 색빌 장원의 귀족들
은 그 부부를 맞을 준비에 나름대로 다들 분주했다. 색빌은 버클리 백
작이 소유한 선박회사를 대화 주제로 삼기 위해 최근의 정치, 경제 정
보들을 읽어내려갔다. 레이디들도 레이디 버클리에게 전해줄 최신 소
문들을 모아들였다. 레이디 버클리는 지극히 인기 있는 인물이었을 뿐
아니라 유행의 선두주자이기도 했다. 그녀의 머리모양이나 드레스가
곧장 유행으로 연결되었으므로 이번 주말에 그녀가 입을 드레스를 보
기 위해 여자들 모두 들뜬 분위기였다.

색빌 장원에서 이런저런 준비가 진행되는 동안, 햄프셔로 향하는 길
로 마차 한 대가 당당하게 움직여갔다. 하인들의 제복과 마차가 진한
청색과 진홍빛으로 단장되어 잔잔한 주위 풍경 속에서 확연하게 두드
러졌다. 네 마리의 검은 말들도 침착하고 우아하게 마차를 이끌어갔다.
마차의 창문 커튼들은 주인의 사생활을 보호하기 위해 굳게 드리워져
있었다. 그리고 그 안의 주인은 그 사적인 시간을 충분히 효과적으로
사용할 줄 알았다.

"부끄러운 줄 아세요."

로잘리가 남편의 가슴털을 만지작거리며 입을 열었다.

"당신 때문에 다 헝클어졌다구요. 단추도 풀어지고 머리도 망가지
고……. 이제 곧 색빌 장원에 도착할 텐데."

버클리가 씨익 웃었다. 정열의 잔재로 그의 공격적인 얼굴이 일시적

으로 부드러워졌다. 그는 무시무시한 성질과 의지력으로 똘똘 뭉친 남자였다. 하지만 사랑을 나누고 난 후 5분 정도는 상냥하고 유머러스한 기분이 되었다. 그가 로잘리의 마땅치 않은 계획과 요구들을 들어주는 때가 바로 이런 순간이었다. 지극히 만족한 후에 어떤 요구이든 못 들어주겠는가. 로잘리는 가끔 그 점이 신기하고도 우스웠다. 영국의 막강한 권세가들까지 위협해대는 랜드 버클리가 그녀에게만은 약해진다는 것이…….

"부끄러운 일이긴 해."

랜드가 그녀의 등으로 떨어진 흑단 같은 머리결을 만지작거렸다.

"마차에서 당신과 사랑을 나눈 지가 너무 오래됐어."

그리곤 그녀의 목덜미에 입술을 부볐다.

"색빌 장원에 도착할 일은 걱정 마시오. 내가 항상 단장할 시간을 만들어 주잖소."

"당신하고 이런 후에 내가 얼마나 달라보이는지 알잖아요."

"다른 사람들이 뭐라든 상관없어. 난 하여튼 당신 모습에 전적으로 찬성이오."

그녀가 웃으면서 그의 입술선을 매만졌다. 그가 잇사이로 그 손가락을 빨아들여 살짝 깨물었다.

"그래도 사람들이 쳐다볼 때는 당황스러워요, 우리가 한 일을 다 알 거라구요."

"물론 그렇겠지. 난 아내와 단 둘이 있을 때 해야 할 행동도 모르는 멍청이가 아니거든."

로잘리가 살포시 미소지었다.

"다른 남자들은 몇 년 지나면 아내에 대한 정열이 식는다던데……. 당신은 결혼하기 전보다 더 정열적이에요. 어머나, 왜 갑자기 눈살을 찌푸리세요?"

"방금 크리스천 생각이 났소. 그 녀석이 잘 있는지 모르겠군."

로잘리는 웃음이 터지려는 걸 간신히 참았다. 악명 높은 난봉꾼 랜드 버클리가 이렇게 헌신적인 아버지로 변할 줄 누가 상상이나 했겠는가. 그들은 집을 떠날 때마다 거의 항상 아들을 데리고 다녔다. 그 결과 이제 겨우 세 살배기인 크리스천은 노련한 여행가이자 대단히 독립심 강한 꼬마가 되어 있었다. 그런데도 랜드는 겨우 이틀 아이를 떼어놓는 것마저 마땅치 않은 듯했다.

그녀가 끈기 있는 목소리로 입을 열었다.

"여보, 그 애를 놔두고 여행할 때마다 늘 하는 얘기지만, 크리스천은 아주 잘 있답니다. 주위에 떠받들어주는 사람들이 가득한 걸요. 당신이 그 애를 황태자처럼 만들어버렸어요. 사랑스런 아이라는 건 나도 인정하지만, 약간 버릇이 없어진다는 다른 사람의 충고도 맞는 것 같아요."

"누가 내 아들을 버릇없다고 하던가?"

랜드의 얼굴이 험상궂어졌다.

"그건 중요한 게 아니에요."

그 천사 같은 얼굴의 크리스천에 대해서 한마디 비판이라도 하는 사람은 영원히 랜드의 원수가 되고 말리라. 어떤 아버지가 자기 아들의 단점을 알아차리겠는가…….

"중요한 건, 그 애가 유모보다 당신하고 더 많은 시간을 보낸다는 거예요. 다른 아이들과 달리, 당신이 외출할 때나 소작인들을 관리할 때도 항상 같이 다니잖아요. 당신 방식을 너무 많이 배워가고 있다구요……. 그 애가 그 나이 아이답지 않게 너무 독재적이란 생각 안 드세요?"

"그럼 다른 아이들처럼 뭘 해야 한다는 거요?"

"음…… 망아지를 타거나, 정원에서 뛰어다닌다거나…… 다른 재미있는 놀이를 하거나 그런 거요."

"재미있는 놀이라……."

"그래요."

그가 갑자기 쿠션으로 그녀의 등을 밀어붙였다. 그리곤 그녀의 사랑스럽고 진지한 얼굴과 매혹적으로 노출된 살결, 구겨진 채 말려 있는 옷자락을 느릿하게 훑어보았다. 결혼한 지 5년이 지났음에도 그의 감정은 전보다 더 뜨거워졌다. 처음 만났을 때부터 다른 사람에게 시선조차 돌릴 수 없었다. 그는 자신의 정열에 수백 번 불타버릴 정도로 그녀를 사랑했다.

"당신을 위한 재미있는 놀이가 생각났어."

그가 의미심장하게 중얼거리자, 그녀는 웃으면서 그의 손을 피해 달아나려 했다.

"랜드, 이러지 말아요……. 시간이 없다구요."

그의 손이 대담하게 치맛자락 속으로 더듬어왔다.

"이건 어때? 당신이 좋아하는 놀이가……."

"당장 이 손 치우지 못해요!"

잠시 그들의 실랑이가 이어졌다. 랜드는 로잘리의 귀여운 앙탈을 즐거워했다.

그들 둘 다 아주 잠깐 저항해본 후에 로잘리의 항복이 이어진다는 걸 잘 알고 있었다. 그녀는 언제나 그랬다.

알렉, 색빌, 오스발드스톤 향사가 서재의 마호가니 테이블에 발을 올린 채 느긋하게 앉아 있었다. 오늘 사냥이 연기되었기 때문에, 색빌 장원의 손님들은 각기 작은 그룹으로 나뉘어 이 세 사람처럼 느긋한 시간을 보내는 중이었다.

알렉은 매우 흡족한 기분이었다. 그의 회색 눈동자와 미소가 평소보다 더 편안해 보였다.

이런 낯선 행복감의 이유는 의심의 여지가 없었다. 탑방에서의 그 기억들이 계속해서 그의 머리 속으로 기어들었다.

오늘 아침 미라의 따뜻한 침대를 떠나는 게 지옥 같았었다. 다시 사랑하고 싶은 마음이 간절했었다. 하지만 그녀를 깨우지는 않았다. 그녀에게 쉴 시간을 주고 싶기도 했고, 또 한편으로는 그녀에게 무슨 말을 해야 할지 알 수 없었기 때문이었다. 미라에 관해서만은 그의 감정이 미묘하고 어지러웠다. 이 헝클어진 실타래를 대체 어떻게 풀어야 할까?

"포크너, 내 말 듣고 있소?"

아침 열한 시인데도 오스발드스톤 향사가 양껏 와인을 들이키며 다그쳤다.

"물론이지요."

알렉은 하얀 양피지 한 장과 펜을 앞으로 끌어당겼다. 오스발드스톤의 마지막 독백을 기억해내는 데 온 신경을 집중시켰다.

"새로 단장한 장원에 대해서……."

"그게 전혀 기분 좋지가 않다, 이 말이오!"

그 사내의 목소리가 쩌렁쩌렁 울렸다.

"빌어먹을 그리스식 궁전이야! 커다란 기둥들에다 조각상까지 온통 차가운 대리석들뿐이오. 아내의 거창한 계획을 들어준 게 화근이었소. 충고 한마디하겠는데 포크너, 절대 아내의 충고에 귀 기울이지 마시오. 그래야 더 행복해진다오."

알렉이 펜을 잉크에 담그며 씨익 웃었다.

"그리스식이 요즘 유행이지요. 고전적이고 순수해 보이고……. 물론 개인의 저택보다는 공공 건물에 더 적합하긴 하지만……."

"난 신성소가 아니라 집에서 살고 싶다구."

"포크너, 자넨 재능 있는 건축가잖나. 오스발드스톤과 그 아내의 취향 사이에서 타협점을 찾아줄 수 없겠나? 레이디 오스발드스톤은 고전적이고 웅장한 스타일을 좋아하는 듯하고, 향사는 고딕식에 흥미를 느끼는 듯하니……."

색빌이 끼어들었다.

"고전과 고딕양식의 싸움이로군요. 집의 정면과 후면을 각기 다른 스타일로 꾸미고 싶은가요, 오스발드스톤?"

오스발드스톤이 웃음을 터트렸다.

"아니오, 아니야. 난 다만 아늑하고 편안한 집을 원하는 거요. 워릭의 버클리 장원 같은 그런 곳 말이오."

"아, 그건 내가 디자인한 겁니다."

알렉이 중얼거리며 바쁘게 양피지에 무언가를 그려나갔다.

"그래요? 그 건물이 아주 마음에 들던데."

오스발드스톤의 푸른 눈이 한결 밝아졌다.

"다만 그 집보다는 좀더 뾰족뾰족했으면 좋겠소. 스테인드글라스 창문과 철제품이 가미된 그런 거…… 당신 생각은 어떻소?"

"그럼 아마 교회 같은 느낌이 날 겁니다."

알렉이 스케치에서 시선을 들지 않은 채 대답했다.

"그런가? 그건 싫은데……"

"좀더 화려한 분위기가 어떨까요……. 신고딕풍으로, 그림 같으면서도 고전적인 선이 살아 있는 형식이죠. 두 분의 취향이 고루 만족될 겁니다. 창을 많이 내고, 굴뚝은 높게, 둥근 탑들을 만들고……. 아름다운 아치도 몇 개 넣으면 괜찮겠군요. 단순하면서도 낭만적이고 우아하죠. 불편함이 배제된 고딕식의 성채 같을 겁니다."

오스발드스톤이 일어나서 알렉의 어깨 너머로 스케치를 살펴보았다.

"이런 세상에, 바로 이거요!"

알렉이 미소지으며 종이를 건네주었다.

"대충 그런 겁니다."

"색빌, 이것 좀 보시오!"

오스발드스톤의 목소리가 행복하게 울려퍼졌다.

"솜씨가 좋군, 포크너."

색빌도 감탄스레 고개를 끄덕였다.

"그런 말은 자주 들었습니다."

알렉이 대꾸했다.

"이대로 만들어줄 수 있겠소?"

오스발드스톤의 재촉에 알렉은 잠시 망설인 후에 대답했다.

"제가 할 수 없으면, 다른 적당한 사람을 추천해 드리겠습니다. 직접 하고 싶긴 하지만 시간을 낼 수 있을지……."

"시간? 시간이 왜 없다는 거요?"

오스발드스톤이 눈살을 찌푸리며 물었다.

"몇 가지 새로운 흥밋거리가 생겼거든요."

"어떤?"

알렉이 어깨를 으쓱이며 불가사의한 미소를 지었다.

"글쎄요, 어쩌면 신부감을 찾아볼지도 모르죠."

"신부감?"

색빌이 놀란 표정으로 자세를 고쳐 앉았다. 오스발드스톤의 말이 계속 이어졌다.

"그건 지금으로서 그리 권장할 만한 일이 아닌걸. 겨울엔 여자들에게 구애하기 힘들어, 날씨도 그렇고……. 그냥 봄시즌이 시작될 때까지 기다리시오. 봄이 되면 어여쁜 처녀들이 우르르 쏟아져나올 테니. 올해의 괜찮은 처녀들은 이미 짝을 구했다오."

"현명한 충고로군요."

알렉이 정중하게 대답했다.

"하지만 남자의 욕구가 항상 계절에 맞춰서 조절되는 건 아니지요. 갑자기 쓸쓸한 침대에서 겨울을 보내는 게 지겨워졌답니다."

색빌이 짐짓 진지하게 한마디했다.

"그럼 다른 남자 침대보다 남편의 침대를 더 좋아하는 그런 타입을 골라야 할 거요, 포크너."

"그럴 겁니다."

　미라는 서재 앞에서 잠시 망설이다가 가볍게 문을 두드렸다. 방금 오스발드스톤이 서재에서 떠났으므로, 지금이라면 색빌과 조용히 얘기할 수 있을 것 같았다. 예정보다 더 일찍 이곳을 떠나게 될 수도 있음을 색빌에게 미리 알려야 했다. 버클리 부부가 그녀를 못마땅해한다면 그들에게 더 이상의 고통을 안겨주지 않기 위해 오늘 떠날 생각이었다.
　"들어와."
　색빌의 허락을 들으며, 조심스레 문을 열었다. 그 즉시 자신의 실수를 깨달았다. 색빌 혼자가 아니라, 알렉도 함께였다.
　"죄송합니다."
　미라는 당장 밖으로 돌아나가려 했다.
　"말씀중이신 줄 모르고……."
　"괜찮아."
　색빌이 즉시 자리에서 일어나 그녀의 팔을 잡고는 방으로 끌어들였다.
　"포크너도 싫어하지 않을 거야."
　"그럼요."
　알렉이 부드럽게 대답했다.
　색빌이 미라의 허리를 한 팔로 감싸안았다.
　"포크너는 나의 오랜 친구로서, 우리 관계를 잘 알고 있단다."
　미라는 얼굴이 빨개지지 않기를 기도하며 알렉의 얼굴을 쳐다보았다. 그가 무표정하게 살짝 고개를 흔들었다. 색빌이 한 말의 그 아이러니를 다소 재밌어하는 듯도 했다. 하지만 색빌이 그녀의 몸을 바짝 끌어당기자, 알렉의 턱이 단단하게 굳어졌다. 색빌의 손이 그녀의 허리를 쓰다듬어가자, 알렉의 얼굴이 사뭇 일그러졌다. 방 안에 폭발적인 긴장감이 번지는 듯했다.

미라가 서둘러 입을 열었다.

"나리, 조용히 말씀드리고 싶었어요. 하지만 나중에 말씀드려도 되니까 전 이만……."

"오늘은 아주 그림 같구나."

색빌은 지금의 역할을 다분히 즐기는 듯했다.

"정말 그림 같아. 아름다운 꽃이로구나."

그가 그녀의 입술에 살짝 키스했다. 미라는 혐오스럽게 얼어붙었다. 알렉이 아닌 어떤 남자의 손길도 참을 수가 없었다. 더구나 그가 바라보는 앞에서…….

"제발……."

색빌은 다정하게 그녀를 끌어안으며 알렉에게 시선을 돌렸다.

"완벽한 여자가 아닌가? 사랑받을 때를 정확히 구별할 줄 알아. 어느 남자가 이런 여인에게 싫증을 내겠나?"

알렉은 헤아릴 수 없는 표정으로 아무 대꾸도 하지 않았다. 미라는 색빌의 손아귀에서 벗어나려 꿈틀거렸다.

"색빌 경."

그의 손이 여전히 그녀의 허리를 애무하며, 가슴 부근까지 위험스럽게 가까워졌다. 도대체 뭘 증명하고 싶은 걸까?

"이 어여쁜 머리 속에 자네가 짐작도 못할 생각들이 들어 있다네."

색빌이 찡긋 윙크해보이며 자신의 손길을 따라 시선을 옮겨갔다.

"나의 미라에게 얼마나 특별한 재능이 있는지……."

"제발 그만하세요!"

색빌이 엉덩이를 어루만지자 그녀의 얼굴이 새빨갛게 달아올랐다.

알렉은 더 이상 참을 수가 없었다.

"맨드레이크를 구하는 그런 능력 말입니까?"

그가 천천히 일어나며, 색빌의 손이 미라의 몸에서 떨어지는 걸 확인하며 드러나지 않게 안도의 한숨을 쉬었다. 그녀가 다른 사내의 손에 농락당하는 걸 지켜보면서 목으로 치밀었던 분노가 조금쯤 누그러들었다. 하지만 아직도 그녀를 낚아채고 싶은 충동과 싸워야 했다.

"내 앞에서 그럴 필요 없습니다. 난 알고 있습니다."

색빌과 미라는 그의 말을 듣지 못한 것처럼 멍하니 쳐다보았다. 다음 순간 색빌의 시선이 미라 쪽으로 움직였다.

"네가 말했냐?"

배신자가 된 느낌, 수치심과 후회에 휩싸여 그녀는 그의 눈을 감히 마주보지 못했다.

"죄송해요."

"널 믿었는데!"

색빌의 얼굴이 고통스레 일그러졌다.

"그녀의 잘못이 아닙니다. 내가 억지로 말하게 했죠."

알렉이 조용히 끼어들었다.

색빌은 포크너에게 시선을 돌리지 않았다. 거칠게 숨을 몰아쉬며 계속 미라만을 노려보았다.

"네가 말했구나. 아무한테도 말하지 않기로 약속했으면서. 나한테 이게 얼마나 중요한지 알면서. 내가 널 얼마나 도와줬는데, 거리로 내치지도 않고 이 집에 받아줬는데……."

그의 목소리가 부서질 듯이 바삭거렸다.

"날 배신하고, 거짓말하고…… 네가 날 거세시켰어. 못된 계집, 죽여버리겠어."

미라는 움찔하며 고개를 떨궜다. 카펫 위에서 그의 팔 그림자가 올라가는 걸 보았다. 그 그림자가 자신에게로 떨어지는 걸 지켜보며 꼼짝도 하지 못했다. 눈을 질끈 감고 그 주먹에 얻어맞을 순간만을 기다렸다.

순간 알렉이 재빨리 색빌의 손목을 움켜잡았다. 색빌의 힘은 놀라울

만큼 완강했다. 색빌의 부들거리는 주먹을 응시하며 그 두꺼운 손목을
더 힘껏 움켜쥐었다.

"여자를 때리려는 겁니까? 얼마나 크게 다칠지 알잖습니까? 저렇게
작은데⋯⋯."

그의 회색 눈동자가 미라의 푹 숙여진 머리와 굳은 턱을 바라보았
다. 한순간 목이 턱 막히는 것 같아 말을 이을 수 없었다.

미라가 그에게 시선을 들어올렸다.

"어떻게 이럴 수 있어요? 내가 당신한테 말하지 말았어야 했지만,
당신이 그걸 이용할 줄은 몰랐다구요⋯⋯."

그녀의 얼굴에 상처와 분노가 고스란히 드러났다.

가면놀이는 끝났다.

얼마나 꼬여버렸단 말인가. 그녀는 알렉에게 비밀을 말함으로써 색
빌을 배신했고, 알렉은 그녀의 신뢰를 저버리고 그녀를 배신했고, 색
빌은⋯⋯. 그들 둘 사이의 감정을 감지했으면서도 모두에게 거짓말하
도록 강요하여 그들을 조롱했다⋯⋯.

"난 이제 끝났어."

색빌이 고통스레 중얼거렸다.

"난 파멸이야."

알렉과 미라의 시선이 그 늙은 사내에게로 향했다. 공포와 당혹감으
로 색빌은 거의 쓰러질 것처럼 보였다.

"술 한 잔 먹여야겠소."

알렉이 색빌을 의자에 내려앉혔다.

"미라, 당신은 나가시오. 나중에 얘기합시다."

미라는 자신의 발이 어디로 향하는지 알지 못한 채 달려나갔다. 현
관문을 지나 계단으로 내려갔다⋯⋯. 숲으로 가야 돼, 사람도 없고, 악
의적인 말도 없고, 상처도 없는 곳. 평화와 고독만이 있는 곳으로.

현관 아래로 내려서는 순간 그녀의 발걸음이 멈칫했다. 그녀는 방금

도착한 마차의 그늘 안에 서 있었다. 잘 차려입은 하인들이 짐을 내리는 동안 말들이 성마르게 발을 구르고 있었다. 금발머리의 키 큰 남자가 뒤돌아서서 마부에게 지시를 내리는 중이었다. 다른 하인 하나가 마차 밖으로 나서는 여자를 도와주었다. 얼굴을 보기도 전부터 그 사람이 누군지 알 수 있었다. 그저 믿을 수 없는 심정으로 그 여자를 바라보았다. 세상에 단 하나뿐일 것 같은 그 보랏빛 푸른 눈동자를.

그제서야 로잘리 버클리가 자신에게 어떤 존재였는지 확연하게 깨달았다. 언니, 친구…… 어떤 면으로는 엄마였다. 로잘리는 그녀와 너무나 달랐다. 솔직하고 연약하고 사랑스러웠다. 다른 사람들을 필요로 했고, 그걸 숨기려 애쓰지 않았으며, 똑같은 솔직함으로 다른 사람들의 필요를 채워주려 노력했다. 기욤조차도 그의 메마른 감정이 허락할 수 있는 만큼 그녀에게 매료되었었다. 로잘리는 미라가 열렬히 닮고 싶었던 그런 여자였다.

그녀의 기억 속에서 로잘리는 예쁘고 잘 웃고 자주 얼굴을 붉히고 소탈하고 자연스런 태도를 지닌 아가씨였다. 하지만 지금 눈앞의 날씬한 여자는 너무나도 아름다웠다. 자신감과 자부심을 발산해내는 매력적인 여인이었다. 초록색 보디스와 흰색 치마가 어우러진 드레스 차림으로 풍성한 갈색 머리를 리본으로 묶어 완벽한 계란형 얼굴을 드러냈다. 전보다 더 여성적이고 세련돼 보이면서도 예전의 상냥함이 고스란히 남아 있었다. 그 눈동자에 눈물이 글썽거렸다.

"미레이유…… 너니? 정말 너니? 믿어지지가 않아…… 영국까지 어떻게 왔니?"

미라는 비통하게 눈앞의 여인을 바라보았다.

"무슈 버클리께서…… 당신을 찾으셨는지 궁금했어요. 그래서……. 두 분이 결혼하신 걸 알고 얼마나 행복했는지 몰라요."

"왜 우리한테 연락하지 않았어?"

"당신이 절 보고 싶어하지 않을 줄 알았어요."

로잘리가 격하게 고개를 흔들었다.

"우리가 널 얼마나 찾고 싶었는데. 널 생각할 때마다 내 가슴이 찢어지는 것 같았어."

"하지만 기욤이…… 저 때문에 그런 고통을……."

"넌 어린애였어, 겁에 질린 어린애. 그건 네 잘못이 아니었어. 널 원망한 적 없단다, 미레이유. 넌 나의 좋은 친구였어."

그녀의 목소리가 흔들렸다.

"우린 한 번도 널 원망한 적 없었어."

로잘리가 다가와 안아주자 미라의 눈물이 터져버렸다. 5년 전의 그 어린애처럼 로잘리의 어깨에 머리를 떨구고 하염없이 울었다. 그녀의 과거에서 유일하게 기억하고픈 것이 로잘리였다. 집도 없고 가족도 없고 의지할 만한 친구도 없었는데……. 지금 그녀의 과거에서 가장 아름다웠던 부분, 그 버클리 부부가 이곳에 있었다.

"미레이유."

미라의 눈물이 기쁨 아닌 슬픔과 비통함 때문이라는 걸 알아차리며 로잘리는 그녀의 등을 부드럽게 토닥여 주었다.

"울지 마……. 이젠…… 울 이유가 없어. 이젠 안전해."

"모든 게 잘못됐어요."

미라는 걷잡을 수 없이 흐느꼈다

"모든 게 저 때문에 잘못됐어요. 이젠 아무것도……."

"울지 마."

로잘리는 어머니처럼 달래주었다.

"자책하지도 마. 잘못된 일이 뭔지 몰라도 우리가 다 제대로 되게 해줄게."

"불가능해요."

미라가 훌쩍거리며 고개를 들었을 때 랜드 버클리의 구릿빛 얼굴이 눈으로 들이닥쳤다. 그의 개암나무빛 눈동자는 전처럼 야만적이고 매서웠다. 그녀가 놀란 토끼처럼 공포스레 몸을 떨었다.

"무슈."

이제 곧 그 매력적인 얼굴에 험악한 분노가 나타나리라 예상했다. 하지만 화난 것처럼 보이진 않았다. 오히려 상냥해 보이기까지 했다.

"미레이유 저멩, 이럴 수가."

커다란 손이 강하고 따뜻하게 그녀의 어깨로 내려왔다. 다음 순간 미라의 상태가 이성적으로 대화할 수 없을 것 같자, 그가 살짝 어깨를 토닥여주고 나서 아내에게 시선을 돌렸다. 일단은 점점 늘어나는 구경꾼들로부터 아내를 보호해야 했다.

"로즈, 마차 안에서 얘기하는 게 어떻겠소?"

그리곤 로잘리의 귀에 속삭였다.

"미레이유가 색빌 장원에서 뭐하는 건지 알아보시오. 그보다 더 중요한 건…… 그놈이 어디……."

"기욤에 대해선 나중에 물어볼게요."

로잘리가 나지막이 되받았다.

"무슨 문제가 있나봐요, 랜드. 우린 이 애를 다그칠 게 아니라 도와줘야 한다구요. 그 오빠에 대해서는 나중에 물어봐도 돼요."

버클리에겐 기욤 저멩의 행방을 알아내는 게 무엇보다도 급선무였다. 하지만 눈물이 글썽거리는 로잘리의 얼굴을 쳐다보는 것만으로도 마음이 한없이 약해졌다. 욕설을 중얼거리며 그가 고개를 끄덕이고 두 여인을 마차 안으로 들여보냈다. 장원의 정면으로 돌아섰을 때, 그는 1층 창가에서 뚫어져라 지켜보고 있는 검은 머리의 남자를 알아차렸다. 그 남자의 손이 창틀을 갈퀴처럼 움켜쥐고 있었다.

몇 분 후, 로잘리가 마차 밖으로 나섰다. 남편의 부축을 받으며 미소 지어 보였지만, 걱정스런 표정이 역력했다. 그들이 천천히 걸음을 옮겼다.

"믿을 수가 없어요."

로잘리의 목소리가 너무 작아서 버클리는 더 바짝 귀를 들이댔다.

"5년이나 지난 후에 그 아이를 찾아내다니요."

"더 정확히 표현하자면 그 애가 우릴 찾아낸 거요."

로잘리가 성마르게 어깨를 으쓱였다.

"지금은 말장난할 때가 아니에요, 랜드."

"그럴 장소도 아니오. 길 한가운데 시시 색빌의 손님들이 즐거우라고 우리 사생활을 공개하고 싶진 않아. 조용한 응접실에 들어가서 얘기하자구."

"아직은 안 돼요."

로잘리는 남편에게 팔짱을 끼며 걱정스레 쳐다보았다.

"모든 일이 좀 혼란스러워요. 기분이 약간 묘해요, 그 젊은 여자가 미레이유라니……. 처음 만났을 때의 그 애 모습 기억나요?"

버클리가 무심하게 고개를 흔들었다.

"그냥 어린애였던 것 같아."

"지난 몇 년 간 그 애 생각을 많이 했어요. 내가 그 애 걱정을 하며 하던 일을 멈췄던 적이 얼마나 많았는지 당신은 아마 모르실 거예요."

"나도 그 오빠놈이 어디 있을까 생각하느라 똑같이 한 적이 많았소. 그놈은 어디 있다던가?"

"여보, 우린 기욤에 대해선 얘기 안 했어요. 그 애가 너무 상심한 상태라 무슨 말을 하는지도 거의 이해하기 힘들었는 걸요. 어떻게 된 일인지는 모르지만, 영국에 처음 도착해서 런던 동부에 잠시 살았던가봐요."

그녀가 몸서리를 쳤다.

"생각만으로도 끔찍해요, 미레이유가 그런…… 그런……."

"소굴."

"그래요. 하지만 랜드…… 상황이 훨씬 더 복잡해요. 지금 내가 하려는 얘기는 그 정도가 아니에요.”

“어서 들어야겠군.”

“내 생각에…… 그러니까…… 그 애가 지난 2년 간 색빌 경의 정부로 지냈던 것 같아요. 확실하게 인정하진 않았지만…….”

“맙소사.”

로잘리는 병아리를 보호하려는 어미닭처럼 자세를 곧추세웠다.

“랜드 버클리, 비난의 말은 하지 마시길 바래요! 살아남기 위해 어쩔 수 없었던 거라구요. 당신도 한때 날 똑같은 상황으로 만들었잖아요……. 결혼하기 전 삼 개월 동안 내가 당신 정부였던 거 기억하시죠?”

랜드는 움찔하며 그녀의 입을 틀어막으려는 듯 손을 올렸다.

“그건 이 경우와 다르잖소. 난 당신 나이의 두 배 이상도 아니었고…….”

“이 일에 나이가 무슨 상관인가요?”

“로즈, 당신의 도덕관념은 가끔씩 편리하게 뒤바뀐다오.”

“제발요, 여자 혼자서 남자의 보호도 없이 어떻게 살아야 했을까를 생각해 보세요. 나도 전에 그런 상황이었을 때 죽도록 무서웠어요. 어쨌든 그건 미레이유가 극복한 것 같은데, 상처를 입은…….”

“상처? 무슨 상처?”

속물스런 태도에도 불구하고, 버클리는 동정심을 지닌 남자였다. 그의 목소리가 다소 부드러워졌다.

“아직은 잘 모르겠어요. 하지만 미레이유에게 휴식과 관심이 필요한 건 분명해요. 그렇게 자신감 강한 아이였는데……. 지금은 내 눈을 제대로 쳐다보지도 못해요. 절망에 빠져버린 것 같아요. 얼마나 상심했는지 색빌 장원에 다시 들어가지도 않겠대요. 그 애 물건을 어떻게 갖고 나와야 할지…….”

“잠깐, 잠깐. ‘그 애 물건을 갖고 나온다’가 무슨 뜻이오?”

“랜드.”

그녀가 애원하듯이 그를 바라보았다.

“그 애가 프랑스에서 나한테 얼마나 잘해줬는지 아시죠? 나에게 위로가 필요했을 때 유일하게 친구가 돼줬던 아이예요. 내가 아플 때도 보살펴줬구요……. 그 호의를 이제 보답하고 싶어요.”

“워릭셔로 데려가고 싶다 그 말이군.”

그가 체념적으로 중얼거렸다.

“5년 전에는 당신도 반대하지 않았잖아요. 그때 그 애를 우리와 같이 살게 해주겠다고 하셨잖아요.”

버클리의 눈이 허공으로 향했다.

“제기랄, 당신은 뭐 하나 잊어버리는 게 없군……. 그래, 그 말은 아직 유효하오.”

그녀가 그의 손을 부여잡았다.

“오, 랜드, 당신 정말 멋있어요…….”

“찬사를 늘어놓기 전에, 내가 기욤에 대해서 확실하게 물어볼 거라는 점만 명심하시오.”

“물론이죠, 사랑하는 서방님.”

“내가 당신한테 너무 관대한 것 같아.”

그의 투덜거림이 그녀의 화사한 미소를 불러일으켰다.

“한 가지 더 부탁드릴 게 있어요. 지금 그 애를 워릭셔로 데려가도 될까요?”

“지금?”

랜드가 진심으로 불쾌한 듯 눈살을 찌푸렸다.

“사냥도 안 하고?”

“미레이유를 달리 어떻게 할 수가 없어요. 색빌 영지에서 단 하루도 있으려 들지 않을 거예요. 어차피 내가 사냥을 좋아하는 것도 아니잖아요.”

"당신이 나만 남겨두고 여기서 돌아가버리면 남들이 어떻게 볼지 생각해봤소?"

"남들 시선에 신경 썼으면, 당신은 애초에 나랑 결혼하지도 않았을 거예요."

로잘리가 그의 손등을 부드럽게 어루만졌다. 그녀만이 할 수 있는, 그를 달래는 방법이었다.

"나도 당신과 떨어져서 자야 한다는 게 싫어요. 하지만 당신이 돌아올 때를 고대하며 기다릴 거예요."

그녀가 발끝을 들어 그의 귀에다 소곤거렸다.

"… 당신이 돌아오셨을 때 다 보상해 드릴게요. 약속해요."

"어떻게?"

버클리는 구체적인 사항을 알고 싶어했다. 그리고 그녀는 미소지으며 그의 귀에 몇 마디를 더 소곤거렸다. 그리고 그가 더 이상 반대하지 않는 걸 보면, 그녀의 약속이 꽤나 마음에 들었던 모양이었다…….

7

초록의 돌집들과 울창한 숲으로 둘러싸인 버클리 장원은 환상적인 그림과 같았다. 하늘을 찌를 듯한 뾰족탑들 밑으로 깔끔한 총안들과 동그란 아치들이 자리잡았다. 토끼풀 모양의 창문들과 홈이 새겨진 기둥들이 유쾌한 분위기를 자아냈다. 로잘리와 같이 하인의 안내를 받아 홀로 들어섰을 때, 미라는 외부 장식보다 내부가 훨씬 아름답다는 걸 알게 되었다. 노란 대리석과 반짝이는 마호가니, 청동 난간들, 화려한 액자의 초상화들…….

"레이디 버클리!"

가정부로 보이는 통통한 여자가 그들에게 다가왔다.

"예정보다 일찍 돌아오셨군요."

"예상치 못한 일이 있어서……."

문득 그레이슨 부인 뒤에 선 눈물로 범벅이 된 하녀의 얼굴을 알아차리며 로잘리가 눈살을 찌푸렸다.

"넬, 왜 울었니?"

"저한테 벌받고 있는 중이었어요. 일은 안 하고 하루종일 잡담으로 시간을 보냈거든요."

그레이슨 부인이 대신 대답했다.

로잘리는 축 늘어진 그 하녀의 모습이 안쓰러운 듯 부드럽게 나무랐다.

"지난번에도 그런 꾸중을 들었잖아, 넬. 지금은 손님을 대접해야 하니까 나중에 다시 얘기하자."

"네, 마님."

그 하녀가 의기양양해하는 가정부를 흘깃 째려보았다.

나중에 미라가 알게 된 바로는, 그레이슨 부인이 엄격하고 유능한 가정부임에도 버클리 장원이 매끄럽게 돌아가는 데에는 로잘리의 역할이 대단히 중요했다. 수많은 문제들을 결정하고, 하인들 간의 불화를 노련한 사교술로 해결했다. 로잘리는 자선활동에 적극적으로 참여하고 이웃이나 친척들과의 친분을 유지하면서도 아이와 많은 시간을 함께 보냈다. 무엇보다도 그녀는 남편의 필요를 최우선적으로 보살폈다. 힘들고 피곤할 때조차 그녀의 목소리는 커지거나 날카로워지지 않았고, 태도도 항상 부드러웠다. 그 모든 일을 어떻게 해낼 수 있는 걸까?

소작인들과 하인들도 문제가 생겼을 때 로잘리에게 먼저 찾아오곤 했다. 동정적이고 이해심이 많을 뿐 아니라, 남편에게 영향력을 행사할 수 있음을 알기 때문이었다. 친척들과 손님들도 늘상 그녀의 관심을 받고 싶어했다. 물론 랜드 버클리가 대단히 보호적이고 질투심 많은 남편이었기 때문에 신중할 필요는 있었다. 그는 자신이 로잘리의 가장 첫번째 관심이 되어야 하며, 그들의 시간을 방해하는 누구도 참지 않겠노라는 걸 분명히 밝혀두었다.

이제 하인 하나와 두 명의 하녀들이 서로 로잘리에게 먼저 말하려고 몰려들었다.

“미레이유, 미안하지만 몇 가지 처리해야 할 일이 있는 모양이야. 그 동안 응접실에서 차 한 잔 마시고 있겠니?”

하녀에게 차를 내오라고 지시한 다음 로잘리가 미라를 작은 방으로 안내해갔다. 천장에서 스핑크스와 그리핀(독수리의 머리와 날개에 사자의 몸을 한 괴물)들이 미소나 찌푸린 표정으로 내려다보는 곳이었다.

“정말 아름다워요.”

작은 방 안은 섬세한 치장벽토와 장밋빛 대리석으로 꾸며졌다. 폭신한 의자들이 기둥모양의 벽난로 앞에 자리잡았고, 금테를 두른 조각들이 사방의 벽을 장식했다. 미라의 칭찬에 로잘리가 환하게 미소지었다.

“고마워. 결혼한 지 얼마 안 됐을 때 지인 중 하나가 이 집을 디자인 해줬어, 스태퍼드 공작이.”

“알렉 포…… 포크너요?”

미라가 더듬거렸다. 방금 전까지 그리도 매력적이던 이 집이 갑작스레 함정처럼 느껴졌다.

“너도 그 사람 얘기 들어봤어?”

로잘리가 창으로 걸어가 커튼을 조절했다.

“네……. 그분과…… 친하게 지내시나요?”

“그렇진 않아.”

생각에 잠겨 로잘리의 이맛살이 살짝 찌푸려졌다.

“더 친하게 지내야 하긴 하는데……. 이 집을 디자인해준 것도 그렇고, 원래 포크너 가와 사이가 좋거든. 포크너 경을 몇 번 만난 적이 있는데, 유쾌하고 예의 바른 사람이었어. 랜드도 마음에 들어하고. 하지만 왠지 불안정한 사람 같아. 어떻게 설명해야 할지 모르겠지만…….”

그녀가 말을 멈추고 미라에게 미소지었다.

“하여튼 그 사람을 여기서 만날 일은 없을 거야.”

미라가 불안하게 고개를 끄덕였다.

“레이디…….”

"그냥 이름으로 불러."

"네, 로잘리. 절 여기 데려와 주신 거 감사드리고 싶어요. 정말 감사해요. 잠시만 신세질게요. 오래 있진 않을 거예요."

"미레이유, 떠날 생각은 하지도 마."

로잘리가 보다 침착한 어조로 말을 이었다.

"얼마 있으면 겨울이 닥칠 거야. 그럼 버클리 가문의 절반쯤이 이리로 이사온단다. 넓은 집인데다 난방시설이 잘 돼 있거든. 조금 북적거리긴 하겠지만, 너도 즐겁게 지낼 수 있을 거야. 우리 집에 손님 하나 더 머문다고 해서 달라질 거 없어……. 그러니까 맘 편하게 지내. 그래 줬으면 좋겠어. 전에는 네가 날 보살펴줬잖니……. 나한테 보답할 기회를 줘."

미라의 시선이 밑으로 떨어졌다.

"그런 말씀 마세요. 프랑스에서의 그 일을 잊을 수 없는 걸요. 제가…… 당신을 배신했잖아요……."

"일부러 그런 게 아니잖니. 알고 그런 것도 아니고."

로잘리가 입술을 깨물며 한탄스레 문을 쳐다보았다.

"이 얘긴 나중에 하자. 지금은 네가 여기 있는 것만으로도 기뻐. 아, 차를 가져왔구나……. 금방 돌아올게."

바스락바스락 비단 소리와 은은한 향기를 풍기며 로잘리가 방에서 나갔다.

미라는 수놓아진 의자에 앉아 찻잔을 집어들고 창 밖 풍경을 응시했다. 햇살이 양탄자와 가구의 색을 바래게 할 텐데도 로잘리는 방마다 햇살을 한껏 들여보내는 습관이 있었다. 프랑스에서도 그랬었다. 대개의 사람들이 커튼 드리워진 부드러움을 선호했지만, 로잘리는 다른 사람들의 취향에 따라가는 타입이 아니었다.

그녀의 시선이 주위를 둘러보았다. 알렉의 기발한 아이디어들이 눈에 띄었다. 중앙 홀의 그리핀들이나, 이 방의 폐쇄된 벽장들, 중국 새들로 꾸민 장식, 창문 가장자리에 늘어선 거울들……. 얼마나 아이러니한가. 그를 피해 달아나려 했는데, 그가 창조해낸 공간으로 도망쳐왔으니.

그녀는 로잘리가 왜 알렉을 불편하게 여기는지 잘 알았다. 로잘리는 말과 의미가 다른 그런 사람들보다 랜드 버클리처럼 솔직하고 직선적인 남자에게 익숙해 있었다. 게다가 알렉은 로잘리에게 편안한 느낌을 전하기에는 너무나 극단적이었다. 너무 잘생겼고, 전혀 예측할 수가 없고, 대단히 민감했다. 그런 남자를 사랑하는 여자가 바보였다. 그녀의 뺨으로 눈물이 흘러 찻잔으로 똑 떨어졌다. 미라는 잔을 내려놓고 손수건을 찾아 더듬거렸다.

"오늘 이후로는 울지 말기로 해."

문가에서 로잘리의 목소리가 들려왔다.

"이렇게 빨리 끝나셨어요?"

"사소한 일들은 나중으로 미뤘어. 하인들한테 널 공주님처럼 받들라고도 얘기했단다."

"저처럼 공주 역에 어울리지 않는 사람도 없을 거예요."

씁쓸하게 중얼거리며, 설탕 한 스푼을 차에 넣고 불안정하게 휘휘저었다.

"저에 대해서 잘 모르시잖아요, 제가 어떤……."

"알아."

로잘리가 부드럽게 대꾸했다. 미라의 손이 멈칫했다.

"프랑스에 있을 때 기욤이 랜드에게 많은 얘길 했었어…… 우리가 헤어지기 전에. 네 엄마에 대해서도 알고 있어. 너의 배경과 자라난 과정도."

"아신다구요?"

미라가 경악스레 얼어붙었다.

"그런데도 절 여기 두시려는 거예요?"

“오, 미레이유…….”

로잘리가 의자를 가까이 끌어당겨 앉았다. 그녀의 얼굴에 연민과 애정이 담뿍 담겼다.

“난 어릴 적에 내가 과자점 주인과 가정부의 딸인 줄 알았어……. 교육을 받긴 했지만 가끔 막일도 해야 했지, 마루를 닦고 쓰는 것 같은……. 그래서 가질 수 없는 걸 바라는 게 어떤 기분인지 알아. 그런데 네 나이쯤 됐을 때, 내가 귀족 여인과 가장 이름난 멋쟁이 사이에서…….”

“보 브럼멜 말씀이세요?”

“그래, 브럼멜. 그 사람이 내 아버지야. 하지만 그렇다고 달라질 건 없더구나, 과자장수 딸보다 나을 게 없었어. 부모가 어떤 사람이든 상관없어…… 난 여전히 똑같은 나였어. 지금 사람들은 날 레이디 버클리로 생각해, 물론 내 과거를 수군거리는 사람들도 있지. 하지만 그들 중 어느 누구도 내가 한때 느리다고 꾸중들을까봐 겁내하면서 석탄 양동이를 들고 계단을 오르락내리락했다고 믿는 사람은 거의 없어. 이렇게 인생이 완전히 바뀔 수 있는 거야. 너도 그럴 수 있어.”

“하지만 과자장수의 딸과…… 전 전혀 달라요. 전…….”

미라의 얼굴이 새하얗게 창백해졌다.

“전 창녀의 딸이에요. 훨씬 더 비천한…….”

“그런 소리 마.”

로잘리의 푸른 눈동자가 번득이며 그녀의 얼굴이 딱딱한 상아처럼 굳어졌다.

“다시는 그런 말 하지 마. 나한테건, 랜드에게건, 누구에게건. 너의 미래가 거기 달렸어, 알겠니?”

미라는 고개를 흔들었다.

“무슨 말인지 모르겠어요. 저한테 무슨 미래가…….”

“아름다운 미래가 있어. 내가 그렇게 만들 거야.”

미라의 당혹스러움을 지켜보며 그녀의 어조가 더 부드러워졌다.

"우린 영리하고 신중해야 돼. 나만 믿어. 스캔들에서 살아남는 방법을 나보다 더 잘 아는 사람이 누구겠니. 랜드와 결혼하고 나서 2년간……. 하여튼 대단했어. 넌 몇 달 간 조용히 있기만 하면 돼, 색빌과의 소문이 가라앉을 때까지……."

"그렇게 안 될 거예요."

"될 거야. 소문이란 새로운 지극이 없으면 결국 잊혀지게 돼 있어. 그때 내가 널 전혀 다른 여자로 사람들 앞에 데리고 나갈 거야."

"맙소사, 무슨 말씀이세요?"

미라가 공포스레 되물었다.

"널 랜드의 피후견인으로 만들 거야. 미레이유 저멩……, 프랑스의 아주 오래되고 존경받는 가문에서 자라난 젊은 아가씨가 꽤 괜찮은 지참금을 들고 버클리 가의 보호 아래로 들어온 거야."

"전 지참금 같은 거 없어요."

"물론 있어……. 내가 대줄 거니까."

"그런 건 못 받아요. 게다가 그 얘기의 허점을 수백 명…… 수천 명이 찾아낼 거라구요."

"하지만 넌 아주 연기력이 뛰어나잖니. 대부분의 사람은 눈으로 본 것만 믿을 거야."

"색빌 장원에서 절 본 사람들은 어쩌구요? 그들이 절 기억할 거예요. 제가 프랑스 귀족이 아닌 거 모두 다 안다구요."

"그건 사소한 문제야……."

"아주 큰 문제예요!"

"하지만 랜드가 그럴 듯한 거짓말을 생각해줄 거야. 색빌한테 딴 얘기 못하게 설득할 수도 있고. 랜드는 아주 설득력이 좋거든."

"다른 문제도 있어요."

알렉의 모습이 떠올랐다. 웃음을 보내던 눈동자, 부드럽게 키스해주던 그 입술. 그 사람 외의 다른 남자는 원치 않았다. 다른 남자의 여자가 된다는 건 생각만으로도 참을 수 없었다.

"전 남편을 얻고 싶지 않아요, 굴뚝 청소부든, 영국의 왕이든, 그 누구도요. 그러니 애써 노력해서 거짓말하고 꾸며낼 필요가 없어요. 그게 다 저한테 남편을 만들어주려는 거지만, 제가 그걸 원치 않아요."

"뭐라고?"

로잘리의 눈이 휘둥그레졌다.

"싫을 리가 있니! 혼자 있고 싶지 않잖아?"

"혼자 있고 싶어요."

"그럴 리 없어. 넌 그렇다고 생각할지 몰라도 진심은 아닐 거야."

로잘리는 독신의 단점과 결혼생활을 장점을 줄줄이 설교해주고 싶었지만, 미라의 완강한 표정을 보며 지금 당장은 그만두기로 했다.

"더 이상 얘기하지 말자. 설득할 시간이 몇 달쯤은 있으니까……."

"제 마음은 안 변해요."

"피곤해 보이는구나. 한두 시간 낮잠 자고 나서, 크리스천과 같이 정원으로 산책 나가자."

"쉴 수 있을지 모르겠어요. 생각할 게 너무 많아요."

미라가 지친 한숨을 내쉬었다.

"한 가지만 생각해. 여기서 지내면서 너의 예전 모습을 찾아가는 거. 전에는 얼마나 열성적이고 생기 넘치는 아이였니. 너만큼 활기차게 인생으로 돌진하는 사람은 본 적이 없었어."

"제가 항상 문제를 몰고 다닌 건 기억나요."

"적어도 그건 변하지 않았어."

로잘리의 낙천주의에 맞서봤자 소용없는 짓이었다. 참나무 가구에 전반적으로 하얀색과 푸른색으로 장식된 침실에 들어서자 미라의 기분이 약간쯤 밝아졌다. 햄프셔에서 가져왔던 그녀의 옷가지는 이미 옷장에 가지런히 걸려 있었고, 액세서리들도 참나무 상자에 깔끔하게 정돈되었다. 무심하게 서랍 손잡이를 만지작거리며 나머지 부분들도 둘러보았다. 화장대 위의 상아 손잡이가 달린 빗, 돌 벽난로 선반 위에 놓인 백랍 단지들. 이토록 상쾌한 환경에서 잠들기란 그리 어렵지 않았다. 한두 시간 후에 깨어났을 때는 평화롭고 안정된 기분마저 들었다.

시원한 10월의 공기를 맞으며 그녀는 로잘리와 같이 정원을 거닐었다. 로잘리의 어린 아들 크리스천이 앞에서 뛰어다녔다. 금발머리에 초록 눈동자, 동그란 얼굴과 튼튼한 다리를 지닌 사랑스런 아이였다. 두 여자가 정원길을 걷는 동안 아이는 쉴새없이 종종거리며 이따금씩 몇 가지 질문과 솔직한 의견을 재잘거렸다. 수십 가지 식물 이름을 줄줄이 외워대기도 했다.

"아이가 아주 영리하네요."

미라의 칭찬에 로잘리가 즐겁게 웃음지었다.

"아이 아빠도 그렇게 믿고 있어. 불행히도 버클리 가의 특징을 죄다 갖췄단다."

"그게 나쁜 건가요?"

"엄청난 시련을 예고하거든."

로잘리가 체념적으로 우아한 손을 흔들었다.

"버클리 가문 사람들은 아주 무모해. 그 조상님들 중에 산적이나 선동자, 하여튼 말썽을 일으킨 사람들이 수두룩했어…… 크리스천도 똑같은 전통을 따라갈 것 같아."

"하지만 버클리 경은 책임감이 강하시잖아요."

"오로지 내 영향력 덕분이야."

"결혼하신 후에 많이 변하신 것 같았어요."

미라는 프랑스에서의 버클리 경 모습을 떠올렸다. 지금보다 좀더 젊고 거칠고 성급한 청년이었다.

"크리스천이 태어난 후로는 특히 그래. 더 편안하고 부드러워졌
어…… . 전엔 사람들한테 꽤나 끔찍하게 으르렁댔었잖아."
'지금도 마찬가지예요.'
"그랬죠."
미라가 열의없이 대답했다.
"랜드와 난 전보다 더 가까워졌어. 남편의 바람기를 걱정하는 여자
들도 많지만…… 난 전혀 걱정 안 해."
"복 받으신 거예요."
미라는 작은 아이를 물끄러미 응시했다. 사랑해주는 남편, 사랑해줄
수 있는 아이…… . 로잘리와 같은 그런 사랑, 그런 안전함이 미치도록
부러웠다.
"너도 그렇게 될 거야."
미라는 태연스런 미소로 감정을 숨기며 어깨를 으쓱였다.
"그럴지도 모르죠."
지금 그 말을 부인하면 또 다른 강의를 들어야 할 테니까.
"혹시…… 사랑했던 남자 있었니?"
미라는 대답하기 전에 잠시 망설였다. 로잘리에게 거짓말하긴 싫었
지만 모든 걸 다 고백할 수도 없었다. 알렉 포크너가 그녀의 연인이었
다는 사실은 영원히 비밀이어야 했다.
"네."
"색빌 경이니?"
로잘리의 눈살이 당혹스레 찌푸려졌다.
"그건 말할 수 없어요."
"미레이유, 그 사람이 색빌 경이라면…… 아마 너한테는 아버지와
같은…… ."
로잘리가 말을 멈추고 한숨지었다.
"잘 모르는 일에 이렇다 저렇다 말할 수는 없겠지만, 사랑이란 너와

색빌 경보다 훨씬 더 공통점이 많은 사람들 사이에 일어나는 일이야.”

“사랑이 뭔지는 저도 알아요.”

미라의 눈앞으로 영상들이 스쳐지나갔다. 알렉이 넓은 가슴으로 안아줬을 때. 조롱 섞인 웃음으로, 분노나 혹은 사려 깊음으로 그의 눈동자가 반짝였을 때. 모든 사람들에게 숨기고자 했던 그 연약함의 흔적이 나타났을 때. 그리고 그녀를 바라볼 때의 그 덫에 걸린 듯 굶주린 표정.

‘아, 알렉. 왜 날 떠나게 내버려뒀나요?’

“나 혼자만의 감정이었지만, 내 안에 아무것도 남지 않을 만큼 깊이 사랑했어요. 다시는 그런 사랑 못할 거예요.”

“그런 확신을 하기엔 넌 아직 어려. 집시들이 뭐라고 하는지 알아? 남자와 여자는 하나의 존재에서 떨어져나온 반쪽이래……. 제각각 서로의 반쪽, 운명이 정해준 사람을 찾아헤매는 거래. 색빌을 너의 운명으로 생각한다면…….”

“색빌 경이라고 말한 적은 없어요…….”

“그래, 네가 사랑했다는 그 남자. 그 사람이 너의 운명이라면 결국에는 함께 하게 될 거야. 그게 아니라면, 너의 반쪽이 어딘가에서 널 찾아헤매고 있을 테고.”

“시즌이 시작되길 기다리면서요?”

“그래.”

로잘리가 웃음을 터트렸다.

“네가 나타나길 기다리면서, 길고 외로운 겨울을 보낼 거야.”

“외롭게요? 왠지 그럴 것 같진 않아요.”

고통을 뚫고 갑작스런 분노가 치밀었다. 미라는 그걸 꽉 움켜잡았다.

슬픔보다는 분노가 더 견딜 만했다. 어쩌면 그걸 무관심으로 키워나갈 수도 있으리라. 알렉 포크너에 대한 감정에서 완전히 헤어날 수는 없을 테지만, 어떻게든 극복할 방법을 찾아볼 것이다.

"아침 식사 하실래요?"
"생각 없소."
최근 미망인이 된 조지아나 브래드번이 맨발로 아침 식사 테이블까지 걸어갔다. 강한 커피향이 침실을 가득 메웠다. 그녀가 날렵한 두 손을 사용해 정확한 동작으로 커피를 따랐다. 그 모습을 지켜보면서 알렉은 그녀의 모든 행동이 다 리허설을 거친 것 같다고 생각했다. 춤을 출 때도, 아양을 떨 때도, 커피를 따를 때, 심지어 사랑을 나눌 때조차도. 조지아나에게 놀라게 될 경우는 전혀 없었다.
그녀와의 대화도 마찬가지였다. 그의 의견에 반대하는 일이 거의 없기 때문이었다. 대개의 남자들은 완벽에 가까운 이 여자를 소유한다면 축복으로 여길 것이다.
그럼에도 조지아나의 그 완벽함에 알렉은 점점 더 지루해지기 시작했다. 그가 침대 머리맡에 어깨를 기대고 허리춤으로 이불을 끌어당기며 일어나 앉았다.
"가리지 말아요."
조지아나가 커피를 홀짝이며 침대 가장자리에 내려앉았다.
"당신을 보고 싶어요."
그녀는 관능적인 몸매와 금발머리, 창백한 안색에 귀족적인 태도를 지닌 아름다운 여자였다.
그녀가 기대하는 바를 알기 때문에, 알렉은 그녀의 손을 잡아 손바닥에 입술을 눌렀다.
"항상 그렇듯이, 당신의 침대를 떠나는 게 내키지 않는다오."
그녀가 가볍게 웃었다.
"항상 그렇듯이, 나도 당신을 보내주고 싶지 않아요. 아주 황홀한 연인인 걸요."

“나의 공연이 당신 기대에 부응했나보군.”

한순간 조지아나의 고양이 같은 미소가 흔들렸다.

“내가 바라던 이상이었어요. 당신과 함께 있을 때면 당신하고 가까워진 느낌이에요. 남편한테는 그런 적 없었는데……. 당신은 쉽사리 내 마음과 영혼을 매만져줘요. 사랑을 나눌 때마다 점점 당신 여자가 되어가는 것 같답니다.”

알렉의 회색 눈동자가 가늘어졌다. 조지아나는 설득력 있는 연기를 해내고 있었다. 정직하기 그지없는 표정으로 진심인 척 말하고 있었다. 하지만 그녀의 얼굴에 진짜 생각을 노출시키는 기대감 같은 것이 서렸다. 알렉의 아내가 되겠다고 결심한 모양이었다. 물론 사랑 때문은 아니었다. 그에게는 그런 믿음을 심어주려 하지만, 그녀의 빚이 산더미처럼 늘어나 빚독촉에 시달린다는 건 잘 알려진 사실이었다. 지금 상태로는 그가 청혼할 때까지 기다릴 여유가 없는 것이다. 그녀의 얼굴과 몸매가 매력적이긴 해도 그런 것들은 방탕한 생활방식으로 인해 금세 시들어갈 것이다. 그녀는 술을 너무 많이 마셨고 파티와 도박에 너무 많은 시간을 소비했다……. 늙은 남편이 죽기 전이나 후나 마찬가지로.

“조지아.”

그는 그녀가 싫어하는 이름을 사용했다.

“내가 당신 빚을 청산해주면 어떻겠소?”

“왜 갑자기 그런 말을 하는 거예요?”

그녀가 눈을 감고서 커피를 깊이 들이켰다.

“게임은 그만두자구.”

알렉이 부드럽게 말했다.

“당신이 나에게 선물 받기를 거절하는 이유나 지금의 내 제안을 거절하는 이유는 똑같을 거요……. 나의 정부 이상인 척하고 싶어서.”

“난 당신의 정부가 아니에요! 당신 연인이에요.”

조지아나가 발딱 일어나며 소리쳤다.

"조지아, 난 누구와도 결혼할 마음이 없소, 그럴 필요도 없고. 당신 마음대로 생각해도 좋아, 내 연인, 정부, 친구. 하지만 사실 우리의 관계는 갈 데까지 갔소. 한계에 도달했다는 뜻이오……. 그러니 이 상황을 이용해서 절대 받지 못할 나의 청혼을 기다리지는 않는 게 나을 거요. 당신은 결코 스태퍼드 공작부인이 되지 못하오. 하지만 내 정부로서 충분한 이득을 챙길 수는 있소. 내가 관대하게……."

"제발, 제발 그런 말씀 마세요."

그녀의 하늘색 눈동자에 그렁그렁 이슬이 맺혔다.

"어쩜 그렇게 잔인하게……."

"눈물에 의지해봤자 소용없소. 난 그런 것에 면역이 된 사람이오."

"나쁜 자식."

조지아나의 눈물이 금세 말라붙었다. 그에게 차가운 시선을 쏘아보낸 다음, 화장대로 걸어가 앉았다. 거울 속 그녀의 시선을 마주보면서 알렉이 살짝 미소지었다.

"마침내 진짜 조지아가 모습을 드러내셨군."

그가 머리 뒤로 두 팔을 엮었다.

"갑자기 당신이 더 매력적으로 보이는걸."

"당신이 경멸을 보내는 여자만 좋아하기 때문이겠지. 당신한테 상냥하게 구는 여자한테는 홍미를 못 느끼는 타입이니까."

"난 진짜 모습을 보이는 여자들을 좋아하오."

그는 두터운 속눈썹을 내려 눈 속의 감정을 숨겼다.

"솔직한 여자, 침대에서 연기하지 않는 여자, 그런 여잔 찾기가 힘들어."

조지아나가 긴 금발머리를 거칠게 빗어내렸다.

"당신네 바보 같은 남자들은 우리 같은 여잘 좋아하지 않아요. 매번 처녀만 원해요."

알렉이 씨익 웃었다.

"처녀가 아니면서도 처녀처럼 굴고 싶어하는 여자들에게서 날 구해주소서."

문득 불쾌한 기억이 되살아난 듯 그의 즐거움이 순식간에 사라졌다.

"진짜를 겪고 나니 모조품은 참기가 힘드는군."

"그게 누구죠? 그 여자가 진짜 처녀던가요, 진짜 레이디던가요?"

조지아나의 날카로운 목소리가 알렉의 생각을 현재로 되돌려놓았다.

"둘 다였소."

알렉의 손이 무심결에 가슴을 만지작거렸다. 너무 오랫동안 포크너가의 메달을 걸고 다녔던 탓인지 아직까지도 그게 없다는 걸 자주 잊어버렸다.

"아직 내 질문에 대답하지 않았잖소? 당신 빚을 나한테 맡기겠소?"

"시시한 대금이나 지불해주는 게 당신 제안의 전부인가요?"

"내가 알기로 그건 시시한 대금이 아닐 텐데. 하지만 선물도 주겠소……."

"에메랄드."

"다이아몬드."

현재 최고가 보석 중 하나를 원하다니 정말 욕심이 대단한 여자였다. 알렉은 나른하게 침대에서 일어나 기지개를 켰다.

"오늘 아침 대단히 즐겁긴 했지만 에메랄드 정도의 가치는 없어."

"내 가치를 당신에게 증명해 보여야겠군요."

그녀가 천천히 그에게 다가오며 그의 벌거벗은 몸매를 훑어보았다.

"이제 곧 나한테 에메랄드를 주겠다고 애원할 거예요……."

조지아나가 매혹적으로 잠옷을 떨어뜨렸다. 알렉의 회색 눈동자가 그녀의 나신에 머물렀다. 그런 다음 씁쓸하게 미소지으며 짜증스러울 만큼 태연스레 그녀의 이마에 입을 맞췄다.

"이젠 끝났소, 조지아. 더 이상 여기 찾아오지 않겠소. 하지만 초대해줘서 고맙긴 하군……."
"나쁜 자식."
그녀가 잠시 노려보다가, 어깨를 으쓱이며 돌아섰다.
"그럼 다이아몬드를 받겠어요."

버클리 가의 마당에는 어마어마한 양의 음식들이 테이블 위에 쌓여
있었다. 쉴새없이 고기와 햄이 부엌에서 옮겨지는 동안, 엄청난 인원
들이 푸딩과 빵, 다른 요리들을 먹어댔다. 버클리 가에서 한 달을 보낸
지금에서야 미라는 그들의 웅장한 스타일에 적응이 되었다. 그럼에도
오늘의 이 연회규모에는 경악하지 않을 수 없었다. 하루종일 이런 식
으로 연회를 베풀다가 저녁 때 불꽃놀이로 막을 내릴 것이다. 영지의
소작인들과 주변 마을의 주민들을 위한 파티였지만, 지역의 신사들도
함께 음식을 즐기기 위해 몰려들었다.
"천 명도 넘겠어요."
미라가 백조털로 만든 토시에 두 손을 파묻으며 중얼거렸다. 차가운
바람으로 인해 그녀의 볼이 발그레하게 붉어졌다.
"해가 갈수록 사람이 더 늘어나는 것 같아."
지나는 사람들에게 고갯짓으로 인사를 전하며 로잘리가 대꾸했다.
"그래도 어떻게 온 사람들을 돌려보내겠어? 대부분이 한 해 동안 열
심히 일한 주민들인걸. 그들에게 즐거운 시간이 되길 바랄 뿐이야."
"버클리 가의 소작인들은 영국에서 제일 배부르고 만족스러울 거예
요."
"랜드는 그들을 위해 좀더 많은 일을 해주고 싶어해. 의회에 참석할
까도 생각중이야. 선박회사가 자리를 잡았으니, 새로운 도전을 해보고
싶은 모양이야. 그 점은 나도 반가워, 정치에 관심을 쏟다보면 나의 작
은 비밀을 알아채지 못할 테니까."
미라가 호기심어린 시선을 던졌다.

"그분에게 숨기는 것도 있으세요? 두 분이 어디든 함께 다니시는 것 같던데요."

"맙소사, 그럼 얼마나 재미없겠어. 아니야, 랜드가 내 행동 하나하나까지 다 알진 못해."

"정확히 어떤……?"

미라가 문득 말을 멈추며 웃었다.

"아뇨, 물어보지 않을래요."

"아무한테도 얘기 안 하겠다고 약속하면 말해줄게."

로잘리는 주위를 살며시 둘러보고 나서 목소리를 낮췄다.

"내 아버지 브럼멜이 지난 몇 년 간 프랑스에 추방돼 있었던 거 알지? 여기서 너무 많은 빚을 졌기 때문에……. 물론 부유하고 권력 있는 친구들이 아직 많긴 하지만, 돈에는 자제력이 없어서 말이야. 낭비벽을 어쩔 수가 없나봐. 그러면서도 자존심 때문에 나한테는 돈을 받으려 하지 않아."

"도와주고 싶은데도 그럴 수 없으면 아주 속상하시겠어요."

"그래……. 하지만 남자의 자존심은 상처받기가 쉬워. 어떤 면에서는 남자가 여자보다 훨씬 여리거든."

로잘리가 한숨을 내쉬었다.

"여러 가지 이유로, 남편과 내 아버지는 서로를 아주 싫어해. 두 사람이 동의하는 건 내가 브럼멜과의 관계를 인정하지 말아야 한다는 것뿐이야. 하지만 그분은 내 아버지잖아! 내 친아버지야. 난 그걸 잊을 수가 없어."

"그러시겠지요."

미라가 중얼거렸다.

"그래서 은밀하게 도울 방법을 찾아봤어. 아버지나 랜드에게 의심받지 않는 한도 내에서 그분의 빚을 익명으로 갚아드렸어."

"브럼멜 가에서는 왜 도와주지 않나요?"

로잘리는 역겨운 듯 고개를 흔들었다.

"돈과 영향력이 있을 때는 달라붙었으면서, 이젠 그분을 수치스럽게 여겨. 그런 사람이 아예 없는 것처럼 행동해. 당연히 내 존재도 없는 것처럼 굴고……. 그러니 그들에게 도움을 기대할 수는 없어."

로잘리의 입술에 흐릿한 미소가 서렸다.

"미레이유, 사실 아버지가 영국에 두 번 찾아왔었어, 단 몇 시간 정도였지만. 그때 남편 모르게 그분을 만났어. 랜드가 알면 못 가게 할 테니까……."

"그러실 리 없잖아요."

아내가 진심으로 바라는 일을 버클리가 거절했을 리 없었다.

"글쎄, 막지는 않았겠지……. 하지만 자기도 같이 가겠다고 나섰을 거야. 그럼 어떻게 되겠어? 랜드가 뒤에서 험악하게 노려보고 있는데 쉽사리 흥분하는 아버지하고 무슨 대화를 나눌 수 있겠니?"

"무슨 뜻인지 알겠어요."

그들은 고개를 절레절레 흔들며 한탄스레 서로를 바라보았다.

"어제 아침에 연락이 왔어, 며칠 내로 영국에 온다고. 이번이 마지막일지도 모른대. 런던에 남아 있는 비밀 재산 건으로 변호사와 상의할 거래. 또 의상과 복식에 대한 책을 출판하기로 해서 그 건도 마무리지을 거래. 그런 분야에는 소문난 전문가잖아."

"버클리 경 몰래 어떻게 만나시려구요?"

"지난번하고 똑같이……. 런던에 사시는 어머니를 만나러 간다고 할 거야. 하지만 이번엔 혼자 가지 않는 게 낫겠어. 혹시……."

"저도 같이 가고 싶어요."

미라의 대답에 로잘리의 표정이 환하게 밝아졌다.

"고마워."

그녀가 흥분을 감출 수 없는 듯 눈을 감았다.

"이제 곧 아버지를 만나게 될 거야. 행복해서 죽을 것 같아. 그분을

뵌 지 너무 오래됐어⋯⋯. 잘 알지도 못하는 사람을 사랑하는 게 너한
텐 이상해 보이겠지?"

"아뇨."

미라가 입술을 깨물며 시선을 돌렸다.

"전혀요."

베드퍼드 저택에서 저녁 식사를 끝낸 후 손님들 모두 무도회장으로
옮겨갔다. 레이디 조지아나 브래드번과의 관계가 끝난 지금, 알렉은
런던에서 가장 바람직한 독신남 일 순위가 되어 있었다. 저녁 시간을
보내는 동안 그런 위치의 불편함을 점점 절실하게 깨달아야 했다. 주
위를 둘러볼 때마다 스무 명 남짓의 유혹적인 눈길들을 받아야 했다.
또한 애정생활이나 이 여자 저 여자에 대한 의견, 앞으로의 결혼 계획
이 포함되지 않고서는 단 한 번의 대화도 나눌 수 없었다. 최대한 그
포격을 막아내면서, 알렉은 겨울 내내 이런 식의 사냥감이 되어야 할
지 심히 걱정스런 심정이었다.

"시즌이 시작되면 더 심해질 거라오."

목소리 하나가 그의 생각을 중단시켰다. 멜버른 경의 총명한 눈동자
가 알렉을 바라보고 있었다.

멜버른 경은 솔직하고 편안한 웃음을 지닌 사내였다. 마음대로 생각
하고 생각한 대로 말하는 사람이지만 불쾌한 내용을 말할 때조차 밉살
스럽지 않았다.

"작살 박힌 고래한테 몰려드는 뱃사람처럼 모두들 당신을 따라다닐
거요. 당신이 일년 내로 결혼하는 데 내 재산을 걸 수도 있소."

"그보다 더 가치 있는 일에 재산을 거시지요."

알렉의 눈이 웃음기로 반짝거렸다.

"전 누구하고도 결혼할 마음이 없습니다."

"친애하는 친구, 선택의 여지가 있으리라 생각하오? 결혼할 마음이

있는 남자는 하나도 없지만, 조만간 그런 식으로 결판이 나버린다오. 빌어먹을 나 또한 결혼할 마음이 없었소. 그런데 어느 날 아침 깨어났을 때 내 옆에 누운 여자가 아내라는 걸 알게 됐소."

"그렇게 독신자로서의 유쾌한 꿈이 종결되는 건가요?"

"바로 그렇다오."

멜버른이 무슨 말인가를 하려다가 문득 알렉의 어깨 너머로 시선을 고정시켰다.

"맙소사, 저게 누구지? 흡사……."

알렉이 돌아서서 방금 방으로 들어선 남자를 쳐다보았다. 술잔에 감긴 그의 손가락이 경직되었다. 그는 멜버른에게 시선을 돌렸다.

"카 포크너로군요. 오랜 외유에서 돌아온 지 얼마 안 됐지요. 홀트의 동생으로, 스물두 살쯤 됐을 겁니다."

멜버른은 살짝 얼굴을 붉히며 고개를 끄덕였다. 평소 침착함을 잘 잃지 않는 그였음에도 카와 홀트의 흡사한 모습에 많이 놀란 듯했다.

"홀트와는 안면이 있었지만 그의 가족을 만나본 적은 없는지라. 홀트에게 저렇게 닮은 동생이 있는 줄은 몰랐소."

"카는 런던을 그리 좋아하지 않습니다. 항상 시골에서 책이나 읽는 걸 좋아했지요. 지금까지는 말입니다."

알렉이 인상을 찌푸렸다.

"이젠 인생의 유혹들을 경험하고 싶을 나이도 됐잖소. 여자, 도박……."

"내 생각에, 저 녀석이 런던에 온 이유는 그보다 더 복잡할 것 같군요."

알렉은 홀트의 시신이 무덤으로 들어가는 동안 카의 얼굴이 얼마나 무표정했었는지 기억했다. 스물두 살 때 홀트가 했던 식으로 똑같이 여행까지 갔다오고, 이젠 은둔생활을 버리고 홀트의 무모한 행동까지 본뜨려는 모양이었다.

“형의 자리를 대신하고 싶은가 봅니다.”

“의도적으로?”

“그건 모르겠습니다.”

카의 웃음소리가 들려오자 알렉의 어깨가 굳어졌다. 목소리도 홀트와 너무나 흡사했다. 피식 웃으며 농담을 떠들어대는 것도 그 당시의 홀트를 연상시켰다. 그것이 알렉에게 참을 수 없는 고통과 분노를 불러일으켰다.

이렇을 때 카는 항상 음흉한 녀석이었다. 초록색 눈동자와 매력적인 미소를 지닌 가족의 귀염둥이, 천사 같은 얼굴의 작은 장난꾸러기였다. 몰래 엿듣고 말해버리는 카의 습관 때문에 알렉과 홀트의 계획이나 비밀이 드러나버린 적도 여러 번이었다. 좀더 자랐을 때는 열심히 공부하는 학자로 변신했다. 엿들은 내용을 똑같이 암송하는 능력과 그 놀라운 기억력으로 보건대 그리 놀랄 일은 아니었다. 이제 어른이 되긴 했어도, 알렉은 홀트의 동생이 엉큼하고 믿지 못할 위인이라는 걸 잊지 않았다. 지금이라고 그리 변했을 것 같지도 않았다. 알렉이 대단히 싫어하는 부류가 있다면, 바로 신뢰하지 못할 위인이었다.

“그가 이쪽으로 오는군……. 당신과 얘기할 생각인 것 같소.”

멜버른이 알려주었다.

“이유를 모르겠군요.”

그들이 몇 년 간 얘기해본 적이 없으며, 홀트의 장례식에서조차 한마디도 나누지 않았음을 모르는 사람은 없었다.

“안녕, 알렉.”

카가 그들의 앞에서 멈춰 악수를 청했다.

잠깐의 인사를 끝낸 후, 멜버른이 한 걸음 뒤로 물러나 불편하게 두 남자를 쳐다보았다.

“무관심하다는 비난을 듣기 전에 아내에게 춤 한 곡 청해야겠소. 만나서 반가웠소.”

먼저 카에게 말하고 알렉에게 시선을 돌렸다.

"행운을 빌겠소."

"고맙군요."

알렉은 떠나가는 멜버른을 물끄러미 지켜보았다. 멜버른이 당황해하는 이유는 분명했다. 카와 자신 역시 겉으로 보기에 대단히 흡사하기 때문이리라. 그들 둘 다 포크너 가의 특성을 다분히 소유하고 있었다. 알렉처럼, 카도 검은 머리와 강하게 뻗은 눈썹, 구릿빛이 도는 피부에 완강한 턱을 지녔다. 하지만 카의 눈동자는 겨울날의 회색이 아니라 짙은 초록이었고, 몸집도 더 호리호리하고 작았다. 알렉의 단단한 힘에 비해 우아함을 더 많이 풍기는 외모였다.

"멋들어지게 차려입었군."

알렉의 시선은 사촌의 새로운 옷차림을 놓치지 않았다. 검은 머리를 단정하게 자르고, 요즘 유행하는 검정과 흰색, 담홍색으로 완벽한 조화를 이루었다. 책더미에 파묻혀 있던 헝클어진 청년의 모습과는 전혀 딴판이었다.

"당연히 그래 보여야죠."

카가 느릿하게 입을 열었다.

"이 빌어먹을 옷에 한 재산 단단히 날렸는 걸요."

"여행은 어땠나?"

알렉이 무덤덤하게 물었다.

"괜찮았어요. 아니, 견딜 만했어요."

알렉의 시선과 마주치자 그 초록 눈동자에 절망적인 기색이 스쳐갔다.

"끔찍했어요. 형과 얘기 좀 해야겠는데……."

"네 문제는 다른 사람하고 얘기해라. 우리가 서로 안 맞는다는 거 알잖냐……. 게다가 난 그리 동정심 많은 인물도 아니야."

"그래요, 그렇죠. 하지만 내 맘을 이해해줄 사람은 형뿐이에요."

그들에게 향해진 시선들을 의식하며, 알렉은 잠시 머뭇거리다가 고
개를 끄덕였다.

"엿듣는 사람들이 있어도 상관없다면야."

"그럴 만큼 가까이 있는 사람은 없잖아요."

카가 주위를 둘러보고 나서 알렉의 얼굴로 시선을 돌렸다.

"말해봐라."

"그건 여행도 아니었어요. 아무것도 눈에 들어오지 않고 아무 소리
도 안 들렸어요. 잠잘 수도 없었고요. 매일 밤 머리털을 쥐어뜯으면서
생각만 했어요. 해답 없는 질문이 날 괴롭혔죠. 아주 천천히 죽어가는
기분이었어요."

"홀트?"

알렉이 물었고, 카는 고개를 끄덕였다.

"네……. 이유라도 알면 형의 죽음을 받아들일 수 있었을 거예요.
하지만 왜 형이 죽어야 했는지 납득할 수가 없었어요. 이유를 알아야
겠어요, 찾아봐야 한다구요……. 왜 그렇게 쳐다보죠?"

"지나치게 심각한 것 같군. 네가 왜 이런 연극을 하는지 궁금하다."

"연극이라구요! 내가 형을 사랑했다는 걸 믿지 않는 거예요?"

"그래. 난 널 알아, 너와 홀트 사이가 어땠는지 알아. 너흰 거의 말
한마디 하지 않는 사이였어."

"형한테 말을 걸 수 없었어요."

카의 시선은 솔직하고도 진지했다.

"형이 두려웠어요. 아마 이해 못 하실 거예요. 평생 형의 완벽함을
따라가는 게 어떤 건지……. 형처럼 되려고 노력했는데 매번 실패만
했어요. 하지만 난 형을 사랑했어요. 형을 죽인 자가 누군지 알아내지
못하면 평생토록 괴로울 거예요. 노력이라도 해보지 않으면 영원히 평
화를 얻지 못할 거라구요. 지난 몇 달 간 내가 어땠는지……."

"알아."

알렉이 험악하게 가로막았다.

"하지만 단서가 없어, 실마리가 없다구."

"찾아봐야죠."

"그걸 캐본다고 해서 무슨 소용이란 말이냐? 그 일을 받아들이기까지 얼마나 오래 걸렸는데……."

"난 그 정도 수준까지도 가지 못했어요."

카가 비참하게 중얼거렸다.

"알렉, 홀트의 살인범을 찾아내야 해요. 도움을 청할 사람은 형뿐이에요. 형도 홀트를 사랑했잖아요……."

"빌어먹을."

알렉의 눈이 거칠게 번득였다.

"계속 그런 쓸데없는 말을 지껄이면 집어던져버릴 테다……. 아니, 결투라도 청해주랴?"

"미안해요."

카의 검은 머리가 밑으로 떨궈졌다. 그 모습마저 홀트의 기억들을 되살려놓았기 때문에 알렉은 이를 갈며 시선을 돌려버렸다.

"빌어먹을."

"지금은 그만할게요."

카가 나지막이 웅얼거렸다.

"난 굿맨 술집에 갈 거예요. 거기서 밤새 퍼마실 거예요. 나중에 술 마시고 싶으면 오세요. 사죄의 뜻으로 몇 잔 살게요. 이런 시간에 이런 태도로 형한테 얘기하지 말았어야 했어요."

알렉은 대답하지 않았다. 카가 터벅터벅 떠나가는 동안, 술잔을 내려놓고 수놓아진 테이블보만 노려보면서 되살아난 기억에 괴로워했다. 홀트는 언제나 반쯤 취한 상태로 알렉의 방에 예고도 없이 찾아들곤 했었다.

"나 왔어, 책임감 강하고 열심히 일하는 내 사촌."

홀트가 서류 한가운데 술병을 턱 내려놓으면, 알렉은 번져가는 잉크를 쳐다본 후에 화가 난 척 그를 노려보곤 했다.

"돈 뜯어내러 온 거면, 한 푼도 못 준다는 건 알아둬."

"어디 두고 보시지……. 하지만 돈 때문에 온 거 아니야."

홀트가 엄격한 수학 선생님마냥 손가락을 흔들어댔다.

"이 종이짝들에 네 정신이 혼미해지기 전에 구출해주러 왔어. 내가 여자 하나 찾아줄게."

말을 잇기 전에 술병을 집어들고 꿀꺽 들이켰다.

"너한텐 여자가 있어야 돼. 나의 레이라 같은 여자. 레이라 친구들 중에서……."

"네 도움 따윈 필요 없어."

알렉은 씨익 웃으며 펜을 내려놓았다. 그리곤 술병을 들어 양껏 마셨다.

"오늘밤에 내가 직접 찾을 거야. 레이라를 썩은 생선처럼 보이게 할 만한 여자로."

"오호!"

홀트가 낄낄거리며 문으로 걸어가 공경스런 태도로 열었다.

"레이라의 명예를 위해 너한테 결투를 신청할 테다……, 술 깨고 나서. 그때까지만 목숨 부지하는 줄 알아……."

오케스트라의 폴로네즈 연주가 시작되자, 알렉은 휴우 한숨지으며 회상에서 깨어났다. 술이 필요했다, 아니면 여자. 이 기억을 떨쳐버릴 만한 무엇인가가 필요했다. 죄책감이 스멀스멀 기어들어 그의 온몸을 쥐어짜는 듯했다.

'홀트를 되살릴 순 없어.'

갑작스레 밀려드는 외로움에 치가 떨렸다. 그는 살아 있고, 홀트는 죽었다. 인생을 계속 살아가는 수밖에 다른 방법이 없었다. 하지만 그 사실이 고통을 달래주는 건 아니었다.

문득 미라가 생각났다. 그녀를 잊을 수 없었다……. 장난스레 반짝이던 갈색 눈동자…… 사랑스럽게 그의 몸을 매만지던 그 손길. 그녀의 모든 느낌들이 마약과도 같았다. 그녀만이 그의 정열을 극도로 끌어내 깊이 만족시킬 수 있었다. 그녀의 작은 몸을 부둥켜안고 그 머리결에 얼굴을 파묻고 싶었다. 미라가 그의 고통을 잊게 해줄 것이다. 하지만 미라는 그의 여자가 아니었다. 그의 곁을 떠나버렸다. 그때는 그녀가 떠나는 게 최선이라고 스스로 다짐했었는데……. 이렇게 지독히 그 여자를 원하고 싶지 않았다. 그건 지금도 마찬가지였다.

아무래도 카가 퍼마시고 있을 그 술집으로 가야 할 것 같았다. 이 순간 술 몇 잔을 위해서라면 지긋지긋한 카를 견뎌낼 가치도 있을 듯했다. 어깨를 쭉 펴고 머리를 긁어올리며, 그는 무도회장 가장자리로 걸어가기 시작했다.

그 순간 무언가를 발견하며 그의 눈에 충격이 서렸다. 뒤돌아선 여자, 보석 달린 망으로 검은 머리를 단장한 여자가 홀로 서 있었다. 알렉은 그대로 멈춰 서서 놀라움과 격한 갈망으로 그녀를 응시했다. 얼굴이 보이지 않았어도 미라가 틀림없었다. 저런 식의 머리 스타일은 그녀뿐이다. 그녀의 몸매가 전보다 더 여윈 듯했다. 전보다 덜 관능적이었다. 하지만 그런 건 상관없었다. 그녀가 여기에 있고, 곧 그녀를 안을 수 있다는 것, 다시 그녀와 얘기하고 매만질 수 있다는 것만이 중요했다. 정원의 으슥한 곳으로 끌고 가서 힘껏 안아주리라, 그 입술에 키스하리라……. 그녀가 왜 여기 있는지, 누구와 같이 왔는지 생각할 겨를도 없이 단 몇 걸음만에 그녀의 곁으로 다가갔다.

"실례하겠소……."

여자가 뒤돌아섰을 때, 알렉의 성마름은 즉시 환멸로 곤두박질쳤다. 그 여자는 미라가 아니었다. 얼굴이 더 갸름하고 윤곽도 훨씬 날카로웠다. 부드러운 푸른 눈과 상냥한 미소가 매력적이었지만, 미라와 같은 독특한 아름다움을 지니진 못했다. 미라의 생기 넘치는 눈동자와 자극적으로 미소지을 줄 아는 그 입술이 아니었다. 그가 원하는 여자의 불완전한 복사품일 뿐이었다.

"용서하시오. 내가 사람을 착각한 것 같소."

"어머나, 실망스럽군요. 우리 여자들은 다른 사람과 비슷하다는 말을 싫어한답니다……. 허영심에 상처를 입거든요."

알렉이 희미하게 미소지었다. 그녀의 프랑스 귀족적인 억양이 그의 호기심을 다소나마 끌어당겼다.

"다시는 그런 실수 없을 거요."

그가 은회색 눈동자로 그녀를 내려다보았다.

"어째서요?"

그녀가 애교 있게 속눈썹을 파득이며 올려다보았다.

"이렇게 아름다운 얼굴을 잊을 리 없기 때문이오."

"그 말을 믿어야 할지 모르겠군요."

"그럼 믿지 마시오."

알렉은 그녀의 심장이 빠르게 고동칠 만한 미소를 만들어보였다.

"나의 춤신청을 받아주기만 하면 되오."

미라는 아니었지만, 충분히 비슷했다.

"마차 모는 법은 어떻게 배우셨어요?"

지붕 없는 마차였으므로, 차갑고 습한 10월의 바람이 미라의 얼굴에 맞부딪쳐 왔다. 로잘리는 말고삐를 단단히 움켜쥐고 런던 거리로 마차를 몰아나갔다.

"별로 어렵지 않아. 랜드와 같이 다닐 때, 다른 사람들이 보지 않는 동안 그가 마차를 몰게 해줬어. 물론 그이는 나 혼자 이렇게 다닐 줄 상상도 못했겠지만."

"솔직히 당신 어머니께서 수행원도 없이 우리만 가게 해주신 게 놀라워요……."

"브럼멜과 관련된 일이라는 걸 알아서 그래. 친어머니는 아니지만, 날 아기 때부터 길러주신 분이야. 내가 얼마나 아버지를 그리워했는지 알고 있거든."

"이게 그분 마차인가요?"

미라는 바람을 막아보기 위해 머리 주위로 두건을 바짝 여몄다.

"그렇다고 할 수도 있지만…… 사실은 윈스롭 남작 거야. 음, 어머니의 옷값과 숙식비 등등을 내주는 남자……. 무슨 말인지 알지?"

"아."

색빌 경의 정부였다는 미라의 평판을 로잘리가 혐오스러워하지 않았던 이유도 이해할 만했다. 자신의 어머니가 비슷한 처지이니 돌을 던지기 어려웠으리라.

"여기야, 다 왔어."

로잘리가 말을 멈춰 세웠다. 템스 강변 근처로, 물살 철썩이는 소리와 불쾌한 냄새가 나는 곳이었다. 미라는 고개를 틀어 옆쪽으로 펼쳐진 성의 폐허를 살펴보았다.

"브럼멜이 왜 여기서 만나자고 했을까요?"

그녀가 바르르 몸서리쳤다.

"내가 정했어. 스레드니들 가로 가는 중간이라 그분한테 편리할 것 같아서……."

"아주 기분 나쁜 곳이에요. 저 너머가 창녀촌이 모여 있다는……?"

"맞아, 하지만 웨스트 엔드하고도 가까워. 야경꾼들도 있고. 브럼멜이 보트를 타고 이리 건너올 거야."

"저 파란 보트들 중 하나일까요?"

"그래."

로잘리는 눈앞의 검은 강물을 응시했다.

"저기 봐……. 50년 전쯤 '폴리'라는 배가 저기 정박돼 있었어. 떠있는 죄악의 소굴이었단다. 술, 음악, 창녀, 커튼 친 방들……."

그녀가 장난스레 미소지었다.

"랜드가 버클리 가의 여러 남자들도 폴리의 고객이었다고 말해줬어. 물론 아무도 그걸 인정하진 않지만 말이야."

미라가 미소지으며 또 다른 질문을 하려 했을 때, 멀리서 폭발하는 듯한 소리가 터졌다. 그녀는 경악하며 다이아몬드 모양의 손가방을 와락 움켜쥐었다.

"그 안에 뭐 있어?"

"사용할 필요가 없길 바라는 거예요."

미라가 험악하게 대답했다. 로잘리와 달리, 그녀는 런던의 가장 저급한 곳 사람들과 마주친 적이 있었다. 이곳이 부유한 거리와 가깝다고는 해도 인간 기생충을 포함한 온갖 기생충들이 우글거리는 빈민굴 또한 너무 가까웠다.

위험에 노출된 적이 없는 로잘리가 이 상황을 제대로 판단할 리 없었다. 모두 운 좋게 마무리된 몇 번의 모험을 제외하고 로잘리는 항상 보호받으며 살아왔다. 그로 인해 자신을 무적의 인간으로 믿는 듯하기도 했다. 자신감이 가끔 유익하긴 하지만 지나친 자만심은 극히 위험스러웠다.

"아무래도 수행원을 데려오지 않은 건 너무 무모했던 것 같아요. 이런 강변은 위험해요. 어두워서 잘 보이지도 않고 저 뒤쪽에 뭐가 도사리고 있을지……."

"우린 안전해."

로잘리가 기운차게 장담했다.

"게다가 이런 일에 믿고 데려올 만한 사람이 없었어. 가장 믿는 사람한테 발등 찍히는 경우가 있거든."

"그렇죠."

미라가 우울하게 중얼거렸다.

"브럼멜 씨가 빨리 오길 바랄 뿐이에요."

"금방 올 거야."

굿맨 술집은 오늘밤 특히나 더 소란스러웠다. 독한 술냄새와 싸구려 향수 냄새가 코를 찔렀다. 텅 빈 술잔들과 술병들이 쌓인 테이블에 카가 혼자 앉아 있었다. 알렉이 다가가서 낡은 의자에 털썩 내려앉자 그는 놀라지도 않고 고개를 들었다.
"나와 합류하기로 결심했나보군요."
카는 멍청하게 술잔들을 줄줄이 늘어놓았다.
"술 한잔하러 온 거야, 널 보러 온 게 아니고."
"받아요."
카가 술잔 하나를 내밀었다.
"이게 제일 깨끗한 것 같아요. 아니면 종업원이 올 때까지 기다릴래요? 아주 예쁘장한 여자가 있던데……."
"아니, 오늘밤엔 여자는 필요 없어."
알렉이 술잔을 받아들고 무심하게 살펴보았다.
"그 중에 브랜디도 있냐?"
"최고급 브랜디예요."
카가 가느다란 눈길로 술병들을 쳐다보다가 하나를 골라냈다. 그리곤 한 팔을 턱에 괴고서 철철 넘치게 따라주었다.
"내일 아침엔 골이 빠개질 거예요."
자신의 잔에는 포도주를 가득 따랐다.
"엄청 마셨거든요."
"섞어 마시면 안 되는 거 모르냐?"
"나 같은 이유로 마실 땐 그런 거 상관없어요."
"그럴 것 같군."
알렉이 찡그린 채 브랜디를 단번에 털어넣고 나서, 다시 술병으로 손을 뻗었다.

한동안 그들은 말없이 술만 마셨다. 드디어 술기운이 뱃속 깊이 번져가자 알렉이 좀더 느긋하게 의자에 기대앉았다.

"오늘밤 한 건 건졌어요?"

몽롱한 초록 눈동자를 들어올리며 카가 입을 떼어냈다.

"아까 보니까 검은 머리 여자하고 얘기하던데."

"별로였어."

알렉은 짜증스레 손등으로 눈을 문질렀다. 그 여자와 춤을 추고 희롱도 해봤었다. 키스 한두 번, 그 외에 마지막 행위의 전초전도 시도해보았었다……. 하지만 소용없었다, 지겨웠다. 아무런 기대감도 느껴지지 않았다. 좀더 조용하고 은밀한 곳으로 가자는 그 여자의 초대도 거절해버렸다.

"다른 여잘 잊으려고 이용했던 거야. 효과가 없었어. 어떤 이유에서건, 절대 한 여자한테 집착하지 말아라. 미친 짓이야."

맨 정신이라면 절대로 인정하지 않았을 테지만, 술기운과 거칠 것 없는 분위기가 진실을 쥐어짜냈다.

"그러죠."

카의 발음은 이미 불분명해졌다.

알렉은 술잔의 테두리를 손가락으로 닦으며 이 전례없는 문제를 골똘히 생각했다.

"자꾸 그 여자가 어른거려. 다른 여자를 볼 때도 그 여자 얼굴이 보여. 이렇게 될 줄은 몰랐어……. 그 여자가 골치 아프게 할 줄은 몰랐다구. 계속 나한테 물어봤어. 왜 그 여잘 원하는 걸까? 내 타입도 아닌데……."

"맞아요."

카가 동의한답시고 고개를 흔들었다.

"어린애 정도 키밖에 안 돼. 마귀할멈처럼 욕을 해대고, 부모도 없고, 가족도 없고……. 성가셔, 그렇게 잔소리 심한 여잔 참을 수가 없어.”

“나도 그런 여자 싫어요.”

카가 고개를 들어올렸다. 그의 얼굴이 눈색깔처럼 푸르뎅뎅하게 변해갔다.

“밖에 나가야겠어요. 머리가 빙빙 돌아요.”

알렉이 한숨 쉬며 종업원을 불러 그 손바닥에 동전 한 줌을 쥐어주었다.

“다른 분들은 제 가슴에다 넣어주시는데요.”

그 여자 종업원이 교태스럽게 눈을 깜박였다.

“그러라구요.”

카가 휘청휘청 일어나 나갈 문을 찾았다.

“거기 충분히 들어가겠는데.”

알렉은 한숨 쉬며 그 여자에게 몇 푼 더 쥐어준 후에 비틀거리는 사촌을 따라나갔다.

갑자기 덜컹덜컹 마차 소리가 울리고 다음 순간 카가 나름대로 부리나케 몸을 피했다. 알렉은 시끄럽게 지나쳐가는 그 마차의 주인을 쳐다보았다.

“빌어먹을!”

카가 빠르게 멀어지는 마차를 노려보았다.

“악마의 사냥개처럼 달리는군. 알렉…… 내가 너무 취한 걸까요, 아니면 정말 여자들이 타고 있었나요?”

“여자들이었어.”

알렉은 넋나간 듯한 표정이었다.

“여자일 뿐 아니라…….”

그가 멈칫하며 욕설을 중얼거렸다.

“끔찍한 밤이군요. 난 집에 갈래요.”

카가 눈을 부비며 머리를 흔들어댔다.

“그 여자 얼굴 혹시 봤냐?”

알렉이 텅 빈 거리를 응시하며 다그쳤다.

“누구 아는 사람 같지 않았어?”

“누구요?”

“레이디 로잘리 버클리.”

“그 여잔 딱 한 번 봤는데. 잘 몰라요. 그게 중요한가요?”

“그 여자 남편을 아는 것 뿐이야. 비클리가 이런 시간에 이런 거리로 아내를 보내줬을 리 없는데, 더구나 수행원도 없이. 그게 로잘리 버클리였다면 그 옆에 있던 여자는…….”

그가 눈을 감고 짜증스런 한숨을 토해냈다.

“아마 그럴 거야. 빌어먹을, 그 여잔 말썽을 몰고 다녀. 하지만 난 런던 거리를 뒤지고 다니는 멍청이가 아니야……. 그럴 가치가 없어. 어떤 여자도 그럴 가치는 없다구. 이 일에 신경 안 쓸 거야.”

빙글 돌아보았을 때, 사촌의 자리는 텅 비어 있었다. 사라지기로 결심한 모양이었다. 알렉은 다시 텅 빈 거리 쪽으로 돌아섰다.

마차를 몰던 여자가 정말 레이디 버클리였다면, 그 동행자는 틀림없이 미라였을 것이다. 알렉은 오늘밤 미라를 만나게 될 것만 같은 강한 예감에 사로잡혔다.

“미라, 또 무슨 일에 끼어든 거요?”

갑자기 짜릿한 기대감이 밀려들었다.

8

파란 보트 한 대가 접근해오자, 로잘리는 재앙에 당면한 사람처럼 창백하게 부들거렸다.

"왜 그러세요?"

"걱정 마……. 약간 긴장돼서 그래, 그뿐이야."

로잘리가 글썽이는 눈물을 닦아내고 흠흠 목을 가다듬었다.

보트에서 먼저 내려선 사람은 동그랗고 매력적인 얼굴을 지닌 삼십 대의 남자였다.

"앨번리 경."

로잘리가 인사하며 손을 내밀자 그가 그 손을 입술로 들어올렸다. 그는 브럼멜에게 도움이 필요할 때마다 발벗고 나서주는 절친한 친구였다.

"레이디 버클리. 어떤 상황에서건 당신을 만나는 건 큰 기쁨이오."

"고맙습니다. 저 또한 기뻐요. 여기, 저의 친구이자 버클리 경의 피후견인인 미레이유 저멩 양을 소개해 드릴게요."

앨번리가 정중하게 미라의 손을 잡으며 따뜻하게 미소지었다.

"버클리 가의 각별한 보호를 받는다는 그 신비의 여인이로군요. 이런 비밀까지 같이 나누는 걸 보면 믿을 만한 친구인 듯하오. 이렇게 뵙고 보니 레이디 버클리가 당신을 신뢰하는 이유를 나 또한 충분히 이해할 수 있소."

미라는 적당히 수줍어하는 태도로 시선을 내리깔았다. 런던 사교계에서 앨번리의 의견은 꽤나 결정적인 역할을 차지했다. 그러므로 그의 호의는 폭넓은 문을 열어줌과 동시에 불쾌한 소문들을 잠재워줄 수가 있었다.

"만나 뵙게 되어 영광입니다."

"하지만 여긴……."

앨번리가 한탄스레 주위를 둘러보았다.

"여자분들을 모실 만한 곳이 아니로군요. 브럼멜의 스케줄을 조정하느라 두 분의 안전을 미처 생각지 못했던 점, 부디 용서해주시오."

"저희 걱정은 마세요."

미라가 서둘러 그를 안심시켰다.

"무엇보다도 브럼멜 씨의 안전이 중요하답니다."

앨번리의 얼굴에 상냥한 미소가 떠올랐다.

"레이디 버클리의 사람 보는 눈이 탁월한 듯하오."

"브럼멜 씨도요."

앨번리가 즐겁게 웃음지었다.

로잘리는 보트에서 내리는 두 번째 남자를 맞으러 다가갔다.

"브럼멜 씨."

로잘리의 목소리가 놀라울 만큼 작고도 가냘펐다. 용감하고 의지력 굳은 로잘리가 지금은 거의 공포에 젖은 듯했다.

"마담 버클리."

그들은 악수하지 않았다. 포옹도 하지 않았다. 그들의 머리 속에 스쳐갈 만한 생각들을 입 밖으로 내뱉지도 않았다. 그저 똑같이 생긴 눈으로 서로를 마주볼 뿐이었다.

브럼멜은 험한 세상에 떨어진 우아함의 표상이었다. 말이나 행동으로가 아니라 단지 그의 존재만으로도 카리스마를 뿜어냈다. 그의 옷차림은 한때 엄청나게 값비쌌을 만한 것이었고 흠 없이 깨끗했으며, 크러뱃도 눈부시리만치 하얀 빛이었다. 로잘리보다 약간 밝은 색조의 머리카락도 완벽하게 빗어넘겼고, 그의 입술은 재치와 매력을 드러내면서도 의지력은 결여된 세련된 형태였다. 그도 로잘리와 마찬가지로 불안하게 딸을 쳐다보고 있었다.

"작은…… 선물을 가져왔어요."

로잘리가 작은 꾸러미를 건넸다.

"고맙구나."

브럼멜의 긴장감이 다소 풀어졌다. 딸과의 대화에는 경험없는 초보자였지만, 선물을 받고 기뻐하는 데에는 전문가였기 때문이다.

"이럴 필요 없는데."

"어떤 게 필요하실지 몰라서요."

"내 인생이 다소 불안정하긴 하지."

브럼멜이 슬프게 대꾸했다.

"영국에서 당연히 누렸던 즐거움들이 이젠 먼 옛날 이야기로구나. 하지만 이번 방문 이후에는 상황이 변하리라 믿는다."

"그러길 바래요."

로잘리가 소심하게 덧붙였다.

"브럼멜 씨, 만약 도움이 필요하시면……."

"아니, 너한텐 아무것도 부탁하지 않을 거다. 가능할 때 이렇게 만나보는 것으로 족하다."

그가 잠시 머뭇거리다가 수줍게 미소지었다.

"네…… 아들은 어떠냐?"

“아주 영리하고 사랑스러워요. 잘생겼다는 말도 많이 듣고요.”

“틀림없이 널 닮았겠구나.”

“사실은 부계 쪽과 훨씬 비슷해요. 금발머리에다 아주 고집이 세답니다.”

“그렇겠지. 버클리의 혈통은 아주 강하니까.”

“하지만 그 애에겐 브럼멜의 혈통도 있어요.”

부녀는 미소를 교환하고 나서 다시 입을 다물었다. 어색한 침묵이 너무 길어지자, 미라는 앨번리 경에게 간청하는 눈짓을 보냈다. 그가 한 걸음 다가서서 브럼멜의 팔꿈치를 잡았다.

“브럼멜, 오늘밤 해야 할 일이 아주 많소. 시간이 부족한 게 유감이지만……. 이만 떠나야 할 것 같소. 하지만 기회가 닿는다면 미레이유 저멩 양을 내가 사교계에 소개해보고 싶군요. 장담컨대 이번 시즌의 꽃이 될 거요.”

미라가 얼굴을 붉히며 고개 저었다.

“앨번리 경, 친절하신 말씀이지만…….”

브럼멜이 그녀의 손을 잡고 예의 바르게 고개 숙였다.

“앨번리의 말은 믿어도 된다오. 틀림없이 그의 말대로 될 것이오.”

“두 분 말씀에 어찌 반박할 수 있겠습니까.”

미라의 공경스런 어조에, 브럼멜이 기분 좋게 웃음지었다.

“매력적인 아가씨로군…….”

그가 미라의 작은 얼굴을 세심하게 뜯어보았다. 그리고는 충고하는 데 익숙한 사람의 태도로 입을 열었다.

“평범한 타입이 아니구나. 시즌이 열리면…… 이색적으로 꾸며서 내보내거라. 단순하면서도 이색적인 스타일로.”

“그럴게요.”

로잘리가 대답했다.

“다시 만나 뵙게 되어 기뻐요. 다음엔 제가 프랑스로 갈게요.”

"내 상황이 나아질 때까지는 그러지 않았으면 좋겠다. 그 후에 차 한잔 마시면서 오랫동안 대화를 나눠보자."

"네, 그때를 기다리고 있을게요."

그가 딸의 손을 가볍게 잡아주었다. 그 손을 풀어놓고 미라에게 고 갯짓해보인 다음 소문난 멋쟁이답게 장갑과 코트를 정돈하기 위해 뒤 돌아섰다.

"내 마차가 저쪽에서 기다리고 있소."

앨번리가 브럼멜에게 말했다. 그리곤 재빠르게 로잘리에게 속삭였 다.

"브럼멜을 위해 칼레의 영사 정도의 자리를 하나 마련해 주었으면 좋겠소. 외무부의 캐닝에게 버클리 경이 부탁해주면 가능할 거요."

로잘리는 고개를 끄덕이며 차림새를 단장하느라 정신없는 브럼멜을 쳐다보았다. 그 후에 두 남자가 서서히 사라져갔다.

"로잘리?"

미라가 로잘리의 가냘픈 어깨에 한 손을 올려놓았다.

"그분에게 무슨 말을 듣고 싶었는지 모르겠어."

로잘리의 눈에 눈물이 글썽였다.

"우린 남남 같았어. 너무나 후회스럽게 날 쳐다보셨어……. 내가 태 어난 게 후회스러운 걸까?"

미라는 다정하게 달래주며 마차 쪽으로 이끌었다.

"당신이 태어난 건 당연히 기쁘실 거예요……. 당신 같은 딸을 어떻 게 자랑스러워하지 않을 수 있겠어요? 다만 무슨 말을 할지 모르셨을 뿐이에요……. 감정적인 일에 익숙지 않은 분이라면서요."

"알아."

로잘리는 손수건으로 눈을 닦아냈다. 이 상황에 대해서 잘 아는 누 군가에게 지금의 감정들을 털어놓고 싶은 듯했다.

"이따 당신 어머니께 말씀드려 보세요. 그분과 얘기하고 나면……."

“랜드가 있었으면 좋겠어. 랜드만큼 날 이해해줄 사람이 없어. 하지만 그이한테 말할 순 없어. 내가 여기 왔던 걸 알면 화낼 테니까.”

그녀의 얼굴이 새로운 감정에 휩싸여 일그러졌다. 그와 동시에 자신의 상태가 한심한 듯 웃음을 터트렸다.

미라도 가볍게 웃음지었다.

“내일이면 워릭으로 돌아갈 거예요. 버클리 경에게 말씀드려 보세요……. 그리 화내지 않으실지도 몰라요.”

“어쩌면…….”

마차로 다가섰을 때, 거친 목소리가 밤공기를 타고 날아들었다.

“거기 서!”

두 여자는 화들짝 돌아섰다. 램프의 불빛이 닿지 않는 어둑한 곳에 지저분하고 초라한 차림의 젊은 남자가 서 있었다. 그의 표정에 필사적이고 비정상적인 무언가가 번들거렸고 손엔 칼이 들려 있었다.

“맙소사.”

로잘리의 얼굴이 창백하게 질렸다.

“내놔.”

“보석을 달라는 거예요.”

미라가 당황해하는 로잘리에게 속삭였다.

로잘리는 부들부들 사파이어 귀걸이를 풀기 위해 손을 올렸다. 그동안 미라는 조용히 그 남자를 쳐다보았다. 아까 출발하기 전에 이런 일이 생길 것만 같은 예감이 들었는데……. 하지만 지난 몇 주일 간 줄곧 내면의 목소리를 무시해왔기 때문에 그 경고에 귀 기울이지 않았다.

그 젊은 남자가 미라에게 소리쳤다.

“너도 빨리 움직여!”

“난 보석이 없어요.”

“그럼 돈이 될 만한 거.”

“그런 것도 없어요.”

쿵쾅거리는 심장박동에 비해 그녀의 목소리는 놀라우리만큼 침착했다.

그 말을 믿지 않는 듯 그자가 또다시 다그치려 했다. 하지만 보석의 짤랑거림에 신경이 분산되었다. 로잘리가 사파이어 목걸이와 귀걸이를 손에 쥐고서 떨고 있었다. 그는 묘하게 번들거리는 눈으로 그녀를 바라보았다.

“그거 가방에 담아서 이리 가져와.”

“가방에 담아요. 하지만 가까이 가진 마세요.”

미라가 속삭였다. 그자의 칼이 미치는 곳으로 다가갔다가는, 둘 다 그 남자의 자비를 구해야 할 상황에 처하고 말 것이다……. 그리고 그자에게 자비심이란 게 있을지는 심히 의심스러웠다. 로잘리가 겁먹은 시선으로 미라를 쳐다본 다음 손가방을 남자의 발치로 던졌다. 그것이 금속성을 내며 그의 앞쪽에 떨어졌다.

“다시 집어서 나한테 가져와.”

그 사내의 시선이 로잘리의 창백한 얼굴에 고정되었다.

그자가 원하는 게 돈과 보석뿐이었다면, 미라는 가만히 있었을 것이다. 로잘리의 돈과 보석이 없어진다 해도 버클리 가에 그리 큰 손실은 아니었다. 하지만 그 사내와 같은 눈동자를 미라는 여러 번 본 적이 있었다. 그 의미를 알고 있었다. 로잘리의 신분과 그 부유함을 증오스러워하는 것이다. 이 순간의 지배권을 이용하여 로잘리에게 상처를 입히려는 것이다……. 미라는 천천히 가방 속으로 손끝을 움직여 차가운 단검의 손잡이를 찾아보았다. 몇 년 전 기욤에게 받았던 선물로, 다루는 법을 배워두었다. 능숙하진 않지만 치명적인 결과를 유도해낼 수는 있었다.

“제발…….”

로잘리의 목소리가 떨려났다.

“어서!”

미라는 기욤의 지시사항을 떠올렸다.

‘손잡이로 말고 칼날로 던져.’

뼈로 보호받지 못하는 약한 부분을 노려야 돼. 그녀가 재빠르게 단검을 빼내 그의 목덜미를 겨냥해서 집어던졌다. 단검이 허공을 가르는 동안 숨죽이며 기다렸다. 로잘리의 놀란 비명소리가 들렸다. 그 젊은 사내가 반사적으로 몸을 틀어 자신의 칼로 공격을 막아냈다. 예상치 못했던 민첩함이었다.

“빌어먹을.”

미라가 욕설을 터트리자, 그 남자가 험악하게 노려보았다.

“너! 죽을 줄 알아.”

그가 앞으로 걸어오기 시작했다.

미라가 뒷걸음치는 동안, 문득 성곽의 폐허에서 검은 그림자 하나가 떨어져나왔다. 재빠르고 소리 없는 그 움직임에 언뜻 짐승인가 생각했다. 하지만 그림자는 강도의 손목을 뒤틀어 단단한 허벅지에 내리쳤다. 그의 손에서 단검이 쨍그랑 바닥으로 떨어졌다. 미라는 경악스레 눈을 깜박이며 그 구출자의 주먹이 날아가는 걸 지켜보았다. 곧이어 뼈 부러지는 듯한 소리가 울려퍼졌다. 로잘리의 비명소리에 미라가 퍼뜩 정신을 차리며 그녀의 팔을 움켜잡고 마차 쪽으로 뛰기 시작했다. 묵직한 망토와 치맛자락이 미칠 듯이 걸리적거렸다.

“괜찮소.”

새로운 목소리. 미라의 발걸음이 얼어붙었다.

‘아니야, 그 사람일 리 없어.’

빙글 돌아서는 순간 그녀의 등으로 전율이 흘러내렸다. 오 맙소사, 그 사람이었다……. 그 남자에게 달려가 안길 수만 있다면 무슨 짓이든 할 수 있으리라. 그의 품에 얼굴을 파묻고 울어버릴 수만 있다면……. 그런데 그는 마치 모르는 사람처럼 그녀를 쳐다보고만 있었다.

그가 천천히 그들에게 다가왔다.

"혹시 다치셨소?"

로잘리는 거친 숨을 몰아쉬며 고개를 흔들었다.

"우린 괜찮아요."

미라가 그의 얼굴을 응시한 채로 대답했다.

"어떻게?"

간신히 토해낼 수 있는 말은 그것뿐이었다. 그리고 알렉은 그 한마디에 숨겨진 수많은 질문들을 이해한 듯했다.

"당신의 마차가 술집에서 나서던 내 사촌을 거의 깔아뭉갤 뻔했소."

로잘리를 바라보며 그가 부드럽게 미소지었다.

"놀라운 속력이었소."

로잘리의 얼굴이 당혹감으로 발그레해졌다. 그가 공손하게 고개를 끄덕여보이고는 그녀의 손가방을 집어 건네주었다.

"이런 구역을 약간쯤 아는 나로서, 당신의 안전을 걱정하지 않을 수가 없었다오. 그래서 염치 불구하고 이리 따라왔소."

"저희에겐 대단히 다행스런 행동이셨어요."

로잘리가 열기를 식히려는 듯 장갑 낀 손으로 뺨을 감아쥐었다.

"부군께서 오늘밤 당신의 이런 행동을 혹시 알고 계시오?"

"아뇨. 포크너 경, 전……."

"난 당신의 설명을 요구할 마음도 없고 그럴 권리도 없소. 단지 이 일에 대해서 모른 척하길 바라시는지 그걸 알고 싶을 뿐이라오."

"제발…… 그래 주시면 대단히 감사하겠어요."

미라는 혼란스레 알렉을 지켜보았다. 마치 약간의 분노나 거친 행동으로라도 깨져버릴 생명체인 것처럼 로잘리를 대하고 있었다. 그녀에겐 이런 식으로 대접해줬던 적이 없었는데. 지금의 알렉은 예의 바르고 신사적이었다. 로잘리를 편안하게 만들어주는 것이 필생의 과제라도 되는 것처럼 지극히 온화한 목소리였다.

'존중하는 여자에게는 이렇게 대하는구나.'

미라는 멍하니 생각했다. 그리고 자신의 존재를 알아차리지도 못하는 듯한 그 남자에게 화가 났다.

"실례하겠습니다."

그녀의 낮은 목소리에 두 남녀가 쳐다보았다.

"두 분이 얘기하시는 동안, 전 칼을 찾아와야겠어요."

"어머나."

로잘리의 표정이 더욱 당혹스러워졌다.

"죄송해요……. 너무 경황이 없어서 소개하는 것도 잊었네요. 포크너 경, 이쪽은 저의 친한 친구이자 제 집의 손님인 저멩 양이에요. 미레이유…… 이분은 알렉 포크너 경이야."

"저멩 양."

알렉이 인사했다. 그리고 그녀가 손을 내밀지 않자 느긋하게 미소지었다.

로잘리는 미라의 말없는 냉대를 무마시키고자 서둘러 입을 열었다.

"저멩 양도 당신의 행동에 깊이 감사……."

"네."

미라는 그에게 묻어 있는 브랜디 냄새를 알아차렸다.

"당신이 여기 오지 못할 만큼 술에 절어 있지 않았다는 데 참으로 감사해요."

로잘리의 눈이 휘둥그레졌다.

"포크너 경, 저멩 양의 말뜻은……."

"그 뜻은 충분히 이해했습니다."

알렉이 덤덤하게 말했다.

"칼을 찾아올게요."

미라는 휙 돌아서서 의식을 잃고 쓰러진 사내 쪽으로 걸어갔다.

“내가 도와드리겠소.”

알렉이 그녀의 옆으로 걸음을 옮겼다. 하지만 그 시선은 땅이 아니라 그녀에게 머물러 있었다. 이다지도 자신에게 걱정을 끼친 이 여자를 잡아 흔들어주고 싶었다.

혀 끝에 천 마디 말들이 맴돌았지만 이렇게 감정적인 상태로는 자신이 얼마나 그녀를 그리워했었는지 드러날까봐 한마디도 내뱉을 수 없었다.

미라 또한 은빛 칼날을 찾아낼 때까지 한마디도 하지 않았다.

“저기 있군요.”

“빌어먹을 멍청이.”

알렉이 더 이상 참지 못하고 내뱉었다. 칼을 집어들고서 로잘리를 홀깃 바라본 다음 목소리를 낮췄다.

“대체 생각이 있는 거요, 없는 거요? 이런 하류급 집시 같은 솜씨로 칼을 휘둘러서…….”

“그럼 어떻게 해야 했을까요?”

미라가 격렬하게 대꾸했다.

“기절할 듯이 떨면서 누군가 구출해주기만 바라야 했을까요? 당신이, 하고 많은 사람중에서 당신이 그 어둠 속에 숨어 있을 줄을 누가 알았겠어요.”

“애시당초 이런 곳에 오지 말았어야 했잖소.”

“로잘리가…….”

“레이디 버클리는 순진하고 충동적이오. 그 여자가 궁지로 뛰어든 게 이번이 처음은 아니라구. 그녀를 매번 구출해줘야 하는 남편이 가엾어서 죽을 지경이오……. 하지만 당신은! 이런 일에 빠지지 않을 만큼 잘 알고 있잖소!”

“나한테 훈계하지 말아요. 당신은 그럴 자격이 없다구요.”

“제기랄, 당신은 볼기짝을 얻어맞아 마땅한 여자요.”

그가 검은 머리를 긁어댔다.

"내 칼 주세요……."

"당신 장난감 말이군."

알렉은 혐오스럽게 자신의 손에 들린 칼을 바라보았다.

"이걸로 어쩔 생각이었나?"

"그놈의 숨통을 찌를 생각이었어요. 정확하게 겨냥했다구요."

"목표물이 꼼짝도 않고 기다려줬더라면 그랬겠지. 하지만 당신 칼이 놈에게 닿기 전에 그놈은 춤이라도 출 시간이 충분했소. 당신 팔은 목적을 이룰 만큼의 힘이 없소. 어린애라도 그 정도 공격은……."

"칼 이리 내요!"

"전혀 이해를 못하는군."

알렉은 그녀의 요구를 무시해버렸다.

"당신은 이걸로 자신을 보호할 능력이 없소……. 그러니 이걸 사용할 만한 상황에서 떨어져 있는 게 최선이오. 다른 칼이 또 있나?"

"없어요!"

미라가 손을 내밀었다.

"잘됐군."

알렉은 단검을 주머니에 집어넣고는 붉으락푸르락해진 그녀의 얼굴에 기분 좋게 미소지었다.

"거만한 인간! 밉살스럽고 독선적인, 짐승만도 못한……. 내 일에 코를 들이박고 나서기 전에 당신 일이나……."

"이런, 이런, 저멩 양."

그의 미소가 더 깊어졌다.

"당신이 그렇게 저속한 단어에 익숙할 줄은 미처 몰랐소."

"알았잖아요. 전에도 들어봤잖아요."

그가 나지막하게 웃었다.

"대단한 연기력이오……. 새침한 사교계의 아가씨였다가 금세 깍깍대는 거리의 부랑아로 변신하다니.”

“난 깍깍거리지 않았어요.”

그녀가 씩씩거리며 소리쳤다.

“그런가?”

그의 시선이 계산적으로 천천히 그녀의 모습을 훑어보았다. 그녀의 부들거리는 손을 보는 순간 그의 턱이 굳어졌다. 그리곤 전에 들어본 적이 없는 단호한 목소리로 입을 열었다. 분노도 아니고 걱정도 아니었지만, 강한 감정의 산물인 것만은 틀림없었다.

“다시는 이러지 마시오, 미라.”

“뭘요?”

“모험하지 말라구. 함부로 목숨을 걸지 말란 말이오. 이 근처에서 얼마나 많은 여자들이 사라지는 줄 아나? 그들에게 어떤 종류의 일이 벌어지는지 아나?”

“야경꾼들이 보호해줄…….”

“아, 그래?”

그가 텅 빈 거리를 휘익 둘러보았다.

“그럼 당신의 안전에 대해서 더 이상 걱정하지 않겠소, 그런 경호원들이 있다면야…….”

“당신한테 훈계 들을 이유 없어요.”

미라가 분연하게 가로막았다. 이 남자는 그녀의 주인이 아니었다. 그녀에게 이래라 저래라 할 권리 따윈 없었다. 언제부터 그녀의 안전에 신경 썼단 말인가. 색빌 장원에서 떠나올 때 따라나오지 않았던 것으로, 그녀가 하룻밤 오락상대에 불과했음을 충분히 알려주지 않았던가.

“들어야 돼. 이런 식으로 재앙과 장난치지 마시오. 정신 똑바로 차리라구……. 그렇게 못할 것 같으면 당신 대신 그 정신을 붙잡아줄 사람을 찾으시오. 그런 사람이 필요해.”

“당신한테 필요한 건 뭔지 알아요? 다른 사람한테 명령할 권리가 없다는 걸 일깨워줄 사람, 당신의 독단적이고 고압적인 태도에도 꿈쩍하지 않는 사람, 당신이…… 하류급 나폴레옹처럼 성질 낼 때 밟아줄 수 있는 그런 사람이 필요하다구요!”

그녀가 의기양양하게 말을 끝맺었다.

그들의 시선이 서로 엉켜붙었다. 그들은 서로에게 화가 났을 뿐 아니라, 상대를 절망적으로 원하는 자기 자신에게도 못 견디게 화가 났다. 그들의 마음에 결코 물어보지 못할 질문들이 가득 들어찼다.

그들은 궁금했다.

그리고 여전히 서로를 원했다…….

“미라?”

로잘리의 걱정스런 목소리에 미라는 시선을 잡아떼어내고 재빠르게 마차로 돌아갔다.

“칼을 못 찾았어요.”

로잘리가 부르르 몸서리쳤다.

“다행이야. 네가 그런 걸 가방에 넣고 다니는 줄은 상상도 못했어. 다시는 그러지 않겠다고 약속해줘.”

“알았어요.”

“숙소까지 모셔다드릴까요, 레이디 버클리?”

알렉이 로잘리를 마차에 올려주며 물었다.

“내 말을 여기 묶어두고…….”

“감사하지만, 붉은 사자 광장까지 얼마 안 되는 거리이니 제가 몰고 갈 수 있답니다.”

“이번에는 조금 천천히 달리시오.”

로잘리가 수줍게 미소지었다.

미라는 알렉의 도움을 받아 마차에 오르자마자 그 손을 뿌리쳐버렸다. 그에게 닿은 손가락이 불에 데인 것처럼 얼얼했다.

알렉이 로잘리의 손에 고삐를 쥐어주고 미라를 흘깃 쳐다보았다.

"그럼 다음에……."

그가 가볍게 말 궁둥이를 때려 마차를 출발시켰다.

미라는 뒤돌아보지 않기 위해 안간힘썼다.

'다음에…….'

형식적인 작별인사와 달리, 다시 만나기를 기대한다는 의미였다.

'다음에…….'

"아까 둘이 싸우는 것 같던데……."

로잘리가 조심스레 말을 몰아나가며 입을 열었다.

"잠시 의견을 나눴어요."

"오늘 처음 만나는 사이 아니지?"

"네. 그 사람…… 색빌의 사냥파티에 손님으로 왔었어요. 거기 온 사람들 거의가 내 위치를 알고 있어요."

"아까 그 사람한테 네가 했던 말……. 미레이유, 네가 그렇게 무례하게 구는 거 처음 봤어! 그 남자와 단순히 아는 정도가 아닌……."

"아까는 정신이 없어서 그랬어요. 무슨 말을 하는지도 몰랐어요."

아니, 자신이 하는 말은 정확히 알고 있었다. 하지만 마음의 평화를 위해 알렉과의 과거는 과거로 남겨야 했고, 그들 사이에 아무 일도 없었던 척하는 것이 그 유일한 방법이었다. 문제는 알렉이 이 계획대로 따라주느냐 하는 것이었다.

"다행이야."

로잘리가 다소 미심쩍은 듯 말했다.

"네가 그 사람하고 엮였다고 했으면 난 아주 속상했을 거야."

미라는 눈살을 찌푸리며 그녀를 쳐다보았다.

"그 사람을 싫어하는 것처럼 들리네요."

"솔직히 말하면 그래. 그 사람이 마음에 안 들어. 물론 우릴 구해준 일은 감사해, 그 사람이 마음 내킬 때면 매력적일 수 있다는 것도 인정해. 하지만 그 사람은 신사가 아니야. 온유한 성품도 아니고, 게다가 전혀 솔직하지가 않아. 어떤 말을 할 때 정확히 그 뜻이 아니라구. 신뢰할 만한 사람이 아닌 것 같아. 증거가 있는 건 아니지만 충격적인 스캔들에도 연루돼 있고…….”

“전 남의 스캔들을 운운할 처지가 아닌 걸요.”

미라가 지적했다. 그리곤 어쩔 수 없이 한마디 덧붙였다.

“그 남자가 혹시 당신에게 못된 짓을 한 적이 있나요?”

로잘리가 불편한 듯 한숨을 쉬었다.

“사실은 내 친구 중 하나가 그 남자를 사랑한 적이 있었어. 그 사람은 그녀의 사랑을 받아주지 않았지. 그녀가 지칠 때까지 관심을 견뎌줄 수도 있었을 텐데, 신사처럼 말이야……. 그런데 잔인하고 차갑게 그녀의 마음을 깨뜨렸어, 자존심에까지 상처 입혔지. 그 사람은 여자를 일회용 물건처럼 취급해. 그 이유가 뭐겠어? 그 사람한테는 여자가 손수건처럼 편리하고 의미 없는 대상이기 때문이야.”

“그렇군요.”

미라는 알렉을 위해 변명하지 않았다. 충분히 그다운 행동이었다. 그가 친절하고 부드럽게 굴 수는 있다 해도, 한편으로는 잔인할 수도 있었다. 그리고 싫어하는 사람에게 잘 참아내는 성질도 아니었다.

“그 사람이 오늘밤 일을 발설하지 않기만 바랄 뿐이야. 브럼멜과 얘기하는 걸 본 거라면…….”

“봤는지 안 봤는지는 모르겠어요.”

“오.”

로잘리가 나지막이 울부짖었다.

“내 비밀이 그 사람의 한마디에 달려 있다는 게 너무 끔찍해!”

“저도 그래요.”

날이 가고 몇 주일이 지나는 동안, 알렉에 대한 미라의 두려움은 그에게 연락이나 짤막한 쪽지 하나 오지 않았다는 간단한 사실로 완벽하게 해결되었다. 틀림없이 그녀를 잊어버린 모양이었다. 하지만 당연히 느껴져야 할 안도감은 찾아들지 않았다. 스스로에게 솔직해지는 순간에는, 자신의 감정이 안도감과 전혀 거리가 멀다는 것을 인정해야 했다. 화가 나고 낙담되고 지독히도 실망스러웠다. 색빌 장원에서의 몇 주일 동안 그 사람에게 의미 있는 존재라고 생각했었는데…….

그녀는 가끔씩 포크너 가의 메달을 꺼내 매만져보면서 알렉을 생각했다. 비상하는 매의 형상이 이젠 너무나 친숙해져버렸다. 바보처럼 감상적인 이유로 몇 번쯤 옷 속에 걸고 다니기까지 했다. 알렉이 이것을 왜 주었을까, 다른 것도 아닌 가보를. 그녀의 '하룻밤 서비스'에 대가를 주고 싶었다면, 돈이나 보석류 정도가 어울렸을 것이다. 하지만이 메달은 정말로 당혹스런 선물이었다.

크리스마스 전날, 정체불명의 선물이 배달되었을 때 미라의 당혹감은 더욱 깊어졌다. 미레이유 저멩 양 앞으로 보내진 선물이었다.

　찬미자로부터.

출처를 알 수 없는 하얀 카드에 깔끔한 필체로 그렇게 적혀 있었다. 꾸러미 속의 선물은 빨간 겉표지로 장정된 아름다운 책들이었다. 그 주말 동안 버클리 가의 친척과 손님들이 그 찬미자의 정체를 추측하면서 많은 시간을 보냈다.

겨울을 보내기 위해 버클리 장원으로 몰려온 서른 명 이상의 친척들은 떠들썩하고 자부심 강한 사람들이었다. 부와 권세를 지닌 사람들만 존중하고, 점잖지 않은 농담을 즐기면서도 자신들이 조롱의 대상이 되는 것은 극도로 싫어했다. 그들 대부분이 키가 크고 뽀얀 살결에 금발머리였으므로, 금발머리들이 옹기종기 모여 있는 걸 지켜보며 랜드 버클리는 다른 여자들과 구별하기 위해 검은 머리 아내를 맞았노라고 농담하기도 했다.

그들은 가끔씩 까탈스런 말다툼을 벌이기도 했다. 하지만 거기에 로잘리를 포함시키는 경우는 드물었다.

로잘리가 아주 천천히 그리고 신중하게 미라를 소개시켰다. 차를 마시거나 음악을 듣거나 잡담을 나누는 동안 미라는 수많은 질문들을 교묘하고 정중하게 피해나갔고, 그 후에 마지못해 무리들 속으로 받아들여졌다. 로잘리의 지시에 따라, 미라는 사냥파티에 있었다는 사실만을 제외하고 색빌 경에 대해서 언급하지 않았다.

"그걸 어떻게 설명하시려구요?"

미라의 질문에, 로잘리는 한순간 불편한 표정을 지었다.

"신경 쓰지 마, 미레이유……. 내가 알아서 할게."

"어떻게요? 그리고 그 이름을 말할 때마다 왜 그렇게 죄스러워하시나요?"

"내가 그랬어? 왜 그랬을까. 잘못한 거 하나 없는데……. 하지만 너의 평판을 구하기 위해서 몇 가지 희생은 있을 수밖에 없어."

"희생이라뇨?"

미라가 수상쩍게 되묻자 로잘리의 콧잔등까지 붉은 기운이 번져나갔다.

"설마 색빌 경의 평판에 흠집이 가는 일은 아니겠죠?"

"흥분하지 마. 내가 조금쯤 진실을 왜곡하는 경우가 있을지도 모르지만 다 널 위해서야."

미라의 눈이 공포스레 동그래졌다.

"무슨 일에건 거짓말하는 건 당신답지 않아요."

"하지만 내가 사랑하는 사람을 보호하기 위해서라면 할 수 있어."

"하지만 색빌 경이 평판을 얼마나 중요시하는데요! 저 때문에 피해가 간다면……."

"그 사람은 널 이용했어."

로잘리가 단호하게 말했다.

"랜드한테 다 들었어, 색빌이 네 애길 많이 하고 다녔대. 신사로서 떠벌이지 말아야 할 그런 내용들이었어, 심지어……. 하여튼 자기 자존심을 챙기는 데 널 이용한 사람이라구. 널 돕기 위해 그걸 조금쯤 깎아내리는 건 잘못이 아니야."

"도대체 어떤 방법을 쓰신 거예요?"

미라는 그 질문의 대답을 듣지 못했다. 여러 번 다그쳐 보았어도 마찬가지였다. 하지만 로잘리의 방법이 아주 영리하고 효과적이었던 것만은 분명했다. 누구 하나 색빌의 이름을 거론하지 않았다. 색빌이 모습을 드러내는 일도 그의 소식이 들리는 경우도 거의 없었다. 그를 생각할 때마다 미라는 죄책감에 사로잡혔다. 직접적이든 간접적이든 그의 불행을 일으킨 장본인은 그녀였으니까……. 또한 로잘리가 그녀를 위해 고결함을 타협해야 했다는 사실도 너무나 죄스러웠다.

버클리 장원 주위로 하얀 눈발이 쌓이고 내부에서는 벽난로의 불길이 활활 타올랐다. 미라는 선물 받은 책 중 하나를 무릎에 올리고 천천히 책장을 넘겨갔다. 방 안으로 나지막한 대화소리가 이어졌다. 버클리 가의 젊은 여자들은 무리지어 재잘거리고 나이 든 여자들은 화롯가에 나른하게 드러누웠다. 로잘리는 크리스천을 무릎에 안고 아이가 손가락으로 서리 낀 창에 그림을 그리는 동안 이따금씩 머리를 매만져 주었다.

"책들의 제목과 저자로 보낸 사람을 짐작해볼 수도 있어요."

윌헬미나 버클리의 파란 눈이 미라에게 쏠렸다.

"거기 단서가 있지 않을까요?"

"글쎄요."

미라는 이번이 벌써 몇 번째인가를 생각하며 속으로 한숨을 삼켰다. 피곤하고 짜증스런 대화였다. 보낸 사람의 정체는 이미 알고 있었다.

모든 책들이 제인 오스틴의 작품이었고, 알렉과 그 작가에 대해 얘기한 적이 있었음을 기억해냈다. 하지만 그가 왜 선물을 보냈는지, '찬미자로부터'라는 서명은 또 무슨 의미였을지의 수수께끼는 여전히 풀리지 않았다.

"정말로 짐작 가는 사람 없어요?"

"없어요."

미라가 단호하게 대답했다. 시선을 들었을 때 로잘리의 혼란스러워하는 표정이 그녀에게 향해 있었다. 로잘리도 그 찬미자의 정체를 궁금해하는 듯했다.

"레이디 버클리."

하녀 한 명이 조심스레 끼어들며 로잘리에게 카드가 담긴 쟁반을 내밀었다. 이런 겨울날에는 파티에 참석하거나 이웃을 방문하는 것 외에 할 일이 거의 없었으므로 방 안 사람들의 호기심이 단번에 쟁반으로 집중되었다.

로잘리가 연푸른색 카드를 훑어보고 나서 미소지었다.

"오늘 오후에 썰매 파티가 열린다는군요. 스탬퍼드 부부가 우릴 초대하셨어요."

사람들의 웅성거림이 방으로 번져가는 동안, 미라는 질문하듯이 로잘리를 바라보았다. 버클리 가의 사람들과 어울리는 것을 제외하고 아직껏 사교계 파티나 모임에 참석한 적이 없었다. 로잘리가 그 질문을 읽어내고는 가볍게 고개를 끄덕였다.

"우리도 참석하는 게 좋겠어요."

모두에게 알리는 말이었지만, 미라는 그 말이 자신에게도 해당된다는 것을 알아차렸다. 뱃속에서 흥분감이 퍼덕거렸다. 어떤 사람들을 만나게 될까? 그들이 무슨 말을 걸어올까. 색빌에 대해서 물어보지는 않을까. 색빌의 정부였던 것을 알아차리지는 않을까……

모두들 출발준비를 하기 위해 각자 방으로 돌아갔다. 미라 또한 옷장을 뒤적이며 입을 만한 옷을 골라보았다. 모피장식이 달린 진홍색 드레스가 마음에 들었다. 하지만 이런 색깔이 괜찮을까? 아직 평판에 흠집이 남아 있을 테니까 이렇게 대담한 색을 입으면 안 될 거야. 베이지색 드레스는……. 안 돼, 혈색이 나빠 보여. 파란색으로 할까? 안 돼, 이건 옷감이 두껍질 않아, 한기에 떨고 싶진 않아. 미라는 결국 진홍색으로 마음을 결정하고 하녀를 호출했다.

단장을 끝낸 후 모피 토시에 두 손을 파묻고서 아래층으로 내려갔다. 썰매를 나눠 타기 위해 버클리 가의 사람들 서너 명이 무리지어 모여 있었다. 계단 밑에 도착했을 즈음 그녀는 사람들의 시선이 집중되는 걸 불편하게 알아차렸다. 이 옷차림 때문일까? 다른 여자들과 달리, 그녀는 외투와 모자 대신 낭만적으로 흐르는 두건 달린 망토를 걸쳐 입었다. 자신의 뺨이 홍분으로 발그레해졌고, 진홍색 드레스가 가을낙엽 같은 눈동자를 돋보이게 해주었으며, 조용하고 방어적이던 소녀가 갑자기 아름다운 여인으로 바뀌었다는 것을 그녀는 알지 못했다.

"매력적이군요."

윌헬미나 버클리의 얼굴에 부러운 기색이 깃들었다.

"하지만 오늘 모임은 가장무도회가 아니에요, 저멩 양. 당신의 두건과 망토가 사랑스럽긴 하지만 더 편리한 옷을 입는 게 낫지 않겠어요? 매번 느꼈지만 당신의 옷차림은 그다지 적당치가 않아요……."

"걱정해주셔서 감사합니다만 전 이게 마음에 들어요."

미라가 조용히 대답했다.

윌헬미나의 파란 눈이 단호하게 번득였다.

"당신이 우리와 다른 옷을 입는다면 혼자만 튀려는 것으로 보일 거예요. 그건 허영심의 흔적이에요. 우리와 동행하는 자리이니만큼 그렇게 특이한 차림으로 우릴 당황스럽게 만들지 않았으면 좋겠어요."

홀 안이 조용해졌다. 로잘리가 있을 때는 이런 식으로 비난한 적이 없었던 윌헬미나였다. 하지만 로잘리와 랜드가 아직 위층에 있었으므로, 미라는 지금 스스로 자신을 방어해야 했다.

"제가 당신을 당황스럽게 만들 일은 없을 거예요. 영국에서는 외모보다 예의로 사람을 판단한다고 들었어요. 저의 예의는 흠잡을 데가 없을 겁니다."

"잘했어."

계단 위쪽에서 목소리가 들려왔다. 모든 사람의 시선이 로잘리를 에스코트하여 내려오는 랜드 버클리에게 향했다. 멋진 한 쌍이었다. 로잘리의 우아함과 아름다움이 랜드 버클리의 매력과 함께 어우러졌다. 랜드 버클리에게는 즉각적인 존경을 불러일으키는 분위기가 배어 있었다. 모두들 그의 찬성을 얻고 싶어했으며, 모두들 그의 분노를 두려워했다. 제정신을 가진 사람은 누구라도 랜드의 뜻을 거스르지 못했다.

"훌륭한 반격이었소, 저멩 양."

그의 황금색 눈동자가 반짝거렸다.

"내 사촌 대신 내가 사과해야겠군. 가끔씩 다른 가족 대신 이렇게 사과해야 할 경우가 생긴다오."

미라는 감사히 미소지었다. 그의 말에는 버클리 가의 다른 일원들에게 경고하는 뜻도 담겨 있었다. 이후로 누구 하나 그녀에게 불쾌한 말을 던지지 못할 것이다.

그녀는 랜드와 로잘리의 썰매에 같이 올랐다. 버클리 가문에 대하여 재치 있는 대화를 교환하는 동안 그녀의 태도가 점점 생기발랄해졌다. 편안한 웃음도 자주 터져나왔다.

"열다섯 살 때의 그 모습 같아."

로잘리의 얼굴에 만족스런 미소가 번졌다.

"활기 넘치는 게 보기 좋아."

"삼 개월 전만 해도 눈물 없이는 말하기 힘들었는데. 아주…… 지치고 늙은 기분이었어요. 그런데 지금은 왜 모든 게 달라졌을까요?"

"이젠 혼자가 아니라서 그래."

로잘리가 간단하게 대답했다.

"항상 완벽한 대답을 알고 계시나요?"

미라가 미소지었다.

"바로 그거야. 그래서 내가 이 여자와 결혼한 거요."

랜드가 아내의 손을 잡아 손등에 입술을 눌렀다.

그들의 썰매가 스탬퍼드 장원 앞에 모인 다른 썰매들 사이에 멈춰섰다. 마부석이 곁들여진 썰매도 있고, 직접 조종할 수 있도록 만든 썰매도 있었다. 마부를 고용하는 대신 직접 조종하는 것이 점점 유행으로 번지고 있었다.

랜드가 아내와 미라를 썰매에서 내려준 다음 거대한 장원으로 에스코트해 들어갔다. 많은 무리들이 이미 도착하여 썰매파티를 기다리는 중이었다. 로잘리의 설명에 따르면, 그 썰매들이 길게 줄을 이어 교외로 달리면서 노래도 하고 얘기도 나눈다는 것이었다.

미라의 시선이 조심스레 주위를 살펴보았다. 아는 얼굴이 없어서 다행이었다. 용감하게 미소지으며 로잘리에게 몇몇 사람들을 소개받았다. 모두들 친절하고 유쾌한 사람들이었다. 흥미로운 대화를 나누면서 그녀의 기분도 점점 고조되어갔다. 이 사람들은 그녀를 좋아하는 것 같았다. 그녀 또한 이곳에 어울리는 게 그리 어렵지 않았다. 그녀는 변했다. 더 이상 실수투성이 시골 처녀도, 늙은 남자의 수줍은 정부도 아니었다. 방금 전 누군가가 표현했던 그대로 '매력적인 아가씨'였다.

미라의 유쾌한 기분은 로잘리가 젊은 남자 하나를 데려옴으로써 약간 사그러들었다. 에드거 온슬로라는 남자였는데, 언젠가는 매력적인 남자가 될지도 모르지만 지금 현재로서는 그녀에게 인사할 때 얼굴을 붉히고 손을 너무 힘주어 잡아버리는 어색한 소년이었다.

"온슬로 씨는 아주 근사한 청년이야."

로잘리의 목소리에 만족감이 배어 있었으므로, 미라는 힘없이 미소지었다. 아마도 이 남자가 로잘리가 추천하는 신랑감의 첫번째 후보인 모양이었다.

'오, 로잘리, 나한테 상처주지 않을 만한 남자를 골라주려는 건 알아요. 하지만 난 당신이 생각하는 것처럼 약하지 않다구요. 가끔씩 내가 다그쳐댈 수 있는 사람…… 날 보살펴줄 만큼 강하고, 나한테 휘둘리지 않을 만큼 견고한 그런 사람이어야 해요. 나보다 약한 사람은 싫어요.'

"어머나, 난 남편을 찾아봐야겠어."

미라가 미처 입을 열기도 전에 로잘리는 재빠르게 사라져갔다.

온슬로는 착하고 성실해 보였다. 그리고 미라가 만나본 중에서 가장 지루한 남자였다. 그녀가 대화를 시도해보려고 노력할 때마다 '예' 또는 '아니오' 등의 한마디 이상을 말하지 못했다. 그녀에게 너무 홀딱 반해서 말문이 막혀버렸거나 아니면 심각하게 말재주가 부족한 사람 같았다. 로잘리가 돌아와서 구해주지 않으리라는 걸 깨닫게 되자, 미라는 기대했던 썰매파티가 지루하게 끝날 모양이라고 체념적으로 생각했다.

"저멩 양, 펀치 좀 가져다 드릴까요?"

온슬로의 제안에, 그녀는 다행스럽다는 듯 고개를 끄덕였다.

"감사합니다."

그 남자가 사라지자마자, 어디선지 모르게 로잘리가 미라의 곁으로 당장 나타났다.

"그 사람이 썰매 같이 타자고 했어?"

그녀의 눈동자가 열성적으로 반짝였다.

"아직 그 정도까지 못 갔어요."

미라는 열의없이 대답했다.

"그 사람을 보내버린 거야?"

"펀치를 가지러 갔어요."

"맙소사, 다른 여자가 채가지 못하게 내가 얼른 따라가야겠어. 말괄

량이 레티 휘튼이 눈독들이고 있던데.”

온슬로의 뒤로 여자들이 줄줄이 늘어선 것 같지는 않다고 지적해주려다가, 미라는 로잘리의 단호한 결의를 알아차리고는 그저 한숨만 내쉬었다. 로잘리가 즉시 사냥감을 추적하는 태도로 그를 찾으러 나섰다.

“레티 휘튼한테 가지라고 하세요.”

미라가 혼잣말로 중얼거리는 순간 옆쪽에서 나지막한 웃음소리가 들려왔다.

“전에는 레이디 버클리의 취향이 완벽하다고 생각했었는데, 누구에게나 실수는 있는 모양이오.”

빙글 돌아섰을 때 알렉 포크너의 모습이 눈에 들어왔다. 그가 씨익 미소지으며 그녀의 가슴을 콩당거리게 만들었다.

“그녀의 취향은 훌륭해요.”

미라가 간신히 목소리를 찾아 대꾸하자, 그의 잘생긴 입술이 피식 휘어졌다.

“그 녀석의 심각한 긴장상태를 보건대 썰매까지 뒤집어엎고 말 거요……. 안 되지, 우리의 과거 정을 생각해서라도 그런 일을 두고볼 순 없지.”

“과거의 정 같은 건 없어요.”

알렉은 그녀를 내려다보며 굶주림에 휩싸였다. 전엔 느껴본 적이 없는 격심한 굶주림. 그녀의 모습을 보고, 그녀의 목소리와 체취를 느끼는 것으로만 달래줄 수 있는 굶주림. 그건 가장 원치 않는 감각이었다. 사랑이라면 이성적으로 해결할 수 있었다, 벗어나라고 자신을 설득할 수도 있었다……. 하지만 굶주림은 피할 수 없는 현실이었다. 사랑은 무시할 수도 있고 바꿔치기하고 슬퍼하고 잊어버릴 수도 있는 것이었지만, 굶주림은 귀찮게 따라다니며 자극하고 만족시켜줄 때까지 머리속을 헤집어놓는 그런 것이었다.

“당신의 기억력은 몹시도 형편없군. 내 기억으로, 나와 당신은 여러 번 만났을 뿐 아니라 꽤 친밀한 관계로……."

"조용히 하세요, 제발!"

미라가 공포스레 주위를 둘러보았다.

"교양 없이 굴지 마세요. 온슬로를 비난하지도 말고요……. 그럼 내가 당신 같은 사람과 썰매를 타야 한다는 건가요?"

"정확히 맞았소."

알렉이 대답했다.

미라는 당황스레 그의 회색 눈동자를 쳐다보았다. 그 속에 조롱기나 놀리는 기색은 없었다. 정말로 같이 썰매를 타자는 걸까? 어떤 대답을 해야 할까?

이 남자를 신뢰하지 말아야 할 이유는 많고도 많았다.

이 남자를 너무 절망적으로 사랑했다.

간단히 거절하는 게 최선이었다. 포크너가 그녀에게 간청할 리도 없었다, 다시 한 번 물어보는 일조차 없을 것이다.

그는 그녀의 우유부단한 표정을 응시하며 씨익 웃었다. 미라도 반사적으로 미소를 되돌려주었다. 이 남자와 같이 있을 기회를 거절한다는 건 불가능했다.

'미쳤어, 이 후로 무슨 일이 생기든 다 네 책임이야!'

그렇게 자신을 호통치면서도 어느덧 그녀는 승낙의 말을 속삭이고 있었다.

"그 초대에 응할게요."

그녀의 눈에 갑작스레 웃음기가 번졌다.

"하지만 서둘러 떠나지 않으면 로잘리가 온슬로를 데려올 거예요. 그럼 난 그 사람 썰매에서 학창시절 얘기나 들어야 할 거예요."

"가엾어라."

알렉이 다시 미소지으며 그녀에게 팔을 내밀었다.

9

　그들은 홀을 가로질러 문으로 걸어갔다. 사람들의 시선이 그들을 따라 움직였다. 그 일부가 그녀에게 향한 것이긴 했어도 대부분은 알렉을 지켜보고 있었다. 이렇게 쉽사리 사람들의 시선을 끌어모을 수 있는 사람은 별로 없으리라. 어떻게 알렉을 알아차리지 않을 수 있겠는가……. 그는 너무나 잘생긴데다 재치 있고, 대담한 미소를 지닌 남자였다. 게다가 그의 기분은 또 얼마나 아찔한 속도로 변해버리는가. 그가 심각하게 반응할지 조롱할지 예측하기란 어려웠다. 하지만 그것도 그를 더 매력적으로 만드는 요소일 뿐이었다. 그의 에스코트를 받으면서 미라는 그 수많은 시선에 무관심할 수 있는 그의 능력이 놀라웠다.
　"가는 곳마다 이런 관심을 받으시나요?"
　"당연하지 않겠소? 아직 못 들었나보군. 내가 올해의 몇 안 되는 독신남 중 하나요, 그 중에서도 꽤 높은 상위권에 등록돼 있소. 내가 멧돼지처럼 꽁꽁 묶여 결혼식장에 끌려갈 때까지 그런 관심은 끝이 나질 않을 거요."

"그럼 당신을 간절히 바라는 사람들한테 내드려야겠군요. 난 누구도 붙잡을 생각이 없으니까요."

"대단히 흥미롭군. 내가 보기에는 당신이 바로 그 이유 때문에 여기 온 것 같은데. 레이디 버클리의 후원을 받아 아주 잘 해내고 있잖소. 결국에 그녀가 어떤 녀석을 당신의 결혼제단으로 끌고 갈지 대단히 궁금하다오."

"로잘리는 그런……."

미라는 답답한 한숨을 내쉬고 나서 덧붙였다.

"당신이 얼마나 밉살스런 인물인지 내가 잠시 잊었군요!"

"난 당신에 대해서 무엇 하나 잊지 않았소."

"나의 독서 취향을 포함해서겠죠? 그 책들 당신이 보낸 거죠?"

그는 대답 없이 그녀를 썰매에 태워주었다. 하인 한 명이 그녀의 발치에 뜨끈한 벽돌을 놔주고 무릎 위에 두터운 담요를 펼쳐주었다. 그 온기와 아늑함을 만끽하며 미라가 토시 속으로 더 깊이 손을 파묻었다.

"추운가?"

알렉이 부드럽게 물었다.

"아뇨, 그 책들은……."

"마음에 들었소?"

"그럼요. 다만…… 당신한테 신세진 느낌이 싫을 뿐이에요."

"신세랄 것도 없소. 종잇장 몇 장인걸."

"카드에 '찬미자'라고 쓰셨더군요."

그가 어깨를 으쓱였다.

"그건 사실이오."

너무 별 거 아닌 것처럼 말했으므로 전혀 아무 의미도 없는 듯하게 들렸다.

"당신은 무슨 일이 일어나든 헤쳐나갈 수 있는 인물이오……. 당신을 가장 잘 도와줄 만한 사람들과 친구가 되는 재능을 지녔소.”

“칭찬처럼 들리진 않는군요.”

“그런가? 칭찬이었는데.”

그가 느긋하게 말했다.

몇 대의 썰매들이 두터운 눈 위로 미끄러지기 시작했다. 말 굴레에 달린 종들이 말발굽소리와 함께 경쾌한 화음을 만들어냈다. 미라의 예상과 달리, 썰매들은 일렬로 줄을 맞춰 나아가지 않았다. 젊은 남자들 몇몇이 동행한 여자들의 항의에도 불구하고 속도 경쟁을 벌였고, 몇몇 썰매는 뻔하게 짐작할 만한 이유로 뒤쪽에 처졌다. 썰매파티에서 도둑키스와 그외의 간단한 방종들은 흔히 일어나는 일들이었다.

그들의 바로 앞에서 적갈색 머리의 젊은 남자가 작은 눈덩이를 뭉쳐 옆자리 소녀의 목덜미로 쏙 떨어뜨렸다. 그 여자의 놀란 비명소리가 터져나왔다. 미라가 키득대며 알렉을 흘깃 보았다.

“저 사람은 누구예요?”

“스펜서 화이트브룩. 당신 나이 또래요……. 여자에게 독창적으로 접근하는 방법이 가히 예술이라는 평을 듣고 있소.”

“어머나…… 기억해둬야겠네요. 로잘리에게 저 사람은 고려하지 말라고 해야겠어요.”

“당신 목록에서 이름을 지우기 전에, 당신에게 선택의 폭이 넓지 않다는 점을 알아야 할 거요. 아니, 그렇게 노려보기 전에 내 말부터 들으시오. 당신 탓이 아니라, 당신이 남자의 관심을 끌기에 충분하다는 건 하늘도 알고 있지만 단지 올해의 독신남들 물량이 상당히 제한적이기 때문이라오.”

“아하, 그래서 당신이 상위권 순위에 들어간 거로군요.”

알렉의 한쪽 눈썹이 올라갔다.

“저멩 양, 독신남들의 수가 많았을 경우 내가 상위에 들어가지 못했을 거라는 뜻이오?”

"아마 중간 정도에 머물렀겠지요."

알렉이 부드럽게 웃었다.

"어째서 그 정도로밖에 점수를 쳐주지 않는 거요? 남들은 꽤나 견딜 만한 사내라고 하던데."

"가끔은 그렇겠죠. 가끔은 견딜 만한 것보다 훨씬 괜찮아요……. 하지만 가끔은 도저히 견딜 수 없는 수준이에요."

"그럼 평균은 되지 않겠나?"

"아뇨……. 견딜 수 없을 때가 훨씬 더 많거든요."

"내가 당신의 매력을 깎아내리기 전에, 버클리 가에서의 생활이 어떤지 말해보겠소?"

"아주 좋아요."

"대단히 새침한 레이디 같은 답변이로군. 레이디 버클리와 너무 많은 시간을 보내서일까. 진실을 말해보시오……. 전에는 잘도 말했잖소."

"네, 전에는 진실을 말했었죠……. 그리고 당신은 열두 시간도 지나기 전에 내 신뢰를 저버렸구요!"

그녀의 비난에도 알렉은 전혀 당황해하지 않았다.

"그건 정상참작이 될 만한 상황이었소. 그자가 내 앞에서 당신을 거리의 여자처럼 주물렀다는 게 그 이유 중 하나요."

"그런 걸 핑계삼지 마세요! 당신은 그런 말을 할 권리가 없었다구요. 나한테 억지로 쥐어짜냈잖아요. 난 당신이 그걸 색빌에게 폭로할 거라고 깨달을 만한 상태가 아니었어요. 대단히 불명예스러운……."

"명예를 들먹이진 마시오."

그가 흘깃 경고의 시선을 던졌다.

"난 명예를 가볍게 여기지 않소. 지금까지 당신에게 그걸 보여줄 기회가 없었다는 게 유감이지만. 당신이 남자들에게 여러 가지 감흥을 불러일으키긴 하지만, 명예로움이나 정직은 그 안에 포함되지 않소.

난 내 행동을 정확히 알고 있었소, 색빌의 행동과 그 이유들도.”

“그럼 모든 게 내 탓이란 말이에요?”

그녀의 갈색 눈동자가 가늘어졌다. 이 남자한테 못 견디게 부아가 치밀었다. 하지만 자유롭게 말할 수 있다는 게 다행스럽기도 했다. 그녀가 무슨 말이든 해버릴 수 있는 상대가 바로 이 남자였다. 그들의 공통적인 이해, 함께 했던 친밀감이 다른 누구에게 감히 하지 못할 말들까지 하게 만들었다.

“모든 걸 내 탓으로 돌리면 편하기야 하겠죠. 하지만 당신이 좀더 공정한 사람인 줄 알았어요.”

“이제 와서 왜 그런 걸 기대하시오?”

알렉이 무덤덤하게 물었다.

“나보다 양심도 없는 사람이 날 감히 판단하진 못할 테니까요.”

알렉이 웃음을 터트렸다.

“한방 먹었군.”

“좋아요. 그럼 더 이상 이 애긴 하지 말자구요.”

“이 애길 꺼낸 게 당신이었잖소.”

“우린 버클리 가에 대해서 말하는 중이었어요.”

“맞아, 그 애길 하는 중이었지. 어떻소, 그들이 잘 대해주던가?”

그녀가 화들짝 그를 쳐다보았다. 그의 어조에 걱정스러운 기색이 담겨 있었다. 하지만 얼굴은 철저하게 무표정할 뿐이었다.

“잘 대해줘요. 하지만 백작님과 레이디 버클리 말고 다른 사람들은 아주……”

“비판적이던가?”

“그래요, 로잘리가 없을 때마다 내 흠을 잡으려고 안달인 것 같아요.”

“그 정도면 괜찮은 거로군. 버클리 가 사람들은 항상 그런 식이오. 비판을 마음에 담아두지 못하고 누구한테든 말해버려.”

“나 혼자만 당하는 게 아니라니 다행스럽군요. 하지만 그런 사람들과 같이 사는 게 쉽진 않아요.”

“축복으로 여기시오. 우리네 포크너는 버클리보다 훨씬 심하다오. 포크너들은 서로의 단점을 물고 늘어지는 습성이 있소. 게다가 성질들도 무시무시하오.”

“당신처럼요?”

“난 그 중에서도 온순한 편이오.”

미라가 웃음을 터트렸다.

“맙소사, 진짜 겁나네요. 그렇게 무시무시한 성질이 어디서 유래한 건가요?”

“내 아버지. 그분은 정말 못 말리는 성질이셨소. 반면에 어머니는 항상 침착하고 현실적인 분이오. 이제는 나이가 들어서 약간 약해졌지만, 젊었을 때는 영국에서 가장 빈틈 없고 굳센 여자였소.”

“그런데 어떻게 당신 아버님 같은 분과 결혼하셨어요?”

“끈기와 고집의 승리라고나 할까. 30년 전 스태퍼드셔에서 열린 중세식 마상대회에서 결국 어머니가 항복하셨소. 에드워드 펜라인이 후원한 대회였는데, 진짜 중세식 차림으로 그 전통에 맞춰서 마상시합과 모의전투를……”

“위험하지 않은가요?”

“얼마나 몰입하느냐에 달려 있었겠지. 펜라인은 두 가지 이유 때문에 그 대회를 개최했소. 하나는 역사적인 관심……”

“다른 하나는요?”

“대단히 까다롭고 강한 여자…… 내 어머니, 줄리아나 펜라인 때문이었소.”

“펜라인이라면…… 서로 친척이셨나요?”

“사촌지간이었소. 첫번째 남편이 죽은 후, 어머니는 다시 결혼하기로 결심했소. 에드워드를 점찍었지. 완벽한 커플이었소. 하지만 아버지가 그녀를 차지하겠다고 무지막지하게 따라다녔소. 그녀가 절대 받아들이지 않았는데도.”

“왜요?”

“내 아버지가 네 살이나 더 어린데다 성질도 너무 불 같았소. 어머니는 자신들이 어울리지 않는다고 판단했소. 아버지가 공작의 둘째 아들이라 작위나 유산을 물려받지 못할 위치라는 단점도 있었고.”

“그분이 사랑하신 분은 어느 쪽이었어요?”

“내 아버지를 사랑했소.”

알렉이 잠시 생각에 잠겼다.

“하지만 그 정도 이유로는 에드워드와 결혼하겠다는 결심이 바뀌질 않았소. 낭만적인 성격이 아니거든.”

“말도 안 돼요. 아무리 아닌 척해도 낭만적이지 않은 여자는 본 적이 없는 걸요.”

“당신이 아직 어머니를 만나지 못했으니까.”

미라가 고개를 흔들며 미소지었다.

“그래서 그 마상대회는……?”

“왕과 왕실 가족을 포함해서 줄잡아 7천 명의 군중들이 모여들었지. 아버지는 백장미의 기사로 마상대회에 참석했소. 그리고 그 대회에서 가장 짓밟아주고 싶은 남자와 맞붙었소…… 붉은 사자의 기사.”

“당신 어머니의 사촌 에드워드였겠군요.”

“맞았소. 어머니는 미의 여왕으로 우승자에게 왕관을 수여하기로 되어 있었지. 몇 번쯤 말을 달리고 무딘 창으로 공방을 벌인 후에, 에드워드가 내 아버지를 이겼다오. 펜라인이 그날의 승리자였고, 내 아버지는 약간 다친 팔과 심하게 상처받은 자존심을 안고 들판에 누워버렸소.”

“어머니가 그분에게 달려갔나요?”

“이모님께 들은 바로는, 그 옆에 무릎 꿇고 앉아서 하늘과 땅을 다

주겠노라고 약속했다는군. 심각한 상처를 입어서 금방이라도 죽을 줄 알았던 거요.”

알렉이 그 장면을 상상하며 낄낄거렸다.

“내 눈으로 직접 봤으면 좋았을걸.”

“아픈 척하는 게 포크너 가 남자들의 특별한 재능이로군요.”

미라가 시큰둥하게 한마디했다.

“하여튼 효과만점이었소. 그날 밤 무도회와 연회장에서 두 사람의 약혼이 선포되었거든.”

미라가 살며시 미소지었다.

“당신이 뭐라고 말하든, 당신 어머니는 낭만적인 분이신 것 같아요.”

“당신만큼은 아닐 거요.”

그의 놀리는 듯한 미소에 그녀는 살짝 눈을 내리깔았다가 다시 올렸다.

“한 가지 이해 안 되는 점이 있어요. 당신 아버지가 둘째 아들이셨다면서 어떻게 당신이 작위를 물려받았죠?”

“큰아버지가 후손 없이 돌아가셨소. 내 아버지는 십 년 전 낙마사고로 돌아가셨고.”

미라가 말없이 고개를 끄덕였다. 문득 알렉이 말의 속도를 줄여 썰매들의 뒤쪽으로 물러나는 것을 알아차렸다.

“왜 그래요? 말이 지쳤나요?”

그의 눈에 신뢰하지 못할 만한 번득임이 떠올랐다.

“지름길로 갈 거요.”

“나한테 허락을 구하지도 않았잖아요.”

“전에도 말했을 텐데…… 난 절대 허락을 구하지 않는다고.”

“지름길이 어딘데요?”

“모두들 숲의 외곽을 돌아서 스탬퍼드 영지로 돌아갈 거요. 우린 그 길을 그대로 뚫고 가는 거요.”

"제 말 좀 들어보세요, 포크너 경. 당신은 지금 저의 평판을 위험으로……."

"알렉으로 부르라고 했잖소."

"그 후로 많은 것들이 변했어요."

"우리가 없어진 걸 아무도 눈치 못 챌 거요."

"로잘리는 알 거예요!"

"그녀는 알아챈다 해도 말하진 않을걸."

알렉이 자신의 뜻대로 말을 몰아갔다.

"브럼멜과의 만남이 소문나는 걸 각오하면서까지 그러진 못할 거라오."

"그녀를 협박하려는 거예요?"

썰매 가장자리를 움켜잡으며 그녀가 다그쳤다.

"나로선 동등한 침묵의 교환으로 표현하고 싶소."

"불한당 같으니! 그녀가 당신을 마땅치 않게……."

그녀가 더 이상 실수하기 전에 얼른 입을 다물었다. 그들의 썰매가 고드름 달린 소나무들을 지나 빠르게 달려갔다.

"그녀가 날 마땅치 않게 여기던가? 충분히 짐작할 만한 일이오. 내가 불편한 거겠지. 날 믿을 수도 없을 테고……."

"탁월한 판단력의 소유자죠."

"그리고 그녀는 자기의 가엾은 양 근처에 내가 얼씬거리는 것도 못 마땅해할 거요. 가방에 흥미로운 장난감을 가지고 다니는 아주 연약한 미라 말이오."

"이젠 그런 거 없어요."

"오늘은 칼을 안 갖고 왔나?"

"없다구요!"

"그래도 달라질 건 없소."

그가 숲 가장자리에 썰매를 멈춰 세웠다.

"당신은 말만으로도 심각한 상처를 입힐 수 있거든."

겨울 숲의 정적이 얼음과 나뭇가지 깨지는 소리로 흐트러졌다.

"당신이 상처 입을 리는 없겠죠. 당신한테는 화살촉 없는 화살처럼 스치기만 할 테니까."

알렉이 고개를 저었다. 그의 미소가 흐릿해지면서, 갑자기 무언가를 깨달은 사람처럼 그녀를 응시했다. 진지하면서도 부드럽게.

"아니오, 그 화살은 내 속에 깊이깊이 박혀서 빼낼 수조차 없다오."

"그런 말 믿지 않아요."

"목소리가 떨리는군. 설마 겁나는 건 아니겠지?"

"추워서 그래요."

그가 장갑 낀 손으로 그녀의 턱을 어루만지며 서서히 고개를 기울였다.

그녀의 속눈썹이 파르르 밑으로 내리깔렸고, 그의 검은 머리가 다가오는 동안 꼼짝도 하지 못했다.

그의 입술이 닿았다. 따뜻하고 느릿하게……. 그 달콤함이 그녀의 몸 속으로 스며들어갔다. 그들의 몸은 두꺼운 옷가지로 떨어져 있었고, 미라에게 느껴지는 건 너무나 부드럽고 고집스럽게 닿아오는 뜨거운 입술뿐이었다. 이렇게 소중한 사람처럼 느껴졌던 적이 언제였을까. 그는 그녀에게 특별한 느낌을 전해주었다, 이 세상에서 그녀만을 원하는 것처럼 느끼게 했다. 그녀의 내면에서 관능이 꿈틀거리고, 생각들이 어지럽게 뒤엉켰다. 그를 제외한 모든 것들이 흐릿해졌다.

떨리는 숨을 들이키자, 매서운 겨울공기가 콧속으로 밀려들었다. 그녀는 토시에서 손을 빼내어 그의 뺨을 더듬었다. 그의 남성적인 턱이 손가락 끝에 닿았다. 그 순간을 음미하며 그 각진 부분에 손바닥을 펼쳤다. 그의 팔에 힘이 들어갔다, 그녀를 갈망하는 듯이……. 알렉의 입술이 더욱 뜨거워지며 그녀의 혀를 찾아왔다. 그들의 입술이 빈틈없이 달라붙었다. 마침내 미라가 숨을 헐떡이며 얼굴을 돌렸다.

“왜 나한테 한마디 없이 햄프셔를 떠나버렸소?”

그가 중얼거렸다. 그의 어조에 당황한 기색, 그리고 그녀가 이해하지 못할 무언가가 깃들었다. 미라는 그날의 고통을 기억하며 눈을 감았다.

“어쩔 수 없었어요. 로잘리가 같이 가자고 제안했어요. 색빌은 이미 며칠 전에 떠나달라고 말했구요.”

“나한테 그런 말 안 했잖소.”

“그 말을 했더라도 뭐가 달라졌겠어요? 당신은 나에게 아무런 약속도 하지 않았어요. 그 상황에서 빼내주겠다고 제안한 적도 없어요, 그날 밤 후에도……”

“나한테 부탁하기만 하면 됐을 거요.”

알렉이 그녀를 떼어내고 강렬하게 쳐다보았다.

“내가 당신의 숙소를 마련해 주었을 거요……”

“내가 당신 정부 역할에 만족한다면 말이죠.”

미라가 씁쓸하게 미소지었다.

“그땐 내가 멍청했으니까 아마 받아들였을 거예요. 하지만 이젠 아니에요. 궁전도 돈도 다 소용없어요. 그 후로 난 변했어요. 당신이 제안할 수 있는 것 이상을 바라게 됐어요.”

그가 그녀의 팔을 움켜쥐었다.

“나한테 뭘 기대하는 거요?”

그의 목소리에 분노와 절망감이 실렸다.

“내가 어떤 상황인지 알잖소. 나에겐 막중한 책임이 있다구. 빌어먹을, 당신을 갖고 싶어. 하지만 난 포크너라구. 가문의 장손이오. 가문을 보살펴야 하고, 언젠가는 내 이름을 물려줄 후계자도 있어야 하오. 당신이 다른 여자였더라면…… 내가 다른 남자였더라면……”

“이해해요.”

미라는 마음속이 얼어붙는 걸 느끼며 조용히 대꾸했다.

"다 이해해요."

"그럼 도대체 왜 내가 줄 수 있는 걸로 만족하지 않는 거요? 당신한
테 뭐든지 줄 수 있소, 포크너라는 이름만 아니면 뭐든지 줄 수 있소.
당신을 행복하게 해줄……."

"아뇨, 그럴 수 없어요. 전에는 그 정도로 행복할 수도 있었겠지만
지금은 아니에요. 당신 잘못이 아니에요……. 그냥 모든 것이 변했어
요. 난 아름다운 옷이나 돈으로 행복해질 수가 없어요. 연극이나 무도
회도 필요 없어요. 내가 원하는 건 조용한 인생과 내 가족이에요…….
그걸 갖기 위해서 최선을 다할 거예요. 만약 신께서 허락하신다면 성
공할 수 있을지도 몰라요. 당신을 따라오지 말았어야 했어요. 로잘리
의 생각이 옳아요. 온슬로 같은 사람하고 사는 게 내 인생을 위해 더
나아요."

그의 몸이 굳어지는 걸 느끼며 그녀는 말을 이었다.

"스탬퍼드 영지로 돌아간 후에는 당신과 얘기하고 싶지 않아요. 다
시는 만나고 싶지 않아요. 다행히도 봄이 될 때까지 한두 번 정도만
파티에 참석할 테니까, 당신도 되도록 나와 마주치지 않도록 노력해주
세요."

"그래야겠군."

알렉이 차갑게 동의했다. 그리고는 고삐를 찰싹여 썰매를 움직였다.
싸늘한 여정이 계속되는 동안 미라는 가능한 한 그와 멀리 떨어져 앉
았다. 그들은 더 이상 한마디도 나누지 않았다. 알렉이 썰매에서 내려
주고 장원으로 안내해 들어갔을 때조차 차가운 침묵뿐이었다. 안으로
들어가자마자 알렉은 그녀의 곁을 떠나 오후 내내 시선 한 번 보내지
않았다.

"죄송해요."

조용히 얘기할 기회가 생겼을 때 미라는 로잘리에게 진심으로 용서
를 구했다.

"제 실수였어요. 그 사람과 같이 가지 말았어야 했어요. 당신 생각
이 맞았어요."
"내 생각이 맞았다는 게 하나도 기쁘지 않아."
로잘리는 탐색하는 시선으로 그녀를 응시했다.
"네 얼굴이 너무 슬퍼 보여."

길고 긴 겨울은 미라가 두려워했던 것만큼 그리 느리게 흘러가지
않았다. 버클리 가의 손님들과 소작인들이 다양한 병으로 쓰러졌기 때
문에 미라는 그들을 수시로 보살펴야 했다. 매서운 추위와 눅눅한 습
기가 옷가지를 뚫고 뼛속까지 스며들어, 몇 시간 나갔다온 후에는 아
무리 뜨끈한 수프와 독한 술, 벽난로의 불길로도 몸이 데워지지 않았
다. 그나마 감기와 기침, 관절염, 귀앓이 등을 치료하는 데 이용할 약
초와 허브들이 부엌에 충분히 비축되어 있는 것이 다행이었다.
귀앓이에 쓸 에린고즙을 짜내고, 관절염을 달래기 위해 개불알꽃으
로 로션을 만들었다. 보리, 질경이, 꿀과 백합 기름을 끓여 뜨거운 찜
질약을 만들기도 했다. 그녀의 치료약들이 끊임없이 필요할 정도로 그
겨울은 무자비했다.
하지만 버클리 가의 사람들이 가장 견딜 수 없었던 기간은 로잘리
가 앓아 누운 3월의 일주일이었다. 그저 단순한 열감기였을 뿐인데도,
로잘리의 병은 버클리 장원 전체를 혼란 속으로 밀어넣었다. 가장 심
각한 문제는 랜드였다. 빨개진 코로 훌쩍이는 아내와 얘기할 때에는
더없이 부드러웠으면서도, 그녀가 낮잠을 잘 때나 그녀의 옆에서 떨어
져 있을 때면 몹시도 변덕스럽고 신경질적이어서 누구 하나 접근할 엄
두를 내지 못했다. 랜드가 로잘리의 건강이나 행복에 위협될 만한 어
떤 일이건 참지 못한다는 걸 경험상으로 알고 있었기에, 미라는 동정
과 약간의 재미있는 심정으로 그를 지켜보았다.
"빨리 나으셔야 돼요, 로잘리."

어느 날 오후 뜨거운 액체 한 잔을 들고 침실로 들어서며 그녀가 말했다. 로잘리는 컵을 받아들면서 인상을 찌푸렸다.

"또 그 끔찍한 허브약이야?"

"차에다 꿀을 탔어요."

"오, 감사해라……."

로잘리가 달콤한 차를 깊이 들이키고는 기분 좋게 한숨을 내쉬었다.

"이젠 말해봐, 왜 빨리 나아야 한다는 거야? 난 이렇게 며칠 누워 있는 게 편하기만 한걸."

"버클리 경이 점점 감당할 수 없게 변해간다구요."

"정말? 나한테는 더없이 상냥하던데."

"당신한테만 그래요."

미라가 피식 웃었다.

"모르는 척 마세요……. 그분이 다른 사람들한테 어떤지 아시잖아요. 이 침실의 벽이 그렇게 두꺼울 리 없어요."

"가엾은 랜드."

로잘리가 재채기를 터트렸다.

"그래도 진심으로 화내는 건……."

"다른 말 마시고, 제발 하루 빨리 감기를 털고 일어나셔야 해요……. 버클리 경의 성질은 정말 끔찍해요."

"가엾은 미라."

로잘리는 그녀의 모습을 주의 깊게 살펴보았다.

"조금 야윈 것 같아. 다른 사람들 챙기느라 너무 정신없지? 그럴려고 널 여기 데려온 게 아닌데. 좀더 쉬어야 해……. 식사는 제대로 하는 거야?"

"시즌이 시작되려면 아직 한두 달 남았어요……. 걱정 마세요, 그때쯤에는 볼 만한 상태로 돌아갈 테니까요."

"한달 뒤부터 사교적인 방문을 시작해야 한다구, 그러니 너무 피곤하게 일하지 마. 지금 네 모습은 마치 상사병에라도 걸린 사람 같아."

"상사병이요?"

미라가 앞머리를 매만지며 허탈하게 웃었다.

"누구를요? 에드거 온슬로를요?"

"난 그랬으면 좋겠어. 그럼 문제가 쉽게 해결될 테니까."

"상사병 같은 거 안 났어요."

"그래도 뭔가 신경 쓰이는 일이 있는 것 같아."

"글쎄요, 신경 쓰이는 일이 있긴 해요."

미라가 침대 발치에 앉아 늘어진 커튼에다 대고 무심하게 뺨을 부볐다.

"이제 곧 시즌이 시작될 텐데, 전 벌써 지쳐버렸어요. 제가 해낼 수 있는 역할이 아닌 것 같아요……. 점점 사기꾼이 돼 가는 것 같아요. 불편하기만 하고 옳다는 느낌이 안 들어요. 내가 어디로 가야 하는지, 어디에 속한 사람인지……."

"이 집에 속해 있잖아."

로잘리가 걱정스레 대꾸했다.

"전 일시적인 손님일 뿐이라구요. 여긴 당신의 집이에요. 여기 사람들은 당신의 가족이구요."

"너도 언젠가 네 집과 가족을 갖게 될 거야. 그럼 그런 고민할 이유가 없어."

미라는 슬프게 미소지었다.

"진심으로 결혼이 그 해답이라고 생각하세요? 전 안 그래요. 연기해야 할 새로운 역할이 생기는 것뿐이죠. 그걸 잘 해낼 수 없을 것 같아서 두려워요……. 하지만 달리 할 수 있는 것도 없어요."

결혼이란 단순한 절차일 뿐이었다……. 하나의 예식이나 어떤 절차를 밟았다고 해서 그녀의 이런 고립감이 사라질 것 같지 않았다. 결혼이 그녀의 태생을 변하게 할 리 없고, 그런 인생에 어울리지 않는다는 이 불안감도 바꿔주지 못할 것이다.

"이해할 수가 없어. 넌 지금 연극을 하는 게 아니라, 네 인생을 살아 가고 있는 거야."

로잘리가 당황스레 말했다.

"지금까지 전 여러 인생을 살아봤어요."

미라는 힘없이 이마를 문질렀다.

"너무 늙고 찌들어버린 느낌이에요. 다른 여자들은 자신의 자리를 정확히 알고 있어요. 자신이 누군지를, 어떤 기대에 부응해야 하는지를…… 전 그런 그들이 부러워요."

"전통적인 기준에 널 맞추지 마."

"하지만 그 전통적인 기준으로 사람들이 날 판단할 거예요. 모르시 겠어요? 제가 당신 세상에 속해 있는 척하는 건 잘못이에요. 옆문으로 살짝 숨어 들어와서 진짜 이 세상 사람들 옆에 가식적으로 앉는 격이 잖아요. 차라리 절 위해서 다른 일자리를 찾아주시면 안 될까요? 어딘 가 안전하고 조용하고, 아무도 알아보지 못하는 그런 곳 말이에요."

"네가 그런 삶에 행복해할 리 없어."

로잘리가 완고하게 대답했다.

"네 말이 진심이라면, 정말로 어디에도 속해 있지 않은 느낌이라면, 그냥 내 계획대로 따라와줘. 넌 빵장수와 결혼해도 어울리겠지만 그와 똑같이 남작과 결혼해도 잘 어울려. 전통적이진 않더라도, 네 나름대 로의 규칙과 방식이 있잖아. 넌 네가 부럽다는 그 애들보다 훨씬 아름 다워, 그들보다 훨씬 사랑받을 자격이 있어. 넌 다른 누구도 아닌 미레 이유 저멩이야. 그것만 생각해."

미라는 한참 동안 그 말을 되씹어 보았다. 프랑스인으로서 물려받은 현실적인 감각으로, 바꿀 수 없는 것을 한탄해봤자 소용없다는 걸 깨 달아가기 시작했다. 그녀는 지금의 이 모습이었고, 로잘리 말대로 그 걸 바꿀 방법은 없었다. 차라리 이 상황에서 최선을 다하는 게 낫지 않을까? 달리 선택의 여지가 있는 것도 아니지 않은가.

이윽고 그녀가 지친 미소를 지어보였다.

"그래요, 난 미레이유 저멩이에요……."

"어머님의 연락을 가져왔겠군."

알렉이 책상에서 시선을 들어올렸다. 카가 크러뱃을 바로잡으며 알렉의 테라스룸으로 들어섰다. 그 방은 검소하고도 단순한 디자인으로, 커다란 마호가니 책상이 두 개의 창 사이에 자리잡고 있었다. 이곳에서 알렉은 건축 디자인이나 가문의 계산서와 국내외적인 관심사들을 처리하며 많은 시간을 보냈다. 열여덟 살 이후로 떠맡아온 책임이었으므로 이런 일에 익숙해진 지는 이미 오래였다.

"형의 어머니잖아요."

카가 책상에 기대서서 애교 있게 미소지었다.

"그러니 가끔은 형을 만나고 싶어하는 게 당연해요. 특히나 지난번 형을 본 후로는……. 그때가 삼 개월 전이던가요?"

"2개월."

"하여튼 그때 기분이 좋지 않으셨나봐요. 빌어먹을 프랑스인처럼 창백하고 수척해 보였다고 하시더군요……."

"드디어 내 어머니 잔심부름이나 해주는 처지로 전락한 거냐? 다른 할 일이 없으면……."

"그래도 지금은 괜찮아 보이는군요. 살집도 붙었고 혈색도 좋아졌어요."

"진단이 필요하면 의사한테나 물어볼 거다."

지난번 포크너 영지를 방문했을 때 알렉은 지극히 건강치 못했었다. 몇 주일 간 무절제하게 술을 퍼마신 탓이었다. 썰매파티에서 미라를 만난 이후로, 한 달 간 런던에 머물면서 그 여자에 대한 생각과 갈망들을 술로 익사시켜 보려고 무던히도 노력했다. 매일 밤 브룩스 클럽에서 도박을 하고, 새벽동이 텄을 때에야 침대로 기어들어가 늦은 오후까지 잠자는 식의 일상이었다. 피곤해서 죽을 지경인데도 잠에서까지 꿈들에 시달렸다. 그 결과 그의 얼굴은 점점 창백해지고 눈동자는 웃음기 없이 번들거렸으며 입술은 불만스럽게 굳어졌다.

하지만 겨울이 끝나고 봄이 시작되면서, 그는 자신의 모습을 들여다보며 혐오감에 휩싸였다. 자신을 받아주지 않는 여자 때문에 탄식하고 신음히는 바이런이 아니지 않는가. 오랫동안 우울증에서 헤매본 적이 없던 그였다. 그래서 예전의 모습을 되찾기로 결심했다. 술을 절제하고 승마도 다시 시작했다. 도박꾼이나 한량들보다 더 나은 무리들과 어울렸고, 클럽에 가더라도 도박하기 위해서가 아니라 대개는 식사를 하기 위해서였다. 이제 그는 다시 단단하고 말쑥한 상태로 돌아왔다. 겉모습뿐 아니라 속으로도 그런 변화가 생길 수 있다면 좋으련만……. 더 이상 다른 여자가 그녀를 대신할 수 있다는 거짓말로 자신을 속일 수 없었다.

"이번 주말에 찾아가겠다고 말씀드려."

"기뻐서 펄쩍 뛰시겠군요."

카는 초록 눈동자를 반짝이며 건방지게 미소지었다.

"다른 할 말 있냐?"

알렉이 깃펜을 집어들고 지루한 듯 만지작거렸다.

카의 미소가 좀더 조심스럽고 방어적으로 변했다.

"사실은…… 형한테 한 가지 물어보고 싶어요. 줄스 와이어트하고 얘기할 기회가 있었는데…… 늘상 홀트 형을 쫓아다니면서 뭐든지 따라하던 그 홀쭉이 있잖아요……."

"알아."

"홀트에 대해서 좀 물어봤어요. 특별한 건 아니고 그냥 궁금한 거 몇 가지……. 그런데 내가 전혀 몰랐던 애길 하나 들었어요."

알렉의 시선이 날카로워졌다.

“무슨 얘기?”

“홀트가 죽기 전에 어떤 여자를 만나고 있었대요, 레이라라는 이름이었는데, 홀트가 아주 좋아했었나봐요. 완전히 반해 있었대요. 나한테는 그 여자 얘기를 한 적이 없었는데…… 하여튼 홀트가 그 여자와 결혼하겠다고 했었대요.”

알렉은 무심하게 어깨를 으쓱였다.

“그게 무슨 상관이냐?”

“상관이 있어요. 그 여자 성이 뭔지 알아요? 홀트 형한테 혹시 들은 적 있어요?”

“기억 안 나. 그게 뭐가 중요해?”

“와트의 말에 따르면, 홀트가 죽기 일주일 전에 그 레이라가 사라졌대요. 이 세상에 태어나지도 않은 것처럼 흔적도 없어요. 그 여자한테 일어난 일을 알아내면, 홀트가 살해된 이유도 밝힐 수 있을 것 같아요. 내 직감이 틀림없어요!”

알렉은 뚫어져라 사촌을 응시했다. 이번만은 그의 말을 무시해버릴 수 없었다. 레이라의 실종과 홀트의 죽음이 일주일 사이에 일어난 일이라면…….

“레이라 홀번.”

그가 중얼거렸다.

“홀번…… 확실해요?”

카가 흥분되이 물었다.

“그래, 확실해. 직접 만나본 적은 없지만 홀트가 쉴새없이 그 여자 얘길 해댔어.”

“그 가족을 찾아…… 그들과 얘기해 봐야겠어요. 어쩌면 그 여자를 다시 찾았을지도 모르고, 무슨 단서라도…….”

알렉이 의자에 등을 기대고 책상 위로 두 발을 올렸다.

“그 일은 내가 맡겠다.”

그의 권위가 대단히 오랫동안 확고하게 세워져 있었으므로 포크너 가의 어느 누구도, 심지어 알렉의 작은아버지들조차 그의 결정에 의문을 제기하지 못했다. 하지만 그는 뜻밖에도 카에게 회색 시선을 들어 올리며 말을 이었다.

"… 네가 반대하지 않는다면."

카가 경악스레 눈을 깜박였다. 알렉이 그에게 반대의견이나 질문을 허락하고 있있다. 이전에는 홀트에게만 부여되었던 특권이었는데.

"그럼요, 난 괜찮아요."

그리고는 참지 못하고 한마디 덧붙였다.

"… 나도 끼워준다면요."

카에게 극히 다행스럽게도 알렉이 짧게 웃음을 터트렸다.

"안 될 거 없겠지."

알렉은 이 사촌의 존재가 전처럼 그리 짜증스럽지 않았다. 홀트와 많이 다르긴 하지만, 서서히 호감이 가기 시작하는 무모한 용기를 지 닌 녀석이었다.

"네 녀석이 궁금해지기 시작하더구나."

줄리아나가 싸늘하게 입을 열었다.

알렉은 미소지으며 어머니의 뺨에 입을 맞추려 했다. 하지만 그녀는 고개를 돌려 그 입술을 피해버렸다. 이미 예상한 일이었으므로 그 차 가움에 당황할 이유는 없었다. 그의 어머니에게는 결코 변하지 않는 것들이 몇 가지 있었다. 세월의 흔적으로 그 광채가 약해지긴 했어도, 여전히 그녀의 푸른 눈에 날카로운 지성과 굳은 의지가 담겨 있었다. 어머니는 알렉이 지금껏 알아왔던 사람들 중에서, 옳을까 그를까를 고 민하지 않는 유일한 인물이었다. 그녀는 자신이 옳다는 걸 알았고, 그 녀의 의견에 동의하지 않는 사람이 명백하게 틀렸다는 것 또한 알았 다. 줄리아나가 평생에 딱 한 번 자신이 틀렸다고 인정한 적이 있었는

데, 그것은 에드워드 펜라인 대신 존 포크너와의 결혼을 승낙했던 점
이었다. 하지만 그것조차도 그 실수를 인정하는 것이 원래의 실수를
만회할 방법이라고 여겼기 때문이었다.

그녀가 알렉에게 했던 가장 큰 칭찬은 '네 아버지보다 더 흡족하구
나.'라고 인정했던 말이었다. 알렉의 동생 더글러스는 아버지의 성격을
고스란히 물려받았다. 친구 좋아하고 물러터지고 현재에 만족하며 가
끔씩 자신을 비하하는 것까지 똑같았다. 그녀가 남편을 진심으로 사랑
하긴 했어도, 그런 성격을 높이 평가하지는 않았다. 그런 것들이 그녀
에게 권력과 영향력을 가져다줄 수 없기 때문이었다. 그녀는 사람들이
늘 자신의 호의와 애정을 얻기 위해 노력하고 경쟁하게끔 만들었다.
어머니다운 부드러움만을 제외하고 모든 일을 정력적으로 제작하고
설계할 수 있는 일에 그녀를 따라갈 사람은 이 세상에 없었다.

"카에게 들었……."

"카."

줄리아나가 찻잔을 집어들며 코웃음쳤다.

"그 녀석이 제대로 연락했다는 게 놀랍구나. 경박하고 대책 없는 아
이야. 하지만 포크너와 포크너가 결혼했으니 달리 무얼 기대할 수 있
겠느냐."

알렉의 작은아버지 휴가 먼 친척뻘인 포크너와 결혼했는데, 줄리아
나는 항상 단순무지한 아이들이 태어날 수밖에 없는 결합이라고 주장
했었다. 과거 홀트의 무모함과 요즘 싹트기 시작하는 카의 불손한 언
행들을 관찰한 후에, 그녀는 자신의 판단이 정확했다고 결론지었다.

"왜 그렇게 멀찌감치 서 있는 거냐?"

갑자기 줄리아나가 다그쳐대며 자신의 옆자리를 손짓했다.

"가까이 와서 얼굴을 보이거라."

"멀리 서 있지 않았는데요."

알렉이 부드럽게 대꾸하며 그녀가 지시한 자리로 내려앉았다. 시력

이 나빠졌다는 걸 줄리아나는 결코 인정하지 않았다. 그녀가 심각하게 아들을 살펴본 후에 간단히 고개를 끄덕였다.

"지난번의 내 충고를 귀 기울여 들었구나."

"어머니 충고는 언제나 귀 기울여 듣습니다."

"이제야 내 아들처럼 보인다. 건강하고 강하고……. 펜라인의 훌륭한 혈통이 제자리를 되찾았어."

"그럼요."

알렉의 눈에 웃음기가 번졌다.

"겉모양은 포크너와 닮았을지라도, 너의 영혼은 내 쪽을 이어받았다. 무슨 일이 생기든 항상 그 피가 우세할 거야."

줄리아나가 은근하게 목소리를 낮췄다.

"내가 친족 간의 결혼을 찬성하는 편은 아니다만, 펜라인의 혈통을 더하는 것은 받아들일 만하다. 내 질녀의 딸 엘리자베스를 최근에 만나보았니? 그 애가 꽤나 매력적으로……."

"펜라인과 결혼하진 않겠습니다."

알렉이 단호하게 대꾸했다.

"포크너도 싫구요, 그 점은 어머니가 고마워하시겠지만. 사실 이대로 독신으로 지낼까 생각중입니다."

"말도 안 되는 소리. 넌 결혼해야 돼. 그것도 어서 빨리."

"특별한 이유라도 있습니까?"

"넌 벌써 스물여덟이야. 네 아버지가 나와 결혼했을 때보다 세 살이나 더 많다."

"하지만 어머닌 스물아홉에 아버지와 결혼하셨잖아요."

알렉이 순진한 아이처럼 지적했다.

"고약한 것……. 하지만 이번에는 내 신경을 분산시키려 해봤자 소용없어. 할 말은 해야겠다."

"어느 누가 감히 어머니의 말씀을 가로막을 수 있겠습니까."

"난 지난 몇 년 간 네가 정착하지도 않고 매 시즌마다 떠돌아다니는 걸 지켜봤었다. 네가 가끔씩 관심을 보이던 바보 같은 계집애들도 내 눈으로 직접 봤어, 그런 애들을 내 며느리로 들이는 건 생각만으로도 불쾌했다."

알렉이 흠흠 목을 가다듬었다.

"솔직해지시기로 결심하신 듯하군요."

"너한테 맞는 여자에게 구애하기엔, 나 같은 여자 말이다……. 넌 너무 고집스럽고 자존심이 강해. 금박을 입힌 것 같은 머리에 헤실거리는 여자애들……. 물론 인기야 좋겠지. 그리고 넌 언제나 최상급만을 선발했어. 하지만 크림만 걷어먹고 우유를 마시지 않으면 소화불량에 걸리는 법이야. 내 말뜻을 이해할 줄로 믿는다."

"저의 여자 취향이 못마땅하신 것 같군요."

알렉이 예의 바른 관심을 내보이자 당장 줄리아나의 힘찬 답변이 돌아왔다.

"지극히 못마땅해. 모두 겉멋들 뿐이야. 마음이 없어, 영혼도 힘도 없어. 너한테는 아무 도움이 안 돼."

"어머니다우신 염려에 감사드립니다."

그가 따뜻하게 미소지었다.

"하지만 왠지 어머니 마음에 흡족할 만한 여자가 있을지……."

"만족할 수 있다, 네가 말과 술을 고르는 것처럼 까다롭게 여자를 선택한다면."

알렉이 머리를 젖히며 웃어댔다. 그리고는 웃음기가 남은 얼굴로 어머니를 바라보았다.

"그럼 제가 한 가지 약속드리죠. 이번 시즌에는 어머니에게 그 선택권을 맡기겠습니다. 전적으로 어머니가 흡족해하시는 여자 스타일이 궁금하기 때문이죠. 그리고 어머니의 선택을 한 번 고려해보겠습니다. 단 한 가지 조건은 펜라인도 포크너도 아니어야 한다는 겁니다……

참고삼아 말씀드리자면, 전 금발머리를 선호합니다.”
“금발머리라고.”
줄리아나가 중얼거렸다.
“흥, 남자들은 하나같이 혐오스러워. 내 아들까지 포함해서.”

성전처럼 보이는 브라이턴 누각은 온갖 종류의 쾌락을 추구할 목적
으로 세워졌다. 머리가 여러 개 달린 괴물처럼, 사람의 눈을 현혹시키
는 이색적인 건축물들의 결합체였다. 일부는 그리스식, 또 일부는 이
집트식, 혹은 중국식이었고, 거대한 중앙의 돔은 터키식이었다. 엄청난
돈을 들여 조지 왕의 취향에 맞도록 존 내시가 디자인한 것이었다. 야
자수, 용들, 거꾸로 세워진 깔때기 모양들로 장식한 그 누각이 미라에
겐 경이로우면서도 불편하게 느껴졌다. 마치 궁궐의 하렘에 들어선 듯
한 기분이었다.
　랜드 버클리가 중국식 화랑으로 두 여자들을 안내해갔다. 천장의 초
록과 금색 용들을 올려다보며 로잘리가 흥분되이 입을 열었다.
　“너도 이곳을 좋아하게 될 거야, 미라. 여기선 언제나 뭔가가 벌어
져. 선상파티, 경매, 만찬과 연회, 콘서트, 무도회, 연극……..”
　이 누각에서 어떤 새로운 경험들을 하게 될까, 미라도 서서히 기대
감으로 부풀어갔다. 그들은 동양식 그림들이 펼쳐진 벽 앞에 감탄스레
멈춰 섰다.
　“음악소리도 항상 끊이질 않아, 폐하께서 음악을 좋아하시거든.”
　“폐하를 어서 뵙고 싶어요.”
　조지 왕에 대한 애기는 그녀도 수없이 들어보았다, 그 중에서 무엇
을 믿어야 할지는 알 수 없었지만. 브라이턴으로 향하는 마차 안에서,
랜드는 조지 4세가 쓸모 있을 만한 인물만 이곳에 초대한다고 설명해
주었다. 사회적 정치적인 거물들이 모여들 거라고 했다. 그것은 곧 외
무부의 수장인 조지 캐닝도 참석하리라는 뜻이었다. 로잘리는 그 캐닝

에게 아버지의 자리를 은밀하게 부탁해볼 결심이었다.

"앞으로 며칠 간 둘 다 신중하게 처신해야 할 거요."

랜드가 말했다.

로잘리와 미라는 죄스럽게 서로를 쳐다보았다. 랜드는 아직 브럼멜과의 은밀한 만남에 대해서나, 캐닝과 따로 만나려는 로잘리의 계획도 알지 못했다. 결코 둔감하지 않은 랜드에게 비밀을 간직한다는 것은 입 안의 침이 바짝바짝 마를 정도로 긴장된 과업이었다.

"무슨 뜻이에요?"

로잘리가 애써 미소지으며 물었다.

랜드는 천천히 아내의 얼굴을 살펴본 후에 대답했다.

"폐하의 취향이 전에는 나이 든 여자 쪽이었지만, 이젠 젊고 매력적인 여자 쪽으로 돌아선 듯하오. 당신들의 미소나 말 한마디에도 쉽사리 흔들리실 거요……. 난 그런 상황에서 둘을 빼내는 일이 없길 바라고. 폐하는 자존심이 매우 강한 데다가 관대한 분도 아니시거든."

"그건 나도 알아요."

로잘리가 대뜸 흥분하며 대꾸했다.

"그분은 브럼멜이 최고급 선물을 보내기도 하고, 우정을 되돌리기 위해 온갖 노력을 다했는데도 내 아버지를 용서해주지 않았어요. 내 아버지를 영국에 받아주는 게 어렵지도 않을 텐데, 그렇게 하지 않았어요. 예전의 우정을 잊어버리고 브럼멜에 대한 시샘으로……."

"그만, 그만……."

랜드가 로잘리의 목덜미로 손을 올려 펴덕이는 맥박을 부드럽게 어루만졌다.

"무슨 말인지 알겠소."

브럼멜이 로잘리에게 어떤 의미인지, 그 이름이 언급될 때마다 그녀가 얼마나 쉽사리 흥분하는지를 랜드보다 더 잘 알고 있는 사람은 없었다. 그의 손길에 침착을 되찾으며 로잘리가 파란 눈동자를 그에게 들어올렸다.

때때로 랜드와 로잘리는 둘만의 세상으로 날아가버리는 듯했다. 몇 초만에 서로의 생각을 읽어내고 둘만의 의사소통방식으로 서로의 욕구를 감지해냈다. 곁에 누가 있든 어떤 장소이건 간에 상관없었다. 이 순간 미라는 소외된 이방인일 뿐이었다.

미라가 그 미묘한 장면에서 시선을 떼어냈을 때, 홀의 맞은편에서 힘찬 발걸음소리가 들려왔다. 접근해오는 인물 쪽으로 그녀의 시선이 옮겨갔다……. 갑자기 그녀의 심장이 쿵쿵 고동치기 시작했다. 알렉. 얼굴의 핏기가 사라지는 걸 느끼며 그녀는 목으로 한 손을 올렸다. 너무나 그리워했던 사람, 그를 다시 만난다는 기쁨이 거의 고통과도 같았다. 알렉이었다……. 아니, 알렉일까? 새카만 검은색의 머리와 넓은 어깨, 큰 키……. 하지만 그 남자가 더 가까이 왔을 때, 미라는 당황스럽게 알렉이 아니라는 걸 깨달아야 했다. 알렉보다 더 젊고 덜 세련된 남자였다. 알렉의 자신 있는 태도가 아니라 다소 우쭐해하는 태도, 그리고 눈동자는 은회색이 아닌 짙은 초록이었다.

그가 그녀의 앞에 멈춰 몇 번 눈을 깜박이고 나서 미소지었다.

"내 발길이 저절로 멈추는군요."

그가 홀린 듯이 미라를 응시했다.

"아…… 카 포크너."

로잘리가 미라의 옆으로 다가왔다.

"여기서 만나게 되어 반가워요."

"레이디 버클리."

그 남자가 미라에게 시선을 고정시킨 채로 인사했다.

"유쾌한 하루가 될 것 같군요."

은근슬쩍 미라를 쿡 찌르면서 로잘리가 두 사람을 소개시켰다. 미라는 놀라움에서 천천히 정신을 차리며 그 낯선 남자에게 손을 내밀었다. 카 포크너. 이 누각에 또 다른 포크너들이 있다면, 미리 경고라도

받고 싶은 심정이었다. 알렉과 이리도 비슷한 사람과 대면해야 한다는
건 견딜 수 없었다. 하지만 아무리 매력적이라 해도, 그들은 모두 알렉
의 빛 바랜 모방품에 불과했다.

"스태퍼드 공작의 사촌이야."

로잘리가 미라에게 속삭였다.

"그 공작 기억나?"

'썰매파티에서 함께 동행했던 그 사람 말인가요?'

미라가 멍하니 마음속으로 반문했다.

'색빌 사냥파티에서 내 마음을 빼앗아버린 그 사람 말인가요? 나의
가장 큰 비밀을 알고, 내 순결을 가져갔던 그 사람 말인가요? 그럼요,
기억하고 말구요…….'

10

"우리 둘 다 조심해야 돼."

로잘리는 긴 거울에 자신의 모습을 비춰보며 화려하게 레이스 달린 보디스를 매만졌다. 버클리 장원에서 데려온 하녀 메리가 그 옆에 무릎 꿇고 앉아 실바늘로 치맛단을 약간 수정하고 있었다.

"오늘밤 캐닝과 얘기할 방법을 찾을 거야. 네 도움이 필요해. 아주 비밀스럽게 진행해야 하거든. 조금이라도 유별나거나 눈에 띄는 행동을 했다가는 금세 스캔들에 휘말릴 거야."

미라는 초록색의 작은 모자를 눌러쓰며 살짝 각도를 비틀었다.

"가장무도회니까 잘 몰라보지 않겠어요?"

"그렇지 않아……. 항상 실마리가 있거든. 예를 들어 배가 제일 많이 나온 남자는 폐하일 테고, 그 옆의 금발머리는 틀림없이 레이디 코닝햄일 거야."

로잘리의 어조는 평소의 그녀답지 않게 악의적이었다.

"레이디 코닝햄이 누구예요?"

"왕의 최근 애인이야. 다른 가신의 애인인 척하지만, 그 여자의 남편조차도 그 여자와 왕의 관계를 알고 있어."

로잘리가 역겨운 듯 고개를 흔들었다.

"그런 여자를 왜 좋아하는지 모르겠어. 멍청하고 탐욕스럽고, 게다가 왕의 가장 안 좋은 습관들을 부추겨. 지금처럼 쉴새없이 먹어대다가는 얼마 안 가서 왕의 몸이 움직이지도 못할 만큼 뚱뚱해질 거야. 난 차라리 그랬으면 좋겠어. 그 사람 때문에 내 아버지가 프랑스로 추방됐다구. 아버지가 얼마나 수척해졌는지 봤지? 전엔 80킬로그램까지 나갔었는데 이번에 봤을 땐 60킬로그램도 안 될 것 같았어!"

"로잘리……."

미라가 조심스레 입을 열었다.

"브럼멜이나 왕에 대해서 얘기할 때는 목소리를 좀 낮추세요."

"왜? 내가 반역죄로 목이라도 잘릴까봐 그래?"

"아뇨, 버클리 경이 우리 얘길 들을까봐요."

남편의 이름이 언급되자마자 로잘리의 눈이 커졌다.

"맙소사, 시간이 벌써 이렇게 됐네! 랜드가 오기 전에 우리 얘길 끝내야 하는데. 난 캐닝과 단 둘이 얘기할 기회를 만들 테니까……."

"버클리 경 몰래 그게 가능할까요? 게다가 캐닝과 같이 빠져나가는 걸 누가 보기라도 하면 이상한 추측이……."

"그래서 네 도움이 필요한 거야……."

로잘리의 말이 이어지기도 전에, 문에서 가벼운 노크소리가 들려왔다. 로잘리는 한탄스레 천장을 쳐다보았다.

"안으로 모셔, 메리."

랜드가 성큼성큼 방으로 들어서서 아내의 모습을 찬찬히 뜯어보았다. 그리곤 서서히 미소지었다.

"레이디 버클리…… 평소처럼 눈부시게 아름답소."

로잘리는 프랑스 앙리 4세의 아내인 마르그리트 드 발루아로 차려

입었다. 금과 보석으로 장식한 빨간 벨벳 드레스가 가느다란 허리를 잘록하게 강조하고 거대한 공처럼 치맛자락을 펼쳐냈다. 높이 틀어올린 검은 머리에 작은 보석관이 씌워져 있었다. 그녀가 교태롭게 미소지으며 금색 깃털 부채를 흔들었다.

"제 파트너도 영국에서 가장 잘생긴 남자랍니다."

로잘리의 시선이 감탄스레 남편을 훑어보았다. 당연히 랜드는 앙리 4세의 복장이있다. 진홍색 로브, 금색의 재킷, 왼쪽다리의 푸른 가터, 왼팔의 흰모피 줄무늬, 그 화려함이 그의 황갈색 눈과 피부를 강조해 주었다.

"하얀 준마가 필요하시겠어요."

"나에게 필요한 건 나의 왕비라오."

그가 팔을 내밀었다.

"자, 이제 무도회장으로 내려갑시다."

"잠깐만요……. 미레이유의 모습을 칭찬해주지 않으셨잖아요."

버클리의 시선이 옮겨오자 미라가 살짝 얼굴을 붉혔다. 로잘리의 재촉을 받고는 치마를 펼치며 빙글 돌아보였다.

"5월의 여왕이로군. 숲의 요정으로서 이보다 더 어울리는 복장은 없을 거요."

"치마 길이가 너무 짧을까봐 걱정이에요."

버클리가 고개를 흔들었다.

"완벽해."

미라의 옷은 초록과 갈색으로 숲의 효과를 낸 벨벳이었다. 등에 작은 활과 화살통을 메고, 날렵한 깃털이 달린 작은 모자도 썼다. 종아리까지 내려온 치마 밑으로 갈색 부츠가 이어졌다. 머리까지 뒤로 늘어뜨려 영락없는 꼬마요정 같아 보였다.

아래층에는 이미 바커스, 아폴로, 비너스, 미네르바, 마르스 등을 섬기는 모조 제단들 앞에 향이 피어오르고 있었다. 조지 왕은 아직 나타나지 않았지만, 무도회장 옆의 골방에 있는 터번을 두른 터키인이 아닐까 하는 추측이 난무했다. 미라는 경이롭게 좌우를 둘러보며 사람들의 다양한 옷차림에 놀라워했다. 노부인들의 감독 하에서, 젊은 여자들이 마법사, 야수, 전실적인 영웅, 신화적 인물들과 빙글빙글 춤을 추고 있었다.

그들 일행이 무도회장에 들어서자마자 쇠사슬 갑옷과 까만 스타킹을 차려입은 15세기 기사 차림의 남자가 미라에게 다가왔다. 카 포크너였다. 그의 짙은 초록 눈동자가 즐겁게 그녀를 바라보았다. 분명 그녀의 도착을 기다리고 있었던 듯했다.

"저멩 양."

그가 알렉을 연상시키는 미소를 지은 탓에 그녀는 무의식적으로 숨을 삼켰다.

"오늘 오후에 뵈었을 때보다 더욱 눈이 부시는군요."

미라가 미소를 되돌려주며 슬쩍 로잘리를 쳐다보았다. 그녀는 카 포크너의 노골적인 관심을 대단히 기뻐하는 듯했다. 카 또한 매력적으로 눈썹을 들어올리며 로잘리에게 시선을 돌렸다.

"이미 소개는 마쳤으니, 허락해 주신다면 첫번째 곡을 저멩 양에게 청하고 싶습니다."

"한 곡만이에요. 같은 남자와 한 곡 이상을 춘다면 대단히 애매한 입장에 놓일 거랍니다."

"설마 우리의 춤을 세어보진 않으시겠지요?"

카가 미라에게 항변했다.

"어머나, 전 시즌의 첫번째 무도회에서 애매한 입장이 되고 싶지 않답니다."

그가 씨익 웃으며 팔을 내밀었다. 미라는 활과 화살통을 로잘리에게 건넨 다음 카에게 이끌려 무도회장으로 나아갔다. 그가 능란한 춤솜씨로 그녀를 리드해나갔다. 하지만 입을 열지 않았으므로, 약간의 침묵이 흐른 뒤에 미라가 웃음 섞인 시선을 던졌다.

"저에게 할 말씀이 없으신가요?"

"아니, 아니오……."

그가 서둘러 부인했다.

"그냥……. 생각 좀 하느라고……."

미라가 부드럽게 미소지었다. 알렉이 더 젊었을 때 이랬을까……. 쾌활하면서도 다소 어색한 태도, 순수함을 간직한 이런 잘생긴 얼굴이었을까?

"무슨 생각인데요?"

애써 지금의 대화에 신경을 집중시켰다.

"특별한 사람? 아니면 특별한 일에 대해서인가요?"

카가 천천히 고개를 흔들었다.

"실망스럽네요. 제 생각을 했다고 말해주실 줄 알았는데."

그가 웃으면서 그녀를 내려다보았다.

"저멩 양, 내가 할 수 있는 일이란 그저 당신의 아름다움을 멍하니 응시하는 것뿐이오."

"그런 분은 당신이 처음이에요."

"장담컨대, 그건 대단히 의심스럽다오."

카는 지금 넋을 잃은 바보처럼 그녀에게 찬사를 늘어놓지 않으려 안간힘쓰는 중이었다. 두 번째 참석하는 시즌이라서, 이런 기술에 좀 더 능숙해졌으리라 생각했었다. 이젠 어느 정도 여자들에게 말문이 막혀버리는 것이나 어색해하는 태도를 극복해낸 줄 알았다. 그런데 이 품안의 작은 여자가 일 분도 안 되어 예전의 상태로 되돌려놓았다. 카는 미라에게 매료되어 버렸다. 다른 사내들의 부러움어린 시선들도 느낄 수 있었다. 환상적인 밤이었다. 그래서 그는 대화할 시도를 포기하고 그저 그녀의 얼굴을 기억 속에 박아두는 데 온 신경을 집중시켰다.

미라도 그 침묵을 만족스럽게 받아들였다. 그의 쇠사슬 갑옷에 살짝 손을 올리고서 즐겁게 춤을 추었다. 왈츠가 끝났을 때에는 아쉬운 기분마저 들었을 정도였다. 카의 에스코트를 받아, 트로이의 헬렌, 셰익스피어, 헨리 8세와 대화중인 버클리 부부의 곁으로 돌아갔다.

“그 사람 너하고 잘 어울려.”

로잘리가 부채로 입을 가린 채 미라에게 속삭였다.

“젊고 상냥하고 아주 잘생겼어. 지혜롭게 처신하길 바래.”

“알았어요.”

로잘리에게 어떻게 설명할 수 있겠는가. 카가 이렇게 젊지만 않았다면, 알렉의 사촌만 아니라면 완벽했을 거라고. 그녀가 포크너 가의 다른 남자와 엮이는 것을 알렉이 참아낼 리 없었다. 카가 진심으로 그녀에게 관심을 보일 경우 알렉은 어떤 반응을 보일까? 그런 생각이 즐거우면서도 한편으로는 공포스러웠다.

카의 재치 있는 한마디에 짐짓 태평스레 웃음짓는 순간, 누군가의 시선이 그녀의 등에 와닿는 것을 느꼈다. 흘깃 돌아보았을 때 사람들의 무리 속에 알렉이 서 있었다……. 그가 예리한 눈빛을 던진 후 확 뒤돌아섰다. 그의 회색 눈동자에 질투가 서려 있었다. 순간적으로 흥분 섞인 떨림이 일어났다. 그 사람이 아직 날 원한다고 해서 달라질 건 없어, 그런 신경 쓰는 네가 바보야……. 엄격하게 자신에게 말해보았어도, 알렉에게 그런 시선을 받았다는 것이 짜릿했다, 날아갈 듯이 행복했다.

로잘리도 알렉을 알아차린 듯, 살짝 눈썹을 올리며 속삭였다.

“저런 복장이 저 사람만큼 어울리는 사람은 못 봤어.”

알렉은 까만 바지와 진홍색 조끼, 술 달린 장갑, 높이 올라온 부츠 차림이었다. 모자를 쓰지 않은 검은 머리가 순수한 흑요석처럼 반짝거렸다. 십자가 목걸이를 목에 걸고 날렵한 허리춤에 긴 칼을 차고 있었다.

“저게 무슨 복장인데요?”

애써 로잘리에게 시선을 옮기며 미라가 물었다.

"바돌로매 로버츠 선장……. 십자가 목걸이로 알 수 있어. 전설적인 해적인데, 16세기에 전투하다 죽었지. 영웅적인 인물이야, 그리 착실하진 않았지만."

"그의 춤 신청을 받을 수만 있다면 밤이 새도록 기다리겠어."

트로이의 헬렌이 알렉을 지긋이 응시하며 한숨지었다.

미라는 미소를 보이지 않으려 얼른 바닥으로 시선을 내렸다. 오늘밤 이곳의 모든 여자들이 알렉 포크너에게 꼬리를 흔들어댄다 해도 신경 쓰이지 않을 것 같았다……. 방금 전 그의 시선을 보았으니까, 오로지 그녀에게 그가 그런 시선을 보냈으니까. 그녀의 가슴이 환희에 찬 노래를 불러댔다.

무도회가 이어지는 동안, 미라는 수많은 소개와 춤신청을 받아야 했다. 미라의 높은 인기와, 특히 미라를 독점하려는 카의 노력에 로잘리는 대단히 즐거운 기색이었다. 잠시 무도회가 중단되고 왕의 불참 소식이 전달되었다. 몇몇 사람들이 유감스러워하긴 했지만, 익히 잘 알려진 왕의 게으름에 누구 하나 놀라지는 않았다.

카의 옆에서 펀치를 홀짝이며, 미라는 몇몇 사람들과 느긋하게 대화를 나눴다. 일상적인 내용들이었으므로 긴장할 이유는 없었다. 최근 소문에 귀 기울이며 적당히 웃기만 하면 그만이었다. 그런데 갑자기 경박하고 멍청한 헨리에타 레스터가 펀치잔을 떨어뜨려 그 내용물을 사방으로 흩어놓았다. 그녀가 수치스럽게 얼굴을 붉히며 사과의 말을 하려다가 울음을 터트려버렸다. 카와 다른 남자들이 레스터를 위로하려 애쓰는 동안 미라는 옷의 피해 상태를 살피기 위해 방 구석으로 물러났다. 치맛자락과 부츠에 얼룩이 생겨버렸다.

"빌어먹을."

설마 누군가 들으리라곤 상상도 못한 채 험한 욕설을 중얼거리며 냅킨으로 옷을 닦아냈다. 음악소리 너머로 레스터의 비통한 울부짖음이 또 한 번 들려오자 저절로 인상이 찌푸려졌다.

"제발 우둔하게 굴지 말라구요. 그렇게 울어댄다고 무슨……."

바로 그때 뒤쪽에서 웃음소리가 들려왔다.

"내 생각하고 똑같군."

빙글 돌아보니, 작은 테이블 앞에 노부인이 동행도 없이 홀로 앉아 있었다. 이 날카롭고 귀족적으로 생긴 여자는 누굴까? 은은한 회색 머리에 과격한 성품을 드러내는 주름살이 잡혀 있었다.

"어머, 실례했어요. 누가 듣는 줄도 모르고……. 절 아주 경망스럽게 생각하셨……."

미라가 더듬더듬 입을 열었다.

"오히려 분별력 있는 아가씨 같군."

그 여자가 미라의 옷을 손짓했다.

"하던 일이나 계속 해. 잘 닦아봐, 그게 뭔지는 모르지만……."

"펀치예요."

미라가 다시 손을 움직이며 한탄스레 미소지었다.

"제 옷에 묻기 전까지는 최고급 펀치로 생각했었답니다."

"손수건이 필요한가?"

노부인이 하얀 손수건을 집어 내밀었다. 그 손수건이 파르르 바닥으로 떨어져내렸다.

"빌어먹을, 떨어뜨려 버렸네."

그녀의 중얼거림에 미라가 피식 미소지었다.

"어디 간 거야?"

그 여자가 살짝 고개 숙여 바닥을 이리저리 노려보았다.

"저기 있군. 젠장 할, 몇 분만 갔다오겠다는 내 비서는 행방불명이 됐어. 필요할 때 옆에 있는 적이 없다니까."

미라가 그 작은 레이스 수건을 집어들며 노부인의 얼굴을 유심히 쳐다보았다. 그녀의 눈에 얇은 막 같은 것이 끼어 있는 듯했다.

"마담, 한 가지 여쭤봐도 될까요?"

그녀가 노부인의 무릎에 손수건을 조심스레 올려놓았다.

"될 것 같군."

마치 질문을 받는 것이 짜증스러운 듯한 날카로운 대꾸였다.

"쉽사리 화내시는 분이 아니시리라 믿습니다, 제가 보기에……."

"물론이지!"

이번엔 화난 대꾸였다.

"제가 보기에는…… 아래쪽을 내려다보실 때 약간의 불편이……."

"건방진 아가씨로군. 내 시력엔 아무런 문제가 없어. 자, 이만 떠나 주시게, 가서 춤을 추든지 수다를 떨든지……."

"문제가 없으시다니 다행이에요."

미라는 서둘러 지워지지도 않는 얼룩을 다시 닦아보았다.

"단지 시야가 흐릿하신 거라면 도움될 만한 제안을 드리고 싶었어요."

"자네가? 요람에서 빠져 나온 지 일주일밖에 안 됐을 것 같은 자네가? 어서 갈 길이나 재촉하시게."

"네, 마담. 아까의 호의에 감사……."

노부인이 성마르게 손을 흔들어대자 미라의 목소리가 잦아들었다.

가볍게 어깨를 으쓱이며 그녀는 펀치세례를 맞았던 곳으로 돌아갔다. 마침내 카가 춤 한 곡을 신청하는 것으로 헨리에타 레스터를 달래 준 모양이었다. 그가 그 소녀를 빙글 돌리며 미라에게 고통스레 인상을 찡그려보였다. 미라는 나지막이 웃음을 터트리며 시선을 돌렸다. 버클리 가의 사촌 중 하나와 춤추고 있는 랜드가 눈에 띄었다. 미라의 미소가 찌푸림으로 바뀌었다. 랜드의 옆에 없다면 도대체 로잘리는 어디에 있는 걸까?

로잘리의 빨간 벨벳 드레스를 찾아내기란 어렵지 않았다. 그녀의 만족스런 표정으로 보아 그 파트너는 조지 캐닝일 가능성이 높았다.

예상했던 것보다 더 호인으로 보이는 사내였다. 그리스 철학자의 의상을 입고, 자신감 넘치는 분위기를 풍겨냈다……. 하지만 과연 왕의 꾸중을 무릅쓰면서까지 로잘리에게 호의를 베풀어줄 수 있을까?

춤곡이 끝나고 박수소리가 울리는 가운데, 로잘리의 파트너는 조심스레 그 자리를 떠났다. 미라가 재빨리 로잘리와 합류하여 함께 펀치 테이블로 걸어갔다.

"누구예요?"

"캐닝이야. 나하고 얘기해주겠대……. 이 근처 방에서 기다리기로 했어."

"조용…… 버클리 경이 오세요."

미라가 속삭여주고는 걱정스런 표정을 만들어냈다. 랜드가 몇 걸음만에 그들의 옆에 도착했다.

"로즈?"

"몸이 안 좋으시대요."

순진하고 진심어린 표정으로 미라가 입을 열었다.

"와인을 과하게 드셨나봐요."

"그런 것 같아요."

로잘리는 감히 랜드를 쳐다보지도 못한 채 맞장구쳤다. 거짓말할 때를 정확히 알아차리는 남편이었으므로, 미라의 얼굴에만 시선을 고정시켰다.

"내가 위층에 데려다 주겠소……."

랜드가 아내의 팔을 잡았다.

"제가 모시고 갈게요."

미라가 로잘리의 다른 쪽 팔을 붙잡으며 가로막았다.

"네, 미라와 같이 갈게요. 당신은 여기 계세요……. 아직 당신의 사촌 타이라와 춤추지 않았다는 거 아시죠? 저렇게 마냥 세워둬서는 안 되잖아요."

로잘리가 떨리는 미소를 지어보였다.

"타이라와 춤추진 않겠소. 그녀에게 발을 밟혔던 기억이 아직도 생생하오. 더구나 당신 몸도 안 좋은데."

랜드의 눈썹이 한껏 찌푸려졌다.

"가엾은 타이라. 그럼 당신 친구들에게 대신 부탁해 주시겠어요, 여보? 날 위해서 그래 주실 수 있죠?"

버클리는 잠시 그녀를 응시하고 나서 욕설을 중얼거리며 팔을 놓았다.

"아내를 부탁하겠소."

그가 미라에게 말한 다음 고개를 가로저으며 떠나갔다.

"많이 걱정되시나봐요."

미라가 말했다.

로잘리는 지끈거리는 관자놀이를 꾹꾹 눌렀다.

"아니, 난 그이를 잘 알아…… 무슨 일인가 진행중이라는 걸 안 거야. 내가 말하지 않는 게 싫은 거고."

그리곤 한숨을 내쉬었다.

"지금은 그것까지 생각할 수 없어. 우선 캐닝과 얘기해야 돼."

북적거리는 무도회장을 벗어나면서, 로잘리의 창백함이 점점 심해지자 미라는 다소 걱정스러워졌다.

"진짜 아프신 거예요?"

로잘리의 표정이 왜 이렇게 지쳐보이는 걸까? 긴장감 때문일까 아니면 진짜로 병이 난 걸까?

"공기가 너무 탁해서 숨도 못 쉬겠어!"

오른쪽으로 모퉁이를 돌아서자, 줄줄이 늘어선 방들과 긴 복도가 나타났다.

"왼쪽 두 번째 문이야. 그 사람이 여기서 기다리겠다고 했어."

로잘리는 정교하게 조각된 문고리를 잡고서 잠시 망설였다.

"갑자기 죄를 짓는 느낌이야……. 하지만 나쁜 짓 하는 거 아니야! 이건 밀회가 아니라구. 난 아버지를 도우려는 거야."

"제가 같이 들어갈까요?"

"아니……. 캐닝에게 긴밀한 일이라고 했는걸."

"그럼 전 어떻게 할까요?"

"잠시 사람들 눈에서 벗어나 있을 수 있지?"

"그럼요."

"그럼 11시에 여기서 만나기로 해."

"행운을 빌게요."

로잘리가 방으로 들어가는 모습을 지켜보고 나서, 미라는 복도를 내려가며 몇몇 문고리를 돌려보았다. 드디어 열린 문 하나를 찾아냈다. 안을 들여다보니 작은 초상화 화랑이었다. 약속시간까지 숨어 있기에 적당한 장소였다. 그녀가 안으로 들어가서 문을 닫으려 했다. 갑자기 경칩이 부들거리며 가죽 부츠 하나가 문 사이로 단단하게 끼어들었다.

"알렉."

얼굴을 보지 않고서도 알 수 있었다. 대답도 없이 그가 어깨로 밀고 들어와 발뒤꿈치로 문을 닫았다. 그리곤 한쪽 무릎을 굽히고 문짝에 기대섰다.

"대체 무슨 짓이오?"

태평스런 자세였음에도 목소리는 거칠었다.

"난, 로잘리가……. 당신, 날 미행했군요."

"로잘리 버클리가 꾸미는 계략 따위에는 관심없소. 난 카에 대해서 묻는 거요."

알렉의 어조에 간신히 억누른 듯한 과격함이 묻어나왔다.

"카요? 당신 사촌 말이에요?"

그녀가 멍청하게 물어보았다.

"그렇소, 내 사촌. 그 녀석한테 떨어지시오."

"왜요? 나하고 몇 분쯤 같이 있는다고 해서 타락에 물들까봐 걱정이세요?"

"당신이 그를 이용하고 있잖소."

그녀의 몸으로 서서히 분노의 불길이 번져갔다.

"모든 일이 당신 뜻대로 될 수는 없는 거예요, 포크너 경. 불행히도 난 당신 사촌과 같이 있는 게 즐거워요, 그 사람도 그런 것 같구요. 그래서 앞으론 더 많은 시간을 같이해볼 생각이에요."

"다음에 그 녀석과 함께 있는 게 보이면, 당신 목을 비틀어버릴 거요."

그가 야만적으로 단언했다.

"그렇게 못하실 걸요. 난 버클리 가의 피후견인이에요. 이제 무기력하고 하찮은 여자가 아니라구요……."

"버클리 따윈 상관없어. 경고하겠는데, 그 방어능력도 없는 녀석한테서 멀찌감치 떨어지시오."

"그래서 당신이 대신 그를 보호해줄 작정이세요? 대체 그 사람이 나한테 무슨 피해를 입을 거라고 생각하시나요?"

"진짜 원하는 남자의 대용품으로 이용당하잖소."

그녀는 어이없어하며 그를 노려보았다. 그리곤 메마른 웃음을 터트리며 등을 돌렸다.

"못 말리게 오만하시군요."

그녀가 돌아서는 순간 알렉의 자제력이 툭 끊어져버렸다. 그가 대뜸 그녀의 몸을 벽으로 몰아넣고 두 손목을 움켜잡았다.

"사실이잖소."

그녀의 몸부림을 제압하며 그가 거칠게 내뱉었다.

"내 앞에서 그 녀석을 희롱하면 무슨 일이 벌어질지 알고 있었을 텐데. 내가 어떤 기분일지……."

"당신 기분 따위는 신경 안 써요."

그녀가 어둠 속에서 몸을 틀어대며 소리쳤다.

"거짓말. 당신은 분명히 알고 있었어."

"이거 놔요……."

"당신은 지금 게임을 벌이고 있는 거야……."

그의 목소리가 불안정하게 흔들렸다.

"하지만 그 녀석한테 당신을 주진 않아. 어느 놈한테도……."

"미쳤군요."

그 순간 그의 분노가 폭발직전이라는 걸 알아차리며, 그녀는 달래보는 쪽으로 전략을 바꿨다.

"알렉, 제발……. 여기가 어딘지 몰라요? 우리가 했던 말을 기억해 보라구요. 서로 모르는 척하기로……."

그의 탄탄한 허벅지와 팔이 점점 죄어들자 그녀의 몸부림이 잦아들었다.

"알렉, 이러지 말아요."

그의 강한 목덜미가 그녀의 얼굴에 닿았다. 그 체취에 현기증이 일어났다.

"아무것도 변하질 않았어."

그가 그녀의 몸을 압박하며 손목을 더 힘껏 움켜쥐었다.

"당신을 잊을 수 있을 줄 알았어……. 시간이 걸릴 뿐이라고 생각했어. 그런데 더 심해졌어, 전보다 더 심해졌다구……. 밤마다 당신을 느낄 수 있었어, 다른 여자를 안고 있을 때도……."

"그만해요……. 그런 말 하지 말아요."

미라의 눈에 눈물이 차 올랐다. 그가 다른 여자를 안고, 다른 여자와 사랑을 나눈다는 생각만으로도 죽고 싶었다.

"알고 싶지 않아요. 듣고 싶지 않다구요."

"당신이 필요해. 몇 달 간이나…… 우리가 함께 했던 날을……."

"다시는 그런 일 없을 거예요."

“빌어먹을……. 지금 당신을 가질 거야.”

그가 그녀의 등을 벽으로 한껏 밀어붙이며 입술을 찾아왔다. 그녀의 입술을 억지로 벌려 굶주린 듯이 파고들었다. 그녀는 반응을 보이지 않으려 안간힘쓰며 고개를 돌려버렸다.

“당신은 내 여자야.”

그가 그녀의 목덜미에 대고 뜨겁게 중얼거렸다.

“어떻게 그걸 부인할 수 있소? 나조차도 부인할 수가 없는데……. 나한테 거짓말하지 마. 빌어먹을, 고개 돌리지 말라구.”

그의 입술이 다시 한 번 들이닥치는 순간, 더 이상 싸울 수가 없었다. 그녀의 입에서 무력한 흐느낌이 새어나왔다. 그녀는 그의 여자였다, 그를 위해 태어난 여자였다……. 그걸 부인하는 건 위선이었다. 그녀가 힘없이 굴복하며 입술을 열어주었다. 그녀의 반응을 느끼자마자 그가 낮은 신음소리와 함께 뭉개버릴 듯하던 압력을 조금 풀어주었다. 입술을 떼어내고 격하게 숨을 헐떡이며 그녀의 불끈 쥔 주먹을 응시했다.

그의 표정이 변했다. 그녀의 손에 입술을 부비면서 손가락 사이사이의 틈을 혀로 찰싹였다. 그녀의 손가락이 서서히 펼쳐졌다. 그 입술의 온기가 그녀의 손바닥으로 옮겨갔다. 그가 그녀의 손목을 풀어놓고 부둥켜안았다. 몇 초 동안 그녀는 그의 품안에서 뻣뻣하게 서 있었다. 이 남자를 거부해야 한다는 걸 알았으니까, 지금의 이 일을 후회하게 될 줄 알았으니까. 하지만 알렉의 눈에 담긴 절망을 보았을 때, 그 싸움에서 지고 말았다. 천천히 그의 목을 끌어안아 자신에게로 내렸다.

“미라…….”

그들의 입술이 열렬하게 한데 엉켰다. 알렉은 정신없이 그녀의 머리에서 핀을 빼내고, 그 숱 많은 머리 속에 손가락을 들이밀었다. 다른 현실들은 모두 사라졌다. 그녀뿐이었다. 미라는 그의 목을 끌어안은 채 입술과 몸을 철저하게 내맡겼다. 이런 기쁨을 누릴 자격이 없을지도 몰랐다. 하지만 이게 필요했다. 단 몇 분 간이라도 상관없었다. 망설임없이 사랑하고 싶었다. 그들이 격렬하게 키스와 애무를 주고받으며 다급하게 서로의 몸을 찾아갔다.

그가 보디스를 끌어내려 그녀의 어깨를 드러냈다. 그리고 그 목덜미의 우묵한 곳에 열망하듯 입술을 눌렀다. 미라는 흑단 같은 그의 머리에 얼굴을 파묻었다. 더 이상의 위선도, 더 이상의 질문도 없었다. 솔직함만이 남아 있었다. 서로를 원하고, 거기에 저항할 수 없다는 걸 인정했다. 저항하고 싶지도 않았다.

그가 그녀를 안아 긴 소파 위로 내려놓았다. 미라는 신음하며 그의 손 안에 젖가슴을 내주었다. 그와의 사이를 가로막고 있는 천조각들이 걸리적거렸다.

"끈을……."

그의 입술에 대고 가쁘게 속삭이며 더듬더듬 보디스의 끈을 찾아갔다. 그가 그녀의 손을 밀어내고 레이스끈들을 잡아당겼다. 드디어 흐드러진 꽃잎처럼 드레스가 활짝 벌어지자 둘 다 기쁜 한숨을 내쉬었다. 그가 그녀의 젖가슴을 감싸쥐고 위로 들어올려 그 우아한 봉우리를 잇사이로 깨물었다. 젖꼭지가 그의 촉촉한 혀에 사로잡히고 젖가슴이 그의 입 속으로 빨려들어가는 동안 미라는 소파의 천을 힘껏 움켜잡았다. 그의 두 손이 그녀의 등을 매만져 위로 안아올렸다.

"치마 올려."

젖가슴의 계곡에서 그의 속삭임이 들려왔다. 미라는 얼굴이 붉어지는 걸 느끼면서도 서툴고 다급한 손길로 그의 명령에 따랐다. 벨벳에 감싸여 있던 부분에 차가운 공기가 와 닿았다. 알렉이 길고 깊은 키스로 그 보답을 해주었다.

"이젠 속바지……."

그가 목쉰 소리로 중얼거렸다. 그녀는 머뭇거리다가 떨리는 손가락으로 속바지를 풀어 엉덩이를 거쳐 발목까지 끌어내렸다. 그의 숨결이 점점 거칠어졌다. 미라가 그의 바지 단추를 매만졌다. 그 옷 속에 숨은 단단함에 자신도 모르게 몸이 떨렸다. 하나씩 하나씩 단추를 풀어 그의 힘찬 남성을 해방시켰다. 그리고 섬세한 손끝으로 그것을 가볍게 애무했다. 알렉이 깊은 신음을 흘리며 벌거벗은 하체를 그녀에게 내렸다. 그녀의 미약한 신음을 자신의 입으로 틀어막으며 그녀의 몸 속으로 밀고들어갔다, 그녀의 몸이 완벽하게 적응할 수 있도록 천천히. 미라는 욕망으로 몸을 떨며 굶주린 듯이 그를 받아들였다. 철저하게 하나가 될 때까지 그를 받아들였다.

그의 정력적인 힘이 그녀의 몸을 관통해갔다. 그녀는 그의 맨살을 만져보기 위해 셔츠자락을 더듬거렸다……. 하지만 그 순간 몸 속에서 고동치는 그 힘에 온 감각들이 집중되었다. 정신없이 그에게 매달렸다. 그의 목을 끌어안은 채 격렬하게 그를 맞았다. 그의 저돌적인 움직임이 점점 더 빨라지고 더 격해졌다. 거기에 열렬히 화답하는 어느 순간 강렬한 환희가 찾아들었다. 그녀가 숨가쁘게 몸을 젖혔다. 알렉이 그녀의 전율하는 몸을 감싸안고서 그 쾌감을 절정까지 다그쳐갔다. 자신의 밑에서 황홀경에 빠져 있는 그녀의 느낌을 만끽했다. 그런 다음 그녀의 뒤를 이어 야성적인 쾌락 속으로 빠져들었다. 그녀의 몸 속에서 뜨거운 액체가 흐르고, 그의 커다란 몸과 어깨의 근육들이 탱탱하게 굳어졌다.

계속해서 그의 이름을 불러대며 그녀의 눈꼬리로 주르르 눈물이 흘러내렸다. 알렉이 그녀의 머리를 껴안고서 그 젖은 흔적에 입술을 미끄러뜨렸다. 물을 통과해가는 빛처럼 그녀의 몸으로 쾌감의 잔물결이 번져갔다. 그의 손이 젖은 굴곡 사이사이로 헤매다니는 동안 그녀는 꿈속에서 헤매다녔다. 그의 혀가 쉬임없이 그녀의 입술을 음미하고, 그의 손가락은 부드럽게 그녀의 배를 어루만졌다. 그녀의 몸 속에서 다시 한 번 꿈틀거리는 것이 느껴졌다.

그녀가 경악하며 입술을 떼어냈다.

“당신……. 설마, 우린 방금…….”

“다른 여자한테는 이런 적 없었어, 누구한테도. 이젠 내가 당신만 원한다는 걸 알겠나? 당신을 잊을 수 없었어……. 당신을 놔줄 수가 없었어. 다시는 포기하지 않을 거요.”

그의 손가락이 그녀의 다리 사이 보송보송한 털 속으로 흘러들어갔다. 그녀가 움찔하며 빠져나가려 했다.

“안 돼요!”

그의 손끝이 깃털처럼 가볍게 그곳을 애무했다. 숨을 삼킨 채 그녀는 그 부드럽고 애타는 감각을 받아들였다. 그 손가락의 움직임에 온 신경이 집중되었다……. 그녀가 신음하며 들썩거렸다. 그 불안정한 소리들을 그가 입으로 막아내며 미칠 듯이 느릿하게 애무를 계속했다.

미라는 검은색으로 짙어진 눈을 들어 그를 쳐다보았다.

“알렉?”

“저항하지 마.”

그녀의 몸이 격하게 경련을 일으켰다. 그리고는 마침내 부들거리며 축 늘어졌다. 그의 목에 얼굴을 묻은 채 그녀가 복잡한 감정에 휩싸여 눈물을 쏟아냈다.

“미라, 사랑스런 미라……. 울지 마.”

“이젠 드디어 다 극복했다고 생각했는데…….”

“나도 그랬소……. 울지 마시오, 당신이 우는 건 견딜 수가 없어.”

“어쩌다 이렇게 돼버린 거죠?”

그녀가 아이처럼 코를 훌쩍였다.

“이러면 안 되는 거였는데…….”

알렉이 조끼 주머니에서 손수건을 꺼내주었다. 그 하얀 손수건을 받아들고 코를 킁 푼 다음 비참하게 이맛살을 찡그렸다. 바지 앞부분이 벌어진 것을 제외하고 알렉은 완벽하게 차려입은 상태였다.

“당신…… 부츠도 안 벗었잖아요.”

손수건으로 눈꼬리를 닦아내며 그녀가 다시 울음을 터트렸다.

"오, 너무 끔찍해……."

"미라……."

갑자기 그의 목소리에 웃음기가 깃들었다.

"내가 옷을 벗으면 기분이 더 나아지겠나?"

이 상황에서 무슨 웃을 일이 있단 말인가.

"당연하죠. 아, 모르겠어요……."

"나의 소중한 미라, 부츠나 옷을 생각할 겨를이 없었다오. 걸리적거리는 한 부분을 해방시키는 것 외에는."

"오, 그렇게 즐겁게 말하지 말라구요. 일어날래요……. 생각해봐야겠어요, 이젠 어떻게 해야 할지……."

그녀가 두 손으로 눈을 가리며 떨리는 한숨을 토해냈다.

"하나님 맙소사, 내가 무슨 짓을 한 거지?"

이렇게 끔찍한 곤경에 처한 적이 있었던가? 엉망으로 헝클어져 버렸는데, 이제 몇 분 후에는 로잘리를 만나야 했다. 그 빈틈없는 시선이 그녀의 흐트러진 상태를 알아차릴 것이다……. 게다가 그 후에는 그녀가 한 짓을 뻔히 알아차릴 사람들이 수두룩한 무도회장으로 돌아가야 했다.

"당신이 뭐든지 혼자 생각하는 습관을 갖고 있다는 건 알고 있소."

알렉이 일어나 앉으며, 일어서려는 그녀를 진정시켰다.

"하지만 이번만은 내 도움을 받으시오. 가만히 있으라구."

그가 침착한 어조로 달래주었다. 마치 이런 딜레마에 빠져본 경험이 아주 많은 것처럼. 아마 그럴 거야, 그의 어깨에 고개를 기댄 채 미라가 처량하게 생각했다.

"단 몇 분이면 내가 당신 옷을 정리해줄 수 있소. 그럼 레이디 버클리와 만날 시간에 맞출 수 있을 거요. 내가 정확히 들은 거라면, 캐닝과 무슨 밀담이 있는……."

"당신, 끔찍한 도청자로군요."

"아주 훌륭한 도청자라오."

알렉이 평온하게 수정했다.

"레이디 버클리한테 일찌감치 방으로 돌아가겠다고 말하시오. 머리가 아파서……."

"그런 말은 못해요. 머리가 아픈 사람은 로잘리인 걸요."

"그럼 달거리가 시작돼서……."

"그냥 머리 아프다고 할게요."

미라가 서둘러 가로막았다.

"하지만 무슨 핑계를 대든, 날 쳐다보기만 해도 무슨 일인가 있었다고 짐작할 거예요. 그녀에게 어떻게 설명해야 할지……."

"설명할 필요 없소."

"당연히 설명……."

"필요 없소."

"뭐든지 당신한테만 설명하면 된다 이건가요?"

"그렇소."

알렉이 그녀의 드레스 끈을 능숙하게 묶어나갔다.

"당신은 세상에서 제일 거만하고……."

"욕할 만한 상태로 돌아왔으니, 이제 사자굴로 돌려보내야겠군. 그들이 무사하길 빌 뿐이오."

그의 옷 시중드는 솜씨는 어떤 하녀보다도 능률적이었다. 옷을 벗겼을 때와 마찬가지로 단 몇 분만에 그녀의 옷을 원상태로 돌려놓았다. 미라는 닫혀진 문을 응시한 채 다시 한 번 핀으로 모자를 고정시켜나갔다.

"흥미로운 저녁 시간을 만들어줘서 고마워요."

핀 하나가 머리 속을 찔렀다. 하지만 그 고통이 차라리 반가웠다. 또다시 패배했다는 이 생각에서 벗어날 수 있는 거라면 무엇이든 반가울

것이었다. 이 남자를 이렇게 잠깐잠깐 만나서 매번 욕망과 좌절감으로
고통받는 것이 그녀의 운명일까? 죽을 때까지 이런 식으로 되풀이해
야 하는 걸까?

"별말씀을."

알렉의 목소리가 바로 귀 옆에서 들려왔다. 그의 손이 허리를 감아
안자 그녀가 화들짝 튕겨올랐다.

"오늘밤은 시간이 없소. 하지만 우린 서로 얘기를 나눌 필요가 있어.
더 이상 미친 돈주앙처럼 당신을 갈망하며 골머리 썩지 않을 거요. 내
일 선상파티가 열릴 때쯤 얘기합시다."

"오늘밤 일은 잊어버려야 해요."

"그럴 수 없다는 거 알잖소. 까다롭게 굴지 말고…… 그냥 내 말에
동의만 하시오."

그녀가 한숨 쉬며 그에게 등을 기댔다.

"어디서 만날까요?"

"내가 당신을 찾겠소."

그가 그녀를 돌려앉히고 깊이 키스했다. 그리곤 한탄스레 소파를 흘
깃 쳐다보았다.

"그래……. 난 당신을 쉽게 찾아낼 거요."

그가 그녀의 아랫입술을 살짝 깨물었다. 평생에 느꼈던 만족감을 다
합친다 해도 지금 이 순간에 비할 바가 아니었다. 그녀는 그의 여자였
다. 드디어 그녀도 그걸 알게 되었다. 그는 어떻게 해서든, 무슨 수를
써서라도 그녀를 놓치지 않을 것이다.

11

"더 도와드릴 게 있을까요?"

메리의 질문에 로잘리는 고개를 흔들어보였다.

"고마워, 이젠 됐어."

화장대 앞에 앉아 상아 손잡이 빗을 집어들고 무심하게 빗어내려갔다. 메리를 내보내기가 망설여졌다. 무도회에서 돌아온 후로 그 하녀가 랜드와 그녀 사이의 보호막이었으니까. 그는 저녁 내내 날카롭고 격앙된 시선으로 그녀를 응시했었다. 그를 잘 알고 있음에도, 그가 이번에 어떤 반응을 보일지는 예측할 수 없었다. 때때로 랜드는 당황스러우리만치 직선적으로 문제를 다루곤 했지만 어떨 땐 그녀가 궁지에 몰릴 때까지 지켜보면서 기다리기만 했다.

남편의 모습이 그녀의 뒤로 다가왔다. 그녀의 보랏빛 푸른 눈동자가 그의 황갈색 눈동자를 거울 속에서 마주보았다.

"그자가 뭐라고 하던가?"

랜드는 그녀의 목덜미에 맥박이 퍼득이는 걸 지켜보았다.

“누가, 무슨 말을 해요?”

로잘리가 조그맣게 물었다.

“아…… 그거 재미있는 질문이오. 당신이 대답해주겠나?”

더 이상 모르는 척할 수 없다는 게 분명해졌다.

“오늘밤 일…… 아셨어요?”

그녀가 메마른 입술을 혀로 축였다.

“당신의 어린 친구 미라와 달리, 당신은 형편없는 배우요. 내가 당신의 그런 점을 좋아한다는 건 인정하오. 하지만 나에게 무언가를 숨기려고 하는 걸 지켜보는 건 대단히 참기 힘드오. 그래, 캐닝과의 일은 알고 있소. 춤을 춘 지 5분만에 둘이서 슬쩍 빠져나가더군. 부디 외교적인 임무에 있어서 캐닝이 그보다 훨씬 교묘하길 바랄 뿐이오.”

“랜드, 설마 내가 그 사람하고 나쁜…….”

“그런 방면으로는 의심치 않소.”

그녀가 안도의 한숨을 내쉬었다.

“당신이 외교 정책에 그리 관심이 많은 사람도 아니니, 프랑스에 거주하는 누군가에 대해서 캐닝과 얘기했을 것으로 짐작하오.”

“네……. 브럼멜에게 칼레의 영사 자리를 달라고 부탁했어요. 아버지의 상태가 너무 궁굼해요. 당신도 그분도 내가 도와드리는 걸 허락지 않으시니, 다른 방법을 찾아야 했어요.”

“브럼멜을 영사에 앉히자는 건 누구 아이디어였나?”

그가 불길하게 부드러운 목소리로 물었다. 로잘리의 어깨가 다소 축 늘어졌다.

“앨번리 경이요. 미라와 같이 런던으로 어머니를 만나러 갔을 때, 그날 밤 브럼멜과 앨번리를 만났어요.”

버클리의 목에서 불쾌한 으르렁거림이 새나오고 그 후에는 짜증스런 한숨이 이어졌다.

“빌어먹을……. 미라만 데리고 런던의 밤거리를 돌아다닌 거요? 맙소사, 그 범죄자들 소굴에……. 아니야, 당신이 설마 그런 위험에 뛰어들지는 않았을 거야. 아닐 거야."

"그랬어요."

로잘리의 대답을 듣자, 그는 피곤한 듯이 눈두덩을 문질렀다. 그런 다음 그녀가 두려워했던 분노가 아니라, 그녀의 가슴이 뒤틀릴 정도의 심란한 표정으로 바라보았다.

"나한테 당신의 행복보다 더 중요한 게 있다고 생각하오? 당신 아버지 문제가 항상 우리의 걸림돌이었소. 로즈, 이젠 그걸 해결해야겠소. 당신이 그를 만나는 건 막지 않겠소, 당신들 관계에 끼어들지 않겠소. 그 관계는 당신이 원하는 대로 처리하시오. 하지만 그자 때문에 당신 안전이 위협받는 건, 그자가 당신을 이용하는 건 결코 참지 않을 거요……."

"그런 적 없어요……."

"없다고?"

오랫동안 눈싸움을 벌인 후에 로잘리의 시선이 밑으로 떨어졌다. 랜드가 브럼멜을 어떤 식으로 생각하는지는 말할 필요조차 없었다. 허영덩어리, 이기적이고 얄팍한 거머리……. 로잘리조차도 부인할 수 없는 부분이 있었다. 하지만 그래도 핏줄은 핏줄이었다. 그런 그녀의 연약함을 알기 때문에 랜드가 이다지도 브럼멜을 싫어하는 것이었다.

"앞으로는 당신 모르게 이런 짓 안 할게요."

그녀가 중얼거렸다.

"당연히 그래야지."

"사실 별 소득도 없었던 것 같아요. 캐닝이 고려해 보겠다고는 했지만, 한 남자의 필요보다 영국의 정치적 안녕이 우선이라고 하더군요."

"정치적인 언어로, 그건 거절하겠다는 뜻이오."

"그런 것 같아요."

로잘리가 일어나 머뭇머뭇 그에게 다가갔다.

"아직도 나한테 화나셨어요?"

그가 말없이 그녀를 쳐다보다가 램프의 불꽃을 내려 껐다.

"당신을 사랑하기 때문에, 당신이 혹시라도 잘못될까봐 이러는 거요. 그게 날 미치게 만드는 거요."

"진작에 말하지 못한 거 미안해요, 랜드……. 당신을 믿지 못해서가 아니라, 아시잖아요……."

그가 그녀의 입술에 손가락을 올려 조용히 시켰다. 그리고는 잠옷의 리본으로 손을 내렸다. 그의 개암나무빛 눈동자가 그녀의 얼굴에서부터 몸의 윤곽으로 흘러갔다. 갑자기 그의 손이 성마르게 리본의 매듭을 풀어갔다. 바람에 나부끼는 거미줄처럼 잠옷이 바닥으로 떨어졌다. 그가 그녀의 나신을 안아들며 중얼거렸다.

"미안하단 말 말고 행동으로 보여줘."

"빌어먹을."

햇살이 칼날처럼 날카롭게 쏟아져 들어왔다. 미라는 가느다랗게 눈을 뜨고서 커튼을 젖히고 있는 메리를 쳐다보았다. 하녀가 그녀에게 동정적인 시선을 보냈다.

"어젯밤에 10시쯤 깨워달라고 하셨잖아요. 커튼을 닫고 한두 시간 후에 다시 올까요?"

"아니, 아니에요."

미라가 힘겹게 일어나 앉았다. 몸은 욱신거리고 기분은 비참했다. 알렉과 첫날밤을 보냈을 때의 그 행복감은 느껴지지 않았다. 지금은 왜 이렇게 걱정스럽고 죄지은 기분일까?

"메리?"

그녀가 조심스럽게 입을 열었다.

"차 한 잔 타 마시고 싶은데……. 옷장에 내 허브 가방이 있어요."

"어디 아프세요?"

“두통이 나서요.”

“금방 뜨거운 물을 가져올게요.”

그 하녀는 살피듯이 그녀를 쳐다본 후에 방을 나갔다. 하인들은 시중 드는 주인의 비밀을 거의 알았다. 미라도 한때 하녀로서 그 사실을 몸소 체험한 바 있었다. 메리가 어젯밤 구겨진 옷가지를 보고 무언가 짐작하지 않았을까? 아, 게다가 그녀의 목과 가슴 언저리에 남자의 수염에 긁힌 자국이 남아 있었다. 메리가 틀림없이 알아차렸을 거야. 미라는 무의식적으로 끄응 신음을 터트렸다. 무도회장 근처에서 다시 만났을 때 로잘리도 의심스레 미라의 구석구석을 살펴보았었다. 아마 로잘리도 알아버렸을 거야.

메리가 주전자와 쟁반을 들고 돌아왔다.

“고마워요.”

미라는 허브 가방을 열고 다양한 약초와 가루, 뿌리들을 물끄러미 들여다보았다. 지금 필요한 건 실 같은 뿌리가 달린 해바라기였다. 하지만 영국에서는 본 적이 없었다.

“다른 거…… 다른 게 있어야 하는데.”

그녀가 한 손으로 관자놀이를 감아쥐고서 허브들을 응시했다. 다양한 치료법과 처방전을 알고 있다고는 해도, 임신 예방법에 대해서는 관심을 기울인 적이 없었다. 지금까지는 그런 처방전이 필요하지도 않았다. 어쩌면 너무 늦었을지도 몰라, 그녀가 입술을 깨물며 살짝 배를 만져보았다. 알렉의 아이를 가졌다고 생각하니, 묘하게 황홀해졌다……. 하지만 그럴 리는 없었다. 하늘의 신께서 이미 그런 운명을 정해놓으신 게 아니라면. 그녀가 천천히 사향초 꽃송이를 찻잔에 넣었다. 루타와 양지꽃 덩굴도 첨가하고, 벌써부터 쓴 냄새를 풍기는 차의 맛을 완화시키기 위해 제비꽃, 들장미 열매, 회향풀도 넣었다.

“루타를 더 넣으세요.”

분주하게 방 안을 정리하던 메리가 한마디했다.

“더······.”

미라의 얼굴이 죄스럽게 붉어졌다.

메리의 표정은 너무나도 태연스러웠다.

“전 밀가루 반죽법보다도 먼저 그 처방전을 배웠어요. 루타를 더 넣으세요.”

미라가 고개를 푹 숙이고 독한 냄새가 나는 뿌리를 더 집어넣고는 스푼으로 휘휘 저어 시험삼아 홀짝였다.

“어휴.”

그 맛이 목구멍에 들러붙어 거의 토할 것 같았다.

“엄청나게 써.”

“아침마다 드세요.”

메리가 방에서 나가자, 미라는 눈을 질끈 감고 코를 움켜쥐고선 차를 꿀꺽 들이켰다.

브라이턴 누각의 마당들과 강변에서 경마와 파티 등 여러 행사들이 진행되었다. 랜드의 안내를 받아 그 행사장들 중 하나로 나아가다가, 미라는 점점 버클리 부부의 뒤로 처졌다. 버클리 부부는 오늘 특히나 더 친밀하게 긴밀한 대화에 빠져 있는 듯했다. 느긋하게 울타리에 자라난 식물들을 살펴보고 있을 때 다소 낯익은 목소리가 미라를 불러세웠다.

“아, 펀치 얼룩이 묻었던 그 아가씨로군.”

어젯밤에 만났던 노부인이 비서와 같이 작은 뜰에 앉아 있었다. 그녀의 회색 눈동자가 예리하게 미라를 살펴보았다.

“가까이 오게······. 햇살이 부셔서 제대로 볼 수가 없군.”

미라는 흐릿한 하늘을 의심스레 쳐다본 후, 노부인이 앉아 있는 나무 그늘 벤치로 다가갔다.

“자네 샤프롱은 누구인가? 어째서 항상 혼자 다니는 건가?”

"전 감독받는 걸 싫어해요."

노부인의 입술이 흥미로운 듯 살짝 틀어졌다.

"나도 그래. 여기 앉아서 잠시 얘기나 하지."

미라가 즉시 그 명령에 순종했다.

"제 샤프롱은 레이디 버클리예요."

"레이디 버클리……. 아, 자네가 그 무수한 소문의 주인공이로군."

"그걸 다 믿지는 마시기 바랍니다."

"난 소문에도 일말의 진실이 있다고 믿어. 전혀 틀린 내용을 만들어 낼 정도로 상상력이 뛰어난 자는 별로 없거든. 물론 젊었을 적 나에 대해서 떠돌던 소문 몇 가지는 새빨간 거짓말이었지. 하지만 그것들은 진실을 벗어날 정도로 날 칭찬하는 내용들이었어."

"그럼 진실은 무엇이었나요?"

"나에게 감히 그런 질문을 하는 자는 드물어. 물론 난 대답하지 않을 거고. 하지만 자네에게는 변명할 기회를 주겠네."

세심하게 단장한 회색 머리가 한쪽으로 기울어졌다.

"어젯밤 사내들의 술자리에서 자네 이름이 여러 번 언급되더군. 항간의 소문이 인기에는 별 피해를 끼치지 않은 모양이야."

"과찬이십니다."

"너무 좋아할 것 없어. 술자리에서 들먹여지는 여자와 아내로 고르는 여자는 달라."

"전 남편감을 찾는데 별 관심이 없습니다."

"꽤나 진보적이군. 하지만 평생 독신으로 지낼 생각은 아니겠지? 노처녀들은 번식능력을 허비하고 열매 맺지도 못하게끔 형벌을 받은 인물들이야. 당연히 지옥으로 가게 되겠지."

노부인이 미라의 충격적인 표정을 기대하듯이 심술궂게 쳐다보았다. 미라는 대담하게도 씨익 웃어보였다.

"결혼하지 않는 남자도 똑같은 형벌을 받게 되나요?"

노부인이 웃음을 터트렸고, 그 옆의 비서는 손수건으로 입을 틀어막
았다.

"내 아들을 찾아오너라."

그녀가 무뚝뚝한 얼굴의 비서에게 명령했다.

"아드님은 왜요?"

미라가 정중하게 물었다.

"너한테 소개시켜줄 생각이다."

또 남자? 미라는 속으로 한숨을 삼켰다. 이 까다롭고 공격적인 노부
인한테 어떻게 아무도 만나고 싶지 않노라고 말할 수 있겠는가. 이런
여자 밑에서 자란 아들은 어떤 사람일까…….

"넌 영국인이 아니로구나."

"네, 마담."

미라가 온순하게 대답했다.

"프랑스인이냐?"

"네."

"프랑스인."

노부인이 시큰둥하게 되뇌었다.

"흠, 그거야 네 힘으로 어쩔 수 없는 일이었겠지."

"그렇습니다."

진지하게 동의하면서도 미라는 그 전형적인 영국인의 태도에 살짝
미소지었다. 영국인들이 다른 세상 사람들보다 자신들을 훨씬 우월하
다고 생각하는 이유가 뭘까? 오히려 프랑스인은 영국인들을 투박한
매너와 맛없는 음식을 지닌 문화적 야만인으로 여기는데.

"프랑스의 저멩 가에 대해선 들어본 적이 없다."

미라가 놀라운 듯이 눈썹을 치켜올렸다가 이내 어깨를 으쓱였다.

"저멩 가는 대단히 보수적이고 신중한 가문이에요. 결코 공공연하게
가문의 이름을 드러내거나 스캔들을 일으키지 않는답니다."

"너보다 이전 사람들 말이겠지?"

"아, 훌륭한 지적이세요, 마담. 하지만 분별력 있는 사람이라면 불유쾌한 소문에 관심을 기울이지 않을 거랍니다."

몇 분 동안 그런 식으로 심문이 계속되었다. 미라는 점점 그 찌르고 피하는 식의 대화가 즐거워지기 시작했다. 프랑스의 어디 출신이냐? 지금까지 어떤 남자들에게 구애를 받아보았느냐? 어떤 남자에게 흥미를 가졌었느냐? 버클리 가와는 어떻게 연결되었느냐? 미라는 그 캐묻는 질문들마다 드라마틱하고 상세한 답변을 만들어 재잘거렸다. 노부인도 그 대화가 꽤나 즐거웠던 모양이었다, 비서가 돌아왔을 때 눈살을 찌푸리는 걸 보면.

"젠장할. 우리 얘기는 다음에 계속해야겠다. 내 아들이 도착했구나."

"마담, 누군가를 소개받기 전에 제가 당신의 이름조차 모른다는 걸 상기시켜드려야겠군요."

"몰라? 내가 누군지 모른다고? 난 누구나 다 알 줄 알았는데. 날 일으켜다오."

"네. 하지만 저는……."

미라가 노부인을 의자에서 부축하여 일으켜세웠다. 하지만 앞에 서 있는 남자를 보는 순간 그녀의 움직임이 멎었다. 그녀가 명료한 회색의 눈동자를 응시하며 경악스레 눈을 깜박였다.

"알렉, 이 여자다."

노부인이 씩씩하게 입을 열었다.

줄리아나의 소개 방식은 전혀 복잡한 과정을 거치지 않았다. 그저 두 사람을 남겨두고 비서와 같이 떠나버렸을 뿐이었다. 그 동안 두 사람은 멍하니 서로를 쳐다보았다.

"저분이…… 당신 어머니세요?"

미라의 두 뺨이 빨갛게 달아올랐다.

"불행히도 그렇다오."

"어머나, 내가 한 말을 다 어쩌지. 세상에."

"어머니가 당신을 고르셨군."

알렉의 어조에 무덤덤한 체념이 섞였다.

"예상했어야 했는데."

"날 고르다니요? 왜요?"

"나한테 어울리는 여자로."

"당신한테……."

미라는 전혀 이해하지 못하는 표정이었다. 그가 웃음을 터트렸다.

"미라, 나에게 설명을 기대하지 마시오. 나도 잘 모르니까."

그녀가 여전히 당혹스레 그를 쳐다보았다. 머리에 햇살을 받으며 눈을 반짝이며 서 있는 그 남자를 보면서, 어젯밤 일이 마치 꿈속에서의 일인 것만 같았다.

"아침에 제일 먼저 한 생각이 뭐였소?"

그가 느긋하게 미소지으며 물었다.

"끔찍한 밤이었다는 거였죠. 당신은요?"

"난 여러 가지 질문들에 시달렸소."

"어떤 질문이요?"

"당신을 품에 안고 깨어나면 어떤 기분일까. 그리고 당신이 자면서 발길질을 해댈까, 코를 골까, 이불을 둘둘 말고 잘까, 아니면……."

"다 아니에요."

"확인해볼 기회를 갖고 싶군."

바로 그때 로잘리의 목소리가 그들의 대화에 끼어들었다.

"미레이유?"

미라가 고개를 돌려 랜드와 로잘리를 쳐다보았다.

"그렇게 죄스런 표정 짓지 마시오."

그녀의 불안해하는 표정에 알렉이 씨익 미소지었다.

"나하고 같이 있는 게 범죄는 아니라오."

“로잘리의 견해로는 범죄예요.”

그녀는 다음 몇 분 동안 누구도 바라보지 못했다. 사교적으로 인사를 나누는 알렉과 랜드도, 묘하게 그녀를 살펴보는 로잘리도…….

“저멩 양과 단 둘이 얘기할 기회를 갖고 싶습니다.”

알렉이 로잘리에게 정중하게 청했다.

“물론 무리한 요구라는 걸 알지만…….”

“맞아요, 그녀의 평판이…….”

로잘리가 입을 열었지만 알렉이 단호하게 잘라냈다.

“그녀의 평판에 먹칠할 생각은 전혀 없습니다. 절대적으로 명예로운 의도로 이런 요청을 하는 것이죠. 나중에 내가 왜 방해받고 싶어하지 않았는지 이해할 겁니다…….”

“알겠소, 포크너.”

랜드가 미소지으며 대답했다.

“내 아내도 동의하리라 생각하오.”

“네.”

로잘리의 푸른 눈동자가 놀라움으로 동그래졌다. 그녀가 미라의 푹 숙여진 머리를 날카롭게 쳐다보았다. ‘명예로운 의도’라는 말뜻이 남녀 사이에 어떤 의미인지 그녀가 모를 리 없었다.

“고맙소.”

알렉이 미라에게 팔을 내밀었다.

“저멩 양?”

그의 재촉에 따라 미라가 그 팔에 손을 얹었다.

“절대 허락을 구하지 않는 사람인 줄 알았는데요.”

천천히 정원 쪽으로 걸어가면서, 눈앞의 길에만 시선을 집중시킨 채 미라가 중얼거렸다.

“필요한 경우에는 어쩔 수 없소.”

“너무나 정중하고, 너무나 사교적이더군요……. 나한테는 그런 적 없었잖아요."

그녀가 조용한 장소의 작은 대리석 벤치에 내려앉았다. 알렉은 튼튼한 나무에 어깨를 기대고 섰다.

"저멩 양, 내가 당신 눈을 반짝이는 별로 칭송한 적이 없었던가? 당신 머리가 비단 같다고도 말한 적이 없었던가?"

"없었어요."

미라는 괜스레 수줍어지는 느낌이었다.

"미라……."

알렉이 입을 열었다가 다시 닫았다. 마치 어떻게 말해야 할지 모르는 사람처럼 불안해하는 듯 보였다. 이런 모습은 처음이었다. 이 사람이 대체 무슨 말을 하려는 걸까?

"이제 서로에게 솔직해질 때가 됐소."

마침내 그의 입이 열렸다.

"우리 사이의 게임은 이미 충분하오, 비밀도…… 감정적인 회피도. 정직하게 상황을 바라볼 때가 되었소. 나와 마찬가지로 당신도 솔직해지길 바라오."

"노력할게요. 하지만 우선 대화의 주제를 말씀해 주셔야겠어요."

"일단 몇 가지 사실은 분명할 거요. 당신에 대한 내 감정은 이미 알 테고……."

"아뇨, 몰라요."

미라의 심장이 긴장감으로 두근거렸다.

"전혀 모르겠어요."

"난 처음 본 순간부터 당신에게 끌렸소. 그러지 말아야 할 현실적인 이유들이 많았는데도, 어쩔 수가 없었소. 다른 어떤 여자보다도 더 당신을 갖고 싶었소. 그건 끝도 없이 침입해오는 무자비하고 피곤한 그런……. 하여튼 자제할 수 없는 감정이었소. 전에도 말했을 거요, 당신과 내가 잘 어울린다고……. 하지만 그 이상인 듯하오. 내가 아는 인물 중에 부두의 막노동자처럼 욕할 줄 아는 여자는 당신뿐이오. 어떤 식으로든 내 어머니의 찬성을 받아낼 수 있었던 여자도 당신뿐이오, 그게 바람직한 건지는 잘 모르겠지만.”

“난 좋은 쪽으로 생각해요.”

알렉이 다소 긴장을 풀어내며 미소지었다.

“내가 말에서 떨어졌던 날 기억나오? 그 전에 당신에게 해댄 말도 있고 하니, 당신이 당장 달려와서 날 걷어찰 줄 알았다오. 그게 오히려 당연했겠지, 하지만 당신은 동정심을 보여주었소.”

“네, 기억나요.”

“그리고 우리가 처음으로……. 내가 당신의 첫남자라는 걸 알았을 때 특별한 느낌이었소. 당신이 자발적으로, 의무감이나 이익을 계산하지 않고 나한테 허락했다는 게……. 당신을…… 내 아내로 맞고 싶소. 전에 내가 했던 말들에도 불구하고, 그것이 가장 최선의 길인 듯하오.”

미라는 멍하니 그를 응시했다.

“어떻소?”

계속 침묵만이 흐르자 그가 다그쳤다.

“대답을 하시오.”

서서히 그녀가 정신을 차렸다.

“무슨 대답을요?”

아무런 생각도 떠오르지 않았다.

“나한테 뭘 물어봤었나요?”

“내 생각이 어떻냐고 묻잖소.”

“전…… 글쎄요.”

더 이상 앉아 있을 수가 없어 벌떡 자리에서 일어났다. 감히 꿈꿔보지도 못했던 순간이었다. 이 남자가 청혼을 하다니! 하지만 무언가가 잘못됐다, 설명할 수는 없지만 모든 게 잘못된 느낌이었다.

“놀랍군요……. 당신이 나에게 청혼을 하다니 경악스러워요.”

“그건 그렇고.”

그가 성마르게 말했다.

“이제 대답해주시오.”

“못하겠어요……. 우선은 내 느낌부터 말해야 할 거예요. 나더러 솔직해지라고 하셨죠? 적어도 솔직해지긴 해야 할 것 같아요.”

“‘적어도’라는 건 무슨 의미요?”

“알렉…….”

말을 잇기가 고통스러웠다. 갑자기 진실을 깨달아버렸다. 그걸 무시할 수만 있다면 좋으련만.

“처음엔 충동적으로 당신 청혼을 받아들이고 싶었어요. 좋다고 말할 수만 있다면……. 다른 어떤 말보다 그 말을 하고 싶어요.”

“그럼 그렇게 말하시오.”

“하지만 그럴 수 없어요. 그게 재앙이 될 줄 뻔히 아는 걸요. 당신은 그 결혼이 어떻게 흘러갈지 생각해 보지 않았을 거예요.”

“물론 생각해봤소. 날 바보 멍청이로 아나? 어려움이 있기는 할 거요. 우리가 당면해야 할 일들이 많다는 거…….”

“아뇨, 아닌 것 같아요.”

미라는 적당한 말을 고르기 위해 안간힘을 썼다.

“당신은 우리가 너무 다른 사람들이라는 걸 간과하고 있어요. 내 배경이 당신과 전혀 다르다는 것도요. 날 원한다고 하지만……. 그건 나역시 마찬가지지만, 난 당신이 아내로서 원하는 그런 타입이 아니에요.”

“내 감정에 대한 판단은 나에게 맡겨주길 바라오.”

“그 감정은 조만간 변할 거예요.”

그녀가 너무나 확신 있게 말했으므로 알렉은 한순간 할 말을 잃어버렸다.

“나와 결혼한다면, 어느 날 아침 깨어나서 끔찍한 실수를 깨닫게 될 거예요. 당신하고 비슷한 여자와 결혼했어야 했다고……."

"미라."

그가 가로막았다. 분노가 그녀의 고집을 더 부추길 거라고 감지한 듯 그의 목소리가 부드럽게 실득적으로 변했다.

"당신은 나와 비슷하오……. 내가 자기 마음도 모르는 성급한 어린 애는 아니잖소. 모든 걸 생각해봤소, 당신의 과거에 대해서도. 그런데 도 당신과 결혼하고 싶소. 당신은 그 과거가 우리 사이에 끼어들까봐 두려워하지만 그건 당신이 걱정할 일이 아니오. 그건 내 문제요, 난 그 걸 감당할 수 있고……."

"감당할 수 없을 거예요. 나에겐 바꿀 수 없는 사실, 당신이 감당하 지 못할 과거가 있어요. 우린 어울리지 않아요. 그 반대이길 얼마나 바 라는지 당신을 모르실 거예요……. 당신과 결혼할 수가 없어요. 못해 요. 결혼할 수 없어요."

"우리 사이에 그런 일이 있었는데도 이렇게 쉽게 거절하는 거요? 빌 어먹을, 이 청혼이 나한테 얼마나 어려웠는지 알고나 있소? 이런 결정 을 내리기까지 쉽지 않았다구! 난 유럽에서 가장 명망 높은 가문을 고 를 수도 있었소. 그런데 그 대신 작위도 없고, 내세울 만한 가문도, 가 족도 없는 여자에게 청혼했소……."

"내가 설명하려는 게 바로 그거예요."

"내 요점은 내가 당신에 대해서 모든 걸 알고 있으며 그걸 받아들이 기로 결심했다는 거요. 내가 그런 확신도 없이 청혼했을 것 같은가?"

"내 과거가……."

"당신 과거, 내가 알지도 못하는 그런 과거에 신물이 나는군. 그게 뭐 그리 대수란 말이오? 도대체 뭘 숨기는 거요? 그냥 말해버리라구. 그 후에 내가 그 과거를 받아들일 수 있을지 없을지 알아보면 되잖 소."

미라는 그의 눈을 마주볼 수 없었다. 말할 수도 없었다. 창녀의 딸이라는 걸 알았을 때 그의 눈에 나타나게 될 혐오감을 견디고 싶지 않았다. 솔직하게 말하는 것이 옳으리라…….

하지만 그가 그녀의 어린 시절을 알게 된다면, 어떤 곳에서 자랐는지 알게 된다면, 그녀를 보는 것조차 참을 수 없어할 것이다. 그녀와 함께 했던 순간순간들을 후회할 것이다. 그것까지 견뎌낼 힘이 그녀에겐 없었다. 이 가슴에서 부르짖는 대로, 과거를 비밀로 숨긴 채 그와 결혼한다면……. 그에게 발각될 날을 기다리며 평생 두려움에 떨어야 할 것이다.

"안 돼요. 미안해요."

그녀가 중얼거렸다.

알렉은 머리를 긁어올리며 욕설을 내뱉었다.

"나에게 무엇 하나 선택권을 남기지 않는군. 전에는 내 정부가 되기 싫다고, 그 이상이 되고 싶다고 하더니. 그건 좋아……. 난 당신에게 결혼을 제안했소. 그런데 이제 그것도 싫다는군, 과거를 이유로 대면서……. 그러면서도 나한테 그 이유를 설명해주지 않아. 이젠 당신이 나에게 아무것도 원하지 않는다는 게 명백해졌소……. 날 전혀 믿지 않는다는 것도."

"그래요, 당신한테 아무것도 원치 않아요……."

"그만."

알렉의 목소리가 묘하게 무감각해졌다. 마치 감정을 드러내지 말라고 자신에게 명령하는 듯이.

"그만 됐소. 우리 서로 생각할 시간이 필요하겠어."

"끝났어요."

"아니, 나중에 다시 얘기합시다. 내가 이 빌어먹을 상황을 파악하게 됐을 때."

"끝났어요."

그녀가 나지막이 되풀이했다.

“버클리 부부에게 돌려보내기 전에 한 가지 말해둘 게 있소.”
그의 은색 눈동자가 섬뜩하게 강렬해졌다.
“지난 몇 년 간 난 개인적으로 소중한 것들을 거의 다 잃었소. 하지
만 당신을 잃지는 않을 거요.”

12

로잘리는 부채질을 하면서 개인 살롱의 창문을 열어젖혔다.

"맙소사, 여긴 너무 닫혀 있어. 어디나 다 어두워……. 왜 햇빛을 받아들이지 않는 걸까?"

"가구색이 바랠까봐서죠."

미라는 의자에 앉아서 시원한 바람을 감사히 맞아들였다.

"미레이유, 얼굴이 창백해."

"기분이 별로예요."

"다행으로 여겨야지, 잘한 일이잖아."

"그런가요?"

미라의 목소리에 웃음기와 절망이 섞여났다. 그녀가 무기력하게 눈을 감으며 이마를 문질렀다.

"비참해서 미쳐버릴 지경이에요. 잘한 일이라는 걸, 이성적으로 현명한 판단이었다는 걸 알지만…… 내 마음에서는 계속 다른 말을 해요. '분수를 알아야지, 어떻게 그런 제안을 거절할 수 있어? 그 사람발 밑에 엎드려 감사하고 그 즉시 포크너 경의 청혼을 받아들여야 했어.'라고요. 하지만 난 그 사람한테 부족한 걸요, 그 사람이 그걸 깨닫게 될 때……."

"미레이유, 그만해."

로잘리는 열성적으로 해대던 부채질을 멈추고 거의 험악하게 미라를 노려보았다.

"넌 그 사람한테 부족하지 않아. 문제는 그게 아니야. 그 사람이 어떤 남자인지 알기 때문에 거절했던 거라구. 결혼에는 사랑이나 정열보다 더 중요한 게 있어, 서로를 존중하는 거. 그런데 포크너 경은 여잘 존중할 줄 몰라."

"그건 잘 모르시는 말씀이에요."

미라가 불쑥 내뱉었다.

"그 사람…… 사실은 아주 부드럽고 친절해요. 성마른 성격이긴 하지만 잔인하지 않아요. 그리고 자기한테 맞서기를 두려워하지 않는 사람을 존중해요……."

그녀의 목소리가 더 낮아졌다.

"신뢰할 수 있는 사람이에요. 그 사람한테 솔직히 인정한 적은 없지만, 마음으로는 그걸 알아요."

"지금 포크너 경에 대해서 말하는 거 맞아?"

로잘리가 다그쳤다.

"미레이유, 그 사람에 대해서 뭘 안다고 그래? 부드럽다고? 신뢰할 수 있다고? 지금껏 내가 그 사람에 대해 들은 얘기는 정반대였어. 그 사람이 얼마나 무정한지 알아? 얼마나 냉혹한지 알아? 포크너들은 하나같이 오만하고 자만심 투성이에 남을 아낄 줄 몰라. 그 중에서 알렉 포크너가 가장 최악……."

"모두 다 오해예요."

"오해라고! 미레이유, 그 사람에 대한 소문이 다 잘못됐다고 생각해? 런던의 모든 사람들이 그를 오해한다고 생각해? 정말로 그 사람을 좋은 남편감이라고 생각하는 거야? 그럼 왜 청혼을 거절했어?"

"전에도 말했지만…… 그 사람은 완벽하지 않은 사람을 사랑하고 싶어하지 않아요. 난 완벽한 거하고 거리가 멀구요. 더구나 그런 위치의 남자와 결혼하는 건……. 우린 전혀 어울리질 않아요."

"미레이유, 나도 쉽지 않았어."

로잘리의 목소리가 다소 달라졌다.

"나도 백작과 결혼할 만한 여자가 아니었어. 더구나 버클리 가의 아내라니! 어떤 면으로는 황홀하면서도 한편으로는 두려웠어. 하지만 랜드와 결혼하기 위해서라면 그 두 배쯤의 역경도 참아낼 수 있어."

"제기랄, 포크너 경을 거절하지 말았어야 했어요."

미라는 무릎을 끌어안고 팔에 얼굴을 파묻었다.

"좋다고 말했어야 했어요. 하지만 그 당시에는 안 되는 이유들만 생각났어요. 그 사람을 받아들였어야 했어요. 다른 거 다 무시하고 좋다고 대답했어야 했어요."

"금방 잊을 수 있을 거야. 너한테 구애하고 싶어하는 남자들이 얼마나 많은데……."

"다른 남자는 필요 없어요."

미라가 밤하늘처럼 짙어진 눈을 들어올렸다. 눈물이 글썽이고 있었다.

"그 사람이 아니면 난 언제나 혼자일 거예요. 다른 남자의 아내가 된다 해도, 아이와 가족이 생긴다 해도…… 난 계속 혼자일 거예요."

로잘리의 입이 떡 벌어졌다.

"어떻게 그럴 수 있어? 그 사람을 잘 알지도 못하잖아!"

"그렇지 않아요. 그 사람과 난……."

미라가 말을 끝맺지 않았음에도, 로잘리는 그 남은 말까지 이해했다. 그래서 더더욱 놀라워했다.

“미레이유…… 내가 바보였구나. 내가 이해를 못했던 거였어. 포크너 경과 만난 게 딱 두 번뿐인 줄 알았는데……. 그게 아니었어, 그렇지? 그 사람을 더 많이 만났던 거지? 세상에, 색빌이 아니었구나. 네가 사랑한다던 남자는 포크너 경이었어, 그렇지?”

“맞아요.”

미라가 다시 공처럼 몸을 말며 얼굴을 묻었다.

“왜 말하지 않았어?”

“당신이 반대했잖아요……. 나도 그 사람을 잊어버리고 싶었어요. 정말 열심히 노력했어요, 잊어보려고.”

“네 마음을 알았더라면 나도 반대하지 않았을 거야.”

로잘리가 머뭇머뭇 말을 이었다.

“너의 판단력을 믿어……. 무슨 좋은 점이 있으니까 네가 그를 사랑하는 거겠지. 아직 늦지 않았어. 브라이턴을 떠나려면 아직 시간이 남았으니까, 지금 당장 가서 마음이 바뀌었다고…….”

“그럴 순 없어요. 이대로 떠나야 해요. 그 사람 말대로, 우리 둘 다 생각할 시간이 필요해요. 그래도 나와 결혼하고 싶으면 그 사람이 찾아올 거예요. 내가 어디 있는 줄 아니까.”

“그 여자가 나한테 작별인사하는 장면을 봤어야 했어요.”

카가 흥분하며 떠들어댔다.

“쓸쓸해 했다구요. 그 커다란 눈망울로 날 쳐다보면서, 다시 만나길 바란다고…….”

“애정표현과 예의상의 인사도 구별 못하나?”

알렉이 긴 다리를 교차시켜 맞은편 좌석에 올려놓았다. 카는 그 가죽신발을 짜증스레 쳐다보고 나서 자신의 깔끔한 옷을 보호하기 위해 좀더 옆자리로 옮겨갔다.

“분명하다니까요. 얼굴에 다 쓰여 있었어요.”

"잘도 해석하는구나."

알렉의 냉담한 반응을 무시한 채로 카는 계속해서 미레이유 저멩에 대한 찬사를 늘어놓았다.

"형은 아마 이해 못할 거예요, 내가 어떤 기분인지……. 그 여잔 다른 여자와 달라요. 수줍어하면서도 재치 있고……. 다른 여자들 같은 교활함이 없어요. 세상에서 제일 사랑스럽고 상냥하고……."

"그 여자와 어디까지 간 거냐?"

갑자기 알렉이 긴장하며 물었다.

"난 진심이라구요, 알렉! 그 여자한테 정성을 들여볼 거예요. 내가 관심있어하는 걸 알려줄 거라구요."

알렉이 의자로 등을 기댔다.

"그 열성에 빠져 제인을 만나는 것까지 잊진 않겠지, 설마?"

"러머에 가보긴 해야죠."

카가 체념적으로 대꾸했다.

"홀트에 대해서 알아낼 거예요……. 하고 싶어서가 아니라, 꼭 해야 하는 일이니까. 쓸모 있는 정보가 나왔으면 좋겠는데."

카의 어조가 진지해졌다.

"레이라가 사라진 후에 홀트가 찾아다녔을 것 같아요. 러머에 홀트가 자주 다녔으니까, 어쩌면 제인이 단서를 제공해줄지도 몰라요. 홀트가 무슨 일을 하고 다녔는지, 홀트의 적이 누구였는지. 물론 홀트 형한테 적이 있었을 리는 없지만요. 모두가 다 형을 좋아했잖아요."

"아니, 모두는 아니었어."

알렉이 동정적으로 어린 사촌을 살펴보았다……. 카가 홀트를 이 정도로 우상시했었는지는 알지 못했었다.

"홀트가 완벽했던 건 아니야. 좋은 녀석이긴 했지만, 여느 사람들처럼 결점도 있었어. 가끔씩 망나니가 되곤 했지."

카는 날카로운 숨소리만으로 반응했지만, 알렉은 그의 분노를 감지했다.

"홀트를 순교자처럼 생각하지 말라구. 그런 건 녀석이 원하지 않을 거야."

"이런 얘기하기 싫어요."

"그 녀석은 성인군자가 아니었어, 그저 평범한……."

"알았다구요."

카가 험악하게 소리치는 것으로 그 대화는 끝이 났다. 드디어 마차가 멈춰 섰을 때 알렉이 사촌을 바라보았다.

"아직도 일반 마차를 불러 탈 생각이냐?"

"이걸 타고 갈 순 없잖아요."

"조심해라. 마차 굴리는 녀석들은 너 같은 애송이쯤 5분만에 벗겨먹을 수 있어. 정신 똑바로 차려. 술 너무 많이 마시지 말고."

"날 어떤 식으로 생각하는지는 모르지만, 나도 가끔은 내 거시기가 아니라 머리로 생각할 능력이 있다구요."

알렉이 마지못해 씨익 웃었다.

"믿을 만하구나. 행운을 빈다, 사촌."

두 남자가 마차에서 내렸다. 알렉은 사촌이 형편없는 몰골의 마차를 잡아탈 때까지 기다렸다가 근처의 빵가게로 향했다.

뿌연 밀가루 분말들이 창문과 바닥, 테이블과 벽을 뒤덮었고, 이스트와 버터향이 풍겨나오는 편안한 분위기의 가게였다. 그 안에서 각기 다른 체격의 아이들이 부산스럽게 놀고 있었다.

"뭘 드릴까요?"

동그란 얼굴의 여자가 미소지으며 다가왔다. 반짝이는 갈색 눈과 누구라도 호감이 갈 만큼 온화한 태도가 진짜 어머니 같은 인상이었다. 알렉은 자신의 어머니와 그녀를 비교해보며 흐릿하게 미소지었다.

"홀번 부인이신가요?"

"포크너."

그녀가 공포스런 표정으로 입을 가렸다.

"죽은 줄 알았는데……. 거리에서 발견됐다고……. 오, 하나님 맙소사……."

"홀번 부인, 난 홀트가 아니오."

그녀가 격렬하게 부들거리고 있었으므로 알렉은 서둘러 그녀의 팔꿈치를 붙잡았다.

"난 그의 사촌, 포크너 경이오. 놀라게 할 뜻은 아니었소."

"어머니?"

예쁘장하게 생긴 소녀 하나가 그들에게 달려와 알렉의 손을 밀어냈다. 홀번 부인의 허리를 감아쥐고서 경계하듯이 알렉을 쳐다보았다. 그녀의 얼굴에서도 핏기가 사라졌다.

"레이라는 어떻게 됐어요?"

소녀가 날카롭게 물었다.

"그 사람이 아니야."

홀번 부인은 두려움과 슬픔이 섞인 눈으로 알렉을 응시했다.

"홀트 포크너가 죽은 줄 알면서도…… 한순간 사실이 아니길 바랐어요……. 그 다음엔 그의 유령이 나타났나 싶었어요."

"홀트는 죽었소. 내가 유령이 아닌 것도 틀림없소."

알렉이 안심시켜줄 만한 미소를 지어보였지만, 별 효과를 보진 못했다.

"몇 가지 물어보고 싶은 게 있어서 찾아왔소. 홀트 애기를 꺼내도 괜찮을지 모르겠군요."

그녀는 아랫입술을 깨물고 나서 대답을 두려워하는 사람처럼 아주 망설이며 물었다.

"포크너 경…… 제 딸 애기를 하시려는 건가요? 레이라에 대해서 아는 게 있으신가요? 그 애를 찾으셨나요? 혹시 누가?"

알렉이 고개를 저었다.

"그녀에 대해서는 아는 바가 없소. 미안하오."

"저 뒤쪽에 탁자가 있어요."

홀번 부인의 눈에 눈물이 맺혔다.

그 가족의 대부분이 탁자 주위로 몰려들어 알렉의 양쪽에 멀찌감치 늘어섰다. 가장 나이 많은 여자애가 가게에서 손님들을 맞으면서 이따금씩 탁자로 돌아와 그 대화에 귀 기울였다.

삼십 분 후 알렉은 홀트가 왜 이 사람들과의 생활을 비밀로 붙였는지 이해할 수 있게 되었다. 이곳은 그의 천국이었다, 세속적인 매너와 교활함에 오염되지 않은 천국. 홀트가 빵장수의 딸과 사랑에 빠졌으며 이런 중류계급의 부엌에서 몇 시간씩 시간을 보냈다는 것을 알았다면 친구들 대부분이 그를 조롱했을 것이었다. 하지만 이 가족, 이 가게에는 따뜻함과 소박함이 배어 있었다. 홀트가 무릎에 아기를 끌어안고 사랑하는 여자에게 미소짓는 광경을 능히 상상할 수 있었다.

"레이라에게 사귀지 말라고 여러 번 경고했었어요."

홀번 부인이 입을 열었다.

"그 애가 일시적인 희롱에 휘말리는 거라고 생각했어요. 남편도 그렇게 생각했었죠. 하지만 그들이 만나는 걸 막을 수가 없었어요. 그 후로 우린 점점 홀트를 좋아하게 됐어요, 레이라를 진심으로 아끼는 것 같더군요. 그래도 그 사람이 우리 애한테 청혼할 줄은 꿈에도 생각 못 했어요. 그런데 바로 이 자리에서 남편에게 레이라와 결혼하게 해달라고 부탁했답니다."

"그런 줄은 몰랐소."

알렉은 지난날 홀트의 감정상태들을 되새겨 보았다……. 몇 주 정도 대단히 만족스럽고 평화로웠던 때가 있었다. 하지만 죽기 전 두 달 동안 점점 거칠어지면서 극단적인 우울증과 조증을 오가곤 했었다.

"그 사람은 진심이었어요, 포크너 경. 우리 애와 결혼할 생각이었어요. 그런데 다음날 내가 레이라를 심부름을 보냈는데……. 평소에도

혼자 다녀오던 길이었어요, 그리 멀지도 않았으니까요. 그런데 그 애
가…… 그 애가…….”

“안 돌아왔어요.”

아이 하나가 어머니 대신 말했다.

홀번 부인이 목을 가다듬고 말을 이었다.

“그 애의 흔적이 없었어요. 아무런 흔적도요. 우리 모두 충격에 휩
싸였어요, 당신 사촌은 특히 더 했었죠. 그 애를 찾아내겠다고 했어요.
남은 평생을 다 보내서라도…….”

“그녀를 찾겠다고 했군요.”

알렉이 중얼거리며 계속해보라는 듯 고갯짓을 했다. 홀번 부인의 눈
이 더욱 젖어가기 시작했다.

“그에게 자주 연락이 왔었어요. 그런데 일주일간 아무 소식도 없더
군요, 우리가 연락을 보냈는데도 답장이 없었어요. 그래서 우린 그 사
람이 포기했나보다, 내 딸을 잊기로 했나보다 생각했어요. 그리고 그
후에 그 끔찍한 소식을 듣게 된 거예요. 끔찍한 일이에요. 정말 젊고
잘생긴 청년이었는데……. 당신을 처음 봤을 때, 그 사람인 줄 알았어
요…….”

“유감이오.”

“그 일을 밝혀내시려는 건가요?”

“그렇소.”

“그럼 저에게?”

“레이라의 소식을 듣게 되면 알려드리겠소.”

그들이 서로를 마주보며 힘없이 미소지었다.

몇 시간 후, 알렉은 런던의 저택에서 술냄새가 진동하면서도 놀라울
만큼 멀쩡한 정신의 카와 다시 만났다. 알렉의 시종이 커피를 날라오
는 동안 두 포크너들은 정보를 교환했다.

“진짜로 결혼을 신청했었대요?”

카는 놀라운 듯 고개를 흔들었다.

"가엾은 홀트…… 청혼한 다음날 약혼녀가 사라지다니. 그녀가 도 망친 걸까요?"

"그럴 이유가 없어. 그녀는 빵장수의 딸일 뿐이야. 홀트는 돈 많은 청년이었으니 청혼을 받았다면 틀림없이 거절하지 않았을 거야."

알렉이 검은 커피 액체를 우울하게 응시했다.

"도망친 건 아니야. 홀번 부인을 거짓말쟁이로 보는 건 아니지만 솔 직히 난 홀트가 청혼하지 않았을 가능성도 있다고 생각해."

"왜요?"

"홀트가 그런 말을 안 했거든."

"맙소사, 당연히 형한테 얘기 안 했을 거예요!"

알렉이 눈살을 찌푸렸다.

"약혼처럼 중대한 일을 나한테 비밀로 했을 리 없어."

"내가 홀트 형이었더라도 말 안 했을 거예요! 형이 무슨 대답을 했 을지 뻔하잖아요. 더 좋은 여자를 만날 수 있다고 했겠죠, 훌륭한 혈통 과 결혼하는 게 포크너로서의 의무라면서……. 그리곤 그 여자의 결 점을 죄다 까발려 냈을 거예요. 형은 그들을 갈라놓기 위해 최선을 다 했을 거라구요."

"아니야!"

알렉이 벌떡 일어나 벽난로 쪽으로 걸어갔다. 그 선반에 팔꿈치를 기대고 두 손으로 이마를 문질렀다.

"제기랄……. 내가 그 정도로 감정도 없는 속물처럼 보이냐?"

"그렇게 자라왔는 걸요."

"빌어먹을."

"형이 그 여자를 경멸하지 않았겠어요?"

"모르겠다."

큰 소리로 인정하진 않았지만, 몇 년 전이라면 아마 홀트의 그런 결혼을 못마땅해 했을 것이다, 결단코 반대했을 것이다. 하지만 모든 것이 변했다. 이젠 모든 것들이 달라졌다.

아니, 그대로일까?

그는 미라에게 했던 말들과 계속해서 가슴에 남아 있는 그녀의 말들을 되새겨 보았다. 갑자기 자신이 했던 행동……. 아니, 했어야 했는데도 하지 않았던 행동을 깨달았다. 그녀는 확신을 달라고 말없이 애원했던 것이었는데, 그는 너무나 완고하고 멍청해서 그걸 내주지 못했었다. 그녀의 과거는 상관없었다, 그녀에게 부족한 것들보다 그녀가 갖고 있는 것들이 훨씬 중요했다. 다른 사람이 그녀를 대신해줄 수 있을까? 그녀를 완벽하게 소유하지 못한다 해도 행복해질 수 있을까? 아니었다. 그의 생각들이 미친 듯이 째깍째깍 지나갔다…….

"제인과 얘기해봤는데, 달리 술집 여자가 아니에요. 만만치 않더라구요."

카의 얘기가 이어지고 있었다.

"뭐 좀 알아냈냐?"

"뭔가 아는 것 같았어요. 몇몇 관련된 이름을 알고 있다고 암시를 주더라구요. 하지만 아직은 말하지 않았어요. 내일 다시 가서 알아볼 거예요."

"그 일은 네가 맡아라. 난 스태퍼드셔로 갈 거다."

알렉이 목소리를 몇 단계 높여 시종을 불렀다.

"내 말 들리나, 월터? 열쇠구멍에서 귀를 떼어내고, 어서 짐을 챙겨."

"네, 나리."

문 뒤쪽에서 웅얼대는 대답이 들려왔다.

다른 남자들에게 사랑이란 기쁨의 원천이자 기적이며 축복이었다. 하지만 알렉에게는 재난이었다. 미라가 겨우 몇 마일 떨어진 워릭에 있다는 걸 알면서도 포크너 영지에 남아 그녀에게 할 말들을 찾아헤매는 건 고문 중에서도 가장 지독한 고문이었다. 좀더 겸손한 성향의 남자였더라면 수월했을지도 몰랐다……. 하지만 한평생 겸손이란 미덕을 지녀본 적이 없었던 그였다. 무엇이든 요구할 필요가 없었다. 언제나 요구하기도 전에 제공받았었다. 그래서 여자의 호의도 소중하게 여겨본 적이 없었다. 그는 미라를 저주하거나 아니면 갈망하는 극단적인 상태에 시달렸다. 깨어 있을 때는 그녀를 저주하고 꿈속에서는 그녀를 품에 안았다. 그런 고문이 영원히 끝나지 않을 것 같았다. 어머니의 개입이 아니었더라면 아마도 훨씬 더 오랫동안 그 상태가 지속됐을 것이다.

어느 날 저녁 늦게 줄리아나는 여전히 단정한 차림으로 아래층에 내려갔다.

브랜디병을 쥔 채 소파에서 잠들어 있는 아들을 바라보며 그녀의 강한 표정이 조금쯤 부드러워졌다.

아들의 얼굴에 지난 며칠 간의 욕구불만과 고집스러움이 각인되어 있었다. 그의 입술에도 이제껏 드러낸 적이 없는 연약함이 깃들어 있었다.

"쯧쯧, 네가 아버지를 닮았더라면 좀 더 쉬웠을 텐데. 하지만 넌 너무 지나치게 날 닮았어."

그녀가 아들의 손에 쥐어진 술병을 잡아빼냈다. 알렉이 끄응 신음하며 꿈틀거렸다.

"미라……."

그의 눈이 천천히 열렸다. 몇 번 눈을 깜박이다가 어머니를 응시하며 말없이 일어나 앉았다.

"얘기할 게 있다, 알렉."

그녀가 감히 거부하지 못할 목소리로 입을 열었다.

"모든 걸 말하라고 하진 않으마. 필요한 것 이상 알고 싶지도 않다.

하지만 몇 가지 대답만은 들어야겠다.”

“미레이유…….”
미라의 침실 문 앞에 긴장한 로잘리의 모습이 나타났다.
“아래층에 손님이 오셨어.”
미라는 읽던 책에서 시선을 올렸다. 일반적인 일이라면 하녀가 연락을 보내왔을 텐데, 로잘리가 직접 왔다는 사실은 그 방문객의 중요성을 알려주었다.
“누군데요?”
“레이디 포크너. 그분은 누구도 방문하지 않아, 절대로. 그런데 널 만나시겠다고 지금 이 집에 와 계셔.”
“옷차림 좀 정돈하고 내려갈게요.”
“제발 서둘러. 내가 손님접대에 문외한은 아니지만, 그분은 대화를 시도하기조차 힘이 들어. 아니, 머리도 올리지 마. 그냥…… 빨리!”
로잘리가 계단 쪽으로 되돌아 달려갔다. 미라는 거울 속의 자신을 살펴보았다, 오늘 아침 연노랑색의 보수적인 의상을 고른 건 정말 탁월한 선택이었다. 알렉의 어머니, 당황스레 입으로 손을 올렸다가 애써 긴장을 풀어냈다. 알렉의 어머니라는 걸 알기 전에는 이러지 않았잖아. 문득 한 가지 생각이 뇌리를 스치자, 그녀는 옷장으로 달려가 작은 헝겊가방을 꺼냈다. 그리고 그 가방을 쥐고서 침착하게 방을 나섰다.

장밋빛 살롱으로 들어섰을 때 두 여자의 미소가 미라를 맞이했다. 너무나 다행스러워하는 로잘리의 미소와 다소 계산적으로 보이는 줄리아나의 미소. 알렉의 얼굴에서도 그런 표정을 한두 번 본 적이 있었다.

“레이디 포크너, 뜻밖의 방문이시군요. 영광이에요.”
“자네와 난 서로를 놀라게 할 운명인 모양이야.”

그 노마님이 소파에 기대앉으며 옆자리를 손가락질했다.

"흥미로운 우연의 일치가 있기에, 그 사실을 의논하러 왔어."

그녀가 위압적으로 로잘리를 쳐다보았다.

"이 대화를 긴밀하게 여겼기 때문에 난 비서도 데려오지 않았네. 그러니……."

"예, 잘 알겠습니다."

로잘리가 용기를 내라는 듯 미라에게 시선을 보낸 후 조용히 문을 닫으며 떠나갔다.

"레이디 포크너, 혹시 아드님도 부인이 여기 오신 걸 알고 계신가요?"

미라가 우아한 자세로 앉아 무릎 위에 헝겊가방을 올려놓았다.

"아니, 지금쯤 아마 잠들어 있을 거야. 어젯밤의 술기운으로 행복한 망각상태에 빠져 있을 테지."

미라는 알렉이 술을 마셨다는 사실과 레이디 포크너의 냉소적인 어조에 눈살을 찌푸렸다. 아무도 그를 위로하거나 동정해주지 않는 걸까? 다른 사람들뿐 아니라 그 어머니까지 그를 이기적이고 부도덕한 인물로 보는 것일까?

"그 애 대신 변명해줄 필요 없다……. 난 그 애를 위해서 여기 온 거야."

미라가 살짝 턱을 치켜들었다.

"그 사람을 변명해줄 생각은 없습니다. 사실 포크너 경에 대해서 전혀 말하고 싶지 않아요."

줄리아나는 미라의 매정한 반응을 오히려 호의적으로 받아들였다.

"용기와 줏대가 있는 아이로구나. 처음부터 알아보긴 했어, 그래서 내 아들을 소개시켜준 것이고. 하지만 둘이 이미 아는 사이였는지는 몰랐다. 네가 누구인지도 몰랐어."

"저도 부인이 누구신지 몰랐어요."

“상관없어. 지금은 달리 얘기할 것이 있다.”

“레이디 포크너, 전 진심으로 아드님에 대해서 얘기하고 싶지 않습니다.”

“그럼 왜 여기 내려온 거냐?”

미라가 가방을 열고 거무튀튀한 초록의 줄기를 들어올렸다.

“좁쌀풀이에요.”

그 다음에는 말린 꽃잎들을 한 움큼 집어들었다.

“미나리아재비, 루타, 장미…….”

“됐다, 됐어.”

언뜻 흥미를 내비치면서도 줄리아나가 험악하게 인상을 찌푸렸다.

“네 뜻은 알겠다만, 그런 허황된 방법에…….”

“허황된 방법이 아니에요. 노안으로 침침해진 눈에는 이게 잘 들어요. 여러 번 효과가 있는 걸 봤어요.”

“내 눈에 그 고약한 걸 사용하게 한다면 너도 내 말을 듣겠느냐? 그렇지만 조금이라도 아프면 당장 치워버릴 거야…….”

“그럼 공평할 것 같군요.”

미라가 만족스럽게 허브들을 손수건 안에 싸맸다.

“공평치 않아. 너한테는 손해날 게 하나 없지만, 나한테는 남은 시력마저 잃을지 모르는 모험이다.”

“포크너 경에 대해서 말씀하시겠다고 하셨죠?”

차 쟁반으로 그 손수건을 옮겨가며 미라가 재촉했다.

“이렇게 돌연히 널 찾아온 이유는 어젯밤 메달의 행방에 대해서 알게 됐기 때문이다.”

따끈한 물에 손수건을 적시던 미라의 움직임이 멈칫했다.

“완곡한 질문과 정확한 추측을 거쳐서 내 아들한테 마지못한 인정을 받아냈다. 그게 없어진 건 진작부터 알고 있었지만. 알렉이 너한테 줬다고 하더구나.”

"그걸 돌려받고 싶으신 건가요?"

미라가 격하게 질문하며 옷 속에 걸고 있었던 목걸이를 끄집어냈다.

"가져가세요, 저도 갖고 싶지 않아요."

그 행동은 중대한 전략상의 실수였다. 줄리아나가 즐거운 듯 조롱하는 미소를 지었던 것이다.

"그걸 걸고 다니는군. 아니, 계속 갖고 있어. 하지만 부디 그 인상은 좀 펴라."

혼잣말로 중얼중얼거리며 미라가 적신 손수건을 노부인에게 가져갔다. 줄리아나는 순교자 같은 태도로 소파에 머리를 기대고 눈을 감았다. 그 위에 조심스레 손수건을 얹었다.

"따끔하구나."

"처음에만 그래요."

미라가 주의 깊게 그녀를 지켜보았다. 몇 분 간의 침묵이 흐른 후, 더 이상 궁금증을 참기가 힘들어졌다.

"돌려받으러 오신 게 아니라면, 왜 메달 얘기를 꺼내셨나요?"

줄리아나는 손수건이 떨어지지 않도록 그 위에 한 손을 올려놓았다.

"아이야, 난 대개의 경우 놀라는 법이 없다. 하지만 이 극적인 멜로드라마 냄새가 풍기는 상황에는 놀랐다고 인정할 수밖에 없구나. 전적으로 내 아들한테 어울리는 일이긴 해. 그 애는 포크너다, 포크너들은 대단히 자존심 세고 고집스럽고, 또 극단적으로 감상적이란다. 그 메달을 받았을 때 넌 예쁜 장신구 정도로 생각했을 거야, 하지만 알렉의 선물에는 그보다 더 상징적인 의미가 담겨 있다."

"상징적인 의미라니요?"

"그 메달은 가문의 유대감을 상징하는 물건이야. 내 남편이 부친에게 그걸 받았고, 장손을 낳았을 때 내가 남편에게 그걸 받았다. 열여섯 살 때 알렉이 그걸 나한테 받았어. 알렉이 그걸 주었다는 건 널 자기 여자로 생각했다는 뜻이야……. 그건 사소한 의미가 아니다. 그 애는 그 메달을 한시도 떼어놓은 적이 없었어.”

미라는 다시 반짝이는 메달을 목에서 끌어냈다.

“그럼 더더욱 돌려드려야겠군요.”

“그 애가 너한테 청혼을 했다던데.”

“네…….”

“넌 거절했다지?”

“네.”

“이유는?”

“레이디 포크너…… 부인 앞에서 아드님의 불평을 하긴 싫습니다.”

“나도 그 애의 단점은 알고 있다. 네 불평을 어머니 자질에 대한 모욕으로 받아들이진 않으마. 난 어미로서 매우 유능했다. 그 애의 단점들은 내게서가 아니라 포크너 쪽에서 이어받은 거야. 그러니 말해보거라, 왜 그 애를 거절했는지.”

미라가 머뭇머뭇 입을 열었다.

“제가 느끼기에…… 그 사람은 자기한테 적합하지 않다는 걸 알면서도 저한테 끌리는 것 같아요. 분명 저보다 신부감으로 훨씬 잘 어울리는 여자가 있을 거예요. 그 사람은 저하고 결혼하고 싶은 게 아니에요, 저도 그 결혼이 실수라는 걸 알구요. 그 사람이 나중에 후회하게 되는 걸 바라지 않아요.”

“내 아들의 행동을 내가 그걸 설명해줄 수 있어서 다행스럽구나. 그 애는 철저하게 포크너의 후손이야, 포크너 사내들은 질투심이 많고 과격하고…….”

“그렇진 않아요.”

“내 말에 반박하지 말거라, 아이야. 그 부분에 대해서는 내가 잘 알아. 그 중 하나와 결혼해서 그 중 둘을 키웠고, 몇 년 간이나 그들 틈에 끼어 살았다. 알렉은 특별한 환경에서 자랐어. 알렉의 아버지가 일찌감치 돌아가신 건 알고 있겠지?”

“네.”

“내 아들은 너무 이르게 남자가 돼야 했어, 그래서 이렇게 특이해진 거다. 자신에게나 남들에게나 요구사항이 아주 많아. 극단적으로 냉소적일 때도 있고, 극단적으로 이상적일 때도 있다. 그 애가 왜 아직껏 결혼하지 않았겠니? 항상 완벽한 여자를 꿈꾸었기 때문이야. 모든 남자들이 금발머리의 천사와 결혼하는 꿈을 꾸고 알렉도 예외가 아니었어. 그런데 널 만난 거야. 넌 금발머리도 아니고, 내 생각에 천사도 아닌 것 같다……. 그 사실이 그 애가 예전에 가졌던 확신들을 깨버린 거야. 그래서 지금 혼란에 빠져버린 거다.”

“그건 이해하겠습니다. 하지만 레이디, 당신이 왜 이곳에 오셨는지는…….”

“내 아들이 널 원하기 때문이야……. 나도 그 애한테 어울리는 짝을 맺어주고 싶다. 너와 관련된 소문들에 대해서는 신경 쓰지 않아. 그걸 믿지 않아서는 아니다. 널 만나본 후로 네가 아직 밝혀지지 않은 스캔들에 더 관련돼 있을 거라는 확신이 들었다. 하지만 널 비난하지는 않겠다. 네 나이 때 난 너보다 더 심했어. 내가 평생 보호받고 귀여움만 받으며 살았을 거라고 생각하느냐? 천만에! 너하고 난 비슷한 점이 있어, 다행히도 내가 오래 전에 잃어버린 부드러움이 너에게 있긴 하지만. 그래, 비슷해……. 네 나이 때쯤 난 훨씬 야성적이었다. 얼굴도 너에 못지 않았고 몸매도 아주 괜찮았어. 이 빌어먹을 수건을 언제까지 대고 있어야 하는 거냐?”

갑작스런 주제의 변화에, 미라는 다시 한 번 질문이 되풀이될 때까지 멍하니 앉아 있었다.

“네…… 네.”

그녀가 화들짝 일어나 노부인에게 다가갔다.

“눈을 조금 더 감고 계세요……. 빛에 민감해진 상태거든요. 눈물이 흐를 거예요, 하지만 그건 괜찮아요.”

　그녀가 손수건을 떼어내 차 쟁반에 내려놓고는 마른 수건을 건넨 다음 제자리로 돌아와 앉았다. 아주 천천히 노부인의 눈꺼풀이 열리고 알렉의 눈동자와 비슷한 한 쌍의 눈이 드러났다. 다소 충혈되긴 했지만, 전보다 더 밝고 명료해졌다.

　"그래…… 그래, 효과가 있구나."

　줄리아나가 눈을 깜박이고 나서 서서히 방 안을 둘러보았다. 일시적으로 놀라워했던 표정이 침착을 되찾았다. 그리고는 뺨으로 흐르는 눈물방울을 닦아내며 투덜거렸다.

　"빌어먹을 약초 때문에 계속 눈물이 흐르는구나."

　"금방 그칠 거예요."

　미라가 공손하게 답해주었다.

　레이디 포크너를 배웅한 뒤, 미라는 로잘리의 빗발치는 질문에 시달려야 했다. 하지만 대답할 말이 없었다. 알렉의 어머니가 만족스런 미소를 지으며 떠나가긴 했어도, 무엇 하나 해결된 것은 없었다……. 그렇지 않은가? 이 방문에 대해서 알렉에게 알리지도 않을 터인데, 도대체 무엇이 나아졌단 말인가? 하지만 줄리아나 포크너라는 강력한 동지가 생겼다는 점만은 다행스러웠다.

　또 하루가 별다른 변화 없이 지나가자, 로잘리는 이 상황의 해결책들을 제안하기 시작했다. 말을 타고 나갔다가 말굽이 빠진 척하고 포크너 영지에 들러본다든가, 알렉이 있을 만한 시간에 레이디 포크너를 방문한다든가 등등의……. 미라는 공포스레 그런 제안들을 모조리 거절했다. 이번에는 랜드도 미라의 편이었다. 알렉이 그렇게 뻔한 수법에 속지 않을 거라고 아내에게 말해주었다.

　"미라의 자존심을 생각해야잖소."

　둘만의 침실에 앉아 그가 로잘리에게 말했다.

　"랜드, 지금은 자존심을 생각할 때가 아니에요. 그 애가 불행에 빠져 있잖아요. 내가 골라줄 수만 있다면 포크너 경 같은 남자를 고르진 않았겠죠, 하지만 그 애한테는 그 사람뿐이라니……. 그 애를 달리 설득할 방법이 있다면 좋을 텐데…….”

“포크너는 왜 안 되는 거요?”

“포크너니까요.”

“그녀가 당신과 다른 눈으로 그를 볼지도 모르잖소.”

“미레이유는 전혀 그를 보지 못해요. 그 남자에 관해서만은 장님인 걸요. 랜드, 그 사람이 진짜 우리 미레이유를 사랑할 가능성이 있을까요?”

그가 미소지으며 그녀의 이마에 입술을 눌렀다.

“사랑을 강요할 순 없다오. 운명이 아닌 걸 만들어낼 수도, 운명인 걸 파괴할 수도 없는 거라오. 알겠소?”

“아뇨, 모르겠어요.”

“쯧쯧……. 너무 세심하게 보살피고 너무 많은 물과 빛을 부여해줘도 꽃을 숨막히게 하는 거요. 스스로 뿌리를 내리게 하도록 하시오. 알겠소?”

마지못해 로잘리가 고개를 끄덕였다.

‘A’라는 이니셜이 적힌 쪽지가 도착했다. 미라는 그날 아침 메리가 전해준 메모를 살펴보았다. 오후 3시에 버클리 영지 북서쪽 숲에서 만나자고 적혀 있었다. 알렉이 왜 이런 식으로 만나자고 했을까? 그냥 찾아오면 간단할 텐데. 조용히, 은밀하게 만나고 싶은 것이다. 그 사람이 무슨 말을 하려는 걸까……. 미라는 긴장된 오전 시간을 보냈다.

“로잘리.”

점심 식사를 하는 동안 그녀가 입을 열었다.

“오후에 산책을 나갈까 해요…….”

“어머, 그럼 나도 같이 가자.”

“저…… 혼자 가고 싶어요.”

아, 왜 그냥 입 다물고 나중에 슬쩍 빠져나가지 못했단 말인가?

"혼자서?"

로잘리가 남편에게 시선을 돌렸다.

"랜드, 미레이유가 혼자 산책 나가도 괜찮을까요?"

"미라, 멀리 나갈 생각이오?"

랜드가 물어왔다.

"아니, 아니에요……."

"그럼 반대하지 않겠소."

그 한마디에 미라는 내심 안도의 한숨을 터트렸다.

"아참, 부두에 무슨 문제가 있다면서요, 랜드?"

로잘리의 질문에 따라, 랜드가 부둣가에서 점점 증가하는 범죄들을 설명하기 시작했다. 최근 그의 선박회사 수하물들을 지키기 위해 보스트리트 형사들을 고용했는데 이미 여러 명의 도둑들을 붙잡았으며, 그 중 몇몇이 종말 수도회의 일원이었다고 했다. 그들은 세력이 큰 범죄집단으로서…….

미라는 랜드의 애기를 듣는 둥 마는 둥하며, 그저 무의식적으로 음식을 삼켰다. 식사 시간이 하염없이 길게 느껴졌다. 평소에는 버클리 부부와의 대화가 즐거웠지만, 오늘은 '빨리'라는 단어만이 뇌리에 맴돌았다. 시계가 느릿느릿 똑딱거리는 걸 지켜보면서도 '빨리'를 생각했다. 빨리!

약속 장소는 버클리 장원에서 그리 멀지 않았다. 정확히 3시에 미라는 그 작은 숲속 공터에 도착했다. 알렉이 이미 커다란 바위에 기댄 듯이 앉아 있었다. 가슴 앞으로 팔짱을 끼고 헤아릴 수 없는 표정으로 그녀를 지켜보았다. 미라가 그 몇 발짝 앞에 조용히 멈춰 섰다. 말울음 소리를 알아차리며 흘깃 덤불 너머를 쳐다보았다.

"서브린인가요?"

알렉이 고개를 끄덕였다.

“이 환경이 몇 가지 기억을 되새겨주는군.”

“그렇군요.”

그녀는 색빌 영지에서의 대화들, 숲속에서의 짧은 만남, 억누를 수 없었던 호기심…… 이 남자에 대한 끌림을 모조리 다 기억했다.

“그래서 여기서 보자고 하셨어요?”

“뭐라고?”

알렉의 눈살이 찌푸려졌다.

“당신이 여기서…….”

“난 당신 메모를 받고 여기 왔소.”

“메모요?”

그녀가 당황스레 반문했다.

“난 그런 거 보내지 않았어요, 당신이 보냈잖아요.”

“내가 보낸 줄 알았나?”

“네, 당신이……. 아니었나요?”

미라가 점점 휘둥그레지는 눈으로 그를 응시했다. 그런 다음 얼굴이 붉어졌다.

“아니었군요, 당연히 당신이 그랬을 리 없죠.”

이렇게 바보스런 느낌은 처음이었다.

“빌어먹을. 빌어먹을 로잘리, 용서하지 않겠어!”

“내 어머니일 가능성도 있소.”

알렉의 입술이 피식 뒤틀렸다.

“그분은 간섭하는 걸 아주 좋아하거든…….”

“그런 간섭이 우리 문제들을 해결할 순 없어요.”

“문제들이 아니라…… 한 가지 문제요. 우리의 장애물은 하나뿐이오, 바로 당신.”

“나요?”

단 한마디로도 그녀를 격분하게 만들 수 있는 그의 능력을 새삼 절감하며 그녀가 다그쳤다. 그 많은 눈물과 고통과 가슴앓이를 겪었는데, 지금 이 남자가 그녀의 앞에 서서 그녀의 탓이라고 비난하고 있었다. 마치……. 그녀가 시답지 않은 이유로 그를 거절이라도 한 것처럼!

"당신한텐 모든 게 그렇게 간단하니 얼마나 좋으시겠어요! 당신이 완벽하게 옳고 나만 틀렸다니 얼마나 즐거우실까요! 당신 양심은 전적으로 깨끗하군요. 당신은……, 당신은……."

"난 당신에게 청혼했소."

그가 잘라 말했다.

"당신은 그 제안을 거절했고. 간단한 거요……. 그런데도 당신은 쓸데없는 걱정과 두려움으로 일을 복잡하게 만들었소."

"내가 한 말을 하나도 안 들었던 게 분명하군요. 당신은 내 말을 전혀 안 들었어요. 내가 걱정하는 건 현실적인 거라구요. 당신이……."

너무나 비참하게도 눈물이 터져나오려 했다. 그녀는 고개를 숙이고 꾹꾹 참아보려 노력했다. 또다시 이 남자 앞에서 자제력을 잃어버렸다. 하지만 이번에는 분노와 비참함이 너무나 컸다. 그녀의 어깨가 흐느낌 소리와 함께 부들거렸다. 그가 그녀의 이름을 부르며 다가왔다……. 그녀는 그를 피해 달아나려고 무작정 돌아섰다. 하지만 첫걸음을 내딛자마자 나무뿌리에 걸려 넘어지고 말았다. 아픔보다는 화가 나서 더 크게 울어버렸다.

형편없이 구겨져 버린 자존심을 안고서, 간신히 일어나 앉는 순간 발목이 욱신거렸다.

"나한테 일말의 동정심이라도 남아 있다면 떠나주세요."

그녀가 잠긴 목소리로 내뱉었다. 핀에서 흘러내린 머리카락들이 빛나는 커튼처럼 그녀의 얼굴을 가려놓았다. 신발을 벗어 발목을 살펴보는 일에만 정신을 집중시켰다. 알렉이 천천히 다가오자, 그녀는 또다시 새로운 분노에 휩싸였다.

"가라고 했잖아요……. 가다가 덫에라도 확 걸렸으면 좋겠어. 시궁

창에나 빠져버리면 좋겠어.”

“발목을 삐었나?”

“아뇨.”

“내 손을 잡아. 일어나게 해줄게.”

“당신 도움은 필요 없어요.”

“미라.”

그가 경고했다.

“난 지금 인내심이 별로 없소.”

그가 강압적으로 손을 내밀었지만, 그녀는 외면한 채 붙잡지 않았다. 갑자기 그가 그녀를 번쩍 안아들고 바위 쪽으로 옮겨갔다.

“싫다고…….”

그녀는 반항하려 했지만, 그는 이글거리는 시선 한 번으로 그녀의 입을 틀어막았다. 그녀를 안은 팔 또한 더 이상 용납하지 않겠다는 뜻으로 힘이 가해졌다.

“뼈가 부러지겠…….”

그녀가 다시 저항하려 들자, 그의 손힘이 더 강해졌다. 분한 숨소리를 끝으로 미라의 입이 닫혔다. 알렉은 지금 말싸움할 기분이 아닌 듯했다.

“제발요…….”

그녀가 온순하게 속삭이자, 그의 팔이 즉시 느슨해졌다.

‘이런 방식이 이 남자 기분에 맞는 모양이야.’

그렇게 생각하며 그녀는 조용해지기로 결심했다. 갑자기 이 일시적인 자신의 복종이 어떤 반응들을 더 유도해낼지 궁금해졌다.

알렉이 그녀를 보듬어 안고서 바위에 내려앉았다. 그의 품에 안겨 있는 것이, 그의 옆에 있는 것이 바보스럽게 행복했다. 그를 마주보지도 못한 채 그녀는 그의 어깨에 머리를 내리고 그의 목덜미만 들여다보았다. 느릿느릿하게 시간이 흘러갔다.

　시원한 산들바람이 나뭇잎들을 흔들어 파도소리 같은 효과음을 만들어냈다.

　미라가 천천히 고개를 들었다. 알렉이 움직이기 전부터 그의 의도를 알아차렸다. 속눈썹을 파르르 올리며 그의 입술이 내려오는 것을 보았다……. 눈을 감고 그 온기를 기쁘게 받아들였다. 그의 손이 그녀의 엉덩이를 가볍게 부여잡았다. 알렉의 몸이 부르르 떨리는가 싶더니 고개를 옆으로 돌려 격렬한 키스로 돌입해갔다. 그녀가 가쁘게 숨을 헐떡이며 입술을 떼어냈다.

　"안 돼요……. 다시는 안 돼……."

　두 손으로 그의 셔츠자락을 움켜잡았다.

　"다시는 당신을 가졌다가 잃어버리고 싶지 않아요. 그게 나한테 얼마나 큰 상처인지 모르겠어요?"

　그가 그녀의 얼굴에 나타난 적나라한 감정을 내려다보았다. 그의 내부에서 무언가가 부서지는 것 같았다.

　"당신한테 상처주고 싶지 않소."

　"알아요. 하지만 그렇게 될 거예요, 앞으로……."

　"난 변하지 않을 거요, 우리 사이에 아무것도 변하지 않을 거요. 오히려 점점 좋아질 거요. 빌어먹을, 그렇게 쳐다보지 말라구! 내가 어쩌면 좋겠나? 어떻게 해야 당신을 납득시킬 수 있겠소? 어떻게 해야 날 믿어줄 테요? 난 내 감정을 당신에게 보였고 모든 걸 다 제안했소……. 말로만 표현하지 않았던 거라구."

　그녀의 심장이 멎는 듯했다. 그녀의 목소리가 간절한 애원으로 새어나왔다.

　"말해줘요, 제발……."

　"미라, 당신을 사랑해. 당신은 내 반쪽이오. 당신 감정이 똑같지 않아도 상관없소, 내가 당신 몫까지 충분히 사랑하니까. 당신 배경이고 신분이고 과거고 다 상관없소."

알렉이 그녀의 머리에 얼굴을 묻었다.

"당신을 떼어놓고는 살아갈 수가 없소. 언제나 궁금할 거요, 항상 두려울 거요, 당신이 날 필요로 하는데도 내가 거기 없을까봐. 당신을 완전히 내 옆에 붙잡아두고 싶소……. 내 아내로 두고 싶소, 정부가 아니라 추억만으로가 아니라……."

"하지만 내 과거는……."

알렉이 그녀의 어깨를 잡아 흔들었다.

"이제부터 과거 얘긴 하지 말자구. 당신 과거도, 내 과거도. 상관없어. 당신을 심판하지 않겠소……. 당신이 무슨 행동을 하든, 당신 편이 돼줄 거요, 언제나."

"내가 잘못했더라도요?"

"그래."

그녀가 울음 섞인 웃음을 터트렸다.

"이제 결혼하겠다고 말하시오."

"내가 레이디 포크너로서 부족하면 어쩌죠?"

"단번에 모든 걸 배울 필요는 없소. 당신이 할 수 있는 이상을 요구하진 않겠소."

"우리가 가끔 싸우기도 할 텐데요. 그래도 나한테 똑같은 감정일까요?"

"싸우지 않는 시간에는 당신을 숭배할 거요. 다른 어떤 남자가 아내를 사랑하는 것보다 더 당신을 사랑하겠소. 이제 대답하시오."

"당신 친척들이…… 날 좋아할까요?"

"그들은 나도 좋아하지 않아."

"아이를…… 많이 낳게 해줄 거예요?"

그녀의 수줍은 시선에 알렉이 미소지었다.

"물론."

"몇 명이나요?"

“이보시오, 짜증스런 아가씨……. 지금 대답하지 않으면, 여기서 당
장 아이를 만들어버릴 거요.”
“알렉, 안 돼요.”
“뭐라고?”
“좋다구요, 결혼할게요……. 하지만 안 돼요, 여기선 안 돼요.”
그 말을 하는 사이, 그녀의 드레스가 스르르 풀렸다. 얘기하면서 그
가 다 풀어버린 것이다. 옷자락이 흘러내렸다.
“알렉…….”
“‘여보’라고 불러봐.”
그가 젖가슴이 드러날 정도로 보디스를 끌어내렸다. 미라는 수백 개
의 시선이 쳐다보고 있는 것 같은 느낌에 당황스레 주위를 둘러보았
다.
“여보.”
그녀가 조그맣게 속삭였다. 그의 입술이 가장 민감한 부분들을 찾아
감각을 일깨우자 그녀의 심장이 미친 듯이 쿵쾅거렸다.
“이젠 당신 감정을 말해보시오.”
“사랑해요…….”
두터운 실타래처럼 쾌감에 얽혀들어가며 그녀가 고개를 뒤로 젖혔
다.
“너무너무 사랑해요, 알렉…….”
그가 그녀의 다리 하나를 끌어올려 자신의 다리 사이에 걸쳤다. 옷
가지를 뚫고 그의 힘찬 남성이 느껴졌다. 그녀가 황홀하게 그의 등을
어루만졌다.
“말해봐.”
그가 느릿하고 유혹적으로 그녀의 부드러운 부분에 사타구니를 들
이댔다.
“어디서든 당신을 갖게 해주겠다고.”

그녀가 그를 끌어안으며 몸서리쳤다.

"어디서든…… 좋아요."

알렉이 씨익 웃으며 바지를 더듬어가는 그녀의 손길을 도와주었다.

"당신과 결혼하는 게 대단히 즐겁구려, 저멩 양."

13

알렉은 미라와 함께 버클리 장원으로 돌아가 랜드와 로잘리에게 무덤덤하게 약혼 소식을 알렸다. 마치 미라의 반대를 제거한 것이 가장 손쉽고도 당연한 일인 것처럼.

"그 사람, 마치 짜증스런 문제를 해결한 것처럼 굴어요!"

나중에 미라가 로잘리에게 투덜거렸다.

"나에 대한 감정이 조금쯤은 더 확연해질 줄 알았는데."

"혹시 포크너 경이 손에 넣기 힘든 것만 좋아하는 타입 아닐까? 정복한 후에는 관심을 잃는 거 아닐까? 그 사람을 정말로 믿는 거야?"

"다른 사람들처럼 못 믿지는 않아요."

미라가 무뚝뚝하게 대답하자, 즉시 로잘리가 미안한 표정을 지었다.

"미레이유…… 이젠 그런 얘기 안 할게. 다만 오랫동안 가져왔던 생각이 금방 바뀌기 어렵다는 걸 이해해줘……."

"이해해요. 하지만 그 생각이 잘못됐다는 걸 알게 되실 거예요."

"네가 그 정도로 믿는다면 그만한 가치가 있는 사람일 거야."

미라가 고개를 끄덕이고는 창 쪽으로 시선을 돌려 눈부시도록 푸른 하늘을 바라보았다. 그 사람을 계속 믿어야 해. 알렉이 어떤 남편이 될지, 그들의 결혼생활이 어떻게 될지 예측할 수는 없었다. 어쩌면 로잘리의 생각이 맞을지도 몰랐다. 하지만 그녀만은 그를 믿어주어야 했다.

미라가 숲속에서 만나게 된 경위의 불가사의를 얘기했을 때, 로잘리는 결단코 자신이 한 일이 아니라고 맹세했다. 로잘리에게 거짓말할 능력이 없음을 알기 때문에 미라는 그 말을 믿기로 했다. 그렇다면 줄리아나가 메모를 보낸 게 틀림없었다. 물론 그녀는 절대로 인정하지 않겠지만. 그렇다 해도 이젠 그 장본인이 누구이든 중요치 않았다. 게다가 또 다른 심란한 문제들이 미라의 관심을 분산시켰기 때문에 더 생각할 겨를도 없어졌다.

다음날 아침, 알렉은 가장 성실한 약혼자인양 버클리 장원에 찾아왔다. 그리고 미라와 단 둘이 얘기할 기회를 달라고 부탁했다. 로잘리는 물론 그 부탁을 지극히 못마땅해했다. 결혼식을 올릴 때까지 빈틈없는 보호자가 되기로 결심한 모양이었다. 약혼한 커플들이 구애하는 커플보다 훨씬 감독이 필요하다는 건 물어볼 필요도 없었다. 로잘리의 안내를 받아 알렉이 살롱으로 들어섰을 때, 미리 기다리고 있던 미라는 새침하게 약혼자에게 인사를 했다.

"포크너 경."

"저멩 양."

알렉도 똑같이 너무나 정중하게 인사했다.

로잘리는 하늘에 호소하는 것처럼 눈을 치켜들었다.

"이런 일을 허락해서는 안 되지만, 나도 약혼한 남녀의 심리상태를 알기 때문에 딱 15분만 시간을 드리겠어요. 그 후에는 제가 다시 들어올 거예요."

알렉에게 소심하고 의심스런 시선을 던지며 그녀가 방을 나섰다. 문이 닫히자마자 알렉의 시선이 뜨겁게 바뀌었다.

"15분이라."

그가 문짝에 등을 기대고 가슴 앞으로 팔짱을 꼈다.

"15분만에 할 수 있는 일이 별로 없을 거라고 생각해서죠."

미라는 얌전히 의자에 앉아 그를 바라보았다.

"내가 얼마나 빠른지 모르는군."

그녀가 그의 날렵한 몸매를 위아래로 훑어보았다.

"하지만 난 알아요."

알렉이 씨익 웃었다.

"가까이 오시오. 이미 50초를 허비했소, 아직 키스도 못했는데."

미라가 미소지으며 그에게 다가갔다. 그의 앞에서 멈춰서 그의 목을 끌어안았다. 그가 그녀의 허리를 단단히 붙잡아주는 동안 발끝을 살짝 들어 그에게 몸을 기댔다.

"이 정도면 가까워졌나요?"

알렉이 아름다운 얼굴을 내려다보며 힘껏 끌어안았다. 때때로 어린 소녀 같아 보이면서도 그 눈 속에 여인으로서의 감정들이 빛나고 있었다. 그가 아주 가볍게 입을 맞췄다.

"오늘 아침에 제일 먼저 무슨 생각을 했어요?"

지난번 그가 했던 질문을 그녀가 되풀이했다. 따뜻한 숨결을 섞으며 그가 그녀의 코에 코를 부볐다.

"당신과 같이 보낼 수 있으면 천국이든 지옥이든 상관없다는 거. 당신은?"

"난 너무 많은 생각들이 뒤섞여서 하나만 집어낼 수가 없어요."

"모두 나와 관련된 생각들이었겠지?"

평소의 태도처럼 그가 오만하게 질문했다.

"거의요. 당신이 미소지을 때 얼마나 근사한지…… 당신 키스가 얼마나 황홀한지……."

"키스만?"

그가 그녀의 입술을 열어 자극적으로 키스했다. 그들의 몸이 하나처럼 달라붙었다.

"키스만이 아니에요."

그녀가 숨가쁘게 속삭이고는 다시 입술을 찾아갔다. 이번에는 적극적으로 그의 입 속에 파고들었다. 서로를 바짝 끌어안은 채 숨이 막힐 때까지 오랫동안 키스가 이어졌다.

"휴우…… 결혼식이 언제지?"

그가 그녀를 밀어내고 자제력을 찾으려 안간힘썼다.

"날짜 얘기했었던가?"

"아뇨…… 로잘리의 말로는 6개월 후가 적당한…….."

"6개월?"

그의 인상이 당장에 험악해졌다.

"그녀에게 말하시오……. 아니, 내가 말할게. 난 6주도 기다릴 수 없소."

"내 말을 끝까지 들으세요. 적당하긴 하지만 되도록 빨리 치르는 게 낫겠다고 했어요, 한 달쯤 후에, 사람들이 당황해하지 않도록요."

"우리가 탈선이라도 할까봐 그러나? 우리가 첫날밤을 고대하며 기다릴 가능성이 전혀 없다는 건가?"

"솔직히, 당신의 약혼녀는 이마에 '허락했음'이라고 써 붙이고 다니는 격이랬어요."

알렉이 쿡쿡 웃으며 그녀의 이마에 쪽 입을 맞췄다.

"당신에게 저항할 수 있는 남자는 성자 아니면 고자일 거요."

"로잘리가 당신을 다르게 볼 수 있도록 노력해야겠어요."

미라가 생각에 잠겨 중얼거렸다.

"이유를 모르겠군. 지금까지 정확하게 봤는걸."

"아주 유심히 우릴 감독하겠대요……. 그게 자신의 책임이래요."

"가엾어라……."

그가 다시 그녀를 끌어안으며 미소지었다.

"하지만 이 세상의 누가 날 막을 수 있겠소?"

미라의 표정이 환하게 밝아졌다.

"그럼 당신……."

"하지만 능력이 있음에도 불구하고, 이 문제에 있어서만큼은 당신의 그 열성적인 친구 의견에 동감이오. 결혼할 때까지 기다리겠소."

"설마 농담이겠죠. 왜요? 왜 기다려요? 날 괴롭히기 위해서요, 아니면 다른 이유가 있나요. 나한테 관심이 없어졌다거나……."

그가 길고 긴 키스로 그녀의 말을 중단시켰다.

"이게 무관심으로 느껴지나? 당신한테 지금보다 더 관심이 생기면 큰일나오. 지금도 거의 제정신을 챙기기 힘들거든. 당신을 괴롭히려고 기다리겠다는 게 아니오. 다음에 사랑할 땐 남편으로서 사랑하고 싶은 거요."

줄리아나의 말대로, 포크너 가의 남자들은 너무 완고하고 감상적이었다.

"다른 이유도 있소. 잠시 떠나야 하거든. 오랫동안은 아니고……."

"어디로요?"

"런던에 가봐야 하오. 내가 없어도 당신은 결혼식 준비에 눈코 뜰 새 없이 바쁠 거라오."

미라가 불쑥 입을 다물었다. 머리에 스치는 질문들을 내뱉지 않으려 애쓰느라 점점 이맛살이 찌푸려졌다. 불안감을 내보이지 말아야 했다, 소유욕으로 그를 숨막히게 하지 않을 것이다. 알렉은 독립적이고 강한 여자를 좋아해. 끊임없이 안심시켜 달라고 조르는 여자가 되진 않을 거야.

"맞아요, 나도 아주 바쁠 거예요."

그녀가 조용히 말했다.

"런던에서 해야 할 일이 있소."

"그러시겠죠. 작별인사할 데가 많을 테니까요."

생각 없이 그 말이 먼저 튀어나왔다. 맙소사, 질투심에 불탄 잔소리꾼처럼 말해버렸어…….

"그게 무슨 뜻이오?"

알렉이 그녀의 몸을 떼어내며 물었다.

"그냥……. 아무 의미도 없어요."

"내가 결혼하기 전에 마지막 환락이라도 즐길 거라는 거요?"

"약혼한 남자들의 그런 파티에 대해 들은 적이 없진 않아요."

어이없어하던 그의 표정이 과격한 분노로 변해갔다.

"빌어먹을, 미라. 내가…… 맙소사, 근거도 없이 날 단죄하고 처형하기 전에 왜 그냥 간단히 런던에 가는 이유를 물어보지 않는 거요?"

그녀가 반항적으로 그를 쳐다보았다.

"런던에 왜 가시는데요?"

이젠 무슨 대답이 나오든 상관없어졌다.

알렉은 대답하지 않고 헤아릴 수 없는 눈동자로 쳐다보기만 했다. 그 동안 미라는 점점 죄책감에 휩싸이기 시작했다. 다른 누구보다 더 그를 믿어주어야 할 그녀가 대뜸 최악의 상황을 예상해 버렸으니. 그는 그녀를 심판하지 않겠노라고 약속해 주었는데, 그녀는 이유도 없이 그를 심판하려 했다. 다른 많은 사람들처럼. 고작 이 정도가 너의 믿음이었니? 그녀가 자신에게 비난을 쏟아붙였다.

"알렉."

그녀가 한 걸음 다가가 그의 팔을 매만졌다. 근육들이 단단하게 뭉쳐져 있었다.

"내가 생각 없이 말해버렸어요. 물론 당신이 나에게 불성실할 거라고 믿지 않아요. 하지만 당신에 관해서는 너무나 금세 질투심이 생겨버려요……. 처음 겪는 일이잖아요. 한 번도 사랑해본 적이 없었는 걸요. 내가 아직 배울 게 많아서 그래요."

조금 더 가까이 다가가서 젖가슴을 그에게 지그시 눌렀다.

"함께 있을 시간도 부족한데…… 내 경솔함에 너무 화내지 마세요."

그의 목덜미의 민감한 부분을 찾아 입술로 애무해갔다.

"말해줘요, 이렇게 당신을 원하는 날 버려두고 런던에 왜 가시는 거예요?"

알렉은 그녀의 부드러운 애무와 달래는 속삭임들을 들으며, 자신의 분노를 쉽사리 쫓아버리는 그녀의 능력에 놀라워했다. 앞으로 그를 잘 알게 되면 더욱더 개발될 그녀만의 능력이었다. 이 여자는 그를 홀려버릴 수 있었다. 애초에 싸웠던 이유가 감사할 정도로 너무나 사랑스럽게 그 언쟁을 끝낼 수도 있었다.

"홀트 때문이오."

그가 그녀의 어깨에 팔을 둘러 잡아당겼다.

"그의 살인자를 알아낼 수 있을 것 같소. 적어도 그 이유를……."

"안 돼요."

그녀는 소름 끼치는 예감에 사로잡혔다. 행복을 순식간에 놓칠 수도 있다는 걸 알지 않는가. 전에도 그랬었고, 그런 일이 다시 일어나지 않으리라는 보장이 없었다.

"알렉, 안 돼요. 복수는 잊어버려요, 과거는 그냥 과거로 묻어두세요."

"복수하려는 게 아니오. 해답을 찾으려는 것뿐이오."

"홀트를 되살릴 순 없잖아요. 해답을 찾는다고 변할 건 없잖아요. 이런 말하는 게 이기적이라는 건 알아요. 하지만 나에겐 당신이 필요해요, 홀트한테는 아니고요. 두 분이 가까웠다는 거 알아요, 하지만……."

"우린 형제보다도 더 가까웠소. 당신은 이해하지 못 할 거요, 그가 살해당했을 때 어땠는지, 아주 가까운 사람이 죽는 게 어떤 기분인지……. 아무 예고도 없이, 인간으로서의 위엄도 없이……."

미라의 얼굴이 새하얗게 질렸다. 두려움과 공포와 무기력한 분노에 휩싸여 숨이 턱턱 막혔다. 그녀는 그런 느낌이 어떤지 알고 있었다. 그녀의 어머니가 바로 그렇게 죽었으니까, 홀트 포크너보다 훨씬 인간으로서의 위엄도 없이 죽었으니까.

"그래요, 난 잘 몰라요."

그녀가 알렉에게서 몸을 떼어내며 무감각하게 중얼거렸다.

"하지만 당신을 이 일에서 떼어놓을 자격도 능력도 없다는 건 알겠어요. 부디 불필요한 모험을 하지 마세요, 그것만 부탁드릴게요."

그의 시선이 예리하게 그녀를 살펴보았다. 하지만 이번만은 그녀의 생각이나 기분을 읽어낼 수 없었다.

"그런 모험을 하진 않을 거요. 몇 사람 만나서 몇 가지 물어볼 뿐이라오."

그녀가 천천히 고개를 끄덕였다. 마치 그의 말에 진실이 빠진 것을 알아차린 것처럼 심각하고 굳은 표정이었다. 진짜로 그가 가려는 곳을 알게 된다면 그녀가 어떤 반응을 보일까……. 그때 로잘리의 발소리가 정해진 15분이 끝났음을 알려주었다. 알렉이 짜증스레 문을 쳐다보았다.

"시간을 더 달라고 말하겠소."

미라가 고개를 저었다.

"그럴 필요 없어요."

"떠나기 전에 이 일을 매듭지어야겠소."

"매듭지을 일 없어요. 당신은 떠나고 난 여기 남고……. 그리고 당신이 돌아왔을 때 난 여기 있을 거예요."

그 말이 알렉의 불안감을 진정시켜주어야 마땅했다. 그런데 어째서 그녀가 갑자기 멀어져버린 느낌일까? 안심시켜줄 말이 필요한 쪽은 그녀일까, 아니면 그일까?

"미라……."

그가 그녀에게 다가가려 했다.

"즐거운 대화였기를 바래요."

그 순간 문이 열리며 로잘리가 쾌활하게 들어섰다.

하지만 무거운 침묵이 그녀를 맞아들였다.

폭발적인 긴장감을 감지한 듯 로잘리가 가볍게 목기침을 하며 미라의 초연한 표정과 알렉의 험악한 표정을 번갈아 쳐다보았다.

"몇 분 후에 다시 올까요?"

"아니, 괜찮소."

알렉은 좌절감을 숨기려 애쓰며 미라에게서 시선을 떼어냈다.

"우리의 대화는 끝났소. 레이디 버클리, 난 즉시 런던으로 떠나야 하는데 그 전에 버클리 경과 얘기하고 싶소."

"아……. 네, 남편은 지금 서재에 있어요. 제가 안내해 드릴게요."

"전 잠시 여기 남아 있을게요."

미라가 인위적으로 만들어낸 침착함으로 말했다.

"그래."

로잘리가 중얼거리며 방을 나섰다. 알렉이 문 앞에서 멈춰 미라를 돌아보았다.

"며칠 후에 봅시다."

그녀는 그를 바라볼 뿐 대답하지 않았다. 노력해보아도 입에서 말이 나오질 않았다. 그가 예전의 냉소적인 미소와 비슷한 미소를 지으며 문을 닫고 떠나갔다.

미라는 멍하니 의자에 기대앉았다. 가슴에 쿠션을 끌어안고 그 위에 턱을 기댄 채 다리를 올려 공처럼 몸을 말았다. 그녀의 머리 속에서 알렉의 몇 마디가 계속 맴을 돌았다.

'… 당신은 이해하지 못 할 거요, 그게 어떤 느낌인지. 아무 예고도 없이, 인간으로서의 위엄도 없이 죽는다는 게…….'

인간으로서의 위엄도 없이……. 미라만큼 그 말의 의미를 아는 사람은 없으리라. 남자보다도 여자가 더 쉽게 그런 위엄을 빼앗기는 게 이 세상이었다. 어머니가 일했던 프랑스의 그 갈보 집…… 뚱뚱하고 사나웠던 그 갈보 집의 포주…… 미레이유는 부엌의 불가에서 웅크린 채 오가는 사람들의 발소리, 2층 판자의 삐걱거림과 음탕한 목소리들, 묘한 신음소리들을 들어야 했었다.

엄마를 볼 기회는 거의 없었다, 낮에는 갈보 집에서 멀리 떨어진 마을로 나가 배회하고 밤에는 엄마가 일하는 동안 구석에서 잠을 잤으니까. 하지만 그 마을, 그 갈보 집, 엄마의 곁을 떠난다는 생각은 해보지 않았다. 다른 세상이 존재하는지조차 알지 못했었다.

그런데 어느 날 아침 깨어났을 때 엄마가 보이지 않았다. 포주가 흐물거리는 턱살을 흔들어대며 달려와 그녀에게 미친 듯이 화를 냈었다. 엄마가 영국 군사들의 캠프에 들어갔다가 프랑스군의 급습으로 체포돼 다른 창녀들과 같이 처형당했다고 했다. 포주의 말에 의하면, 미레이유의 엄마는 악질 매국노였고, 손님 받을 여자를 줄어들게 만들어서 더 악질이었으며, 자기 몰래 화대를 가로챈 게 더더욱 악질이라고 했다.

그리고는 그녀에게 2층 일을 시작하라고 명령했다. 미레이유는 엄마가 하던 그런 일을 하고 싶지 않았다. 2층이 무서웠다. 이상한 냄새와 소리로 가득한 어두컴컴한 방들. 그녀가 세상에 태어나서 가장 큰 소리로 오랫동안 울부짖고 있었을 때, 갈색 눈동자와 검은 머리의 남자가 방으로 걸어들어왔다. 그 남자가 포주에게 험악하게 소리쳤다.

'다른 년들이나 써먹어. 저맹을 팔아먹으면 내가 가만 안 있어.'

그리고는 그가 미레이유를 바라보았다. 전에 그를 본 적이 없었음에도, 그의 애정어린 시선이 그녀의 울음을 그치게 했다.

'빌어먹을, 열두 살짜리 치고 무지 작구나.'

그가 그녀의 겨드랑이를 붙잡고 번쩍 들어올려 이리저리 뜯어보았다. 그런 다음 그녀에게 눈부신 미소를 지어보였다.

'미레이유 같은 이름은 안 어울려. 더 자랄 때까지 미라라고 부르겠다. 내가 너의 오빠야. 알겠냐, 미라?'

지금도 그녀는 기욤이 왜 그렇게 즉각적인 애정을 보여주었는지 이해할 수 없었다. 다른 사람한테는 그렇지 않았었다, 순간적인 동정이나 상냥함조차 보여준 적이 없었다. 어쩌면 그녀가 그의 유일한 핏줄이라서 그랬는지도 모른다.

엄마는 그렇게 인간으로서의 위엄도 없이 죽었다. 몇 년 뒤에 기욤은 예고도 없이 낯선 사람으로 변해버렸다. 그들 둘 다 그녀의 곁을 떠났다. 그리고 지금 그녀는 다시 버려진다는 것이 소름 끼치게 겁이 났다.

그날 아침 카에게 연락이 도착했었다.

알렉, 드디어 한 놈 알아냈어요. 이름은 톰 메메리, 장물아비인데 홀트가 술집에서 그놈을 여러 번 만났었대요. 지금은 감옥에 들어가 있나봐요. 그놈을 어떻게 찾아야 할까요? 찾아서 어떻게 나불거리게 만들까요?

C.F.

알렉이 여러 지위의 인물과 유대관계를 지속하고 있긴 했어도, 치안판사나 행정관 쪽으로는 아는 바가 없었다. 과거에 포크너들에게 쓰일 용도가 많았기 때문에 안면 있는 변호사들은 수두룩했다……. 하지만 변호사는 범죄자가 어느 감옥에 들어가 있는지까지는 알아내진 못했다. 랜드 버클리, 그라면 도움될 만한 사람을 알고 있을 것이다. 버클리 가의 누군가가 치안판사라는 말을 어렴풋이 들은 적이 있었다. 사교적인 대화를 잠시 나눈 후에 알렉이 드디어 그 질문을 던졌다.

"아, 나의 종조부께서 치안판사시요. 교정 위원회에도 참여하고 계

시오. 그분이 알아봐 줄 수는 있을 것 같은데……. 아마 기꺼이 도와
주실 거요, 적당한 자극만 한다면."
　알렉이 이름 적힌 종이를 랜드에게 건넸다.
　"메메리, 장물아비요. 그자와 얘길 하고 싶소……. 협상을 할지도
모르겠고. 당신의 종조부께서 그걸 눈감아 주시겠소?"
　"가능할 거요. 전에도 그런 적이 있었으니까. 하지만 경고하건대, 그
보답으로 뭔가를 바라실 거요."
　"그거야 당연한 일이오."

　지옥이라 불리는 곳이 존재한다면, 뉴게이트가 바로 현실 세상의 지
옥이었다. 인간의 비참함과 추악함이 고스란히 배어 있는 곳. 미로 같
이 이어진 감방들 속의 인간 쓰레기들. 거리와 시궁창에서 태어나 훨
씬 더 추잡한 곳에서 죽어가는 범죄자들의 집결지였다. 그들에게 인간
성이란 게 남아 있을지조차 대단히 의심스러웠다. 뉴게이트에서 한두
달만 보내면 그 어떤 착실한 사내라도 광포한 미치광이나 잔인한 살인
마가 될 것이었다. 노련한 살인자와 초범자들, 이미 형을 언도 받은 자
들과 재판을 기다리는 자들, 약한 자와 강한 자, 늙은이와 젊은이, 그
온갖 죄수들이 벌레와 쥐들이 기어다니는 건물 안에 한데 우글거렸다.
그 썩은 배설물과 오물 냄새에 알렉조차도 기침을 터트리지 않을 수
없었다.
　"일주일 이상 몸에서 냄새가 나겠어요."
　지독한 분위기에 압도된 표정으로 카가 중얼거렸다.
　"제 발로 여기 기어들어 오다니 내가 미쳤지."
　감방들을 지나쳐가는 동안, 먹을 걸 내놓으라는 아우성과 위협해대
는 욕설들이 끊임없이 이어졌다.
　"메메리."
　간수가 멈춰 서서 쇠창살 너머로 소리쳤다. 질질 끄는 발소리와 함

께 야유소리가 터져나왔다.

"오늘밤쯤 쫴악 뻗어 있겠구만."

"오줌 지리지 말아라, 멤."

알렉의 고갯짓에 따라, 간수가 삐쩍 마른 초라한 몰골의 사내를 끄집어내 빈 방으로 끌고 갔다. 메메리를 방으로 처넣은 다음 옆으로 비켜서서 알렉과 카를 들여보냈다.

"5분 동안만 얘기하겠소. 문 잠그지 마시오."

알렉이 위압적으로 낮게 중얼거렸다. 문이 잠기지 않았음에도 철커덩 닫히는 소리에 카가 화들짝 튕겨오르며 제발 빨리 끝내달라는 듯이 알렉을 쳐다보았다.

"이름."

알렉이 서른 살 이상은 돼 보이지 않는 죄수에게 입을 열었다.

"메메리, 톰 메메리."

알렉의 목소리가 관심을 끌어당긴 듯 메메리가 천천히 고개를 들어올렸다. 그 창백한 얼굴이 생선 뱃가죽처럼 질려버렸다.

"어이쿠, 하나님."

"내 얼굴이 낯익은가? 그렇겠지, 내 사촌과 몇 번 만난 적이 있을 테니까."

"… 생사람 잡지 마슈."

"그런가?"

침묵이 흘렀다.

알렉은 화강암처럼 꿈쩍하지 않았고, 카는 불편하게 들썩이며 문 쪽을 쳐다보았다.

"레이라 홀번이라는 이름 들어봤나?"

알렉의 목소리가 작은 방 안에 메아리쳤다.

메메리는 뚫어져라 바닥만 내려다보았다.

"알렉, 얘기 안 할……."

카가 성마르게 입을 열었다.

"아니, 얘기할 거야. 이제부터 열심히 나불거리게 될 거야. 왜냐하면 말을 안 하는 경우, 메메리가 종말 수도회 나부랭이들을 다 까발렸다고 퍼트릴 거거든. 이름, 날짜, 장소 모두……. 아는 걸 죄다 털어놨다고."

"개새끼!"

메메리가 버럭 소리치며, 증오와 공포심으로 몸을 떨었다.

"그럼 무슨 일이 벌어질 것 같으냐, 카?"

알렉이 아랑곳없이 말을 이었다.

"몇 시간 교묘한 고문을 당한 후에 사지가 쭉쭉 찢어질 거야. 여기 감방 친구들은 메메리처럼 입싼 놈들을 좋아하지 않거든. 거리에서도 아무한테나 칼을 들이대는 놈들인데, 한 놈쯤 요리하는 거야 간단하겠지. 사실 이 안에 우리와 같이 있었다는 사실만으로도 충분한 의심 대상이야. 그렇지 않나, 톰?"

"말하면 내 숨통이 부지된다 이거요?"

메메리가 운명에 체념한 사람처럼 험악하게 물었다.

"그럴 수도 있지. 정보가 쓸 만하면, 버클리 선박에 태워서 오스트레일리아로 실어다줄 수 있어. 그럼 적어도 몇 년쯤은 너의 비참한 인생이 이어지겠지. 아마 아직은 더 살고 싶을 텐데. 하지만 내가 바라는 대답이 안 나오면 감방의 네 동료들에게 즉시 돌려보낼 거야."

"그 말을 어떻게 믿소?"

"믿어야 할걸."

모험을 하기로 결정한 듯했다. 메메리가 간단히 고개를 끄덕였다.

"알고 싶은 게 뭐요?"

"종말 수도회 소속이지?"

"그렇소."

"과거에 홀트 포크너와 만난 적 있었지?"

“이름은 모르고, 댁하고 비슷하게 생겼습디다.”

“그가 뭘 알아봐 달라고 했을 텐데. 무슨 말을 해줬나?”

“계집애 하나를 찾던데⋯⋯. 깜쪽같이 사라진 걸 봐서 팔려간 것 같다고 했수.”

“팔려가다니?”

카가 날카롭게 물었다.

“백인 노예로. 이익이 많이 남는 장사지.”

알렉이 입술을 뒤틀며 설명했다.

“어리고 예쁜 여자들을 납치해서 서인도제도나 아시아 쪽에 팔아넘기는 거야. 홀트의 약혼녀도 거기 창녀촌쯤에 자리잡았겠군⋯⋯. 운이 좋았으면 하렘에.”

“거기가 어딘지 어떻게 알아?”

카가 이를 갈며 내뱉었다.

“댁네 사촌이 알아내려던 것도 그거였수다. 내가 틸터라는 이름의 프랑스놈을 찾으라고 했지⋯⋯. 수도회 일을 제일 많이 아는 놈이거든.”

“틸터의 진짜 이름이 뭐지? 어디 가서 찾으면 되겠나?”

“그건 몰라.”

메메리의 얼굴이 잿빛으로 변했다.

“이 정도로는 안 돼. 더 쓸모 있게 굴지 않으면 아까 계약이 취소될 수도 있어.”

“잠깐, 잠깐. 찾는 방법을⋯⋯.”

그자가 셔츠에서 너덜너덜한 카드 몇 장을 꺼내 내밀었다.

“도박장으로 가쇼⋯⋯. 거기 틸터가 있을 거요. 7을 보이면 들여보내 줄 거고, 잭을 보이면 정보가 필요하단 뜻이요. 킹은 높은 양반과 얘기하겠다는 거요.”

“간수 불러.”

카가 즉시 알렉의 명령을 수행했다. 문이 열리자 알렉은 묵직한 주머니를 그에게 건네주었다.

"이 자를 부두로 데려다 주시오. 오늘밤 메메리가 배에 타지 않으면 당신 모가지를 벽에다 못박아버릴 거요."

"네, 나리."

뉴게이트 밖으로 나선 후에, 두 사람은 신선한 공기를 깊이 들이켰다.

"공기맛이 이렇게 좋은지 몰랐어요."

카가 애써 미소지으며 중얼거렸다.

"그래."

"홀트가 어떻게 그런 짓을 했죠?"

갑자기 카의 감정이 폭발했다.

"어떻게 저런 쓰레기들과 거래하면서 우리한테 한마디도 안 할 수 있어요?"

뉴게이트의 죄수들을 본 것으로 홀트가 어떤 작자들과 거래했는지 알게 된 것이다. 처음으로 형의 살인자가 어떤 타입일지 깨달은 것이다.

"해야 할 일을 한 거야, 사랑하는 사람을 위해서. 레이라를 되찾기 위해서라면 무슨 짓이든 했을 거다."

"그럴 가치가 없다구요. 자기 목숨까지 걸 가치는 없었다구요."

알렉은 미라에 대해서 생각했다. 미라에게 그런 일이 생겼다면 그도 홀트와 똑같이 했을 것이다. 홀트가 그 정도로 레이라 홀번을 사랑했던 것일까? 그녀를 잊거나 그녀 없이 살아가는 것보다 차라리 죽음이 더 나았던 것일까?

미라를 만나기 전에는 알렉도 이해하지 못했을 것이다, 카처럼 당황스러워하며 죽음으로 찾아들어간 홀트를 원망했을 것이다.

"홀트에게 레이라는 그 정도 가치가 있었어."

“빌어먹을, 이젠 어쩌죠?”

“틸터를 찾아야지.”

“왜요? 우린 레이라를 찾는 게 아니라, 홀트 일을 알아내려는 거예
요.”

“홀트가 했던 대로 따라가다보면 그게 밝혀질 거야.”

미라는 가느다랗게 실눈을 뜨고서 따뜻한 햇살을 받아들였다. 한 시
간쯤 책을 읽은 후에 커다란 해시계 위에서 내려와 정원 잔디밭으로
자리를 옮겼다. 나지막한 새들의 날개짓소리, 졸졸 흐르는 물소리를
들으며 나른하게 미소지었다. 머리 뒤에 한 팔을 괴고 편안하게 드러
누워 있다 설핏 잠이 들었다. 문득 푸드득푸드득 새들의 날개소리가
요란해졌다. 미라가 졸음에 겨운 눈을 살며시 들어올렸다. 알렉이 까
만 머리에 햇살을 맞으며 느긋한 미소를 띤 채 서 있었다. 그 매력적
인 모습이 그녀에게 순수한 기쁨을 안겨주었다.

“불공평해요.”

그녀가 부드럽게 속삭였다.

“뭐가?”

알렉이 그녀의 옆으로 내려앉아 한쪽 팔꿈치를 기대고서 내려다보
았다.

“하나님이 당신만 너무 아름답게 만드셨어요.”

“미라…….”

그의 시선이 그녀를 애무했다.

“결혼식 준비는 잘 되었소?”

“대단히 황홀한 드레스를 맞췄어요, 교회는 사랑스러운 꽃으로 장식
하기로…….”

그가 열렬한 키스로 그녀의 남은 말들을 삼켰다. 이윽고 입술을 떼
어내며, 그들은 말없이 서로를 응시했다. 지난 일주일 간의 작별은 그

들에게 전혀 다른 의미의 작별이었다. 둘 다 그 이유를 알고 있었다.

"그런 식으로 당신을 보낸 거 미안해요."

미라가 속삭였다.

"나야말로 그런 식으로 떠나지 말았어야 했소. 당신을 이해시켰어야 했는데……."

"이해했어요. 단지 내가 이기적이어서 그랬던 거예요."

"나에 대한 이기심은 바람직하오."

"할 수만 있다면, 당신을 방에 가둬놓고 내보내주지 않았을 거예요."

"침실이면 좋겠군."

"우리가 침실에서 사랑한 적이 있었던가요?"

미라가 꿈꾸듯이 물었다.

"황홀하겠죠?"

"한 번 있었어. 그래, 황홀했소."

그가 그녀의 아랫입술을 부드럽게 깨물었다.

"아주 황홀했소."

그 후로도 그들은 속삭임과 키스와 애무를 주고받으며 오랜 시간 그곳에 남아 있었다. 미라는 런던에서의 일에 대해서 묻지 않았다. 알렉 또한 그 일을 언급하지 않았다.

결혼식 전날 밤, 미라는 잠을 이루지 못한 채 촛불을 켜들고 차 한 잔을 마시기 위해 아래층으로 내려갔다. 부엌으로 가던 도중 서재에서 불빛이 새어나오는 걸 보고는 반쯤 닫힌 문에 살짝 노크를 했다.

"들어와요."

로잘리의 목소리였다. 로잘리가 무릎에 책을 펼쳐들고 와인을 마시는 중이었다.

"잠이 오질 않아서……. 네 결혼식인데 내가 왜 이러는지……."

미라의 시선이 와인병과 술잔을 훑어보았다.

"전 차 한잔 마시려던 참이었는데, 당신 아이디어가 더 나은 것 같아요.”

그들이 함께 웃음지었다. 미라가 소파에 앉자 로잘리의 표정이 다소 진지해졌다.

“미레이유, 오늘이 결혼식 전날 밤이잖아. 전통적으로…… 신부한테 해줘야 할 말이……. 앞으로 일어날 일에 대해서……. 네가 예전의 남자 관계에 대해서 말한 적이 없어서, 난 그러니까……. 네가 아는지 모르는지…….”

그녀가 흠흠 목을 가다듬고 나서 미라의 얼굴을 슬쩍 쳐다보았다.

“내일 밤에 대해서 물어볼 게 있으면 물어봐도 된다는 말을 하는 거야.”

미라가 스르르 미소지었다.

“로잘리, 내일 밤에 대해서 물어볼 거 없어요.”

“그럴까봐 걱정이었어.”

둘 다 킥킥 웃음을 터트렸다. 달콤한 와인을 홀짝이며 로잘리가 한숨을 내쉬었다.

“그래도 확인해보고 싶었어. 난 꽤나 괴상한 말들을 많이 들었거든……. 침실에서 아내가 해야 할 의무나 책임, 정숙한 여자가 해야 할 적절한 행동, 그런 것들 말이야.”

“적절한 행동이 뭔데요?”

“어머닌 나더러 꼼짝 말고 누워서 영국을 생각하랬어.”

미라가 웃어댔다.

“다행히도 그 말을 들었을 때쯤 랜드와 난 이미 함께 지냈어. 우리가 결혼하기 전에 그랬다는 걸 알면 사람들이 충격받을 거야.”

“전 앙주에서 이미 짐작했어요.”

“그랬어? 어떻게?”

“그분이 바라보는 시선으로, 당신이 그분을 바라보는 시선으로요.”

“어머나…… 그렇게 빤히 보이는 줄은 몰랐어.”

로잘리가 미소지었다.

"미레이유, 포크너 경에 대한 내 생각이 좀 바뀌었어. 여기 찾아올 때 보니까 내가 생각했던 거하곤 다르더라구. 적어도 너하고 같이 있을 때는 달라보였어. 그 사람이 진심으로 널 아끼는 것 같아서 정말 다행이야."

"그렇게 느끼셨다니 기뻐요."

"행복하길 바래. 그 사람이 너의 행복, 너의 위로, 너의…… 기쁨이 되길 바래."

"고마워요, 로잘리."

다음날 아침 워릭셔의 작은 교회에서 결혼식이 거행되었다. 포크너 가와 버클리 가 사람들, 그 외 몇몇 특별한 손님들만을 초대한 예식이었다. 이미 사교계와 런던의 출판물에서 이 결혼이 센세이션을 불러일으켰기에, 미라는 최대한 조촐하게 결혼식을 올리고 싶었다.

신비한 인물, 미레이유 저멩에 대한 소문들도 꼬리에 꼬리를 물었다. 누구도 그녀의 정체나 그녀에 대해서 정확히 알지 못했다. 부유한 프랑스 가문 출신이라더라, 혹은 색빌과의 관계에 대한 소문, 그녀가 처음 영국에서 '발견된' 당시의 상황에 대한 소문들이 나돌았다……. 하지만 무엇 하나 증명된 바는 없었다. 그녀가 버클리 가와 연계되었기 때문에…… 그리고 이젠 포크너 가의 사람이었기 때문에 관심이 집중된 것만은 틀림없었다.

알렉과 같이 제단 앞에 선 지금, 그녀는 수천 가지 생각들이 흐르는 물처럼 스쳐가는데도 예식의 사소한 부분들까지 모든 것들이 명료하게 느껴졌다. 마호가니에 닿아 일렁이는 촛불 빛들, 오래된 나무 의자에서 나는 향내, 웨딩드레스의 바스락거림, 향긋한 장미꽃 내음……. 앞으로 모아쥔 자신의 손이 차갑게 느껴졌다. 어느 순간엔가 알렉이 그녀의 손을 잡았고, 미라는 성경책 위에서 올려지는 결혼반지를 지켜

보았다. 천천히 그 반지를 그녀의 손가락에 끼워주면서 알렉이 서약의
말을 속삭였다.

"나, 알렉산더 리브 포크너는, 그대 미레이유 저멩을⋯⋯."

그 수정 같은 눈동자를 응시하면서 그녀는 이 모든 일들이 꿈 같았
다. 이 예식이 끝나고 나면, 완전한 그의 여자가 될 것이다.

서약이 끝나고 반지가 교환된 후, 기도소리에 이어 성경책이 닫혔
다. 신부에게 키스하라는 허락이 떨어지자, 알렉이 흐릿하게 미소지으
며 그녀의 작은 얼굴을 감싸쥐고 가볍게 입을 맞췄다. 그녀의 온기를
느끼는 순간, 의도했던 것보다 더 오랫동안⋯⋯. 하객들이 충격을 받
을 정도의 열렬한 키스가 되어버렸다. 서서히 입술을 떼어내면서 알렉
은 저녁 시간까지 어떻게 기다려야 할까를 성마르게 생각했다. 미라는
그의 생각을 아는 듯이 장난스런 눈빛으로 살포시 미소지었다.

14

포크너 영지가 눈에 들어오자 미라의 불안감은 더욱 커져갔다. 주위로 특이한 나무와 식물들이 빽빽한 숲을 이루었고, 대로를 거쳐 완만한 모퉁이를 돌아서자 드넓은 언덕 위에 장엄하게 올라선 성채가 모습을 드러냈다. 연회색 탑들이 하늘에 걸려 있는 구름들까지 닿을 듯 솟아 있었다. 그 성의 동쪽과 서쪽으로 아름다운 호수가 자리잡아 동그란 아치들과 세로창살이 박힌 창들을 비춰냈다. 미라는 갑자기 알렉에게 작은 오두막으로 데려가달라고 애원하고 싶어졌다. 이 어마어마하게 큰 성에서, 공작의 아내로서 어떤 책임들을 감당해야 하는 것일까? 이런 생활에 어떻게 적응할 수 있을까?

그 성을 다 둘러보려면 며칠이 걸릴 터였으므로, 줄리아나가 대략적으로만 안내해주었다. 가족들 몇 명이 따라다니며 그녀의 반응을 관찰했다. 지난 몇 년 간 알렉이 어떤 여자에게 안주할 것인가를 놓고 열띤 토론을 벌일 정도였기 때문에 알렉의 신부는 그들 모두에게 호기심의 대상이었다. 하지만 그들의 무표정한 얼굴에서 그녀가 그 기준에 맞는지 모자라는지 알 도리가 없었다.

미라는 새로운 집보다 포크너 가의 일원들에게 더 많은 관심을 기울였다. 버클리 가의 사람들이 대개 금발이었던 것에 비하여, 포크너 가의 사람들은 거의 검은 머리에 초록 눈동자였다. 비록 겉으로는 예의 바르고 세련되고 오만해 보였지만 놀라울 만큼 활기찬 분위기도 풍겨나왔다. 모두들 강하고 불 같은 성질의 소유자들 같았다. 그들을 만나본 후에 미라는 알렉의 냉담한 시선과 권위적인 태도, 사람의 약함과 강함을 감지하는 능력이 어디서 개발되었는지 알게 되었다. 이런 포크너들을 다루며 가문을 통솔해 나가려면 위협하고 설득하고 얼르는 능력이 꼭 필요했으리라.

알렉이 사람들을 다루는 방식도 각기 다양했다. 관리인, 하인, 혹은 일 관계로 만나는 사람들에게는 늘 조용하고 사무적이었다. 어머니와 작은아버지 휴와 여러 사촌들에게는 예의 바르면서도 완고했다. 나이드신 두 이모님들에게는 부드러웠고, 열여덟 살짜리 동생 더글러스를 대할 때에는 거의 아버지와도 같았다. 그리고 미라에 대한 관심을 끊고 그들의 결혼을 인정하고 받아들인 사촌 카에게는 빈정거림과 솔직함을 고루 보여주었다. 그들 모두의 욕구를 파악하고, 충분한 자유를 허용하면서도 확고하게 이끌어나가는 것이 알렉의 방식이었다. 그가 조종할 수도 없고 그럴 시도조차 않는 사람은 미라뿐이었다. 미라는 그에게 책임의 대상이 아니라 필수 불가결한 존재였다.

결혼식 날 밤, 알렉이 아래층에 남아 있는 동안 미라는 호화로운 침실에서 하얀 잠옷을 갖춰 입었다. 그녀의 시중을 들기 위해 버클리 가에서 따라온 하녀 메리가 머리를 단장해주고 나서 백단과 장미향이 나는 향수를 가져와 목덜미와 손목에 살짝 뿌려주었다.

"나리가 오실 때까지 같이……."

미라의 떨리는 손을 알아채고는 메리가 상냥하게 입을 열었다.

"아니, 됐어. 잠시 혼자 있고 싶어."

하녀가 예를 갖추고 조용히 떠나갔다. 침대에 배를 깔고 누워 두 손으로 턱을 받치고서 미라는 벽난로의 불길을 지켜보았다. 그 불빛이 편안한 분위기를 만들어내고 장작 타는 소리가 긴장된 침묵을 완화시켜주었다. 몇 분 후에 복도에서 발소리가 들려왔다. 약간의 망설임이 있고 나서 가벼운 노크 소리가 울렸다.

"들어오세요."

그녀는 두 팔을 가슴 앞으로 모은 채 일어나 앉았다.

그녀의 모습을 응시하며 그가 문을 닫고 들어섰다.

"더 기다릴 수가 없었소."

그녀는 말없이 그가 옷 벗는 모습을 지켜보았다. 가서 도와주어야 하는 걸까? 아내로서 어떻게 해야 하는 걸까? 이불 속으로 들어가야 할까, 아니면 그에게 다가가서…….

"긴장되나?"

윗도리를 의자에 내려놓고 부츠를 벗어가면서 알렉이 그녀에게 미소지었다.

"아뇨, 아니에요. 내가 왜?"

"그럴 이유는 없겠지. 이미 우리가 얼마나 잘 맞는지 알 테니까."

"그냥…… 너무 오랜만이라."

그녀가 더듬더듬 중얼거렸다. 그는 웃으면서 작은 테이블로 걸어와 와인병을 땄다. 그 테이블에 놓인 두 개의 보석 박힌 술잔들은 랜드와 로잘리가 선물해준 것들 중 하나였다.

"그래, 너무 오랜만이야."

그가 술잔을 채워 그녀에게 건네주었다.

"한 달이나 지났어. 걱정할 만도 하군……. 그 사이에 어떤 변화가 있었을지……. 왜 웃는 거요? 이건 심각한 문제요, 레이디 포크너. 이제 포크너의 아내가 된 이상 당신도 엄격하고 심각해져야 할 거요."

"노력할게요."

그녀가 와인을 홀짝이며 약속했다.

"내일부터요."

"좋았어. 포크너의 아내가 되는 게 무거운 짐이라고들 하지만, 그에 대한 몇 가지 보상도 있을 것이오. 와인 괜찮은가?"

"맛있어요. 하지만 힘든 하루를 견뎌냈으니 와인 한 잔보다 더한 보상이 있어야겠어요."

그가 씨익 웃으며 셔츠 단추를 풀어나갔다.

"걱정 마시오. 오늘밤 원하는 보상을 얻게 될 거요."

"그러길 바랄게요."

그녀의 눈동자에 기대감의 불꽃이 번득였다. 그들은 이렇게 단 둘이서 서로를 느긋하게 살펴볼 기회를 갖지 못했었다. 지금 그녀는 그의 아름다운 모습을 음미할 수 있었다. 날렵한 허리, 근육으로 다져진 배, 검은 털이 복슬거리는 가슴. 그 감촉을 매만져보면서 애정을 갈구하는 고양이처럼 얼굴을 부벼보고 싶었다. 하지만 그 대신 조용히 그를 지켜보며 와인을 마저 마셨다.

그가 성큼성큼 다가와 그녀의 손에서 술잔을 받아내 테이블에 올려놓았다. 그리곤 침대로 손을 뻗어 이불을 걷어냈다.

"뭐하는 거예요?"

미라가 놀라며 소리쳤다.

그는 그 아름답고 폭신한 이불을 벽난로 앞에 펼쳐놓았다.

"알렉, 그거 아주 비싼 이불인데……."

"미라, 이건 성스러운 유물이 아니라 우리가 사용할 물건일 뿐이오."

"그래도 그렇게 비싼 물건을 아무렇게나……."

그녀가 이마에 손을 올리며 한탄스레 눈을 감았다.

"맙소사, 여기서 어떻게 살죠? 성에서 살고 싶지 않아요! 이 성에 들어선 순간부터 무엇 하나 깨뜨릴까봐, 뭐라도 흘릴까봐 너무 두려웠어요……. 여기서 어떻게 살아요?"

그가 그녀의 손목을 잡아 양옆으로 끌어내렸다.

"여긴 성이 아니라, 당신과 나의 집이오. 깨지는 게 있으면 다른 걸로 바꾸면 돼. 이 집을 몇 번쯤 다시 세워도 상관없어. 그 정도 여유는 있거든. 기분이 더 나아졌나?"

"아뇨, 여긴 궁궐이에요. 너무 커요, 너무 불편해요. 차라리 오두막에서 살았으면 좋겠어요."

"사랑스런 미라, 오두막으로 생각하시오. 사방의 벽과 문 하나가 있는 건 마찬가지잖소. 그 벽과 문들이 더 많다는 게 다를 뿐이오."

"하지만 그렇게 생각되질 않는 걸요. 당신은 공작이고, 이런 데 익숙하고, 이런 데서 자랐으니까……."

"날 공작으로 생각하나? 난 당신 남편이라오."

그가 눈부시게 미소지었다.

"이제 사랑하는 남편과 불가에 앉아보고 싶지 않소?"

그녀가 마지못해 미소지으며 그의 손에 이끌려갔다. 그의 가슴에 등을 기댄 채 몽롱하게 벽난로의 불길을 응시했다. 서서히 안도감이 몸으로 번져갔다. 맞아, 작위나 물건은 상관없어. 중요한 건 바로 이 사람이야, 내 남편.

"난 여자들이 다 성에서 살고 싶어하는 줄 알았어."

알렉이 그녀의 목덜미에 살며시 입술을 내렸다.

"안전하게 지켜주잖아……."

"당신이 떠나 있을 때요?"

"그래, 내가 드래곤과 싸우는 동안."

"싫어요, 나도 당신 옆에서 같이 싸울 거예요."

"그럼 드래곤이 너무 겁먹을 텐데."

그녀가 웃음을 터트리며 돌아앉아 그의 가슴을 장난스레 두드렸다. 젖가슴이 그의 가슴에 스쳤다. 따뜻하고 힘차고 강한 느낌이 전해졌다.

알렉이 그녀를 와락 드러눕히고 내려다보았다. 잠옷 앞자락에 손가락을 걸어 밑으로 밑으로 끌어내렸다. 잠옷이 옆으로 밀려나가고 그의 벌거벗은 상체가 닿아왔다. 곧이어 그의 입술이 찾아들었다, 너무나 달콤하게……. 그녀의 몸은 보드랍고 나긋나긋했다. 그리고 그의 몸은 갈망과 안도감으로 떨려났다.

그의 남은 옷가지가 마저 떨어져나갔다.

"사랑해요."

아무런 요구도 없이, 아무런 두려움 없이 그녀가 속삭였다. 말하려 하지 않아도 마음속 깊은 곳에서부터 우러나오는 고백이었다. 그가 똑같은 말과 몸으로, 그리고 이제서야 사랑을 알게 된 가슴으로 답해주었다. 이성은 사라지고, 맹목적으로 그녀를 사랑했다. 한없이 치솟아가는 흥분과 뜨겁게 폭발하는 정열로 미라에게만 그의 감각들이 집중되었다……. 불빛 속의 미라, 검은 비단처럼 머리를 늘어뜨리고 섬세하게 그의 몸을 어루만지는 미라.

그녀의 살결은 솜털처럼 보드라웠다. 그의 두 손이 대담하게, 그리고 애간장이 탈 만큼 가볍게 그녀의 엉덩이에서부터 어깨까지를 애무해갔다. 그녀의 젖가슴을 감아쥐고 그 정상을 살짝 건드렸다. 그녀의 목덜미에 입술을 내려 혀끝으로 잠들어 있는 감각들을 일깨워나갔다. 젖가슴 사이로 그 혀가 미끄러졌다……. 그녀의 몸이 열정적으로 화답했다. 그의 입술이 따뜻한 곡선을 따라 올라가고……. 너무 느릿하게, 그녀를 미치도록 기다리게 해놓고 마침내 그 젖꼭지에 도착했다. 오똑한 젖꼭지와 동그란 젖무덤의 윤곽을 그의 혀가 깃털처럼 간지럽혔다.

그녀는 그 황홀한 고문에 자신을 내던졌다. 그녀의 손이 그의 머리를 감싸안았다가 어깨로 스르르 미끄러졌다. 그녀의 손가락이 그의 척추를 타고 내려가 오목한 부분을 찾아내자 알렉의 눈이 감기며 부르르 몸을 떨었다. 그 다음 그의 입술이 다시 돌아와 끝없이 그녀의 맛을 음미했다.

“아름다워……. 당신을 알고 싶어, 어디든지.”

마치 그 말을 증명하려는 것처럼, 그녀의 엉덩이를 어루만지며 부여잡았다……. 그리곤 그 틈 사이로 손가락을 살짝 들이밀었다. 그녀가 얼굴을 붉히며 몸을 비틀었다.

“알렉.”

그가 나지막이 웃으며 그보다 덜 당황스러운 곳으로 손을 옮겨갔다.

“움직이지 마.”

그가 그녀의 다리를 벌리며 속삭였다.

“왜요?”

그는 대답하지 않았다. 그의 입술이 그녀의 살갗을 더듬어 배로 내려갔다. 그의 혀가 배꼽으로 파고들자 그 묘한 감각에 그녀의 몸이 굳어졌다. 그는 그녀의 엉덩이를 꽉 움켜잡은 채로 그 작게 패인 곳을 핥아보았다.

“알렉, 날 사랑해줘요.”

어서 빨리 그가 자신의 몸 위로 돌아오길 바랐다. 그를 몸 속으로 받아들이고 싶었다. 그녀의 몸이 점점 땀으로 젖어갔다.

그의 혀가 배꼽에서 떠나자 그녀는 이제 곧 그를 소유할 수 있으리라는 생각에 너무나 다행스러웠다. 이 몸 속의 고통스런 공허를 그가 채워줄 것이다. 하지만 그의 머리가 점점 밑으로 움직여가더니 갑자기 그의 입술이 다리 사이를 부드럽게 애무했다. 그녀가 낮은 비명을 내지르며 얼어붙었다. 정신없이 엉덩이에 감싸인 그의 손을 찾아갔다. 그가 그 손가락을 부여잡고서 계속 입술의 애무를 계속했다. 그녀의 정신이 아득해질 때까지……. 그녀는 꼼짝도 하지 못했다, 숨소리 하나 내지 못했다. 마침내 그 애무가 끝나고 그의 입술이 그녀의 목으로 올라왔다. 거의 검은 빛으로 짙어진 눈으로 그녀가 그를 마주보았다.

“이젠 침대로.”

그녀는 그의 목을 끌어안은 채 고개를 끄덕였다. 그녀의 등이 침대에 내려지고 그의 탱탱한 허벅지가 그녀의 다리 사이로 끼어들었다. 그가 느릿하고 굶주린 키스로 그녀의 입술을 차지했다. 그녀의 열정적인 반응에 그의 정열도 점점 다급해졌다. 어느 순간 그가 그녀의 몸을 가득 채웠다.

"미라."

그녀의 몸 속에서 그가 잠시 움직임을 멈췄다. 그녀가 더 깊이 그를 받아들이려 엉덩이를 들썩이자 신음이 터져나왔다. 그들의 몸이 한치의 빈틈도 없이 완벽하게 맞아들어갔다. 다급하게 움직이며, 격렬하게 서로를 매만지며 연인들만이 알 수 있는 비밀을 알아나갔다.

그가 알아낸 것은 그녀가 자신의 가슴털을 좋아한다는 것, 그리고 그녀의 다리가 그의 엉덩이를 감쌀 만큼 완벽하게 길다는 것이었다. 그녀가 알아낸 것은 그의 등을 손톱으로 섬세하게 긁어내려갈 때 그의 몸이 떨린다는 것이었다.

결코 자제력을 잃지 않았던 알렉이 거칠게 흔들렸다. 그녀의 머리에 얼굴을 묻은 채 그녀가 바짝 죄어드는 것을 느꼈다. 그녀의 몸이 격렬하게 들썩이고 짧은 숨을 들이켰다가 다시 짜릿한 쾌감에 경련을 일으켰다. 다음 순간 그도 범람하는 환희의 홍수에 빨려들어갔다.

아주 오랫동안 그는 말없이 그녀를 끌어안고서 만족스럽게 한숨을 내쉬었다. 그녀는 그의 넓은 가슴에 손을 올려 사랑스럽게 어루만졌다. 알렉이 그녀의 손을 잡아 그 손가락 하나하나에 입을 맞췄다. 그 둘은 서로의 눈을 바라보며 미소지었다.

"당신 없이 어떻게 지금까지 살아왔을까? 당신 없이 어떻게 한순간이라도 행복할 수 있었을까?"

"나도 당신 없이 살 수 없어요."

갑자기 그녀의 눈에 뿌연 물기가 서렸다.

"당신 없이는 살 수 없어요."

그가 그녀의 입술을 매만져 침묵시켰다.

"두려워하지 마. 당신은 이제 내 여자야, 세상의 그 무엇도 내 사랑을 바꿀 순 없어."

그녀가 울음을 삼키며 고개를 끄덕였다. 마음속 무거운 짐을 털어버리고 싶었다. 과거의 모든 비밀을 낱낱이 이 사람에게 고백하고 싶었다. 지금이 완벽한 순간일 것 같았다. 가장 깊은 생각들까지 함께 나눌 수 있는 완벽한 순간. 침묵의 고삐를 풀어내려 안간힘쓰며 그녀의 입 속에서 그 말들이 빙빙 맴돌았다.

안 돼. 지금 말하진 말자. 결코 말할 수 없었다.

"내 곁에서 떠나지 마세요."

"물론이오."

그가 그녀의 젖은 뺨에 부드럽게 입술을 부볐다.

"겁이 나요. 당신이 홀트 일에 매달리다가……."

"그건 어쩔 수 없소."

그녀가 쓸쓸하게 그를 바라보았다.

"쉽게 당신을 놔주지 않을 거예요, 알렉."

"며칠 간은 어디에도 안 갈 거라오."

"당신이 떠나면 울고불고 난리칠 거예요."

그가 쿡쿡 웃으면서 그녀의 얼굴과 목에 키스를 퍼부었다.

"돌아올 때 다시 받아주기만 한다면야."

"지금 당장 받아드릴게요."

그의 입술이 나른하게 그녀의 입술에 머물렀다. 그의 두 손은 그녀의 몸을 어루만지며 힘껏 부둥켜안았다.

결혼하고 나면 알렉에 대해서 모든 걸 알게 되리라 예상했었다. 그런데 그는 미라의 예상보다 훨씬 복잡하고 다면적인 인물이었다. 밤마다 어떤 모습의 알렉을 만나게 될지 예상할 수 없었다. 부드러운 연인일지, 아니면 음탕한 호색한일지, 희롱하기 좋아하는 불한당일지, 아니면 그녀의 신체적 비밀을 구석구석 벗겨내는 유혹적인 탕아일지…….

그는 수시로 그녀에게 선물을 안겨주었다. 보석, 비단, 공단드레스……. 무도회에 데리고 가서는 동이 틀 때까지 춤을 추면서 낯뜨거운 시구와 황당한 찬사들을 그녀의 귀에 속삭여댔다. 또 어떤 때에는 승마에 데리고 나가, 그녀가 개울에서 장난치고 숲속을 뛰어다니는 동안 그녀의 종아리를 마음껏 훔쳐보았다. 어느 날 저녁에는 그녀의 욕조 뒤로 다가와서 그녀가 밀어내는데도 불구하고 비누질한 손으로 그녀의 허벅지 사이를 애무하며 결국 가쁜 숨을 몰아쉬도록 만들기도 했다.

미라 또한 놀라운 적응력으로 알렉을 끊임없이 놀라게 했다. 다른 사람들이 있을 때에는 흠 없는 레이디로서 조용하고 우아하게 이따금씩 수줍은 재치를 발휘했다. 하지만 둘만 있을 때에는 노골적인 유혹이나 사랑스런 부드러움을 보여주었다. 한순간은 사근사근했다가 금세 날카롭게 혀를 놀릴 만큼 변덕스럽기도 했다.

그들은 남녀가 얘기하지 않는 무역이나 정치에 관해서도 자주 토론했다. 그 중에서도 런던에서 점점 증가하는 범죄가 자주 대화주제로 올랐다. 심각한 사회문제일 뿐 아니라, 각자 말하지 않은 이유로 그 주제에 관심이 많기 때문이었다.

"오늘 아침 타임스에 난 기사 보셨어요? 폐선에 대한 거요?"

저녁 식사 후 카드룸에서 마주 앉았을 때 미라가 물어보았다.

"아니."

알렉은 신중하게 자신의 카드를 살펴보았다.

"거의 5천 명의 죄수들이 10척의 폐선에 갇혀 있대요. 그게 정말이에요?"

"그렇소, 그들을 다 집어넣을 만큼 감옥이 많질 않거든."

"하지만 그 사람들이 얼마나 숨막히겠어요? 전염병이라도 생기면 어쩌죠? 불이라도 나면 어떡해요?"

"강한 자들만 살아남는 거요. 하루에도 몇 명씩 죽어나간다더군."

알렉이 고개 저으며 카드를 내려놓았다.

"아이들의 경우에는 앞으로 당할 일을 겪느니 차라리 그렇게 죽는 게 나을 거요. 그 안에서는 서로 죽이고 괴롭히는 일들뿐이오, 뉴게이트처럼. 거기 들어갔다 풀려난 자들은 그런 곳에 자기들을 집어넣은 사회에 복수하겠다고 이를 간다오."

"그래서 범죄 조직들이 생기는 건가요? 사회에 복수하려고요?"

알렉이 고개를 끄덕였다. 문득 미라의 뇌리에 기욤이 떠올랐다. 오빠가 그 중 하나가 아니어야 할 텐데. 지금껏 부도덕하고 불법적인 짓을 저질러오긴 했지만, 그런 운명만은 피했어야 할 텐데.

"무슨 생각하오?"

알렉이 조용히 물었다.

"별 거 아니에요."

그녀가 애써 태연스레 미소지었다. 알렉은 미소를 되돌려주지 않았다. 부글거리는 좌절감을 참아가며 무표정을 유지할 뿐이었다. 언제쯤 그녀가 자신을 믿어줄 것인가? 믿어줄 날이 오긴 할까?

"저기…… 차 한잔 갖다달라고 해야겠어요."

미라가 의자를 밀치며 일어섰다. 테이블을 지나쳐가다가 그녀의 늘어진 소맷자락이 스치면서 카드더미가 바닥으로 떨어져내렸다.

알렉이 그 흐트러진 카드들을 노려보았다. 마음속의 닫힌 문 하나가 활짝 열렸다. 그의 눈에 두려움이나 공포 같은 것이 서리는 걸 알아차리며 미라가 즉시 그의 곁으로 다가갔지만, 그는 뚫어져라 바닥만 내려다보았다.

"알렉? 왜 그래요?"

그녀가 의자 옆에 무릎을 꿇고서 그를 올려다보았다.

"맙소사, 그걸 잊어버렸어."

그의 목소리가 거칠고 낮게 흘러나왔다.

“뭘요?”

“홀트의 시체를 발견한 게 나였어. 늦은 밤, 어두운 골목에서…….
싸운 흔적이 있었소, 격렬한 싸움. 그의 상처들이…….”

그가 말을 멈추고 조금쯤 침착함을 되찾았다.

“이제야 기억이 나, 땅에 카드들이 널려 있었어.”

미라는 달래듯이 그의 팔을 어루만졌다.

“홀트가 지니고 다녔나봐요.”

“그럴지도 모르지…….”

그 사실이 그에게 중요한 의미를 지닌 듯했다.

“러머에서 홀트를 만나기로 했었소, 거기서 멀지 않은 술집이었지.
나한테 긴히 할 말이 있다고 했어.”

“무슨 얘기요?”

“레이라라는 여자에 대해서. 홀트가 사랑했던 여자……. 그 여자가
행방불명돼서 찾아다니던 중이었는데……. 그녀에게 생긴 일을 알아
냈던 모양이오, 누가 그녀를 잡아갔는지.”

미라가 다시 그의 팔을 매만지며 한숨지었다.

“너무 늦었어요……. 이제 방으로 가요.”

“당신 먼저 가시오.”

카드를 집어들고서 알렉이 멍하니 내려다보았다. 그녀의 존재조차
잊은 듯했다. 미라는 불안하게 그를 바라보며 걸어나갔다.

알렉은 그 후로 한참이 지난 뒤에야 잠들어 있는 미라의 옆에 누웠
다. 침대에 누워 수수께끼처럼 엉켜버린 생각들을 밀어내고 잠을 청해
보았다. 하지만 잠 속에서도 그 당시의 기억들과 의문이 떠나질 않았
다. 그는 심란한 꿈들에서 도망쳐보려고 이불을 걸어차며 쉴새없이 뒤
척였다. 악몽에 시달려 화들짝 깨어났을 때는 온몸에서 땀이 흘렀다.

미라가 졸음에 겨운 눈으로 그를 쳐다보았다.

“악몽 꿨어요?”

“응.”

그가 꿈에 대해 애기할 마음이 없는 것 같았으므로, 그녀는 다시 잠을 청했다. 하지만 몇 분 지나지 않아 또다시 그의 불안정한 움직임에 깨고 말았다. 알렉이 여전히 심란한 꿈과 현실 사이를 오락가락하는 듯했다. 그녀는 자리에서 일어나 그의 헝클어진 머리를 쓰다듬었다.

“뭐야?”

“또 뒤척이고 있잖아요.”

“미안해.”

그가 힘없이 중얼거렸다.

“잠잘 때는 아무 생각도 하지 말아요.”

그는 냉소적인 콧소리를 내며 얼굴을 돌렸다.

“그게 쉽지 않아.”

미라가 그의 입에 살짝 입술을 부볐다. 그 달콤하고 끈기 있는 입술이 그의 성마름을 다소 진정시켰다. 혀 끝으로 그의 입술을 살짝 핥아 보고 그 안으로 깊이 파고들어갔다. 알렉의 고개가 서서히 그녀 쪽으로 돌아왔다. 그녀는 그의 가슴을 다정하게 어루만졌다.

“아주 쉬워요, 생각을 나한테 돌려봐요…….”

그녀가 그에게 더 가까이 다가들어 몽실몽실한 젖가슴을 그의 옆구리에 부볐다. 알렉이 부르르 떨며 그녀의 팔을 잡아 자신의 몸 위로 끌어당겼다. 그녀가 깊고 깊은 키스로 밤새도록 알렉을 괴롭혔던 고민과 질문들을 단번에 쫓아버렸다.

그녀는 부드러운 머리채로 그의 몸을 쓸며 섬세하게 어루만져나갔다. 그가 성급하게 재촉해댔지만, 결코 서둘지 않았다. 그의 남성을 살짝 감아쥐자 알렉이 헉 숨을 들이켰다. 손바닥으로 그의 역동하는 힘을 느끼며, 그녀를 위로 끌어들이려는 그의 손길에 매번 저항하고 성급한 고양이를 희롱하는 나비처럼 그의 다그침을 피해 애무를 계속했다. 고요한 방 안에 그들의 거친 숨소리가 가득 찼다. 최대한 그 쾌락의 시간을 늘인 후에야 마침내 미라가 그의 손에 이끌려 위로 올라갔다. 몸 속으로 그의 뜨거운 부분이 밀려드는 것을 느끼며 그녀의 고개가 뒤로 젖혀졌다. 그의 정열이 다급하게 치달아갔다. 그녀도 높이높이 날아올랐다. 무아지경에 빠져 숨조차 쉬지 못할 정도로 높이높이.

차츰차츰 그녀의 팔다리가 느슨해지며, 천천히 정신이 돌아왔다. 그리곤 지친 한숨을 토해내며 그의 옆으로 드러누웠다. 알렉은 이미 잠들어버렸다. 한 팔을 위로 올리고 느슨하게 손가락을 풀어놓은 채 거의 기절한 깃처럼 잠들어 있었다. 오늘밤에 더 이상의 뒤척임은 없을 것이다. 그녀가 살짝 미소지으며 그의 옆으로 몸을 말았다.

"또요? 이게 42번째던가 43번째던가요?"

초라한 마차가 좁은 거리를 덜그럭거리며 지나는 동안 카가 퉁퉁 부은 얼굴로 투덜거렸다.

"빌어먹을, 지긋지긋해. 런던의 도박장이란 도박장은 거의 다 다녔을 거예요. 살인자 강도들한테 술 사주고, 사기꾼 도둑놈들한테 돈 잃어주고, 싸구려 중에서도 싸구려 창녀들과 어울렸다구요. 그런데도 우린 틸터라는 놈의 흔적도 못 찾았어요. 그 자식 이름 한 번 못 들어봤어요. 이젠 햇빛이 어떤 건지도 잊어버렸어요. 하도 고약한 냄새들만 맡았더니……."

"불평 그만해."

알렉이 무뚝뚝하게 입을 열었다.

"죄수처럼 핼쑥한 건 우리 둘 다 마찬가지야."

카가 험악하게 인상을 찌푸렸다. 물론 그 핼쑥한 안색이 도박장에서 범죄자들과 어울리는 데에는 아주 적격이었다. 게다가 제일 낡고 오래된 옷까지 걸쳐 그 효과를 더욱 빛내주었다.

지난 며칠 간, 두 포크너들은 런던의 도박장들을 수도 없이 들락거렸다. 법망을 피하려는 범죄자들의 소굴. 갱단의 사령부가 되기도 하고, 갓 출소한 자들에게 정보와 도움을 제공하는 장소이기도 했다. 훔쳐낸 물건들도 다 거기 모여 장물아비들한테 넘어갔고, 훔쳐낼 게 있거나 거짓 증언이 필요한 경우에도 그곳으로 사람들을 구하러 왔다.

지금 그들이 가고 있는 곳 또한 다를 바가 없었다. 부디 이번만큼은 빌터에 대한 정보가 있기를 바랐다. 그의 정체나 행방, 그 무엇이든 쓸모 있는 정보를 긁어들여야 했다.

"맙소사, 여긴 다른 데보다 더 지독하군."

"더 이상 한마디도 하지 마."

알렉이 버럭 소리치며 간담이 서늘해질 만큼 싸늘하게 카를 노려보았다.

"깽깽거리지 마. 들어가기 싫으면 이 마차 타고 돌아가라구. 며칠 동안 햇볕을 못 봤다고? 잠 한숨 제대로 못 잤다고? 혐오스런 놈들과 술을 마셨다고? 그건 나도 마찬가지야…… 난 벌써 사흘씩이나 아내를 못 봤어! 나라고 이 시궁창을 뒤져가며 시간 보내고 싶은 줄 알아?"

카가 무안한 듯 지푸라기 깔린 마차 바닥을 내려다보았다.

마차가 멈춰 섰다. 마부에게 돈을 던져주고 나서 알렉과 카가 도박장으로 걸어들어갔다. 두 개의 작은 문을 거치고 나서야 중앙문이 나타났다. 기형적으로 생긴 얼굴 하나가 조심스럽게 내다보았다.

"카드 있어?"

알렉이 메머리에게 받은 카드 하나를 내밀었다. 다이아몬드 7. 문이 열리고 입장이 허락되었다. 퀴퀴한 냄새와 술 취한 노랫소리가 그들을 맞아들였다. 두 남자는 즉시 지난 이틀 동안 해왔던 규칙대로 각자 흩어졌다. 카가 술 마시는 쪽으로 향하고 나자, 덩치 크고 젖가슴이 빵빵한 여자 하나가 알렉에게 다가왔다.

"이봐요, 잘생긴 아저씨. 뭐 먹을래요?"

"배 안 고파."

"그럼 뭐 마실래요?"

"나중에."

"그럼 나랑 놀아볼래요? 공짜예요."

그런 제안을 거절하는 건 너무 모욕적일 테고, 받아들이는 것은 너무 끔찍했다. 알렉이 미소지으며 그녀의 퉁퉁한 허리를 끌어들여 보디스 안쪽에 몇 파운드 집어넣었다.

"나중에."

지극히 감사하게도 그녀가 엉덩이를 실룩거리며 떠나갔다.

몇 시간이 천천히 흘러갔다. 미리 약속한 대로, 알렉과 카는 서로에게 눈길 한 번 보내지 않았다.

카는 거친 욕설로 떠들어대면서 비슷한 또래 사내들과 음담패설을 주고받고 여자들과 실실거리면서 자기 역할을 충실하게 해냈다. 그러면서도 귀와 눈을 바짝 열어놓고 이곳저곳의 대화를 주워들으며 질문을 던지기도 했다.

저녁이 반쯤 지나갔을 무렵, 방을 흘깃 둘러보다가 카는 평소와 다른 한 가지를 알아차렸다. 자신처럼 술 마시며 떠들어대야 할 알렉이 구석진 테이블에 앉아 몇 년 간 햇볕이라곤 보지 못한 듯 푸르뎅뎅해 보이는 늙은이 하나와 얘기하고 있었다. 알렉이 그 사내에게 가죽 주머니를 밀어주고는 짧은 속닥거림에 귀 기울였다. 멀리서 보기에도 알렉의 핏기가 한순간에 사라지는 것을 알 수 있었다. 카는 흥분으로 온몸에 피가 솟구쳤다.

'뭔가 알아낸 거야. 알렉이 뭔가 찾아낸 거야.'

카는 함께 앉았던 술친구들에게서 떨어져나와 술 취한 척 비틀비틀 알렉의 테이블로 다가갔다. 알렉의 회색 눈동자에 충격이 서려 있었다.

"어, 취한다."

카의 목소리가 알렉의 얼어붙은 마비상태를 풀어낸 듯했다.

"나가자."

알렉이 간단히 중얼거렸다.

카도 기쁘게 밖으로 따라나섰다.

"마차 잡아."

알렉이 텅 빈 거리를 바라보며 무감각하게 말했다.

"알렉, 어디 아파요?"

"아니."

"아까 그놈하고 틸터 얘기했어요?"

알렉이 허탈하게 웃었다.

"그래, 메메리가 한 말을 확인해주더군. 그 이상까지."

"그 이상이면? 무슨 내용이던가요?"

카가 흥분하며 다그쳤다.

"틸터는 백인 노예 밀매단의 윗대가리야. 너무 많이 알아버린 놈을 처리하는 것도 그자가 맡아. 그 작자가 홀트의 살인범일 거야."

"개자식! 그놈을 찾아서 갈기갈기…… . 잠깐, 그런데 표정이 왜 그래요?"

알렉은 건물 벽으로 걸어가서 거기에 팔뚝을 올리고 이마를 기댔다. 그리곤 힘겨운 한숨을 내쉬었다.

"그놈을 어떻게 찾아내죠? 진짜 이름 알아냈어요? 그것만 알아내면…… ."

공허한 웃음소리와 함께 알렉이 묘하게 번들거리는 눈으로 돌아보았다.

"운명이 어떤 놈인지 아냐? 하늘에 앉아서 인간들 골탕먹일 일만 궁리하는 놈이야."

"그게 무슨…… ."

"게다가 그놈이 하는 짓거리는 항상 성공하지."

"알렉, 이게 운명이랑 무슨 상관이에요? 난 틸터가 누군지 알고 싶을 뿐이라구요. 그놈을 찾아서 죗값을 치르게…… ."

"그자의 본명은…… ."

알렉이 나지막이 말을 잘랐다.
"기욤 저멩이야."
"저멩……."
"그래, 낯익은 이름이지? 바로 내 처남이다."

15

스태퍼드셔로 돌아가는 마차 안에 무거운 침묵이 흘렀다. 알렉은 마음속의 질문들을 정리하느라 골몰해 있었다. 미라와 그 이름 없는 과거의 망령들……. 그들의 결혼을 방해할 뻔했던 그것. 너무 두려워서 그녀가 자신에게 말하지 못했던 과거. 그녀는 자기 오빠가 홀트의 살인범이라는 걸 알까? 그걸 모두 알고 있었을까?

그는 질끈 눈을 감고 그 질문을 부인하려는 것처럼 고개를 흔들었다. 미라의 모습이 눈앞에 떠올랐다, 눈물을 흘리며 괴로운 표정으로 런던에 가지 말라고 애원했었다. 홀트의 살인범을 찾겠다고 했을 때 두려워하는 것 같았었다. 자기 오빠가 범인이라는 게 밝혀질까봐 두려웠던 것일까? 그녀의 말들이 귓가에서 메아리쳤다.

'복수하지 말아요, 과거는 그냥 과거로 묻어두세요.'

'당신 사랑이 변할 거예요.'

'다시는 안 돼요……. 당신을 가졌다가 다시 잃어버리고 싶지 않아요.'

“미레이유가 혹시 알고 있을까요?”

카가 머뭇머뭇 입을 열었다. 알렉은 그 질문이 가한 고통을 숨기려 계속 눈을 감고 있었다.

“몰라, 나도 몰라.”

홀트를 기억해보려 노력했다, 줄곧 그의 마음에 따라다니던 홀트의 영상. 그 어둠, 그 골목, 그곳의 피…… . 하지만 분명치가 않았다……. 이젠 희미해져 버렸다. 홀트는 죽었고 과거도 지나갔다. 알렉은 이제 거기서 풀려났다. 이제는 미라만큼 중요한 것은 없었다. 그들이 함께 나누게 될 미래, 그들이 함께 갖게 될 아이들, 그들이 공유하게 될 기억들만이 중요했다. 만약 그녀가 기음의 행동을 알고 있었다면? 틀림 없이 두려웠으리라. 그의 힘으로도 안심시켜줄 수 없는 것이었으리라. 미라가 기음에 대해서 몰랐기를 바랐다. 몰랐다면 앞으로도 모르기를 바랐다.

“이젠 기음을 찾는 일만 남았어요. 어렵진 않을 거예요…… .”

“안 돼.”

알렉의 눈이 뜨였다. 단 한 가지 선택밖에 없음을 알아차린 지금 그의 숨결이 훨씬 편안해졌다.

“나한테는 기음보다 더 중요한 게 있어. 네가 원한다면 그를 찾아봐도 돼…… . 행운을 빌겠다. 하지만 혼자 해. 난 도와줄 수 없어.”

“하지만…… 하지만 홀트의 살인자라구요!”

카가 어이없어하며 소리쳤다.

“그래, 그 동생이 내 아내이고…… . 그녀를 잃어버릴 순 없어. 내가 그 오빠를 뒤쫓는다면, 내가 그녀를 탓하는 것으로 생각하게 된다면, 그녀가 이 일에 대해서 몰랐다가 나로 인해 알게 된다면, 그녀는 도망칠지도 몰라.”

“어디로 도망쳐요?”

“내가 찾을 수 없는 곳으로.”

그 말을 하는 순간조차도 알렉은 공포스러웠다. 미라는 과거에도 문제가 생길 때마다 도망쳤었다, 다시 그러지 않는다는 보장은 없었다. 아직 그들의 결혼은 초기 단계였다. 그녀가 그의 사랑을 확신하고 자신의 자리를 확신할 만큼의 시간이 흐르지 않았다. 그런 시험을 견디기에는 그들의 시작이 아직 굳어지지 않았다.

"도망치진 않을 거예요. 형을 사랑하잖아요."

"그걸 유일한 선택으로 여길지도 몰라."

미라는 어리고 무모했다. 또 혼자 싸우는 데 너무 익숙했다. 그녀는 아직 다른 사람에게 보호를 위탁하는 데 적응하지 못했다.

"모험할 마음 없다."

그가 단호하게 말했다.

"오늘 일은 그녀에게 말하지 마. 알겠냐?"

"형수가 기음에 대해 알면서 형한테 얘기 안 했을 가능성도 있잖아요?"

"알아, 하지만 중요하지 않아."

"이해할 수가 없어요."

"그렇겠지. 하지만 사랑에 빠져보면 너도 이해할 거다……."

알렉이 말을 멈추고 피식 웃었다.

"그때쯤이면 훨씬 많은 것들을 이해하게 될 거야."

"이럴 순 없어요. 드디어 복수할 기회를 찾았는데 포기할 순 없어요."

"복수가 달콤하긴 하지. 과거에는 그 맛을 알았어."

"지금은요?"

"너도 알게 되겠지만, 거기엔 미래가 없어."

작은 종이쪽지 하나에 심란해할 이유는 없어야 했다. 이른 아침에 마을 꼬마가 전해주고 간 편지. 미라는 메리에게 그걸 받아든 후에도 타임스지 옆에 마냥 놓아두었다. 왠지 읽어보고 싶지 않았기 때문에 가능한 한 오랫동안 뜯어볼 시간을 늦추었다. 아침 식사를 끝내고, 세수하고, 옷을 갈아입는 등 사소한 하루 일과를 수행하는 동안에도 그 쪽지는 침대에 밀봉된 채로 있었다. 그러다가 마침내 뜯어보았다.

프랑스어로 쓰여 있는 그 짤막한 쪽지를 보며 제일 먼저 든 생각은, 참으로 이상하다는 거였다. 일상에서 거의 프랑스어를 사용하지 않고 꿈조차도 영어로 꿀 정도인데, 그 모국어가 금방 이해된다는 것이 이상했다. 거울 속 자신의 모습보다도 더 친숙한 듯했다…….

정원 끝 숲에서 기다릴게. 네가 올 때까지 하루종일이라도 기다릴 거야. 혼자 와줘. 네 도움이 필요해.

서명은 없었다. 하지만 서명이 필요치 않았다. 누가 보냈는지 금방 알아차렸으니까.

평생에 지금처럼 한기를 느껴본 적이 없었다. 그녀는 이를 달달 떨면서 그 종이를 꼬깃꼬깃 구겨버렸다. 가슴이 찢어질 정도로 격렬하게 심장이 쿵쿵거리고 무릎이 풀썩 꺾였다. 덫에 걸린 토끼처럼 방구석에 웅크리고 앉아 두 손을 모아쥐었다.

"제발, 하나님, 저에게 모든 걸 빼앗아가지 마세요."
눈물이 펑펑 쏟아지고 숨이 막혔다.
"이젠 안 돼요."

한줄기 돌풍이 나무를 흔들어 마른 낙엽들이 우수수 떨어져내렸다. 갈색 눈동자가 또 다른 갈색 눈동자를 응시하며 서서히 가까워졌다.
"미라…… 정말 너냐?"
"오빠……."
그가 가까이 다가서려 하자 그녀는 멈칫 뒷걸음질쳤다.

‘난 포크너야.’

마치 그것만이 이 운명에서 구해줄 수 있는 것처럼 그 생각에 매달렸다.

“무슨 일이야?”

“네가 와줄 거라고 믿었어.”

그의 시선이 그녀의 모습을 쓰윽 훑어보았다.

“미라…… 믿을 수가 없구나. 네가 결혼한 걸 알았을 때도 믿을 수가 없었어. 완전히 여자가 됐구나. 나하고 헤어질 때는 어린아이였는데.”

5년 전의 기욤은 잘생긴 청년이었다. 인생에 대한 굶주림과 야망, 돈에 대한 욕망으로 가득 찬 청년이었다. 그런데 지금은 이십대 후반의 나이보다 훨씬 늙어보였다. 그를 한 번 보는 것만으로도 5년 전 걸어가기 시작했던 그 길로 훨씬 깊이 빠져버렸음을 알 수 있었다. 완전히 그의 잘못만은 아니야, 상황이, 이 세상이 부분적으로 그렇게 만들었던 거야. 하지만 미라는 약해지려는 마음을 다시 모질게 고쳐먹었다. 5년 전 랜드와 로잘리가 그들에게 새로운 인생을 제안했었다. 미라는 그 기회를 필사적으로 붙잡고 싶었다. 그런데 기욤이 그걸 망쳐버렸다.

“무슨 일이야?”

그녀가 다시 물었다.

“나한테 뭘 바라는 거야?”

“어디서부터…… 시작해야 할지 모르겠구나.”

“헤어졌을 때부터 말해봐. 갱단에 들어갔…….”

“아, 그래……. 종말 수도회에 들어갔어. 이젠 중요한 위치로 올라섰단다. 사소한 일부터 맡아서…….”

“사소한 일? 로잘리를 납치했던 그 사소한 일 말이야? 날 이용해서 그녀와 비클리 경을 배신했던 그 일 말이야?”

그녀의 험악한 반응에 기욤이 놀라워하는 듯했다. 그럼 무얼 기대했을까? 그녀가 기쁨의 눈물을 흘리며 두 팔 벌려 환영할 줄 알았을까?
5년 전 그런 짓을 했으면서, 행복한 재회가 될 줄 알았을까?
"어쩔 수 없었어. 그들이 많은 걸 약속해줬다구. 날 부자로 만들어
준댔어."
"부자 같은 모양새가 아니야."
그녀가 그의 초라한 행색을 위아래로 훑어보았다. 그의 갈색 눈동자
에 원망이 스쳐갔다.
"하지만 넌 부자가 됐어. 포크너와 결혼했으니……. 도대체 어떻게
한 거냐? 무슨 수를 쓴 거야? 그냥 운이 좋았던 거냐? 그래, 넌 항상
운이 좋았어……. 널 데리고 있어야 했는데. 네가 떠난 후부터……."
"내가 거기 남았으면 오빠와 같이 몰락했을 거야."
"난 몰락하지 않았어. 이제 조직의 중요한 임원이 됐어. 특별한 일
을 맡아서……."
"어떤 일? 전에 했던 그런 짓들 말이야? 사람들을 속이고, 돈을 뜯
어내고, 상처 입히고……."
"그런 건 애들 장난이야."
그가 코웃음쳤다.
"내가 어디까지 올라갔는지 알아?"
기욤이 놀리듯이 물었다.
"조직 하나를 맡았어. 우리 조직 두목하고도 친구가 됐어. 그는 모
든 걸 알아, 원하는 건 뭐든 가질 수 있어. 두목이 나한테 특별한 임무
를 맡겼어. 여자애들을 데려다가, 어리고 예쁜 애들만 골라서 파는 건
데……."
"그런 말 듣고 싶지 않아!"
그녀가 몸서리치며 소리쳤다.
"왜 여기 왔어? 왜 나한테 그런 말 하는 거야? 날 겁주려는 거야?
원하는 게 대체 뭐야?"

"문제가 하나 생겼어. 너밖에 도와줄 사람이 없어. 빚을 좀 졌어……. 그걸 갚느라고 조직 돈을 조금 빼냈는데, 몇 놈이 의심하기 시작했어. 금방 들통나게 생겼다구……. 그들이 알게 되면 난 끝장이야. 네가 그 돈을 메꿔 놓지 않으면 난 죽어."

"싫어, 딴 데 가서 알아봐. 오빠가 한 번으로 끝낼 리 없어……. 계속 찾아와서 더 달라고 요구할 거야."

"욕심쟁이가 됐구나, 꼬마야. 넌 어마어마한 부자가 됐어, 부자랑 결혼했잖아. 그런데도 내 목숨을 구하는데 한푼도 못 주겠다는 거냐? 그럼 할 수 없지, 네 남편한테 부탁해보는 수밖에."

"뭐라고?"

그녀의 손이 입으로 올라갔다.

"난 그의 처남이야. 당연히 몇 푼 요구할 권리가 있어……. 그래, 포크너 경에게 죄다 얘기해야겠어……. 나의 이 어려움과 우리가 살아온 인생에 대해서."

"날 협박하는 거야?"

미라는 내면에서 폭발하는 공포심을 드러내보이지 않았다.

"내가 그 사람한테 전부 다, 엄마 일까지 다 말했다면 어쩔 거야?"

"말 안 했을걸……. 내가 널 모르겠냐? 하지만 정말로 말했으면, 내가 포크너와 만나는 걸 반대할 이유가 없을 거다, 그렇지? 이따 저녁 때 찾아갈지도 몰라. 네 남편하고 같이 웃으면서……. 웃기지도 않는 일이지, 하고 많은 여자 중에서 알렉 포크너가 프랑스 창녀의 딸과 결혼하다니."

"안 돼."

"어렸을 때 엄마는 네가 보는 앞에서 손님을 받았다고도 말해줄까? 부엌으로 옮겨갈 때까지 엄마가 그 짓을 하는 동안 한 방에서 지냈다고 말해줄까?"

"그만해!"

"내가 빼내지 않았으면 너도 창녀가 됐을 거라고 꼭 말해줘야겠구
나……. 지금쯤 갈보 집에서 아무 놈팡이한테나 가랑이를 벌리고 있
을 거라고."

"안 돼!"

미라가 홱 돌아서서 두 손으로 얼굴을 가리며 울음을 터트렸다. 두
렵고 비참하고 화가 나서 걷잡을 수 없이 흐느꼈다. 그 감정의 폭발이
흐느낌으로 잦아진 후에 그녀는 나무둥치에 비틀비틀 기대섰다. 눈으
로 확인하지 않아도, 기욤이 아직 집요하게 기다리고 있다는 걸 알았
다.

"나한테 돈이 좀 있어."

그녀가 조그맣게 입을 열었다.

"하지만 3백 파운드 정도밖에 안 돼."

"보석이 있잖아. 신랑이 듬뿍 안겨줬을 텐데."

"그래."

"내일 그걸 갖고 이리 나와. 내가 골라갈게."

"오늘밤 남편이 돌아올 거야. 내일 하루종일 같이 있어야 돼."

"그럼 지금 가서 가져와. 여기서 기다릴 테니까."

이건 악몽이었다. 단 몇 분만에 5년의 세월이 무자비하게 사라졌다.
그녀는 더 이상 포크너 공작부인이 아니었다. 무기력하고 겁에 질린
아이, 도망치는 것도 남는 것도 두려워하는 미레이유 저멩이었다.

"기욤, 오늘만이야. 제발 다시는 찾아오지 마. 이렇게 계속 찾아오면
내 결혼이 망가질 거야……. 그럼 나도 죽어. 다시는 오지 마, 제발."

"가서 보석이나 가져와, 미라."

기욤은 그녀의 소유물 중에서 상당량을 가져갔다. 그때부터 그녀는
심한 불안과 초조에 시달렸다. 보석들이 없어진 걸 어떻게 설명할까?
도둑맞았다고 할까? 그건 안 돼, 애꿎은 하인들이 상처받을 수도 있었

다. 그녀는 저녁 식사도 거절한 채 줄곧 침실에만 틀어박혔다. 어스름이 내리고 밖에서 흐릿한 소리들이 들려왔다. 창가로 달려가 보았다. 마차 문이 열리고 알렉의 검은 머리가 나타났다. 정신없이 방에서 뛰쳐나가, 카와 알렉이 들어서는 순간 현관문 앞에 도착했다. 알렉을 보는 것이 너무나 기뻤다……. 이 순간 그의 품에 안기는 깃밖에 바라는 것이 없었다.

"알렉!"

그녀가 그의 이름을 부르며 품으로 달려갔다. 그가 웃으면서 두 팔을 활짝 벌리고 그녀를 안아 빙그르르 돌린 다음 키스해왔다. 그녀는 그의 목을 부둥켜안고 정열적으로 그의 입술을 받아들였다. 줄리아나의 헛기침 소리가 들릴 때까지.

"멍청하구나, 미라. 그렇게 환영해주다가는 또다시 널 버려두고 떠나갈 거다. 지금은 화내야 할 때야……."

"호통 들을 필요도 없어요."

알렉이 어머니의 말을 가로막고는, 품안의 미라에게 미소지었다.

"그 동안 제가 많이 뉘우쳤거든요."

"홀트 일은 알아내셨……."

미라가 입을 열자 그는 재빠른 키스로 그녀의 말문을 막았다.

"아니, 별 소득 없었소. 하지만 상관없소. 당신 말대로 과거는 과거대로 남겨두는 게 나아. 더 이상 해답을 찾지 않을 거요. 나한테 제일 중요한 게 바로 이 품안에 있다오."

아, 이 남자를 얼마나 사랑하는지! 줄리아나와 카, 다른 많은 사람이 지켜보는 앞에서 미라는 알렉의 머리를 끌어내려 다시 정열적으로 입을 맞췄다. 그의 몸으로 떨림이 흐르는 걸 느끼며 그녀가 은밀한 미소를 지으며 물러났다.

"저녁 식사 하셨어요?"

그녀가 카에게 물었다. 남편의 사촌은 민망한 표정으로 고개를 저었다.

"그럼 당장 식사를 준비하라고 할게요. 힘든 여행이셨을 테니……."

"고맙지만, 지금은 너무 피곤해서 먹을 수도 없어요. 잠이나 자고 싶을 뿐이에요."

"나도 침대로 가야겠어……. 지금 당장."

알렉이 그녀의 귀에 속삭였다.

방으로 들어서자마자 미라는 남편의 신발을 벗겨주고 그의 옷가지를 하나씩 의자에 걸쳐놓으며 아내의 본분을 다하려 했다. 하지만 그 일이 쉽지 않았다. 그가 그녀의 옷도 하나씩 벗겨냈기 때문이었다. 팔과 다리가 몇 번이나 엉키고 몇 번의 웃음소리와 함께 단추까지 떨어지는 상황이 벌어졌다. 마침내 그 일을 끝낸 후 알렉이 침대에 털썩 드러누워 미라의 손목을 끌어당겼다. 그녀가 웃으면서 그의 위로 엎어졌다.

"사랑하오, 레이디 포크너."

그가 가슴 위로 흘러내린 그녀의 머리결을 어루만졌다.

"저도 사랑해요, 공작님."

그의 엄지손가락이 부드럽게 그녀의 아랫입술을 매만졌다.

"그렇게 부르지 마. 난 당신 남편이오, 당신의……."

"나의 생명……. 나의 사랑……. 나의 기쁨……."

그녀가 그의 목과 어깨에 키스를 퍼부었다.

"… 나의 심장……. 나의 힘……."

그의 가슴에 입술을 누르고는 뺨을 부볐다.

"당신 곁에서 떠났으니 멍청이로 불러야 마땅하오."

그가 옆으로 돌아누워 그녀를 끌어안았다. 그녀가 그의 다리 사이로 허벅지를 밀어넣어 그의 남성을 보듬었다. 그 접촉만으로도 흥분이 솟구쳤다. 미라가 다급하게 엉덩이를 들썩였다.

"항상 급하군."

알렉이 그녀의 동작에 응해주지 않았다.

"그래요, 언제나."

그녀가 더욱더 아랫부분을 들이밀었다. 알렉이 미소지으며 그녀의 젖가슴에 키스했다. 그 가벼운 접촉에도 그녀의 몸이 부르르 경련을 일으켰다.

"평소보다 더 민감한 것 같아."

그녀는 숨가쁘게 고개를 끄덕이며 그의 부드러운 애무를 받아들였다. 그의 입술이 젖가슴을 더듬어오자 더욱더 가슴을 들어올렸다. 아랫부분도 더 가까이 밀착시켰다……. 그의 손이 그녀의 배로 움직여 그 위에 손바닥을 눌렀다. 문득 그의 손길이 묘하게 보호적이고 탐색적으로 변했다. 마치 무언가를 짐작하는 것처럼.

"미라, 혹시……."

"아니에요."

"뭔가가 달라졌어."

"아니에요, 잘못 생각하신 거예요."

"마지막 달거리가 언제였소? 지금쯤 할 때가 되지 않았나……."

"결혼식 때문에 긴장해서 그럴 거예요. 며칠 지나면 틀림없이……. 내 몸은 내가 잘 알아요. 달라진 거 없어요, 아무것도……."

"알았어……."

그의 손길이 그녀의 팔로 움직여갔다.

"그냥 물어봤을 뿐이오."

"너무…… 이르잖아요."

아기라니, 고민할 게 너무나 많은데 지금 아기라니……. 그녀는 마음속으로 한숨을 터트렸다.

"시간이 더 필요해요. 당신과 둘만 있을 시간이……. 난 너무나 볼품없어질 거고, 당신이 몇 달씩이나 날 원하지 않을 텐데. 게다가 난 아기를 보살필 줄도 모르고……."

"미라…… 내가 당신을 원치 않을 거라고? 어디서 그런 망상이 생겨났을까? 그런 날은 아마 평생 닥치지 않을 거요."

"아길 갖으면 지금보다 두 배는 더 뚱뚱해질 텐데……."

"내 눈에는 두 배 더 아름다워 보이겠지."

"오리처럼 뒤뚱거릴 거예요."

"그럼 당신이 도망칠 때 붙잡기가 더 쉬워지겠군."

"농담하지 말아요!"

"당신 걱정을 달래주려는 것뿐이오. 하지만 내 말대로, 난 당신을 계속 안고 싶을 거요. 세상에서 제일 아름다운 여자로 바라볼 테고. 아기 돌보는 일은…… 아마 그 아기를 독점하고 싶어하는 사람들이 너무 많아서 우리가 보려면 미리 예약부터 해야 할 거요."

"엄마 노릇이 어떤 건지도 모르는데."

"여자들은 본능적으로 알아차린다오. 게다가 당신만큼 남 돌보기 좋아하는 사람은 본 적이 없어."

"하지만……."

"당신은 사랑을 베풀 줄 알아. 그러니 당신보다 엄마 역할에 어울리는 사람은 없을 거요."

"아이를 바라지 않는 건 아니에요."

그녀의 불안감이 서서히 줄어들었다.

"다만 지금은 아니었으면 좋겠어요."

"나도 좀더 나중이었으면 좋겠소."

그가 그녀의 머리를 쓰다듬으며 이마에 키스했다.

"하지만 상황이 여의치 않으면 받아들이자구. 우리 둘이서 함께 해나가면 될 거요. 알겠지?"

"알았어요."

그가 그녀를 힘껏 안아주었다. 그 품에 안겨서 그녀는 그의 따뜻함과 강인함을 음미했다.

“몇 가지는 당신 생각이 맞을지도 모르죠.”

“당연하지.”

“아기가 태어나도 둘만 있을 시간이 있겠죠?”

“물론이오.”

그가 가슴 떨리는 미소를 지어보였고, 그녀는 참을 수 없이 그의 머리를 끌어내려 입을 맞췄다. 알렉이 고개를 들어 그녀를 바라보았다.

“며칠 동안 당신을 사랑하지 못했던 남자가 점점 급해지고 있소. 우리 대화를 잠시 미뤄도 괜찮을까?”

“그럼요.”

그녀가 그의 목을 끌어안았다.

알렉이 다시 아기 얘기를 입에 올리지 않았으나, 날이 갈수록 미라는 자신의 신체적 변화를 알아차리게 되었다. 버클리 장원에 방문하여 그 사실을 고백했을 때, 로잘리는 대단히 기뻐하며 자신도 임신했노라고 알려주었다. 하지만 얼마나 됐는지에 대해서는 예의상 묻지 않았다. 그 아기가 결혼하기 한 달 전쯤에 생겼을 거라는 사실을 고려해서였다.

그 후의 며칠이 미라에게 행복한 시간이었을 수도 있었다, 기대감과 새로운 시작에 대한 희망으로 가득 찰 수도 있었다. 하지만 그 대부분의 감정들이 기욤이 던진 그림자로 인해 어두워졌다. 그가 또 언제 다시 나타날지 알 수 없음으로 해서……. 기욤은 언제나 그런 식이었다. 그녀가 가진 것이 바닥날 때까지 요구하고 또 요구했다. 이제는 잃어버릴 게 더 많았다, 그가 그녀에게 빼앗아갈 수 있는 것들이 훨씬 많아졌다. 며칠 동안 그녀는 거의 음식을 삼키지 못했고, 책을 읽거나 대화하는 데 정신을 집중시키지도 못했으며, 제대로 잠을 이루지도 못했다. 그런 그녀를 알렉은 가끔씩 헤아릴 수 없는 표정으로 응시하곤 했다. 마치 무언가 물어보고 싶은데도 물어볼 엄두를 내지 못하는 사람처럼.

유일하게 불안감에서 벗어날 수 있는 시간은 알렉에게 안겨 있을 때뿐이었다. 무언가 걱정거리가 있다는 걸 감지한 듯한데도 왠지 알렉은 내색하지 않았다. 매일 밤 그녀의 육체에서 기쁨을 끌어내는 데에만 전념하는 듯했다……. 그녀가 무아지경으로 정신을 잃을 지경까지 그녀를 사랑해주었다. 가장 두려움이 커지는 때는 알렉이 볼일을 보러 외출하는 시간이었다. 그리고 그녀가 두려워했던 대로, 알렉이 일찌감치 집을 나선 어느 날 아침 기욤에게서 또 다른 쪽지가 도착했다. 그녀는 정원 끝으로 그를 만나러 남몰래 빠져나갔다. 끔찍이도 두려웠지만 달리 선택의 여지가 없었다.

기욤이 묘한 미소로 그녀가 다가오는 모습을 지켜보았다. 미라는 증오와 고통 사이를 오락가락했다. 그들이 이렇게까지 되었다는 것이 믿기지 않았다. 한때는 오빠와 동생으로서 어느 누구보다 가까웠는데, 살아남기 위해서 서로를 지켜주고 도와주었는데. 하지만 그때조차도 그가 다른 사람에게 어떤 짓을 할 수 있는지 알기 때문에, 그녀의 마음 한구석에는 작은 두려움이 존재했었다. 그에게는 언제나 다른 누구보다도 자신의 이익이 우선이었다.

"빚이 아직도 남았어?"

그녀가 딱딱하게 입을 열었다.

"오빠가 또 손내밀 줄은 알고 있었어. 하지만 이젠 줄 게 별로 없어."

"보석 남은 거 있잖아."

"그건 가져왔어, 이 가방에. 이게 전부야."

"넌 공작하고 결혼했어. 당연히 더 구할 수 있을 거야. 이리 내놔 봐."

가방 속의 내용물을 살펴본 후에 그가 짜증스레 시선을 올렸다.

"싸구려잖아. 이 정도로는 안 돼."

"더는 없어!"

"그거 안됐구나. 네 남편한테 얘기하는 게 내키지는 않지만, 어쩔 수 없이……."

"잠깐."

그녀가 눈물을 글썽이며 이를 악물었다. 부들거리는 손으로 보디스 속의 포크너 메달을 끄집어 내 손바닥에 올려놓았다. 나뭇가지의 그늘 아래서 그 완벽하게 다듬어진 보석들이 풍성한 빛을 뿜어냈다. 알렉과의 하룻밤 이후에 항상 지니고 있었던 것……. 몇 달 간 유일하게 그 사람의 흔적이었던 물건……. 그걸 힘껏 움켜쥐었다가 천천히 기욤에게 내밀었다. 그 무게가 손에서 떠나가는 동안 그녀의 가슴이 무너져 내렸다.

"그래……. 이런 거면 괜찮지."

기욤이 감탄스레 메달을 내려다보았다.

"이거면 충분해…… 지금은."

"그게 내가 줄 수 있는 마지막이야."

북받치는 원망감으로 목이 메어왔다.

"다시는 오빨 만나러 오지 않을 거야, 어떤 위협도 소용없어. 이젠 아무것도 줄 게 없어."

"아니, 나한테 줄 걸 찾아봐야 할 거야……. 내일 아침에 여기서 기다릴게."

"안 올 거야."

"그럼 네 남편과 얘기하는 수밖에……."

"그래, 말해. 상관없어, 그 사람은 이해심 많고 관대해. 그리고 날 사랑해."

"엄마 얘기는 받아들여줄지도 모르지. 그건 가능해."

"이해해줄 거야."

"널 사랑하는 것 같긴 하더라. 하지만 사랑에도 한계가 있는 법이야."

"오빠한테나 그렇지……."

"거의 무슨 일이든 대부분 용서해줄 거야. 하지만 살인에 대해서는……."

"무슨 살인?"

미라가 날카롭게 물었다.

"무슨 미친 소리야?"

"그 죽은 사촌 있잖냐."

기욤은 그녀의 경악스런 표정을 즐기는 것처럼 느릿하게 대꾸했다.

"하지만 그건……. 그건 그 사람하고 만나기 전 일이야. 왜, 왜 그런 말을 하는 거야? 난 그 일과 아무 상관없어."

"내가 상관있어. 내가 죽였거든."

"아니야, 거짓말이야."

그녀의 목소리가 떨려나왔다.

"그놈이 우리 일을 캐고 다녔어, 우리가 팔아넘긴 계집애를 찾겠답시고……. 놈이 너무 많은 걸 알아냈어. 당연히 가만 놔둘 수가 없었지. 골치 아픈 놈들을 처리하는 게 내 일이거든. 그놈을 처리한 것도 나였어. 그 당시에는 너하고 친척뻘이 될 줄 몰랐었지……. 그렇다고 해서 달라질 건 없었겠지만."

"거짓말이야, 같은 사람이 아닐 거야."

"이름은 홀트 포크너. 키 크고 마른 체격에 검은 머리였어……. 힘도 아주 세더군, 셋이나 덤벼들어서 간신히 죽였으니까……."

"오, 하나님."

미라는 털썩 땅에 주저앉아 무릎 사이로 얼굴을 파묻었다. 구역질이 나려 했다. 너무나 끔찍했다, 믿을 수가 없었다.

"오, 하나님."

"그게 무슨 뜻인지 알 거다, 미라. 포크너가 그 사실을 알게 되면 널

볼 때마다, 네 침대로 기어들어갈 때마다 그걸 생각할 거야."

그녀도 홀트가 알렉에게 어떤 의미였는지 알고 있었다……. 홀트에 대한 알렉의 깊은 애정도, 그로 인해 잠 못 이루던 밤들도 알고 있었다……. 그래, 이 일만은 용서해주지 않을 거야. 용서하고 싶어도 용서가 안 될 거야.

"내가 바보였어, 행복해질 수 있다고 믿은 내가……."

그녀가 중얼거렸다.

"아직 기회는 있어……. 비밀을 지키기만 하면 돼. 그럴려면 우선 날 행복하게 하고……. 내일까지 나한테 뭘 더 갖다줘야 할지 생각해봐. 내일 보자, 미라."

그녀는 고개를 들지 않았다. 기력이 다 빠져버려 움직일 수조차 없었다. 그저 비참하게 생각할 뿐이었다. 어디로, 인생이 끝났을 때는 어디로 가야 하지?

"알렉…… 미안해요……. 정말 미안해요."

집에 돌아왔을 때 미라가 문 앞에서 그를 맞아주지 않은 건 오늘이 처음이었다. 알렉이 살짝 눈살을 찌푸렸다. 언제나 현관에서 그를 환영해주는 것이 아내의 습관이었는데……. 며칠 간 성에 머물고 있던 카가 느긋하게 계단을 내려왔다.

"알렉, 물어볼 게 있는데……."

"미라는 어디 있어?"

카는 무심하게 어깨를 으쓱였다.

"하루종일 못 봤어요. 두통이 있다면서 방해하지 말아달랬어요."

"아픈 것 같았다고? 어느 정도야?"

"신경 쓸 거 없어요. 여자들은 가끔씩 그렇잖아요."

"하루종일 못 봤다고?"

"그래요. 그건 그렇고, 내가 물어보고 싶은 게 뭐냐면……."

“나중에, 우선 아내를 봐야겠어.”

알렉이 계단을 흘깃 쳐다보았다. 무언가가 잘못됐다. 하루종일 안 보였다는 것이…… 직감적으로 이상했다. 방으로 뛰어가고 싶은 충동을 애써 자제하며 그가 계단으로 걸어올라갔다. 방문 앞에 도착했을 때쯤 그의 찌푸림은 더욱 깊어졌다. 문고리를 돌려 안으로 들어가서 재빠르게 둘러보았다. 텅 비어 있었다.

“미라?”

큰 소리로 불러보았다. 하지만 마음 한구석에서는 이미 소용없다는 것을 알아차렸다. 천천히 경대로 다가가 그 위에 놓여 있는 반으로 접힌 종이를 집어들었다. 거기 쓰여진 자신의 이름을 보면서 그의 손이 부들거렸다.

알렉, 이곳에 계속 남아 있으면 당신한테 매일 거짓말하게 될 거예요. 당신에게 숨기지 말아야 할 일을 숨기려고 노력하게 될 거예요. 당신도 내가 떠나는 게 최선이라는 걸 곧 아시게 되겠죠. 이 내용을 읽으면 나에 대한 당신 감정이 변할 테니까…….

그 뒤로 계속 글이 이어졌지만 알렉은 눈앞이 뿌옇게 변해버려 읽을 수가 없었다.

카가 걱정스런 얼굴로 문 앞에 나타났다.

“형수가…….”

그는 텅 빈 방과 알렉의 손에 들린 쪽지를 알아차렸다. 소름 끼칠 정도로 번들거리는 알렉의 눈동자도 알아보았다.

“떠났어. 당장 쫓아가야겠어.”

“아직 찾을 수 있을 거예요.”

카는 불필요한 질문으로 시간을 낭비하지 않았다.

“멀리 못 갔을 거예요. 마차를 타고 가진 않았어요……. 내가 하루종일 집에 있었거든요.”

“그래, 멀리 못 갔을 거야. 밤에는 어딘가 숙소를 잡겠지.”

“내가 아래층에 가서 출발 준비를 해놓을게요.”

카가 떠난 후, 알렉은 몽롱하게 남은 내용들을 읽어내려갔다. 고통
과 사랑과 두려움이 밀려들었고, 그 다음에는 갑자기 표면으로 치솟아
오른 분노가 그 감정들을 집어삼켰다. 또 이렇게 달아날 정도로 믿지
못했단 말인가? 그렇게 설득하고 위로하고 약속해 주었는데, 또다시
겁먹은 어린애처럼 도망쳐버렸단 말인가? 무력감이 그의 분노를 더욱
부채질했다. 성큼성큼 아래층으로 내려가 코트를 집어들고 험악하게
편지를 카에게 내밀었다. 카가 반사적으로 그 쪽지를 받아들면서 알렉
의 표정을 살폈다.

“나도 같이 갈게요.”

알렉이 고개를 흔들었다.

“나 혼자 갈 거야.”

“하루 이틀 걸릴지도 모르는데……. 하지만 어느 쪽으로 갔는지만
알면…….”

“몇 시간 이상 안 걸릴 거야. 오늘밤이 지나기 전에 그 여자를 찾을
거야. 마을을 다 뒤져서라도.”

카가 더욱 근심스런 표정으로 입을 열었다.

“알렉, 화난 건 알겠지만요. 형수도 지금쯤 틀림없이 힘들어하고 있
을 거예요. 그러니까 너그럽게…….”

“그래, 너그럽게. 그 모가지를 비틀어준 다음에.”

“전에도 여러 번 도망쳤다면서요. 오랜 습관은 깨지기 힘든 법이라
구요…….”

“깨져야 할 습관이야, 하루 빨리.”

“아무래도 내가 같이 가야 할까봐요.”

“넌 여기 남아서 그 편지나 읽어봐.”

“왜요?”

카가 손에 든 편지를 내려다보았다.

“기욤이 내일 아침 정원 끝에서 미라를 기다릴 거야. 내 아내는 못 나갈 테니까 네가 대신 나가도 돼.”

편지에 몰입해 들어가는 카를 남겨두고 알렉이 서둘러 출발했다.

여인숙 밖에서 천둥소리가 울리며 빗줄기가 퍼부었다. 바람이 몰아치는 추운 밤이었다. 미라는 불가로 가까이 다가앉았다. 폭우가 심해지기 전에 숙소를 잡은 것이 다행이었다. 작은 침대와 깨끗한 이불, 벽난로, 테이블과 의자 하나, 세면대가 갖춰진 안락한 방이었다. 멍하니 불길을 응시하면서 그녀는 무릎을 끌어안았다. 알렉은 지금쯤 뭘 하고 있을까. 그 편지를 읽은 후에는 더 이상 그녀를 원하지 않을 것이다. 하지만 그에게 모든 걸 고백한 후에 떠났어야 옳았다. 종이 한 장 달랑 남기고 도망친 것은 잘못이었다. 그러나 그의 얼굴에 경멸과 분노, 거부감이 나타나는 걸 바라볼 자신이 없었다. 알렉의 증오를 바라보는 건 가슴에 총알이 관통하는 것보다도 더 가혹했다.

그녀의 고통스런 생각들이 노크 소리로 인해 중단되었다. 미라가 일어나서 문으로 다가갔다.

“무슨 일이에요?”

빗장에 손을 올리며 물었다.

“문 열어, 미라.”

알렉의 목소리에 화들짝 손을 떼어냈다. 어떻게 이리도 빨리, 이리도 쉽게 찾아냈을까. 그녀는 움직이지도 못한 채 문을 노려보았다. 갑자기 쾅 소리와 함께 빗장이 부서지며 문이 활짝 열렸다. 그녀는 겁먹은 토끼처럼 방구석으로 달려갔다. 알렉이 문 앞에 서 있었다. 흠뻑 젖어버린 머리와 옷에서 뚝뚝 빗물이 흘러내렸다. 그의 눈동자가 묘하게 번들거리고, 그 포악한 표정 또한 알렉이라고 믿기지 않을 정도였다.

그가 그녀를 노려보면서 차갑게 입을 열었다, 그녀의 몸이 움찔할 정도로 너무나 차갑게.

"당신 하녀의 이름을 사용했더군. 좀더 독창적일 줄 알았는데."

그녀를 싸늘하게 응시하고 나서 그가 방을 둘러보았다.

"차 한 잔과 침대, 불길, 신문……. 꽤나 아늑하군."

"당신 옷이……."

그녀가 더듬더듬 말했다.

"다 젖었어요, 감기 걸리……."

"아내다운 걱정일랑 집어치우시오."

그들 사이에 전에 없던 벽이 생겨버렸다. 미라는 무기력하게 머리를 흔들며 뒷걸음질쳤다.

"어떻게 찾으셨어요?"

"마차가 없으니, 당연히 마을까지 걸어왔을 줄 알았어. 여기가 두 번째로 확인해본 여인숙이었소. 주인장이 아주 친절하더군. 메리 코베트라는 이름의 검은 머리 여자가……."

"아무한테도 말하지 말라고 했는데!"

"뇌물을 먹였거든."

그녀가 고개를 끄덕이며 불길을 응시했다.

"편지 읽으셨어요?"

"그래, 대단히 유익하더군. 모든 걸 분명하게 해줬어."

"그럼 이런 이유를 아시겠군요……."

"아, 알고 말고."

그가 코트를 벗어 난폭하게 구석으로 집어던졌다.

"당신이 어느 정도로 날 믿는지…… 날 어떤 식으로 생각하는지 잘 알게 됐소."

"알렉, 당신을 사랑해요. 하지만 그 사실을 알고 난 후에……."

"사랑."

그가 코웃음쳤다.

"당신의 행동이 사랑으로 인한 거라면 난 그런 사랑 원치 않소. 조금도 필요치 않소. 난 이미 당신 오빠에 대해서 알고 있었어…… 그자가 저지른 짓도 모두."

"그럴 리가……."

그녀가 놀란 숨을 들이켰다.

"지난번 런던에 갔을 때 알았소. 당신이 기욤의 범죄를 아는지는 확실치 않았지. 하지만 그것도 내 열정을 없애지는 못한 것 같소, 그렇지 않나? 대단히 놀란 것 같군, 레이디 포크너."

"알면서도 날 안아준 거예요? 맙소사…… 당신은 날 경멸할 이유가 충분했어요. 그럴 자격도 충분했다구요……."

"겁쟁이처럼 내 말을 들어보지도 않고 내뺀 걸 처벌할 자격은 있지. 나에 대한 믿음이 없었던 거야, 그렇지? 내가 당신을 탓할 거라고 철저하게 확신했던 거야. 날 믿을 만한 사내로 전혀 생각지 않았던 거라구……."

"그런 게 아니에요! 당신을 위해서였어요. 당신이 그 편지를 읽고 나서도 날 옆에 둘 거라곤……."

"그럼 뭘 예상했나?"

그가 험악하게 다그쳤다.

"무슨 생각을 했었나? 오빠한테 협박당하고, 그 다음엔 날 떠났어. 조만간 태어나게 될 내 아이도 보여주지 않으려 했어……. 내가 조건 없이 당신을 사랑할 수 없다고 믿었기 때문에. 당신 사랑이 내 사랑보다 크다고 감히 믿었던 건가? 난 분명히 말했어, 당신을 심판하지 않겠다고, 언제나 당신 편이 되겠다고, 당신이 필요하다고. 그런데 당신은……."

갑자기 그의 목소리가 갈라졌다. 그가 욕설을 내뱉으며 휙 돌아섰다.

미라는 천천히 그에게 다가갔다. 젖은 눈으로, 조금씩 움트기 시작하는 희망으로, 정신이 빙빙 돌 정도의 안도감과 고통스러울 만큼 강렬한 사랑으로……. 자신이 그에게 얼마나 큰 상처를 입혔는지 알게 되었다. 이 사람의 모든 말이 진심이었음을, 그리고 자신이 끔찍한 실수를 저질렀다는 것까지…….

"알렉, 나도 떠나고 싶지 않았어요. 당신 없이 어떻게 살아야 할지 두려웠어요."

그는 여전히 등을 돌린 채 주먹을 틀어쥐었다.

"어떻게 그런 식으로 떠날 수 있나?"

"몰랐어요……. 당신 마음까지 헤아리질 못했어요. 내가 없어지는 게 당신한테 행복일 거라고 생각했어요. 겁쟁이처럼 내가 잃어가는 걸 마주보고 싶지 않았어요. 하지만 지금부터는 달라질 거예요. 당신이 나의 모든 비밀을 알았으니까 더 이상 두려워하지 않을 거예요."

"다시는 날 떠나지 마."

"그럴게요, 맹세할게요."

"다음 번엔 이 정도로 안 넘어가."

"다음 번은 없을 거예요."

"그 약속 지켜."

"꼭 지킬게요."

그녀가 울먹이며 약속했다. 그 순간 그가 빙글 돌아서서 그녀를 끌어안았다. 그녀의 몸이 으스러질 정도로 꼭 끌어안았다. 그의 옷에 밴 빗물에 함께 젖어가면서 그녀는 그의 머리를 감싸안았다……. 그의 키스가 다그쳐왔다. 그녀는 입술을 벌려 달콤함을 내주었다.

"침대로 데려가줘요, 알렉……. 당신을 느끼고 싶어요."

그는 말없이 고개를 들어 그녀를 응시했다. 그리곤 그녀를 번쩍 안아서 침대로 데려갔다. 그녀가 사라질까봐 두려운 것처럼 이글거리는 시선을 그녀에게 고정시켰다. 옷을 벗어가면서도 그녀에게서 시선을 떼지 않았다. 작은 단추들을 무시한 채 그녀의 얇은 잠옷을 쭉 찢어냈다. 그 옷조각을 옆으로 밀치고 그녀에게로 몸을 내렸다. 그의 벌거벗은 육체를 맞이하면서 그녀의 몸에 뜨거운 전류가 흘러갔다. 그가 굶주린 허기를 채워달라고 그녀에게 요구해댔다. 이 세상에 그들뿐이었다. 빗물 젖은 그의 살갗에 그녀가 입술을 눌렀다. 그에게서 비맛이 났다, 폭풍우의 맛이 났다.

그가 신음하며 그녀의 젖가슴으로 입술을 끌어내렸다. 젖꼭지를 입속으로 빨아들여 그녀의 육체가 반응을 보일 때까지 혀로 애무를 계속했다. 그녀의 무기력한 신음소리를 음미하며 쉴새없이 입술과 손을 움직여댔다. 그의 손가락이 그녀의 다리와 엉덩이를 쓸어보고 배 위로 원을 그려갔다. 그리고 마침내 허벅지 안쪽으로 흘러갔다. 미라가 다급하게 꿈틀거렸지만 그의 손길은 미치도록 느릿했다. 그의 손가락이 그녀의 몸 속으로 미끄러졌다. 하지만 이내 미칠 듯한 공허감을 남기며 빠져나갔다. 그녀가 그의 엉덩이를 부여잡고 다급하게 재촉했다. 필사적으로 그의 이름을 부르며 몸을 떨었다.

"더 기다리게 할 거야. 오늘밤 내가 겪은 고통을 당신도 맛보게 할 거야."

"벌주지 마세요, 당신을 너무 많이 사랑한 죄로 벌주지 마세요."

"아, 미라."

그의 단단한 하체가 그녀의 몸 속으로 파고들어와 그녀를 강하게 다그쳐댔다. 그녀를 끝까지 몰고 가면서, 이전의 어느 때보다도 더 완벽한 절정으로 치달아가며 그녀의 목에서 흐느낌과 비명이 터져나올 때까지 다그쳐댔다. 그녀의 몸이 격하게 경련을 일으키고 그의 몸에도 똑같은 전율이 흘렀다. 그녀가 그를 부둥켜안은 채, 그 젖은 살갗에 입술을 대고 사랑을 전했다.

서서히 정신을 차리며 알렉이 베개 위로 몸을 기댔다. 그녀의 땋은 머리를 풀어 만지작거리면서 그가 입을 열었다.

“다시는 내 사랑을 의심하지 마시오. 시간이 얼마가 걸리든 꼭 믿게 만들 거야.”
“지금도 믿어요.”
미라가 그의 입술에 따뜻한 입술을 눌렀다.
“하지만 자주 일깨워주셔야 해요.”
“좋아.”

커다란 목소리들이 응접실에서 새어나가 복도까지 뒤흔들었다, 포크너 성의 누구든 듣지 않고서는 못 배길 정도로. 지금처럼 알렉과 그의 어머니 줄리아나가 맞붙었을 때 감히 복도로 나다니는 사람은 없었다. 은신처를 찾아 문을 꼭꼭 닫아두어야 할 시간이었다. 펜라인의 강철 같은 의지와 포크너의 폭발적인 성미의 대결…… 승자를 확신할 수 없을 만큼 만만치 않은 격돌이었다. 미라는 응접실 소파 구석에 앉아 줄리아나의 안약을 만들기 위해 허브 가방을 뒤적였다. 그 언쟁의 주인공인 카는 그 옆에서 술잔을 기울이며, 이따금씩 자기 의견을 펼치려다가 매번 실패하는 중이었다. 알렉이 초조하게 방 안을 걸어 다니는 동안, 줄리아나가 의자에 앉아서 침착하게 말을 이었다.
“네가 무슨 짓을 한다 해도 카의 결심이 바뀔 것 같진 않다. 너의 그 황소고집도 소용없을 거다. 저 애가 듣지 않을 거야.”
“카, 정말로 레이라 홀번을 찾으러 가고 싶어요? 진심이에요?”
미라가 슬쩍 물어보았다.
“진심이에요. 다들 홀트에 대한 의무감으로 생각하지만, 나한테는 그 이상의 의미가 있어요.”
“어머니가 현실적인 판단력을 지녔을 거라고 생각했어요.”
알렉이 험악하게 소리쳤다.
“저 녀석을 설득해주실 줄 알았다구요. 그런데 그 대신 한 시간 동안 저놈의 머리통에 기사도 정신이니 기사들의 탐험이니 하는 것들만 잔뜩 집어넣었잖아요. 절 골탕먹일 속셈이세요?”

줄리아나가 경멸스레 코웃음쳤다.

“내 충고를 헛소리로 여기다니 대단히 불쾌하구나, 알렉. 저 애는 이제 어린애가 아니야. 자기 스스로 결정할 권리가 있어. 너나 나, 다른 누구의 도움도 없이 스스로 결정할 권리가 있어.”

“문제가 생길 게 뻔한 일에는 안 된다구요! 저 녀석이 해외여행이나 가겠다는 게 아니잖아요! 우리 손이 닿지도 않는, 우리가 궁지에서 끌어내줄 수도 없는 곳으로 가겠다는 거잖아요.”

“내가 장담하건대, 런던보다는 더 안전할 거다.”

“이 녀석 같은 애숭이한테는 아니에요.”

기욤의 말에 의하면 레이라를 납치한 뒤 북부 아프리카로 팔아넘겼으며, 지금 그녀가 어디에 있는지 누구의 소유인지는 알 수 없다고 했다. 그런데 정작 놀라운 일은 카가 그녀를 찾아보겠다고 선언한 일이었다. 최근 레이라의 집에 다녀온 후로 그런 생각이 들었는지도 몰랐다, 아니면 홀트에 대한 의무감 때문일지도……. 하지만 그 이유가 무엇이든 레이라를 찾겠다는 결심만은 굳어진 듯했다. 카는 지난 며칠만에 훌쩍 남자로 변해 있었다. 기욤을 성숙하게 처리하여, 그를 살려주는 대신 오스트레일리아로 떠나는 배에 실려보냈다. 기욤이 척박한 그곳에서 힘겨운 인생을 살아가야 할 테지만, 미라는 그곳에서 그가 변하길 바랐다. 오빠에게 자비를 보여준 카에게 언제나 감사할 것이다.

줄리아나와 알렉이 계속 싸우는 동안 그녀가 카에게 속삭였다.

“알렉이 당신을 아끼기 때문에 저러는 거예요. 당신을 보호하고 싶어서……. 말로 표현하진 않아도 당신을 아주 좋아한답니다.”

“알아요.”

카가 나지막이 킥킥거렸다.

“아기가 태어나면 춤이라도 춰야겠어요. 그 애한테 푹 빠져서 나머지한테 신경을 덜 쓰게 될 테니까.”

"너무 자신하지는 마세요."

그들이 서로에게 미소지었다.

"당신도 내가 떠나는 거 반대예요?"

그가 물었다.

그녀는 잠시 망설이다가 목에 걸린 포크너 메달을 조심스레 끄집어냈다.

"당신이 찾아다준 이 메달, 알렉이 성년의 표시로 받았던 거예요. 이걸 가져가세요. 나와 알렉이 당신을 믿는다는 증표로요."

그녀가 씨익 웃었다.

"안전하게 되돌려주지 않으면 알렉한테 무사하지 못할 거예요."

"고마워요."

그가 메달을 받아들고 감정을 숨기려 눈을 내리깐 채로 주머니에 넣었다.

미라가 미소지으며 남편에게 시선을 돌렸다.

"알렉, 전 방으로 돌아갈래요. 힘든 하루였어요."

"나도 같이 가겠소."

알렉이 자동적으로 대답하며, 어머니와 카에게 험악한 시선을 던졌다.

"이 얘긴 내일 다시 하자구요."

계단을 올라가면서 미라가 그의 팔에 팔짱을 꼈다.

"어머니가 그 녀석 머리통에 바람을 잔뜩 집어넣었어."

알렉이 투덜거렸다.

"여자 하나를 찾겠다고 아프리카를 헤매고 다니다니! 그 여자 얼굴도 제대로 모르면서!"

"꼭 가야 하는 건지도 몰라요. 형의 죽음에 대해서 밝혀냈고, 예전처럼 책에 관심이 많은 것도 아니고, 친구들과 잘 어울리지도 않잖아요. 새로운 독립을 찾아보고 싶은 걸 거예요."

“좀더 현실적인 일에 에너지를 쏟으면 된다구.”

2층에 올라서자 알렉이 그녀를 안아들고 침실로 향했다. 그녀가 그의 목을 끌어안았다.

“하지만 당신이 제안할 수 있는 일들 중에, 곤경에 처한 미녀를 구하는 것보다 더 낭만적인 게 있을까요?”

알렉이 마지못해 웃음지으며 그녀를 내려다보았다.

“아니, 없겠는걸.”

“이제야 이해를 하셨군요. 그럼 앞으로 몇 시간 동안 이 얘기를 계속할까요, 아니면 달리 제안할 게 있으신가요?”

“몇 가지 제안할 게 있소.”

그가 그녀를 침대에 내려놓았다.

“한 가지 문제가 있긴 하지만.”

“그게 뭔데요?”

“내가 하려는 일에 밤이 너무 짧다는 거.”

“하룻밤만 있는 게 아니랍니다. 영원한 시간이 있어요.”

미라가 나른하게 몸을 뻗었다.

그녀를 응시하면서 그의 피가 점점 뜨거워졌다. 너무나 아름답고 너무나 특별한 그의 여자.

“영원도 충분하질 않아.”

그가 천천히 고개 숙여 키스했다.

<끝>